HEYNE BÜCHER

SCIENCE FICTION

Herausgegeben
von Wolfgang Jeschke

In gleicher Aufmachung erschienen in der Reihe
HEYNE SCIENCE FICTION

Wenn Napoleon bei Waterloo gewonnen hätte – und andere abwegige Geschichten hrsg. von J.C. Squire · 06/6310
Alexanders langes Leben, Stalins früher Tod – und andere abwegige Geschichten hrsg. von Erik Simon · 06/6311

ALEXANDERS LANGES LEBEN, STALINS FRÜHER TOD

– und andere abwegige Geschichten

von
Arnold Toynbee
Egon Friedell
Carl Amery
James Thurber
und anderen

herausgegeben von
Erik Simon

Originalausgabe

WILHELM HEYNE VERLAG
MÜNCHEN

HEYNE SCIENCE FICTION & FANTASY
Band 06/6311

Deutsche Übersetzung von Prof. Dr. Gerlach und Erik Simon
Das Umschlagbild ist von Thomas Thiemeyer

2. Auflage

Redaktion: Wolfgang Jeschke

http://www.heyne.de
Taschenbuchoriginalausgabe
Printed in Germany 2000
Umschlaggestaltung: Nele Schütz Design, München
Technische Betreuung: M. Spinola
Satz: Schaber Satz- und Datentechnik, Wels
Druck und Bindung: Ebner Ulm

ISBN 3-453-14912-2

Inhalt

Vorbemerkung

Dieses Buch steht in der Tradition eines anderen, Sir John Squires bahnbrechender Anthologie aus dem Jahre 1931 *If It had Happened Otherwise* (»Wenn es anders gekommen wäre«), einer Sammlung von Spekulationen über denkbare andere historische Abläufe. Auch die um drei Beiträge erweiterte britisch-amerikanische Ausgabe von 1972, die nun ins Deutsche übersetzt wurde,* ist zeitlich und räumlich immer noch ziemlich homogen: Die Autoren schrieben vor dem Zweiten Weltkrieg und gehörten mit zwei Ausnahmen – einem Franzosen und einem Deutschen – dem englischen Sprachraum an.

Der hier vorliegende Band unternimmt es, den vom Vorgänger gesteckten Rahmen räumlich und zeitlich zu erweitern. Die Verfasser stammen aus den USA und aus Europa von Großbritannien bis Rußland, von Italien bis Deutschland, ihre Beiträge aus dem Zeitraum von den dreißiger Jahren bis in die Gegenwart – und einer vom Beginn unserer Zeitrechnung. Auch thematisch ist der Zeithorizont weit gespannt: die meisten Geschichten handeln von historischen Alternativen in der Mitte und der zweiten Hälfte unseres Jahrhunderts, die Squires Autoren naturgemäß verschlossen waren, doch der Blick schweift zurück bis ins vierte Jahrhundert vor Christus. Ein Großteil der deutschen Texte wurde eigens für diese Anthologie geschrieben, die ausländischen

* J. C. Squire (Hrsg.): *Wenn Napoleon bei Waterloo gewonnen hätte.* Heyne SF 06/6310, München 1999.

(ausgenommen Titus Livius) erscheinen erstmals in deutscher Übersetzung.

Während Squires Anthologie fast durchweg aus Essays bestand, enthält die vorliegende auch Erzählungen und Romanauszüge. Viele Beiträge aber folgen dem älteren Vorbild und geben vor, Sachtexte zu sein – Vorträge, Essays, Reden (sogar eine fiktive Preisrede auf einem fiktiven Science-Fiction-Con in einer fiktiven DDR), Dokumentationen, Lexikonartikel, Streitschriften, alte Manuskripte, ja Prüfungsfragen aus dem Schulunterricht. Aber um es gleich einzugestehen – die ernste Sachlichkeit ist abermals nur vorgetäuscht, die Texte sind der Ironie zugeneigt und durchaus mit Charakteren, mit Handlung und unerwarteten Effekten befaßt; es regiert die Freude an der Spekulation und an satirischen Seitenhieben aus der fiktiven Historie auf diejenige, die wir für real halten.

E. Simon

Der antike Weltstaat: Patriotische Gewißheit

Das Tabu, wonach ein seriöser Wissenschaftler an das nicht Geschehene keinen Gedanken verschwenden darf, ist eine Erfindung der Neuzeit. Titus Livius (59 v.u.Z.–17 u.Z.), einer der wichtigsten antiken Geschichtsschreiber, brauchte sich jedenfalls nicht darum zu kümmern; ein einziger Satz genügt ihm, um die Abschweifung zu entschuldigen. Im Buch IX seiner römischen Geschichte finden wir die älteste bekannte alternativhistorische Spekulation. Sie bleibt allerdings knapp und endet eher patriotisch als originell – um so interessanter ist der Kontrast zur darauf folgenden Spekulation des britischen Historikers Toynbee, der dem großen Alexander (oder seinen Ratgebern) viel mehr zutraut.

Wenn Alexander der Große sich gegen Rom gewandt hätte

von TITUS LIVIUS

17. Nichts liegt mir vom Anfang dieses Werkes an ferner, als über Gebühr von der Reihenfolge der Begebenheiten abzuweichen und mein Werk mit Mannigfaltigkeiten aller Art auszuschmücken, um für die Leser angenehme Ruhepunkte und für meinen Geist Erholung zu suchen. Dennoch hat die Erwähnung eines so großen Königs und Anführers die Gedanken, die so oft in der Stille meinen Geist beschäftigt haben, heraufbeschworen, so daß ich mir die Frage beantworten möchte, welches Schicksal wohl den Römern beschieden gewesen wäre, wenn sie mit Alexander Krieg geführt hätten. Den meisten Einfluß haben im Kriege, meine ich, Menge und Tapferkeit der Soldaten, der Geist der Feldherrn und das Glück, welches in allen menschlichen Dingen, aber besonders im Kriege von großer Bedeutung ist. Im einzelnen wie im ganzen betrachtet führt dies zur Überzeugung, daß die römische Herrschaft, wie von andern Königen und Völkern, so auch von diesem schwerlich besiegt worden wäre.

Um nun zunächst die Anführer zu vergleichen, leugne ich gar nicht, daß Alexander ein ausgezeichneter Feldherr gewesen ist; aber dennoch erhöht es seinen Ruhm, daß er niemanden neben sich hatte und daß er jung, noch ehe er die Ungunst des Schicksals erfuhr, im Wachstum seiner Macht gestorben ist. Um andere berühmte Könige und Feldherrn zu übergehen, die große Beispiele menschlichen Mißgeschicks waren – was anderes hat den Cyrus, den die Griechen am höchsten preisen, so wie neuerdings den Pompejus Magnus dem Glückswechsel preisgegeben, als sein langes Leben? Soll ich die römischen Feldherrn aufzählen, und zwar nicht alle aus allen Zeitaltern, sondern gerade diejenigen, mit denen Alexander hätte Krieg führen müssen, weil sie Konsuln oder Diktatoren waren: den Marcus Valerius Corvus, Gajus Marcus Rutilus, Gajus Sulpicius, Titus Manlius Torquatus, Quintus Publilius Philo, Lucius Papirius Cursor, Quintus Fabius Maximus, die beiden Decier, den Lucius Volumnius und Manius Curius? Auch unmittelbar darauf folgen große Männer, wenn er den punischen Krieg dem römischen hätte vorausgehen lassen und erst im reiferen Alter nach Italien übergesetzt wäre. Jeder von ihnen hatte dieselbe Anlage an Geist und Mut, wie Alexander; sodann war die militärische Disziplin, die schon seit Gründung der Stadt sich immer fortgepflanzt hatte, zu einer systematischen Wissenschaft mit zusammenhängenden Lehrsätzen ausgebildet worden. Auch in der persönlichen Teilnahme am Kampfe – denn auch dies hat zum Ruhme Alexanders beigetragen – hätten ihm wohl schwerlich Manlius Torquatus oder Valerius Corvus nachgestanden, wenn sie ihm in der Schlacht gegenübergetreten wären, sie, die sich zunächst als Kämpfer und dann erst als Feldherrn auszeichneten; oder hätten ihm die Decier nachgestanden, die sich dem Tode weihten und sich mitten unter die Feinde stürzten, oder hätte ihm Papirius Cursor mit seiner Leibeskraft und seiner Seelenstärke nachgestanden? Und hätte etwa ein einziger Jüngling jenen römischen Senat an Einsicht übertroffen, von welchem sich nur der eine richtige Vorstellung gebildet hat, der ihn einen Rat von Königen nannte? Er hätte gestehen müssen, daß er es nicht mit einem Darius zu tun habe, den er samt seinem Troß von Weibern und Eunuchen, in

Purpur und Gold und beladen mit den äußeren Zutaten seines Glückes, in der Tat eher eine Beute als ein Feind, nur dadurch ohne Blutvergießen besiegte, daß er es glücklich wagte, den eitlen Prunk zu verachten.

18. Dabei sprechen wir von Alexander, da er noch nicht von dem Übermaß des Glücks eigentlich erdrückt war, welches niemand weniger ertragen konnte, als er. Würde er nach Maßgabe seiner neuen Glückslage und sozusagen seiner neuen Sinnesart, die er angenommen hatte, beurteilt, so wäre er, dem Darius ähnlicher als dem Alexander, nach Italien gekommen und hätte ein Heer mitgebracht, das ohne Erinnerung an Makedonien ganz entartet und mit persischen Sitten verunreinigt gewesen wäre. Es ist widerwärtig, bei einem so großen Fürsten von dem übermütigen Wechsel der Kleidung zu reden, und daß er fußfällige Anbetung begehrte, ferner von den gräßlichen Hinrichtungen und von den Morden an Freunden beim Schmaus und Trinkgelage und von der lächerlichen Eitelkeit mit der erdichteten Abkunft. Wie, wenn die Liebe zum Trunke mit jedem Tage stärker geworden wäre, oder der unbändige Jähzorn – um nichts anzuführen, woran die Schriftsteller Zweifel lassen –; hätte dies den Feldherrntugenden etwa keinen Abbruch getan?

Wieviel römische Feldherrn könnte ich nennen, die niemals eine Schlacht verloren haben! Und was sie noch bewunderungswürdiger als Alexander oder sonst einen König macht: Einige haben die Diktatur zehn oder zwanzig Tage, niemand hat länger als ein Jahr das Konsulat bekleidet. Der unbesiegte Alexander hätte also mit unbesiegten Feldherrn Krieg geführt und hätte dieselben Pfänder des Glückes gefährden müssen. Ja, er wäre um so mehr Gefahr gelaufen, weil die Makedonier nur *einen* Alexander gehabt hätten, der nicht nur vielen Zufällen ausgesetzt gewesen wäre, sondern sich ihnen sogar bloßgestellt hätte, wogegen viele Römer dem Alexander an Ruhm oder an Größe der Taten gleich gewesen wären, von denen ein jeder, wie ihn das Schicksal traf, ohne Gefahr für den Staat leben oder sterben mochte.

19. Es bleibt noch übrig, die Streitkräfte miteinander zu vergleichen, nach Zahl und der Art des Kriegsvolks wie auch nach der Menge der Hilfsvölker. Es wurden in den alle fünf Jahre durchgeführten Zählungen dieses Zeitalters 250 000 Köpfe gezählt. Daher sind bei jedem Abfall der latinischen Bundesgenossen fast nur durch die Aushebung in der Stadt zehn Legionen zusammengebracht worden. Oft standen während dieser Jahre vier, fünf Heere in Etrurien und gegen die Umbrer, mit denen sich die Gallier als Feinde vereinigt hatten, und führten in Samnium und in Lukanien Krieg. Dazu ganz Latium mit den Sabinern, Volskern und Äquern, ganz Kampanien und einen Teil von Umbrien und Etrurien, die Picenter, Marser, Päligner, Vestiner und Apuler, die ganze griechische Küste am untern Meere von Thurii bis nach Neapel und Cumä und von da bis nach Antium und Ostia – sie alle hätte Alexander als starke Bundesgenossen der Römer oder als im Kriege gedemütigte Feinde gefunden.

Er selbst wäre mit den makedonischen Veteranen, nicht mehr als 30 000 Mann und 4000 Reitern, größtenteils Thessalern, übers Meer gekommen, denn das war der Kern des Heeres. Wenn er Perser, Inder und andere Völker mitgebracht hätte, hätte er eher eine unnütze Last mitgeschleppt als Hilfe gehabt. Hinzu kommt, daß die Römer daheim ihre Reihen auffüllen konnten, das Heer Alexanders dagegen abgenommen hätte, wie es später dem Hannibal widerfuhr, als er im fremden Lande Krieg führte.

Als Waffen hatten jene den runden Schild und die langen Sarissen (Spieße), die Römer den mannshohen Schild, welcher den Leib besser deckte, und das Pilum (den Wurfspeer), eine im Stoße wie im Wurfe bedeutend wirksamere Waffe als der Spieß. Das Kriegsvolk in beiden Heeren stand ruhig und fest und hielt Reih und Glied; aber jene Phalanx war unbeweglich und durchaus gleichartig, die römische Schlachtordnung war verschiedenartiger, bestand aus mehreren Teilen, war, wenn nötig, leicht zu teilen und leicht zu vereinigen. Wer aber käme dem Römer in der Schanzarbeit gleich, wer hielte besser Anstrengungen aus? In einer Schlacht besiegt, wäre Alexander im ganzen Kriege überwunden gewesen; welche Schlacht aber hätte wohl die Römerkraft gebrochen, die Caudium und Cannä nicht gebrochen hatten? Wenn ich daran denke, daß im ersten punischen Kriege vierundzwanzig Jahre mit den Puniern zur See gefochten worden ist, glaube ich, daß das Leben Alexanders kaum für einen einzigen Krieg ausgereicht hätte; und vielleicht wäre er, da die punische Macht mit der römischen durch alte Verträge verbunden war, wenn die gleiche Furcht gegen den gemeinsamen Feind zwei an Männern und an Waffen so mächtige Städte sich rüsten ließ, zugleich von einem punischen und einem römischen Kriege erdrückt worden.

Reiter, Pfeile, unzugängliche Wälder und durch die Örtlichkeit erschwerte Versorgung kann der mit Waffen beladene Soldat fürchten; tausend Heere, drohender als die der Makedonier und Alexanders, hat der Römer zurückgeschlagen und wird er zurückschlagen, wenn nur die Liebe zum Frieden, in dem wir leben, und die Sorge für die Eintracht der Bürger beständig fortdauern.

Der antike Weltstaat: Kosmopolitische Verheißung

Scheint bei Livius noch das (heute wieder aktuelle) Bild von Alexander als einem mordlustigen, trunk- und ruhmsüchtigen Despoten durch, der unter den eigenen Verwandten, Freunden und Soldaten kaum weniger wütete als unter den Feinden, stieg Alexander der Große Anfang unserer Zeitrechnung, Jahrhunderte nach seinem Tode, zum unumstrittenen Champion der ganzen Antike auf. Ihm strebte Napoleon nach, bis weit ins Mittelalter hinein wurden ihm immer neue Heldentaten angedichtet. Dabei war die Wirklichkeit schon phantastisch genug: Als er 323 v. u. Z., erst dreiunddreißigjährig, in Babylon an einem Fieber starb, hatte er von der Donau bis zum Indus, vom Nil bis zum Syr-Darja einen großen Teil von dem erobert, was damals als die ganze Welt galt. Wenn ein derart junger Mann einer Krankheit erliegt, darf man wohl von historischem Zufall sprechen. Um das Riesenreich zusammenzuhalten und womöglich weiter zu vergrößern, hätte es freilich mehr gebraucht als Alexanders Energie, Charisma, Skrupellosigkeit und strategisches Geschick.

Wenn Alexander der Große weitergelebt hätte

von ARNOLD TOYNBEE

Alexanders Krankheit und Genesung, das Triumvirat
Gerade brach der dritte Tag seit der Nacht an, in der der König – nicht zum erstenmal – durch seine notorische Mißachtung der Grenzen, die Fleisch und Blut gesetzt sind, erkrankt war. Perdikkas und Eumenes und Ptolemaios befanden sich schon im Vorraum des Gartenpalasts* am anderen Flußufer. Sie waren aus ihrem Quartier in der Stadt Babylon gekommen, um frühzeitig ein ärztliches Bulletin zu erhalten. Sie waren auf Zehenspitzen eingetreten, doch die Ärzte hatten sie gehört, und einer von ihnen steckte den Kopf hinter dem Vorhang hervor, der den Vorraum vom Schlafzimmer trennte. Am Ausdruck auf seinem Gesicht konnten sie sogleich erkennen, daß er merkliche Erleichterung von der Sorge verspürte, die in den letzten zwei Tagen und drei Nächten einem jeden zu schaffen gemacht hatte.

»Das Fieber ist also zurückgegangen, nicht wahr?« fragte Perdikkas.

»Nicht doch«, erwiderte der Arzt, »er hat die ganze

---

* Arrianus: *Alexandri Anabasis*, Buch VII, Kap. 25, § 3. – Die Quellenangaben in diesem Text stammen vom Autor, alle übrigen Anmerkungen und die Zwischenüberschriften vom Herausgeber. Griechische und persische Personennamen erscheinen grundsätzlich in der ursprünglichen griechischen Lautung (also z. B. Ptolemaios statt Ptolemäus); für einige geographische und politische Begriffe wurde aber die geläufigere lateinische oder deutsche Schreibweise verwendet.

Nacht hindurch gefiebert.* Es war die schlimmste Nacht, seit er vor drei Nächten erkrankt ist. Eigentlich haben diejenigen von uns, die ihn seit seiner Thronbesteigung betreuen, ihn noch nie so krank erlebt, und das will etwas heißen.«

»Warum schaust du dann so froh drein?« sagte Perdikkas unwirsch (jedermann war inzwischen mit den Nerven am Ende). »Jetzt ist nicht die Zeit, uns etwas vorzumachen. Sei so freundlich und sag uns die Wahrheit.«

»Nun ja, die Wahrheit ist, daß uns unser Patient eine Chance gegeben hat – zum erstenmal in dieser haarsträubenden Fallgeschichte.«

»Und was meinst du damit?« fragte Perdikkas. »Ich glaube, ich kann es raten«, sagte Ptolemaios. »Habe ich recht, Arzt? Der Patient hat sich einverstanden erklärt, eure Anweisungen zu befolgen?«

»Wie hast du das erraten? Es klingt wie Wahrsagekunst; doch da ich weiß, Ptolemaios, daß du ein Agnostiker bist, so muß es schiere Verstandeskraft sein. Du hättest dich der Medizin statt dem Kriegshandwerk widmen sollen. Du hast den Verstand dazu. Ja, genauso ist es. Vor vierzig Minuten hat er sich drein geschickt. Diese grauenhafte Nacht war zuviel, sogar für Alexander. Mittlerweile konnte er wenig mehr als flüstern, doch er hat all seine verbliebene Stimme drangesetzt, um zu sagen, daß er von nun an tun wird, was immer wir ihm auftragen. Und das von Alexander! Und ohne Überredung! Das ist unerhört, das ist ein Omen; natürlich läßt es uns hoffen.«

»Was also habt ihr ihm verordnet?« fragte Eumenes.

»Nun, da haben wir nichts anbrennen lassen. Schmiede das Eisen, solange es warm ist. Wir haben verordnet: Bis auf weiteres keine Bäder mehr, keine

---

* Arrianus, a. a. O., § 4.

schwere Nahrung und vor allem keine Besprechungen mit irgendeinem von euch wegen dieses unglückseligen Arabien-Feldzuges; das Auslaufen der Flotte ist auf unbestimmte Zeit verschoben.«

»Und wie hat er reagiert?«

»Er hat es lammfromm aufgenommen, und wir haben unseren Sieg in wahrhaft Alexanderscher Weise ausgebaut. Wir haben es alles auf ein einzelnes Blatt Papyrus geschrieben und sein Siegel anbringen lassen. Er konnte die Hand nicht heben, so mußten wir den Finger mit seinem Siegelring für ihn führen. Er hat keinen Widerstand geleistet.«

»Aber was ist mit dem Fieber?« fragte Perdikkas. »Euch Ärzte scheint das nicht mehr zu interessieren.«

»Oh, wegen des Fiebers machen wir uns keine Sorgen«, erklärte der Arzt. »Damit werden wir fertig. Immerhin sind wir die erfahrenste Gruppe von Ärzten, die die Welt heute kennt, nehme ich an. Für uns lag die Schwierigkeit, den König am Leben zu erhalten, nie in seiner Krankheit, sie lag in ihm selbst; er muß so ziemlich der schlechteste Patient gewesen sein, mit dem jemand in unserem Beruf je zu tun hatte. Wenn er sich selbst krank gemacht hat, indem er der Natur zuwiderhandelte, hat er seinen Zustand dann unweigerlich noch verschlechtert, indem er sich auch seinen Ärzten widersetzte – jedesmal bis heute morgen. Doch nun, wie gesagt, hat er uns eine Chance gegeben, und darum habt ihr mich so froh dreinschauen sehen. Hier, das ist für euch«, sagte er, als einer seiner Kollegen ihm hinter dem Vorhang hervor ein Schriftstück reichte. »Das sind die Befehle, von denen ich gesprochen habe, da habt ihr sie schwarz auf weiß und gesiegelt. Ist der Abdruck deutlich genug, um als echt anerkannt zu werden? Ja? Wunderbar. Nun ja, ich scheue mich, Ansichten über öffentliche Angelegenheiten kundzutun, das ist eure Sache, doch an deiner Stelle«, sagte der

Arzt, während er dem Kaiserlichen Generalsekretär das erstaunliche Dokument überreichte, »würde ich das rasch in meinem Sekretariat registrieren lassen und dann Perdikkas und Ptolemaios hier dazu bringen, daß sie die nötigen Schritte veranlassen. Auf Wiedersehen! Ich muß mich wieder meinem Patienten widmen. Wäre es denn nicht schrecklich, wenn er es sich noch anders überlegte? Ich glaube freilich nicht, daß er das tun wird; ich weiß nicht, warum, aber das ist jedenfalls, was ich erwarte.«

Während die drei Männer wieder über den breiten Fluß zum Hauptquartier in der Stadt übergesetzt wurden, schwiegen sie. Jeder von ihnen war von einem Sturm von Gedanken und Gefühlen überwältigt. Was ihren Sinn am meisten beschäftigte, war die gespenstische Zukunft, die ihnen und der ganzen Welt nun vielleicht erspart blieb, wenn der Optimismus des Arztes gerechtfertigt wurde.

Von den dreien war es Eumenes, dessen Gedanken am weitesten schweiften und dessen Gefühle am tiefsten reichten. Die beiden anderen waren Soldaten, mit entsprechend beschränkter Verantwortlichkeit und beschränktem Überblick. Selbst Ptolemaios, dessen Verstand den eines gewöhnlichen Soldaten bei weitem übertraf, sah und spürte beileibe nicht soviel wie Eumenes. Eumenes, der Kaiserliche Generalsekretär, war ein Stadtgrieche aus Kardia, am Haupt-Seeweg der hellenischen Welt gelegen, und nun trug er auf seinen Schultern Schicksal und Bürde und Sorge der ganzen Welt. Die Verantwortlichkeiten des Generalsekretärs waren zu diesem Ausmaß angewachsen, seitdem Alexander, Hegemon des Korinthischen Bundes und König von Makedonien, Nachfolger der persischen Kaiser geworden war. Mindestens die letzten achtundvierzig Stunden über hatte Eumenes mit der Möglichkeit rechnen müssen, daß Alexander diesmal wirklich sterben würde, und Alexander war unersetzlich. Das Schicksal der Menschheit hing nun am Leben dieses einen Menschen.

Dieses Menschen? Seit zehn Jahren hatte Alexander behauptet, er sei ein Gott, und das war natürlich Unsinn; es war eine dieser kindischen Marotten, wie sie große Männer pflegen. Die Ärzte freilich hatten darin schwerwiegenden Unsinn erblickt. Alexander war ein wahrer Olympier, was seine Willenskraft von übermenschlicher Stärke und Wucht betraf. Wenn sein kranker Körper ihn wissen ließ, daß er nur ein Sterblicher war, verhielt er sich starrsinnig weiter so, als sei er ein Gott, und das machte ihn zu einem hoffnungslos schlechten Patienten, wie der Arzt richtig bemerkt hatte. Alexander verfolgte seine Pläne immer geradezu weiter, als könnte ihn wirklich nichts aufhalten. Die beiden letzten Tage zum Beispiel. An beiden hatte er darauf bestanden, die Folge ganztägiger Besprechungen zur Vorbereitung des arabischen Feldzuges fortzusetzen. In der heißen Jahreszeit, die in Babylon herrschte, hatten diese unablässigen Besprechungen sogar jene erschöpft, die körperlich wohlauf waren. Wie jede Sitzung Alexanders Krankheit verschlimmerte, war nur zu deutlich gewesen. Vom ersten Tage an war offensichtlich gewesen, daß der König außerstande sein würde, binnen der vier Tage, die er sich zum Ziel gesetzt hatte, an Bord zu gehen und Anker zu lichten.* So war all das Gerede ›drüber und drumherum‹ vertane Mühe gewesen, abgesehen davon, daß es das eine unersetzliche Leben nachhaltig gefährdet hatte. Nun, die Nachricht dieses Tages ließ hoffen, daß Alexander diesmal nicht sterben würde. Doch angenommen, er hätte seine Krankheit immer weiter verschlimmert, bis es kein Zurück mehr gegeben hätte, wie wäre dann wohl die Bilanz für Eumenes und Per-

* Ebd., Kap. 29, § 2.

dikkas und Prolemaios hier in Babylon ausgefallen, und für den fernen Antipater in Pella, der dann mit ihnen hätte versuchen müssen, ohne Alexander die Saat der Einen Welt am Leben zu erhalten, die dank Alexander im Schoße der Zeit heranreifte.

Zum Glück waren einige der dringlichsten Maßnahmen auf der Tagesordnung des Weltsekretariats schon getroffen worden, seit Alexander voriges Jahr vom Ende der Welt – nun ja, aus Gedrosien – nach Susa zurückgekehrt war.* Provinzstatthalter, die des Königs langwährende Abwesenheit genutzt hatten, ihre Vollmachten zu überschreiten und zu mißbrauchen, waren summarisch gezüchtigt worden – manche wohl zu summarisch und zu hart, doch derlei Irrtümer waren das kleinere Übel für eine Weltregierung, die gerade den chaotischen Übergang zwischen zwei Welten durchlebte – einer persischen Welt, die tot war, und einer alexandrinischen, die noch darauf wartete, geboren zu werden, bis Alexander Zeit finden würde, ihr ans Licht der Welt zu verhelfen. Der erste Schritt zur Geburt dieser neuen Welt war die Integration der alten Reichsvölker mit dem neuen gewesen, verbunden mit der Auffüllung der makedonischen Armee durch ausgewählte iranische Rekruten. Diese Schritte waren unerläßlich gewesen, denn das makedonische Volk hatte ein weitaus größeres Reich erobert, das es nicht allein zu regieren vermochte. Den Makedonen fehlte es an der nötigen Zahl wie auch an der nötigen Erfahrung. Ein Weltstaat, der sich nun von der Ionischen See bis zur Indischen See erstreckte, mußte auf einem breite-

* Nachdem Alexanders Truppen nach der Eroberung einiger nordwestindischer Staaten am Flusse Beas den weiteren Vormarsch verweigert hatten, hatte Alexander sie in einem verlustreichen Marsch durch die Wüste von Gedrosien, dem heutigen Belutschistan, zurückkehren lassen.

ren Fundament gegründet sein, als Makedonien allein bereitstellen konnte. Ja, diese Arbeit hatte erledigt werden müssen, doch wie nahe war sie an einer Katastrophe vorbeigegangen!

Wenn die Makedonen klug genug gewesen wären, das Gebot der Stunde zu erkennen, so hätten sie erfaßt, daß Integration und Auffüllung, die sie so lange zurückgewiesen hatten, notwendige Bürgen ihrer eigenen nationalen Interessen waren. Schon hatte Makedonien durch die Einberufungen zur Auffüllung der Truppen für den ursprünglichen Feldzug den Großteil seiner Männer im waffenfähigen Alter verloren; die nördlichen Barbaren konnten Makedonien nun leicht überrennen, und sie würden einfallen, sobald sie die gegenwärtige Schwäche des Landes gewahrten. Makedonien mußte seine Kräfte nun auffrischen, wenn es weiter die Rolle spielen wollte, die das Genie Philips und Alexanders Genie ihm errungen hatten. Aber diese Makedonen! Sie waren so dumm, dazu noch so gefühlsbetont und so ungestüm. Sie waren wie eigensinnige Kinder. Man konnte mit ihnen nichts besprechen. Auf Argumente hörten sie nicht, doch sie akzeptierten ihren Meister, wenn sie ihn fanden, indem er sie in einer Kraftprobe schlug – mit der brutalen Kraft des Herrscherwillens; und wie so oft zuvor, hatte Alexander hier etwas getan, was nur er zu tun vermochte. Die Truppen hatten sich ihm widersetzt, binnen drei Tagen hatte er sie zum Gehorsam gebracht;* und nun waren die Männer, deren Dienstzeit abgelaufen war, mit extravaganter Großzügigkeit entlohnt und, ohne weitere Schwierigkeiten zu machen, auf den langen Rückmarsch von Babylon zum Hellespont geschickt worden.** Dieser Hauptpunkt auf der Tagesordnung

---

* Arrianus, a. a. O., Kap. 11.

** Ebd., Kap. 12, §§ 1–4.

konnte also als mittlerweile erledigt abgehakt werden. Doch konnte er das wirklich? Gesetzt den Fall, der Optimismus der Ärzte wäre verfrüht. Gesetzt den Fall, übermorgen wäre Alexander tot. Würden Integration und Auffüllung ihn überleben? Eumenes gestand sich ein, daß er sich dafür nicht verbürgen konnte.

Wenn er es nicht konnte, war die positive Seite der Bilanz prekär, während die negative Seite entsetzlich war – und sie war es immer gewesen, seit Alexander vor dreizehn Jahren das Erbe seines Vaters angetreten hatte. Diese Nähe der Katastrophe, mit der Eumenes und die anderen seit drei Tagen lebten – sie war ja nicht neu; wenn sie sich dazu durchrangen, der Wahrheit ins Auge zu blicken, schwebte die Katastrophe immer über ihnen, seit Philip von Pausanias' Schwert gefallen war. Von jenem Tage an bis zum heutigen war Alexander Tag für Tag Risiken eingegangen – Risiken für sich selbst, für sein Königreich und für die Welt. Was ist in einer Monarchie die erste und letzte Pflicht des regierenden Monarchen? Für eine geordnete und wirksame Thronfolge zu sorgen, wann immer auch der Tod ihn ereilen mochte. Natürlich war es das. Doch was war Alexanders erste Tat gewesen, nachdem er den Thron bestiegen hatte? Seine erste Tat war gewesen, jeden möglichen Thronerben umzubringen, ausgenommen seinen schwachsinnigen Halbbruder Philip Arrhidaios, der sich jetzt beim Heer in Babylon befand, und ihn hatte Alexander nur verschont, weil er zum Thronfolger nicht geeignet war. (Der arme Kerl, einen Schwachsinnigen kommt es schwer an, wenn er einem Namen ›Superkämpfer‹ gerecht werden muß.) Alexander hatte alle seine anderen unehelichen Halbbrüder und Halbschwestern getötet. Er hatte auch seinen friedfertigen Vetter König Amyntas IV. umgebracht, den dessen Onkel, Alexanders Vater Philip II., verschont hatte. Wozu mußte Alexander Amyntas töten?

Amyntas hatte nie Scherereien gemacht. Wenn sie doch jetzt Amyntas bei sich in Babylon hätten, statt des armen schwachsinnigen Philip Arrhidaios! Dann hätten sie einen rechtmäßigen König von Makedonien zur Hand gehabt – eigentlich *den* rechtmäßigen König von Makedonien, denn sowohl Philip II. als auch Alexander III. hatten den Thron von Amyntas IV. usurpiert. Der Mord an Amyntas war eine Untat gewesen, aber es war schlechthin unmenschlich von Alexander gewesen, seine eigene Halbschwester Europa, noch ein Kleinkind, umzubringen. Die Tötung von Europas Mutter, Königin Kleopatra,* konnte man vielleicht übergehen. Als Kleopatra sich dazu hergegeben hatte, Olympias aus Philips Bett zu verdrängen, hatte sie sich ihr Schicksal selbst bereitet. Olympias hätte Kleopatra jedenfalls umgebracht; über Alexanders Mutter konnte nicht einmal Alexander gebieten.

Doch nachdem Alexander derart reinen Tisch gemacht hatte, was hatte er als nächstes getan? Sie hatten ihn alle gebeten, den Asien-Feldzug aufzuschieben, bis er einen Sohn hätte, den er daheim zurücklassen könnte, daß er sein Erbe anträte, wenn Alexander in der Schlacht fiele. Hatte er auf sie gehört? Keineswegs. Er war unverzüglich losmarschiert; beim ersten Gefecht – in der Schlacht am Granikos – war er mitten in ein Handgemenge der Reiterei hineingaloppiert und wäre um ein Haar niedergehauen worden. Er war auch danach immer wieder derlei Risiken eingegangen, ohne bisher einen Ersatz für die Erben zu stellen, die er zu Beginn beseitigt hatte. Wieder und wieder hatte er

---

* Wie Alexander war auch Kleopatra beim makedonischen und nordwestgriechischen Adel ein häufiger Name, Alexanders Schwester hieß ebenso. Die viel spätere, im Zusammenhang mit Caesar und Antonius bekannte Kleopatra war eine Nachfahrin von Ptolemaios, der in der realen Geschichte nach Alexanders Tod die Herrschaft über Ägypten errang.

sich ins dichteste Kampfgetümmel gestürzt und war der erste gewesen, der bei einer Belagerung den Fuß auf die Sturmleiter setzte, und wenn ihn auf einem Marsch der Durst überkommen hatte, so hatte er ihn mit fauligem Wasser gestillt, übel genug, eine Kuh zu erledigen. Nun, da er auf den Tod darniederlag, hatte er noch immer keinen Erben als den armen Arrhidaios, obgleich, der Gottheit sei Dank, Roxana mit seinem Kinde schwanger ging und in ein paar Wochen niederkommen sollte. Wenn das Kind ein Knabe war, hätte Alexander zum erstenmal einen gültigen Erben, seit er nach seiner Thronbesteigung seinen Vetter Amyntas IV. ermordet hatte. Es lag alles an denselben Mängeln, es lag an Impulsivität, Zügellosigkeit und Verantwortungslosigkeit. Alexander hatte Kleitos bei einem Gelage umgebracht. Wenn er einmal zu trinken begonnen hatte, fand er kein Ende. Eine Runde zuviel! Das war der Tod für Kleitos gewesen; dieses Jahr war es der Tod für Hephaistion gewesen,* und es hätte diesen Monat Alexanders Tod sein können.

Hephaistion! Seinen Namen konnte Eumenes nun immerhin von der Tagesordnung streichen. Tote quälen keinen, und Eumenes war von Hephaistion lange genug gequält worden. Ein makedonischer Aristokrat mit dem Sinn eines Reiteroffiziers! Hephaistion hatte Eumenes nicht gemocht, weil Eumenes selber kein Makedone war und weil Eumenes' Arbeit für Alexander sein Begriffsvermögen überstieg. Hephaistion hatte sich viel darauf eingebildet, daß er Alexanders Milchbruder und Saufkumpan war. Im öffentlichen Interesse hatte Eumenes sich damit abfinden müssen. Er hatte Hephaistion den Olivenzweig darbieten und eine Abfuhr einstecken müssen. Er hatte ausgefallene Wege ersinnen müssen, Hephaistions unbeweintes Andenken

* Arrianus, a.a. O., Kap. 14, § 1.

zu ehren. Nun ja, es gibt Situationen, da Heuchelei die einzige Alternative zum Tod ist. Wenn, wie jedermann betete, Alexander jetzt überlebte, würde es ohne Hephaistion ein Kinderspiel sein, Alexander zu lenken.

War Alexander auch ein Hephaistion? Ja, das war er, da auch er ein makedonischer Aristokrat war. Doch er war mehr als das. Er war etwas Schlimmeres, abgesehen davon, daß er natürlich etwas weitaus Besseres war. Er war schlimmer als bloß der mörderische Trunkenbold, der Kleitos erschlagen hatte. Heißblütig zu töten und sich töten zu lassen, war ein Lieblingssport der Makedonen; doch Alexander hatte auch kaltblütig getötet, und um den Makedonen Gerechtigkeit widerfahren zu lassen, mußte man eingestehen, daß das ein unmakedonischer Zug war. Alexander hatte zu Beginn seine Miterben kaltblütig umgebracht. Später hatte er kaltblütig Philotas und Parmenion getötet. Parmenion zu ermorden! Welch ein Undank! Diese Tat Alexanders wäre unglaublich, wenn sie nicht Tatsache wäre – eine Tatsache, die weder ungeschehen gemacht noch aus den Annalen gelöscht werden konnte. Dieses kaltblütige Töten war persische, nicht makedonische Art. Es war wie bei Artaxerxes Ochos und anderen Vorgängern Alexanders auf dem persischen Kaiserthron. Oder, wenn man so wollte, wie bei Phalaris oder Polykrates oder den Dionysiern oder einem Dutzend anderer nichtmakedonischer griechischer Despoten.

Ja, aber Alexander war auch im Guten ›unmakedonisch‹. Er war nicht nur ein kaltblütiger Mörder, sondern auch ein weitsichtiger Staatsmann und sogar ein Philosoph mit einer sublimen Vision. Eine ziemlich paradoxe Mischung von Gegensätzen! Darin war er wie ein Stadtgrieche. Ein makedonischer Alkibiades! Er war so gut – und so schlecht –, als wäre er ein Athener – oder ein Kardier.

Die Fähre stieß ans Ufer, und noch immer von seinen

Gedanken gejagt, ging Eumenes an Land, stieg aufs Pferd, ritt in sein Büro und begann mit seinem Tagewerk, Besucher zu empfangen und Protokolle und Anordnungen zu diktieren.

Die nächsten sechs Tage über war Alexanders Zustand noch kritisch, doch in diesem historischen Augenblick begann die Genesung, und jede Nacht ließ das Fieber ein Stück weiter nach. Was ihm das Leben rettete, war sein Entschluß, sich Ruhe zu gönnen – körperlich und vor allem auch geistig. Die Prognose des Arztes war richtig gewesen. Er folgte tatsächlich ihren Anweisungen, und das gab ihnen Gelegenheit, ihr medizinisches Können ins Spiel zu bringen.

Unterdessen hielten drei Männer – Eumenes, Perdikkas und Ptolemaios – Alexanders Regime für ihn reibungslos in Gang. Sie paßten zusammen, denn Perdikkas und Ptolemaios waren makedonische Aristokraten von ungewöhnlicher Art. Keiner von beiden zeigte Standesdünkel, keiner war unverschämt. (Das traf auf Perdikkas sogar in höherem Maße als auf Ptolemaios zu: Perdikkas war nicht schlau, Ptolemaios war es; Ptolemaios war ein makedonischer Odysseus.) Die beiden waren Makedonen, mit denen ein Stadtgrieche zusammenarbeiten konnte, und Eumenes brauchte Makedonen für die Zusammenarbeit; denn den Makedonen, Offizieren wie einfachen Soldaten gleichermaßen, hätte es nicht gepaßt, Befehle zu befolgen, unter denen die Unterschrift eines nichtmakedonischen griechischen Sekretärs stand, selbst wenn diese Befehle im Namen des Königs von Makedonien ergingen. Befehle, die einer von ihnen unterzeichnet hatte – zum Beispiel Perdikkas –, riefen keinen Widerstand bei den Makedonen hervor. Also überließ es Eumenes Perdikkas, die Papiere zu unterzeichnen, während Perdikkas es Eumenes und Ptolemaios überließ, die Politik auszuarbeiten und die Dokumente zu entwerfen. Zusammen bildeten die drei Männer einen inoffiziellen Regentschaftsrat – inoffiziell, weil am dritten Morgen seiner Krankheit Alexander, nachdem er die Anordnungen der Ärzte besiegelt hatte, nicht mehr imstande gewesen war, einen Staatsakt vorzunehmen, und wenn er nicht derart krank gewesen wäre, so hätte er vielleicht nicht eingewilligt, etwas von seiner königlichen Gewalt zu delegieren. Entscheidend und maßgeblich war, daß dieser selbsternannte Regentschaftsrat von makedonischen Griechen, Stadtgriechen und Nichtgriechen gleichermaßen anerkannt wurde.

Was bewog die drei Männer, so harmonisch und verantwortungsvoll und pflichtbewußt zusammenzuarbeiten? Es war nicht die Vision des Weltstaates, für die Alexanders Regierung nunmehr stand. Das war nicht ihre Vision gewesen, sondern die Alexanders und nur seine. Was sie alle bewegte, war persönliche Loyalität Alexander gegenüber. (Ptolemaios hatte sich in den letzten drei Tagen überlegt, daß er, wenn Alexander tatsächlich stürbe, auf eigene Rechnung spielen wollte. Warum nicht? Doch solange Alexander lebte, würde er seinem König und Feldherrn treu bleiben.) Vielleicht war der Antrieb für alle drei eine Loyalität gegenüber etwas in Alexander, das größer war als Alexander selbst.

Der inoffizielle Regentschaftsrat hatte die Welt sieben Wochen lang regiert, ehe die Ärzte es Alexander erlaubten, wieder an die Öffentlichkeit zu treten. Als der König ins Leben und an die Arbeit zurückkehrte, löste er den Regentschaftsrat weder auf, noch bestätigte er ihn offiziell. Seine schweigende Duldung lief auf eine Anerkennung *de facto* hinaus, und der Regentschaftsrat wurde zur ständigen Einrichtung. Seine verfassungsmäßige Stellung der Krone gegenüber wurde nie festgelegt; beide Seiten vermieden es sorgsam, diese heikle Frage aufzuwerfen. Die Macht der Regenten hing von ihrem Takt ab, und sie waren taktvoll genug, ihre Macht für ernste Herausforderungen aufzusparen.

Umseglung Arabiens, Erkundung des Seewegs

Die Ärzte hoben nun ihr Verbot für das Auslaufen der Flotte nach Arabien auf, und sie stimmten zu, daß Alexander mitfuhr, unter der Bedingung, daß er jede Nacht an Bord verbrachte. Im Interesse der Genesung ihres Patienten hätten sie eine Fahrt in die Adria oder auf dem Schwarzen Meer einer in den Golf von Persien vorgezogen. Im August kann der Persische Golf heiß sein (wie ich aus Erfahrung weiß). Dennoch würde die Bindung Alexanders an sein Schiff seinen körperlichen Anstrengungen Grenzen setzen, und wenn man ihn geheißen hätte zurückzubleiben, hätte er sich womöglich durch Unruhe körperlich verzehrt. Die Regenten waren erleichtert, als kurz vor Ausfahrt der Flotte mit Alexander an Bord Königin Roxana einen Knaben gebar – den künftigen Alexander IV.; doch 323 v. Chr. lag die Thronfolge dieses neuen Alexanders noch sechsunddreißig Jahre in der Zukunft.

Wenn Alexander darauf bestanden hätte, sich umzubringen, indem er zum vorgesehenen Zeitpunkt mit der Arabien-Flotte aufbrach, so wäre dieser charakteristische Beweis von Ungeduld und Mangel an Selbstbeherrschung seine größte Dummheit gewesen. An sich jedoch war der Feldzug der logische nächste Schritt in Alexanders Programm. Alexander hatte seinen Traum, die ganze Welt zu erobern, nicht aufgegeben. Er hatte sich nicht mit seiner Niederlage abgefunden, die ihm seine eigenen Makedonen 326 am Flusse Beas beigebracht hatten. Er hatte sich über diese bittere Enttäuschung hinweggetröstet, indem er sie nur als taktischen Rückzug auffaßte – als Taktik des *reculer pour mieux sauter*. Eines Tages würde er Truppen finden, die bereit wären, ihm über den Beas hinaus bis ans Erde der Welt zu folgen. Doch er hatte begriffen, daß es eine Grenze für die Entfernung gab, die selbst die tüchtigsten und ausdauerndsten Soldaten zu Fuß nicht überwinden konnten. Ehe er seinen gegenwärtigen griechisch-persischen Kern eines Weltstaates ausweiten konnte, mußte er für dieses schon weit ausgedehnte Kerngebiet schnellere und weniger mühselige Verkehrsmittel schaffen; und beim Stande der Technik im Zeitalter der Zivilisation vor der Industriellen Revolution war Transport zu Wasser dem zu Lande sowohl an Geschwindigkeit wie auch an Leichtigkeit unvergleichlich überlegen. Alexander mußte daher den Transport zu Wasser weiterentwickeln, und sein Arabien-Feldzug war als Mittel zu diesem Zweck geplant.

Als Alexander dieser Lösung seines logistischen Problems seine Aufmerksamkeit zuwandte, folgte er Schritt für Schritt den Spuren seiner persischen Vorgänger Dareios I. und Xerxes. Lag es einfach daran, daß eine identische geographische Situation gleichermaßen phantasiebegabten und erfindungsreichen Geistern identische Schritte eingab? Oder hatte Alexander die Aufzeichnungen über die Taten jener beiden Kaiser in den Archiven von Susa eingesehen? Welcher Quelle Alexanders Inspiration auch entsprungen sein mag, Tatsache ist, daß er die maritime Politik von Dareios und Xerxes wieder aufnahm.

Nachdem Dareios auf dem Landweg, über Arachosien und die Paropanisaden*, das obere Becken des Indus erreicht hatte, hatte er einen karischen Schiffer, Skylax von Karynda, beauftragt, den Indus hinabzufahren, auf den Indischen Ozean hinaus und das Rote Meer entlang zu einem der ägyptischen Seehäfen am

---

* Als Paropanisos-Gebirge wurde ein Teil des Hindukusch bezeichnet.

Roten Meer. Skylax hatte den Auftrag erfolgreich ausgeführt,* und Dareios hatte auf die Fahrt des Skylax hin den Schiffskanal vom Ende des Golfs von Suez zum Beginn des Nildeltas wieder in Betrieb genommen. Diese Maßnahmen zusammen hatten dem Perserreich einen dauernden Wasserweg von seinen nordöstlichsten Ausläufern in Gandhara zu seinem südwestlichen Ausläufer in Ägypten verschafft. Als Alexander den Indus hinabfuhr, hatte er wissentlich oder unbewußt die erste Etappe von Skylax' Fahrt wiederholt; und indem er Nearchos beauftragte, seine Fahrt vom Indusdelta die iranische Küste des Persischen Golfes entlang bis zur Mündung der Flüsse Eulaeos, Tigris und Euphrat zu unternehmen, hatte Alexander die einleitenden Schritte zur Wiederholung einer weiteren auf die Seefahrt zielenden Unternehmung des Dareios getan.

Dareios hatte die militantesten unter den medischen Rebellen des apokalyptischen Jahres 522 v. Chr. auf Inseln im Persischen Golf deportiert.** Ein Motiv dieser Maßnahme war das politische gewesen, die Verbannten zu bestrafen und es ihnen unmöglich zu machen, seine Macht jemals wieder in Frage zu stellen; doch darüber hinaus hatte Dareios die Absicht, die Kontrolle des iranischen Volkes über das einzige Randmeer des Indischen Ozeans zu festigen, zu dem der Iran eine Küste hatte. 323 v. Chr. waren diese Strafsiedlungen der Iraner längst in der glühendheißen Atmosphäre des Golfs verdunstet. Der Schock der Katastro-

* Herodot, Buch IV, Kap. 44.

** Herodot, Buch VII, Kap. 80. – Während der persische Herrscher Kambyses Ägypten eroberte, ursurpierte der Magier Gaumata den persischen Thron. Kambyses starb auf dem Rückweg nach Persien; Gaumata wurde von persischen Adligen unter der Führung von Dareios I. gestürzt.

phe von 480–479 v. Chr.* hatte den Elan der persischen Reichsregierung gebrochen und ihren Griff gelockert, und die Nachkommen der Verbannten hatten sich dieses Nachlassen der staatlichen Kontrolle zunutze gemacht. Sie waren ins heimatliche Hochland ihrer Vorfahren im westlichen Iran zurückgewandert, ohne die Regierung um Erlaubnis zu fragen. Die Nachkommen der Mileter, die nach der Plünderung von Milet 494 an die babylonische Küste bei der Mündung des Tigris deportiert worden waren,** befanden sich jedoch 323 noch *in situ;* und daß diese der Seefahrt zugewandten Verbannten vom Mittelmeer hier noch lebten, mag Alexander die Idee eingegeben haben, die Küsten und Inseln des Persischen Golfes neuerlich zu besiedeln, doch diesmal mit Kolonisten, die – anders als die Iraner – Seefahrer und Kaufleute waren. Vor seiner Erkrankung hatte er den Plan gefaßt, Phönizier dazu zu bewegen, sich hier anzusiedeln;*** und die günstige Reaktion der Phönizier auf seine Rekrutierungskampagne war, wie wir heute wissen, der Ursprung des gegenwärtigen phönizischen Monopols für den Frachtverkehr auf den Ozeanen gewesen.

Alexander hatte in Babylonien schon eine Operationsbasis für Seeunternehmungen im Persischen Golf und darüber hinaus eingerichtet. Er hatte Hindernisse für die Schiffahrt auf dem Tigris entfernen lassen, die die Perser dort zum Schutz vor einer Invasion des Reiches aus dem Indischen Ozean errichtet hatten,**** und am Euphrat bei Babylon hatte er einen großen Hafen für seetüchtige Schiffe anlegen lassen und ihn

* Mit Niederlagen bei Salamis 480 und bei Plataiai 479 scheiterte der Feldzug des Xerxes gegen Griechenland.

** Herodot, Buch VI, Kap. 20.

*** Arrianus, a. a. O., Buch VII, Kap. 19, §§ 4–5.

**** Ebd., Kap. 7, § 7.

mit Werften ausgestattet.* Er war auch den Pallakopas-Kanal entlanggefahren und hatte an seiner Mündung am Ende des Persischen Golfes eine Kolonie von griechischen Veteranen angelegt.** Die Flotte, die für den arabischen Feldzug in Babylon versammelt worden war, bestand zum Teil aus phönizischen Schiffen. Diese waren in Einzelteilen auf dem Landwege vom Mittelmeer zur westlichen Biegung des Euphrat transportiert worden. Sie waren dann in Thapsakos wieder zusammengesetzt worden und von dort stromabwärts nach Babylon gefahren.*** Alexanders Arabien-Flotte sollte die arabische Küste des Persischen Golfes entlangsegeln und dann die beiden letzten Abschnitte von Skylax' Fahrt nachvollziehen, in denen Skylax der arabischen Küste durch den Indischen Ozean und das Rote Meer bis nach Ägypten gefolgt war.

Mittlerweile hatte Alexander drei leichte Schiffe den Golf hinabgeschickt, um diesen Seeweg nach Ägypten zu erkunden und ihm Meldung zu erstatten, bevor er selbst in See stach. Ehe Alexander erkrankt war, hatten sich alle drei Kapitäne termingemäß zurückgemeldet, doch keinem von ihnen war es gelungen, die Tat des Skylax zu wiederholen. Einer von den dreien war fast in Rufweite der ägyptischen Küste des Roten Meeres gekommen, doch so kurz vor der Vollendung seiner Mission war auch er umgekehrt.**** Erfahren hatte Alexander von diesen seinen wenig unternehmungslustigen Kundschaftern die Lage der beiden Inseln Kuweit und Bahrein***** und die Ausdehnung Arabiens.

* Ebd., Kap. 19, § 4.
** Ebd., Kap. 21.
*** Ebd., Kap. 19, § 3–4.
**** Ebd., Kap. 20, § 7–8.
***** Ebd., Kap. 20, § 2–6.

Er hatte erfahren, daß Arabien eine Halbinsel von der Größenordnung Indiens war.*

Ehe die Flotte mit Kurs auf Ägypten Babylon verließ, war eine Landarmee vorausgegangen, beauftragt, entlang der Ostküste Arabiens zu marschieren. Diese Armee sollte mit der Flotte Schritt und ständigen Kontakt zu ihr halten. Alexander wiederholte jetzt den katastrophalen Fehler, den er bei seiner Rückkehr von Indien nach Susa gemacht hatte, und es ist seltsam, daß er aus einer derart grauenhaften Erfahrung nicht gelernt hatte. Seine gedrosische Eskapade hätte ihn ein für allemal gelehrt haben müssen, daß eine Flotte und ein Heer in einem Gebiet, wo sowohl die Küste als auch das Landesinnere Wüste sind, nicht wirksam miteinander Fühlung halten können; und die Berichte der Kapitäne seiner Spähschiffe hätten ihm klarmachen müssen, daß im Vergleich zu Ostarabien Gedrosien das Paradies auf Erden war.

Nachdem es das letzte Trinkwasser und die letzten grünen Pflanzen an der Mündung des Pallakopas-Kanals hinter sich gelassen hatte, begann das Heer sofort Entbehrungen und Verluste zu erleiden, die denen beim Zug durch Gedrosien gleichkamen. Das Heer kämpfte sich bis zur Oase Hofūf nach Süden durch, doch sein Befehlshaber Seleukos hatte genug Verstand, die Vorsehung nicht weiter herauszufordern. Nachdem sich seine erschöpften Truppen in der lieblichen Oase erholt hatten, ließ Seleukos sie zur Küste gegenüber der Insel Bahrein marschieren, wo die Flotte darauf wartete, den Kontakt zu ihnen wiederherzustellen, und dann überzeugte er Alexander, Nachricht nach Babylon zu senden und Schiffe anzufordern, um die Armee auf dem Seewege weiterzubefördern. Seleukos hatte seine Männer und sich davor bewahrt, in der

* Ebd., Kap. 20, § 8.

Rub'-al-Khāli den Tod zu finden. Sie sollten später als militärische Landungstruppen an den Punkten eingesetzt werden, wo die Flotte in den restlichen Abschnitten der Reise die Küste anlief.

Die zweifache Verzögerung durch Alexanders Krankheit und durch die nachfolgende Wartefrist bei Bahrein hatte so viel Zeit gekostet, daß Nearchos vorschlug, die Flotte möge jetzt bei Bahrein überwintern und die Reise nach Ägypten in der zur Schiffahrt geeigneten Saison des Folgejahres beenden. In diesem Punkt weigerte sich Alexander nachzugeben, er bestand darauf, die Fahrt nach Ägypten während der gegenwärtigen Saison voranzutreiben; doch er willigte ein, den weiteren Weg mit Höchstgeschwindigkeit zurückzulegen, ohne Zwischenhalte, um Niederlassungen an der Küste zu gründen oder Forschungsexpeditionen ins Innere zu schicken. Ohne Zwischenfälle fand und durchfuhr die Flotte die Meerenge Bāb al-Mandab, und im Spätherbst 323 traf sie wie geplant in Suez ein.

Die Welthauptstadt, neue phönizische Siedlungen

Alexanders Absicht war es gewesen, in das karthagische Reich einzufallen, sobald er seine Seeverbindungen zwischen Indien und Babylon und Ägypten eingerichtet hätte; doch nun fand er sich mit dringlichen Arbeiten konfrontiert, die es notwendig machten, den Feldzug ins westliche Mittelmeer um ein Jahr zu verschieben.

Alexander war nicht in Ägypten gewesen, seit er von dort zum krönenden Feldzug in seinem Krieg gegen den persischen Kaiser Dareios III. aufgebrochen war; der ägyptische Grieche Kleomenes von Naukratia, dem Alexander die Finanzverwaltung Ägyptens mit weitreichenden Vollmachten übertragen hatte, hatte die Gunst der Stunde genutzt und ebenso skrupellos in die eigene Tasche gewirtschaftet, wie es Harpalos, Alexanders griechisch-makedonischer Schatzmeister in Babylon, getan hatte. Doch anders als Harpalos verlor der naukratische Sünder beim Herannahen Alexanders nicht die Nerven. Er hatte die Stirn, nicht nur am Ort zu beharren, sondern auch um eine Vergünstigung als Belohnung für die Großartigkeit des Heroons zu bitten, das er dem Hephaistion in Alexandria auf Alexanders Geheiß errichtet hatte.* Ehe Alexander Zeit fand, die dreiste Forderung des Kleomenes zu bedenken, hatte Eumenes von Kleomenes einen Finanzsaldo verlangt, und Kleomenes' komplettes Unvermögen, dies in befriedigender Weise zu tun, gab Eumenes eine Handhabe, Alexander zu bewegen, daß er Ptolemaios mit einer Prüfung von Kleomenes' Büchern beauftragte. Der Bericht des Ptolemaios war sachkundig und vernichtend. Er meldete, daß Kleomenes ein zweiter Harpalos war, und knüpfte daran die Bitte an Alexander, ihm Kleomenes' Amt zu übertragen; doch Alexander kannte den Charakter von Ptolemaios zu gut, als daß er ihm die natürliche Festung Ägypten überantwortet hätte. Er zog es vor, Ptolemaios' Fähigkeiten auf einem Posten zu nutzen, wo jener nicht in Versuchung kommen konnte, also beließ er ihn bei seinem Dienst in dem inoffiziellen Triumvirat.

Was Kleomenes betrifft, so brachte es dieser gerissene Schurke fertig, für den Rest seines Lebens das Amt zu behalten, in dem er das in ihn gesetzte Vertrauen so kraß mißbraucht hatte. Das war ein Skandal, doch auf kurze Sicht gereichte dieser Skandal der Weltregierung weder politisch noch finanziell zum Schaden. Anders als Ptolemaios hatte Kleomenes keinen politischen Ehrgeiz. Für Kleomenes war die Anhäu-

---

* Ebd., Kap. 23, §§ 7–8.

fung von Vermögen Selbstzweck, und sein Finanztalent war so groß, sein Verständnis für die Wirtschaft Ägyptens so tief, daß es sich für die Schatzkammer auszahlte, über seine andauernden Veruntreuungen hinwegzusehen. Der Leidtragende war nicht die Schatzkammer, es war die ägyptische Bauernschaft, und auf lange Sicht gereichte natürlich die Ausbeutung des ägyptischen Volkes, ganz zu schweigen davon, daß sie an sich ungerecht war, dem Weltstaat zum Schaden, den zu errichten Alexander erstrebte. Die Kunstgriffe, die Kleomenes kannte, um die Finanzschraube anzuziehen, ließ selbst die verhaßte Perserherrschaft im Rückblick als das kleinere Übel erscheinen. Die Perser hatten die Ägypter gedemütigt, doch sie waren zu lax und zu unfähig gewesen, um ihnen das Fell über die Ohren zu ziehen.

Indem er es versäumte, entschieden gegen Kleomenes vorzugehen, versäumte Alexander seine Pflicht als Herrscher von Ägypten. Der Grund war, daß seine Aufmerksamkeit von anderen Dingen in Anspruch genommen wurde. Seine erste Sorge war es, den Plan seiner emporwachsenden Stadt Alexandria am Nil zu studieren und zu überarbeiten. Das Hephaistionaion ist heute noch immer der Mittelpunkt der Welthauptstadt, und das ist die fortdauernde Wirkung einer persönlichen Entscheidung Alexanders. Da Alexander nicht nur Kaiser von Asien, König von Makedonien und Hegemon des Korinthischen Bundes war, sondern auch Pharao, waren die Ägypter überrascht, daß er nun nicht daranging, sich ein Grabmal errichten zu lassen, das die Pyramiden der Vierten Dynastie in den Schatten gestellt hätte. War er nicht Herrscher eines Reiches, das das Alte Reich von Ägypten an Ausdehnung, Bevölkerung und Mitteln bei weitem übertraf? Alexander war in der Tat Pharao, doch darum dachte er noch nicht wie ein Ägypter. Nachdem er unlängst dem Tod so nahe gekommen war, wollte er seine Gedanken nicht an Pläne für sein eigenes Grabmal wenden. Ein Grabmal ist ein Symbol der Sterblichkeit; so mochte denn das monumentale Grabmal dem Hephaistion errichtet werden, denn Hephaistion war schon unwiderruflich tot, Hephaistion war erst postum zum Gott erhoben worden. Alexander selber aber war vor zehn Jahren zum Sohn des Gottes Ammon erklärt worden, und das von dem Gott selber. Alexander war ein lebender Gott, und ungeachtet des stummen Zeugnisses, das die lange Reihe von Pharaonengräbern und Pharaonenmumien ablegte, widerstrebte es dem hellenischen Verständnis, daß ein lebender Gott tatsächlich den Tod erleiden könnte. Sich selbst ein Grabmal zu errichten, hätte für den lebenden Sohn des Zeus Ammon bedeutet, seine eigene Unsterblichkeit zu leugnen.

Alexanders hauptsächliche Änderung an den ursprünglichen Plänen für Alexandria bestand darin, daß er die Größe verdoppelte. 331 v. Chr. hatte er lediglich vorgesehen, daß diese Stadt als ägyptischer Endpunkt für den direkten Seeweg zwischen der Ägäis und Ägypten dienen sollte. Zu diesem Zeitpunkt war das politische Schicksal der Ökumene östlich des Euphrat noch nicht entschieden. Nun, da Alexander Kaiser von Asien geworden war und vorhatte, sich zum Thalassokraten des westlichen wie des östlichen Mittelmeers zu machen, würde Alexandria als Welthauptstadt dienen müssen, und der Ort war wie von der Vorsehung geschaffen für eine Stadt, die in der Zukunft diese überragende Rolle spielen sollte. Alexandria liegt an der Stelle, wo das Mittelmeer, Seitenarm des Atlantischen Ozeans, und das Rote Meer, Verlängerung des Indischen Ozeans, einander fast begegnen. Ein Hieb mit dem Dreizack Poseidons genügte, um die dazwischenliegende Landbrücke zu durchtrennen, und für

Alexander war es leicht, diesen Hieb zu führen; er brauchte nur dort zuzuhauen, wo es Necho II. und Dareios vor ihm getan hatten. Alexander folgte nun Dareios' Beispiel und setzte den von Necho II. angelegten Kanal zwischen dem Golf von Suez und dem Nil instand.* Damit öffnete er wieder den durchgehenden Wasserweg vom Indus- zum Nildelta, und so wurde Alexandria am Nil zu einem zweiten Korinth mit Zugang zu zwei Meeren. Die beiden Meere Korinths sind zwei Arme des Mittelmeers. Die beiden Meere Alexandrias sind zwei Buchten des weltumspannenden Ozeans. Die Stadt mußte ihrer geographischen Position gerecht werden, und Alexandrias Lage war einmalig. Das hat sie von Alexanders Tagen bis auf unsere zur Hauptstadt des Weltstaates gemacht. Wo sonst könnte die Hauptstadt der Welt ihren Platz haben?

Die Schiffsroute, der Alexander nun vom Beas, dem Nebenfluß des Indus, bis zur Kanopischen Mündung des Nils gefolgt war, lockte ihn bereits weiter durch die Straße von Lilybaeum** zu den Säulen des Herakles. Doch ehe er nach Westen ausgreifen konnte, mußte er noch seine Herrschaft über den bereits erkundeten Seeweg festigen. In Babylon war er von der bereitwilligen phönizischen Reaktion auf sein Ersuchen, ihm bei der Erschließung des Persischen Golfes zu helfen, angenehm überrascht gewesen. Er zeigte jetzt seine Wertschätzung der unerwarteten Bereitschaft zur Zusammenarbeit, indem er seinerseits mit einer Serie fürstlicher Maßnahmen antwortete. Erstens befahl er, daß Tyros wiedererrichtet werden sollte und alle überlebenden Tyrer in ihre Heimat zurückgeführt und

---

* Siehe Herdodot, Buch II, Kap. 158, und Buch IV, Kap. 42.

** Lilybaeum: der wichtigste karthagische Stützpunkt auf Sizilien, im Westen der Insel gelegen, heute Marsala.

straffrei gestellt würden.* Zweitens sorgte er dafür, daß alle drei wichtigsten phönizischen Stadtstaaten – Tyros, Sidon und Arados – alle Privilegien zurückerlangen sollten, die sie unter persischer Herrschaft genossen hatten. Und drittens ordnete er an, daß die ursprüngliche phönizische Tripolis an der syrischen Küste zweifach fortgepflanzt werden sollte, indem ein neues Trio von phönizischen Städten am Persischen Golf und ein weiteres im Roten Meer gegründet würde. Die Plätze im Golf, die er dafür bestimmte, waren die drei Inseln Kuweit, Bahrein und Kischm in der Meerenge. Die Orte am Roten Meer waren Aden, die Bucht von Tadjoura und Masāwah. Alexander hatte diese Stellen selbst ausgewählt, als er von Babylon nach Suez unterwegs war. Jede phönizische Tochterstadt sollte dieselben Privilegien haben wie ihre Mutterstadt. Jede sollte dieselbe weitreichende Autonomie besitzen und mit einem so großen Territorium ausgestattet werden, wie sie nutzen konnte.

Indem er so die Phönizier in den Indischen Ozean brachte, sicherte Alexander nicht nur seine Herrschaft über den wichtigsten Seeweg des Weltstaates; er entschädigte die Phönizier auch für seinen vorangehenden Angriff auf Tyros und für den bevorstehenden Angriff auf Karthago, und gleichzeitig erweiterte er die Basis des Weltstaates, indem er die Phönizier in den Rang eines Reichsvolkes erhob. Nach seiner Rückkehr aus Indien hatte Alexander die Größe seiner Politeuma verdoppelt, indem er die besiegten Iraner zu Partnern der siegreichen Griechen machte. Inzwischen hatte er erkannt, daß das nicht genügte, und indem er auch die Phönizier in die Partnerschaft einbezog, riskierte er

* Die Stadt Tyros wurde 332 v. Chr. nach langer und äußerst kostspieliger Belagerung – vermutlich aus purer Ruhmessucht – von Alexander erobert, nahezu entvölkert und neu besiedelt.

weniger als bei der vorangehenden Operation. Die Einführung iranischer Rekruten in die makedonischen Heeresformationen hatte eine makedonische Meuterei ausgelöst, die selbst Alexander nur mit größter Mühe niederschlagen konnte. Indem er nun die Phönizier über die Wasser des Ozeans setzte, unternahm er einen Schritt, der größere Folgen haben sollte; doch Seeherrschaft war etwas, wovon der makedonische Soldat nichts verstand und das er daher Völkern ›niederer Herkunft‹ auch nicht mißgönnte.

Die Phönizier verstanden etwas von Seeherrschaft und deren Beziehungen zum Handel, und daher ergriffen sie mit beiden Händen die Gelegenheit, die Alexander ihnen bot. Die Gelegenheit war beispiellos verheißungsvoll, denn das Reich, das sie nun als kommerzielles Hinterland erhalten hatten, war größer als jedes, dem sie zuvor angehört hatten, und es wuchs noch weiter. Es sah in der Tat so aus, als würde es zu einem buchstäblich weltweiten Staat anwachsen. Tyros hatte sich Alexander widersetzt und teuer für seine Kühnheit bezahlt; zuvor hatte es sich mit dem gleichen katastrophalen Ergebnis Nebukadnezar widersetzt. Selbst noch so sehr auf Handel ausgerichtete Völker neigen dazu, die Ökonomie der Politik zu opfern, wenn ein Streitfall unter ihnen aufkommt, und die Phönizier hatten reagiert wie andere Völker auch. Die Erfahrung hatte jedoch gezeigt, daß jedesmal, wenn sie gegen ihren Willen in ein Großreich eingegliedert wurden, ihr Handel davon profitiert hatte. 322 v. Chr. sahen sie das weltweite Ausmaß phönizischer Handelstätigkeit voraus, die noch heute einer der entscheidenden Faktoren der Weltwirtschaft ist.

Im Jahre 322 erkannten die Phönizier sofort, daß ihre Position zwei Schwachstellen hatte und daß sie diese beheben mußten, wenn sie das kommerzielle Vermögen ernten wollten, das ihnen angeboten wurde. Zu diesem Zeitpunkt litten die Phönizier – wie sie es immer getan hatten – an Menschenmangel, und sie besaßen nicht die Kontrolle über die Landhandelswege, die ihre neuen Stützpunkte am Roten Meer und am Persischen Golf mit ihrer Operationsbasis an der syrischen Küste verbanden. Sie lösten des erstere Problem, indem sie Personal von den verwandten Völkern aus dem syrischen Landesinneren anwarben: Idumenäer, Juden, Samariter, Moabiter, Ammoniter, Damaszener und die anderen. Von dort hatten sie schon immer zusätzliche Arbeitskräfte rekrutiert, wenn sie welche benötigten; diesmal aber taten sie es in großem Stil, und die Aussichten waren so verlockend, daß ihre Anwerbungsbüros im Inland belagert wurden, bis diese Gegenden fast entvölkert waren. Zweitens kauften sich die Phönizier in die Landrouten ein, indem sie mit den Völkern, die diese Routen kontrollierten, Vereinbarungen zur Teilung des Gewinns aushandelten. Es handelte sich dabei hauptsächlich um die Nabatäer, die in Petra den Weg zwischen dem Golf von Aqaba und dem Mittelmeer beherrschten, die Gerrhäer, die das arabische Festland gegenüber Bahrein besaßen, und die Minäer und Sabäer, die miteinander um die Kontrolle über die Route zwischen Aden und Damaskus konkurrierten.

Dieses Netzwerk kommerzieller Partnerschaften, das die Phönizier nun so weise zwischen sich und ihren Nachbarn auf dem Festland woben, hatte unvorhergesehene Konsequenzen auf sprachlicher und religiöser Ebene. Auf sprachlicher Ebene verlieh es der aramäischen Sprache neuen Auftrieb, auf religiöser führte es Jahwe, den ›eifrigen‹ Gott der Samariter und Juden, auf die sozial verträglichere Rolle eines Mitglieds unter vielen in einem internationalen Pantheon zurück.

Die aramäische Sprache hatte an Boden gewonnen,

seit die Aramäer schrittweise vom assyrischen Reich erobert worden waren. Sie war nicht nur die Lingua franca von Südwestasien geworden, sie hatte auch begonnen, ihre semitischen Schwestersprachen – Akkadisch, Kanaanitisch und Arabisch – als Umgangssprache der semitischsprechenden Völker zu ersetzen. Die aramäische Sprache verdankte ihr Gedeihen ihrer praktischen alphabetischen Schrift, und das hatte die persische Reichsregierung veranlaßt, diese ausländische Sprache und Schrift als Medium ihrer offiziellen Korrespondenz und Aufzeichnungen zu übernehmen. Der Sturz des Perserreiches durch Alexander hatte gedroht, das Aramäische durch das Griechische zu ersetzen (die griechische Version des Alphabets war noch praktischer), und es stand außer Zweifel, daß Griechisch fortan eine der Weltsprachen sein würde. Ebenso offensichtlich wurde nun aber auch, daß dank Alexanders Politik, den Phöniziern einträglichen Handel zuzuweisen, das Aramäische seine frühere Stellung neben dem Griechischen behaupten würde. Binnen weniger Generationen war die angestammte kanaanitische Sprache der Phönizier überall außer in den phönizischen Kolonien am westlichen Mittelmeer vom Aramäischen oder Griechischen oder von beiden ersetzt worden.

Was den Gott Jahwe betraf, so war sein Schicksal durch die freiwillige Massenwanderung seiner Anbeter aus Palästina in die neuen phönizischen Kolonien am Roten Meer und am Persischen Golf besiegelt. Die fanatische Fraktion unter seinen Anbetern war immer in der Minderheit gewesen. Diese Fanatiker hatten gegen jedes Herkommen und jede Wahrscheinlichkeit darauf bestanden, daß ausgerechnet dieser Lokalgott in Wahrheit der Herr des Universums sei und daß alle anderen Götter ihm untertan seien. Manche Jahwe-Besessenen hatten sogar behauptet, Jahwe sei der einzige

Gott, der überhaupt existiere. Derlei Übertreibungen waren für die Mehrheit der Jahwe-Verehrer nie annehmbar gewesen. Diese Mehrheit hatte keinen Grund gesehen, die Verehrung ihres Lokalgottes nicht wie üblich mit der Verehrung jedes anderen Gottes zu verbinden, wann immer ihnen der Sinn danach stand. Mit der kompletten Verschmelzung der Samariter und der Juden mit den Phöniziern im Jahre 322 v. Chr. und danach wurde die Position der Fanatiker unhaltbar, und das war das Ende einer absonderlichen Episode in der Religionsgeschichte dieser beiden kleinen Völker in Palästina.

Konsolidierung in Kleinasien und Europa

Nachdem er das Jahr 321 in Ägypten ausschließlich mit Taten des Friedens verbracht hatte, wurde Alexander ungeduldig, seinen westlichen Feldzug zu beginnen, der das Gegenstück zu seiner Eroberung des Perserreiches sein sollte. In Asien war er der siegreiche Dionysos gewesen, der die legendäre Nysa* suchte und sie in den Paropanisaden am südlichen Fuße der Pässe über den Hindukusch gefunden hatte. Im Mittelmeer würde er der siegreiche Herakles auf der Suche nach dem Garten der Hesperiden und den Ochsen des Geryon sein. Er würde eine Rundreise durch das Mittelmeer machen, auf dem Hinweg das Karthagerreich stürzen und auf dem Rückweg den Samniten die Hegemonie über Italien entreißen.** Im Grunde würde er auch hier den Spuren seiner persischen Vorgänger folgen. Kambyses hatte vorgehabt, Karthago anzugreifen,*** und Dareios I. hatte ein Flottengeschwader aus-

* Nysa: eine idyllische Blumenwiese der griechischen Mythologie.

** Arrianus, a. a. O., Buch VII, Kap. 1; Q. Curtius Rufus: *Historiae Alexandri Magni,* Buch X, Kap. 1, §§ 17–19.

*** Herodot, Buch III, Kap. 17.

gesandt, um die Welt der griechischen Kolonien westlich der Straße von Otranto zu erkunden.*

Alexander schlug nun vor, geradewegs mit den Schiffen und Männern, die er über See aus Babylon mitgebracht hatte, aufzubrechen, doch das Triumvirat konnte ihn schließlich von der Weisheit des ›Eile mit Weile‹ überzeugen. Das war der schwerste Kampf, den sie bis dahin mit Alexander auszufechten hatten, denn bei dieser Gelegenheit konnten ihnen die Ärzte nicht beistehen. Im Frühjahr 321 war Alexander bei besserer Gesundheit als je zuvor seit seiner Ankunft aus Karmanien nach dem qualvollen Marsch durch Gedrosien im Jahre 326.

Vor allem mußte Alexander überzeugt werden, daß es töricht wäre, den schwerwiegenden Fehler zum drittenmal zu machen, zu Lande und zur See gleichzeitig entlang einer Wüstenküste vorzurücken. Das war in Gedrosien katastrophal ausgegangen, es war in Arabien wieder zur Katastrophe geworden, und es konnte in Libyen doppelt so verheerend sein. Bei den beiden vorangehenden tödlichen Wüstenmärschen war Alexanders Ziel ein Land gewesen, das sich bereits unter seiner Kontrolle befand. Diesmal war es Feindesland, das karthagische Herrschaftsgebiet in Nordwestafrika, und seine erschöpften Truppen würden ohne eine Erholungspause ausgeruhten kartagischen Armeen gegenübertreten müssen. Er hatte schon einen Geschmack von der Libyschen Wüste bekommen, als er vor zehn Jahren seinen ›Vater‹ Zeus Ammon in der Oase von Siwah besucht hatte. Einmal war sicherlich genug.

Zweitens, wie konnte Alexander erwarten, daß makedonische Soldaten und phönizische Seeleute die geringste Lust verspüren sollten, Karthago anzugreifen?

* Ebd., Kap. 135–138.

Die Makedonen hatten Sinn in dem Asienfeldzug gesehen. Makedonien war zeitweise von Dareios I. unterworfen gewesen; für sie war der Angriff auf Dareios III. ein Rachefeldzug. Dagegen bedeutete das westliche Mittelmeer den Makedonen nichts, sie waren nicht an der griechischen Kolonisationsbewegung in jener Weltgegend im achten, siebten und sechsten Jahrhundert beteiligt gewesen. Sie hatten keine größere Neigung, zum Garten der Hesperiden zu marschieren, als sie geneigt gewesen waren, den Fluß Beas zu überschreiten. Die makedonischen Truppen in Ägypten wollten jetzt weiter nichts, als von Alexandria direkt nach Hause verschifft zu werden. Was die phönizischen Schiffbesatzungen anging, so würde Alexander, wenn er sie jetzt aufforderte, gegen Karthago zu fahren, zweifellos die Antwort erhalten, die Kambyses von ihren Vorvätern bekommen hatte. Sie würden sich weigern, ihre Kraft und Fertigkeiten für einen Angriff auf ihre Verwandten in einer phönizischen Kolonie herzugeben.* Für seinen westlichen Feldzug mußte Alexander Männer anwerben, denen das Herzenssache war. Er mußte erstens die westlichen Kolonialgriechen gewinnen und zweitens die ägäischen Griechen, von denen die westlichen Griechen abstammten. Doch ehe er das tun konnte, mußte er auf die immer dringlicheren Rufe reagieren, die das Triumvirat seit einiger Zeit von Antipater in Makedonien und Thrakien und von Antigonos in Phrygien erhielt.

In Thrakien hatten sich 326 die Odrysen erhoben, nachdem Zopyrion in der Skythensteppe das Debakel erlebt hatte, dem Dareios I. dort um Haaresbreite entgangen war. In Makedonien hatte sich Antipater mit seiner ausgedünnten Garnison einem drohenden allgemeinen Aufstand der Mitgliedsstaaten des Korinthi-

* Herodot, Buch III, Kap. 19.

schen Bundes gegenübergesehen, als während Alexanders kritischer Erkrankung in Babylon eine verfrühte Meldung von seinem Tod in Athen eintraf. In Phrygien hatte Antigonos die letzten zwölf Jahre hindurch Wunder vollbracht, um die Verbindungswege zwischen Makedonien und Babylon offenzuhalten, doch seit einiger Zeit meldete er, daß die von einigen örtlichen persischen Magnaten in Kappadokien angeführte Widerstandsbewegung nun solche Ausmaße angenommen hatte, daß es den Aufständischen jeden Augenblick gelingen konnte, den lebensnotwendigen Weg durch die Kilikische Pforte zu unterbrechen. »Komm nach Makedonien und hilf uns!« riefen Antipater und Antigonos einstimmig. Eumenes hatte ihre Botschaften Alexander unterbreitet, Alexander hatte sie zu den Akten gelegt. Wenn er weiterhin Makedonien als Ursprung und Zentrum seiner Weltmacht mißachtete, konnte sein eben erst entstehender Weltstaat zusammenbrechen. Wenn die Odryser in Pella und die Peloponneser in Larisa standen, was würde es Alexander nützen, in Gades* zu sein?

Mißmutig beugte sich Alexander Tatsachen, die nicht einmal ein Gott wegreden konnte. Im Frühjahr 321 segelte er nicht nach Karthago, sondern in den Thermäischen Golf, und er verbrachte das Jahr mit einer Wiederholung dessen, was er 335 getan hatte.

Alexander machte seine Anwesenheit in Europa wieder spürbar, indem er eine Reihe militärischer Demonstrationen veranstaltete. Zuerst marschierte er nach Nordosten durch Odrysien an die untere Donau, dann marschierte er über Korinth südwärts nach Megalopolis. Die Odrysen unterwarfen sich erneut. Die Skythen und die Spartaner kriegten das große Zittern.

---

* Gades: eine karthagische Niederlassung in Südwestspanien, heute Cádiz.

Danach wurde jeder gesunde Mann oder Jüngling, der in Makedonien noch zu finden war, Antigonos zu Hilfe geschickt. Sogar einige der Veteranen, die von Krateros und Leonnatos 323 heimgeführt worden waren, wurden reaktiviert. Antigonos, derart verstärkt, wurde angewiesen, zur Offensive überzugehen. Er sollte die vormals persischen Gebiete in Nordostanatolien einnehmen, die Alexander bei seiner Anabasis unerobert gelassen hatte. Antigonos sollte nach Osten vordringen, bis er die Westgrenze des Gebiets erreichte, das unter der Kontrolle von Atropates stand, des loyalen iranischen Statthalters von Medien. Antigonos schnellte jetzt vor wie ein von der Kette gelassener Hund. Vor Ende der Feldzugssaison (und in Armenien ist diese Zeit kurz) hatte Antigonos das abgefallene Gebiet vollständig befriedet. Alexander merkte sich Antigonos für einen künftigen größeren Auftrag vor.

Inzwischen mußte Alexander einen neuen Statthalter für Thrakien bestimmen. Das Amt war frei, seit Zopyrion 326 den Tod in der Steppe gefunden hatte, und Antipater hatte als *locum tenens* gedient, doch zwei kritische Fronten gleichzeitig im Auge zu behalten, war selbst für einen Soldaten von Antipaters Statur eine zu schwere Last. Zudem kam Antipater in die Jahre. Lysimachos bewarb sich um den freien Posten, doch Alexander setzte ihn nicht ein. Er wollte Lysimachos' Dienste in seinem persönlichen Gefolge nicht entbehren. Statt dessen setzte er Krateros ein. Es lag auf der Hand, daß die Statthalter von Thrakien und Makedonien wie Brüder zusammenarbeiten mußten, wenn sie mit ihren schwierigen Aufgaben fertig werden wollten, und es war bekannt, daß Krateros und Antipater bestens zueinander paßten.

Man sollte meinen, daß Alexanders administrative und militärische Aktivitäten 321 v. Chr. ihn das ganze Jahr über vollauf beschäftigt hätten. In Wahrheit mußte er sich diesen dringlichen öffentlichen Angelegenheiten widmen, so gut er konnte, während er bis über den Kopf in Familienproblemen steckte. Nicht Griechenland, Thrakien oder Kappadokien bereiteten ihm in jenem Jahr schlaflose Nächte. Es war seine Mutter Olympias mit ihrer Tochter – seiner Vollschwester – Kleopatra. Nun verstand er seinen unterbewußten Widerwillen gegen eine Rückkehr aus Ägypten, statt weiter nach Gades voranzudrängen. Er verstand, warum sein Vater andauernd anderen Frauen nachgelaufen war und schließlich Alexanders Mutter den Laufpaß gegeben hatte, um die Namensvetterin von Alexanders Schwester, die Nichte des Attalos, zu heiraten. Nun verstand er, was Antipater die letzten dreizehn Jahre über auszustehen hatte. Er verstand, warum Antipater ergraut war und anfing, krumm zu werden.

Olympias' dämonische Persönlichkeit hatte ihren Sohn fasziniert, seit er denken konnte. Als Junge hatte er sich gegen seinen Vater auf ihre Seite gestellt. Gewiß war die Untreue seines Vaters unverzeihlich. Dieses Band persönlicher Sympathie war durch ein Band politischen Interesses verstärkt worden, als Philip 337 Attalos' Nichte zur Frau genommen hatte. Damit war die Gefahr aufgekommen, daß Alexander das Erbe verlöre. Diese Gefahr für Mutter und Sohn war vom Schwertstreich des Pausanias gebannt worden, doch das innige Band zwischen ihnen hatte den dramatischen Aufschwung ihres Glücks überstanden, sogar ihre andauernde Nähe, bis sie durch Alexanders Aufbruch von Pella nach dem Hellespont getrennt worden waren. Danach hatte Olympias Alexander mit langen Briefen voller Klagen und Vorwürfe geplagt (die sich natürlich gegen Antipater richteten), doch selbst die ärgerlichste Korrespondenz ist zu ertragen, wenn der Austausch von Briefen sechs Monate dauert. Nun jedoch stand Alexander seiner Mutter wieder von Angesicht gegenüber. Auf die Nachricht hin, daß Alexander aus Ägypten nach Makedonien käme, war Olympias eilends aus Epiros angereist und ein paar Tage vor ihrem Sohn in Pella eingetroffen. Nun stellte Antipater Alexander ein Ultimatum: Wenn Olympias in Europa bleiben dürfte, würde er, Antipater, sein Amt niederlegen. Alexander sah, daß Antipater es ernst meinte, und die Aussicht behagte ihm gar nicht. Alexander hielt Antipater für den einzigen, der imstande wäre, auf dem europäischen griechischen Festland während seiner Abwesenheit für ihn die Stellung zu halten. Wenn Antipater sein Amt niederlegte, müßte Alexander ständig in Pella bleiben. Er müßte die Eroberung der noch uneroberten Weltgegenden seinen Generälen übertragen. Mit diesem Gedanken konnte sich Alexander nicht anfreunden. Eher würde er Olympias an einen Ort verschicken, von wo ihre Briefe wieder drei Monate unterwegs wären und die Antworten weitere drei Monate. Doch wo? Und wie?

Die Antworten auf beide Fragen kamen Alexander in den Stunden vor Tagesanbruch nach einer schlaflosen Nacht in den Sinn. Die Antworten lösten das Olympias-Problem so glänzend, daß Alexander sie nur für direkte Mitteilungen von seinem Vater Zeus Ammon halten konnte. Schließlich war der Gott in gewisser Weise für Alexanders gegenwärtiges Ungemach verantwortlich, wenn es wahr war, wie der Gott behauptet hatte, daß er und nicht Philip Alexander mit Olympias gezeugt hatte. Wie bekam man Olympias aus Europa weg? Nun, natürlich auf ärztliche Anweisung. Alexander hatte diesen Kunstgriff des politischen Handwerks gelernt, als das Triumvirat ihn 323 in Babylon gegen ihn angewandt hatte. Und wohin mit ihr? Die Antwort auf die zweite Frage folgte aus der Antwort auf die erste. Die Ärzte müßten ihr verordnen, für den Rest ihres Lebens in einem günstigen

Klima zu wohnen, weitab von den Härten des epirotischen oder makedonischen Winters, und nun fiel Alexander ein, daß er genau so einen Ort in petto hatte. Unterwegs von Bahrein nach Suez hatte er bei der Insel Sokotra vorbeigeschaut und sie in Besitz genommen. Es war ein Paradies auf Erden und stand ihm noch immer zur Verfügung, denn versehentlich hatte er den Namen in seiner Schenkung an die Phönizier ausgelassen.

Nun, da Alexander die Lösung hatte, handelte er rasch. Seine willfährigen Ärzte legten am Morgen darauf den notwendigen medizinischen Bericht vor, und vor Anbruch der Nacht war Olympias nach Sokotra unterwegs. Sie wurde von einer kleinen Leibwache siebzigjähriger Veteranen begleitet, die sich innig danach sehnten, in die Tropen zurückzukehren, nachdem sie die beiden letzten Winter wieder daheim verbracht hatten. Einhundert Siebzigjährige auf Sokotra würden schwerlich imstande sein, zugunsten Olympias' eine Weltrevolution zu veranstalten, wie heftig sie auch wüten mochte. So wurde Olympias nach Sokotra verbannt und dort für den Rest ihres langen und munteren Lebens festgehalten (das tropische Klima vermochte nicht, ihr Temperament zu zügeln). Als Kaiserin von Panchaia konnte sie nicht länger hoffen, Makedonien oder Epiros zu regieren. Das versetzte sie in Wut, doch sie konnte nichts mehr dagegen tun.

Wie mit Kleopatra zu verfahren wäre, war das weniger unangenehme von Alexanders beiden familiären Problemen. Kleopatra, das arme Mädchen, war kein Dämon wie ihre Mutter. Sie hatte einfach Pech gehabt. Erst hatte sie ihren Gatten verloren, König Alexander von Epiros, Olympias' Bruder und Kleopatras und ihres Bruders Onkel. Alexander von Epiros war 331 v. Chr. in Italien getötet worden. Kleopatra hatte kaum Zeit gehabt, die Regentschaft des Königreichs zu übernehmen, als ihre Mutter (die beleidigt aus Pella abgereist war) in Epiros eintraf und Kleopatra die Regentschaft aus der Hand nahm. Kleopatra war noch Witwe, und in ihrem Alter war das unrecht ihr gegenüber und ein Makel für ihren Bruder. Alexander konnte sich nicht seiner Pflicht entziehen, einen neuen Gatten für sie zu finden. Doch wen? Der Auserwählte mußte eine passende Partie für Alexanders Schwester und gleichzeitig loyal gegenüber Alexander sein, und ebenso gegenüber Alexanders Sohn und Namensvetter. Kleopatra war König Philips einziges legitimes Kind außer Alexander. Ihre Hand würde daher ihrem Gemahl, wer immer es sein mochte, einen prächtigen Anspruch auf die Thronfolge geben, falls Alexander III. sterben sollte, während der künftige Alexander IV. noch minderjährig war – und 321 v. Chr. war der kleine Alexander erst zwei Jahre alt. Der richtige Gatte für Kleopatra war in gewisser Weise ebenso schwierig zu finden, wie der rechte Wohnort für Olympias.

Alexander erste Wahl fiel auf Krateros. Er war von guter Abkunft, loyal und intelligent. Doch Krateros war schon mit Amastris verheiratet, der Nichte Dareios' III., und das auf Alexanders Geheiß, und er hatte seine persische Gattin bisher nicht verstoßen. Persisch-makedonische Mischehen gehörten zu Alexanders Politik zur Vereinigung der Menschheit. Er konnte es sich nicht leisten, eine von diesen politischen internationalen Ehen aufzulösen, um sie durch eine Ehe zweier makedonischer Gatten zu ersetzen. Zudem wäre die Verstoßung von Amastris ein Affront gegen die Achaimeniden gewesen, und Alexander empfand eine ritterliche Sorge, die Gefühle der überlebenden Mitglieder des gestürzten Kaiserhauses zu schonen. Folglich verheiratete Alexander Kleopatra mit Leonnatos. Dieser neue Schwager Alexanders besaß dieselben guten Eigenschaften wie sein Kamerad Krateros und war sogar von noch höherer Herkunft. Er stammte von den Fürsten von Lynkestis ab, einem der makedonischen Gebirgsfürstentümer, denen Philip die Selbständigkeit genommen hatte. Da Antipater nun sichtlich alterte, hielt Alexander Leonnatus in Reserve, und als Antipater 319 v. Chr. starb, setzte er Leonnatus in die Nachfolge als Vizeregent von Makedonien und Südgriechenland ein.

Auf dem Totenbett riet Antipater Alexander, seinem (Antipaters) Sohn Kassander kein Amt zu verleihen. Alexander befolgte diesen Rat, denn auch er war zu dem Schluß gekommen, daß Kassander keine Skrupel kannte. Kassander war jedoch auch rachsüchtig und energisch. Als er übergangen wurde, antwortete er mit Desertion. Er floh nach Karthago, warnte die karthagische Regierung vor dem, was auf sie zu kam, und stellte ihr seine Dienste zur Verfügung.

Sizilien und Karthago

Mit all diesem 321 v. Chr. vollauf beschäftigt, mußte Alexander die Vorbereitungen des Angriffs auf Karthago durch vorbereitende diplomatische Aktionen auf Sizilien anderen übertragen. Er legte diese Angelegenheit Ptolemaios in die Hände, und Ptolemaios erfüllte seinen Auftrag zur vollen Zufriedenheit. Seitdem sich Timoleon aus der Politik zurückgezogen hatte und früh gestorben war, war seine bewundernswerte Regelung der griechischen Angelegenheiten auf Sizilien zu Bruch gegangen. 321 v. Chr. waren die griechischen und sikulischen* Staaten auf der Insel wieder einmal miteinander überkreuz, und die Geschichte der sizilischen Griechen fiel in den zyklischen Rhythmus zurück, der in der Vergangenheit für sie charakteristisch gewesen war. Seit zweihundert Jahren, ab-

---

* Sikuler oder Sikeler: Volksstamm in Ostsizilien; nach ihnen ist die Insel benannt.

gesehen vom kurzen Zwischenspiel des Timoleon, schwankten die griechischen oder hellenisierten zwei Drittel von Sizilien zwischen anarchischen Anfällen örtlicher Unabhängigkeit und despotischen Anfällen von Einheit hin und her. 321 sah es danach aus, als würde dem gegenwärtigen nach-timoleontischen Anfall von Anarchie bald ein neuer Anfall von Einheit unter einem Despoten in der Art der Deinomeniden oder der Dionysien folgen. Ein möglicher Kandidat für die Nachfolge von Dionysios II. war schon im Gespräch. Es war ein junger Offizier in syrakusischen Diensten namens Agathokles.*

Ptolemaios rief eine Konferenz von Vertretern der griechischen und sikulischen Staaten zusammen und unterbreitete ihnen in Alexanders Namen zwei Vorschläge. Der erste lautete, sie sollten zusammen in einen neuen Syrakusischen Bund eintreten, der dieselbe Verfassung wie der Korinthische Bund haben sollte. Der zweite Vorschlag bestand darin, daß sie mit Hilfe des Korinthischen Bundes und unter Alexanders Hegemonie Karthago aus seinem Herrschaftsgebiet in Westsizilien vertreiben sollten. Beide Vorschläge wurden angenommen, denn obwohl die sizilischen Griechen nicht darauf erpicht waren, in Alexanders Weltstaat eingegliedert zu werden, hatten sie keine Aussicht auf eine attraktivere Möglichkeit. Ptolemaios spürte ihre Stimmung und traf wirksame Maßnahmen, daß sie es sich nicht wieder anders überlegten. Er postierte makedonische Garnisonen auf der Insel Ortygia, auf dem ›Sichelhaken‹ bei Messana** und auf dem Athenaion von Akragas; und er lockte Agathokles von Sizilien fort, indem er es auf sich nahm, ihm eine Stel-

---

* Agathokles: in der realen Geschichte 317 v. Chr. Tyrann, später König von Syrakus.

** Messana: heute Messina.

lung in Alexanders persönlichem Gefolge abzubieten. (Alexander bestätigte diese Maßnahme Ptolemaios' umgehend, als er Agathokles traf und dessen Energie und Ehrgeiz ermessen konnte.)

Die Geschichte von Alexanders anschließendem sizilischem und dem afrikanischen Feldzug ist rasch erzählt. Er führte führte beide ausschließlich mit nichtmakedonischen griechischen Truppen. (Ihm war 321 klar geworden, daß Makedonien eine Ruhepause brauchte.) Im Expeditionskorps des Korinthischen Bundes wurden den von Korinth und Chalkis gestellten Kontingenten eine Führungsrolle eingeräumt, in Ansehung der überragenden Rolle, die beide Städte bei der griechischen Kolonisation Siziliens gespielt hatten. Lilybaeum wurde 320 v. Chr. belagert und eingenommen, Karthago 319. (Kassander starb dort mit dem letzten Aufgebot.) Karthagos Widerstand gegen Alexander war ebenso heldenhaft, wie es 332 der seiner Mutterstadt Tyros gewesen war, und es ereilte sie auch das gleiche Schicksal. Das kam Alexander ungelegen, denn er hatte es sich in den Kopf gesetzt, den Phöniziern den Status eines Reichsvolkes zu geben, und er zählte auf ihre Mitarbeit bei der Entwicklung des Seeverkehrs für den Weltstaat. Alexander unternahm daher nun besondere Anstrengungen, um den guten Willen der Phönizier zurückzugewinnen. Nach dem Fall Karthagos 319 v. Chr. baute er die Stadt so hübsch wieder auf, wie er 322 Tyros wiederaufgebaut hatte, doch natürlich errichtete er das karthagische Reich nicht wieder. Als Ersatz dafür vereinte er die phönizischen Kolonialstaaten rings um das westliche Mittelmeer und jenseits der Säulen des Herakles in einem Bund von Utica, geformt nach dem Vorbild des Korinthischen und des Syrakusischen Bundes; er zwang sein wiederaufgebautes Karthago, sich mit etlichen anderen phönizischen Kolonialstädten – Utica, Hippo

Diarrhytos, Acholla, Hadrumetum, Thapsos – in das kontinentalafrikanische Herrschaftsgebiet zu teilen, das Karthago zuvor allein besessen hatte, und er öffnete die Straße von Gibraltar für die Schiffahrt aller Nationen. Um sicherzustellen, daß sich die Meerenge fortan unter seiner eigenen Kontrolle befand, gründete er bei Gibraltar eine griechische Kolonie, bevölkert hauptsächlich mit Bewohnern von Massalia* und Phokaias, die er Alexandria Eschate Herakleia nannte, als Gegenstück zu seinem Alexandria Eschate Dionysiaka am Flusse Iaxartes.**

Doch war ›Eschate‹ wirklich der passende Zusatz für die beiden Städtenamen? Der makedonische Dionysos-Herakles war entschlossen, sich keine Ruhe zu gönnen, bis er die ganze Ökumene in dem Weltstaat vereint hätte, den er aufbaute, und an keinem der beiden Alexandrias war das Ende der Welt in Sicht, wenngleich sie die am weitesten entfernten von allen Alexandrias waren, die ihr Namensgeber bisher gegründet hatte. Hinter Alexandria am Iaxartes lag die weite Steppe, hinter Alexandria an der Meerenge lag der weite Ozean, und natürlich lag hinter dem unvergeßlichen Flusse Beas der noch unbetretene Großteil des Subkontinents Indien. Alexander entfernte nun die verneinende Partikel von Pindars berühmtem Diktum *τὸ πόρσω δ'ἄβατον*, »Nicht mehr als das Äußerste«. »Mehr als das Äußerste« war Alexanders Gegenlosung; und demgemäß traf er Vorkehrungen für die Ausweitung seines Weltstaates nach Westen über das Einhalt gebietende Säulenpaar hinaus, das seit zweihundert Jahren die Grenze griechischer Seefahrt mar-

---

* Massalia: damals eine ausgedehnte griechische Kolonie, heute Marseille.

** Alexandreia Eschate: das Letzte (Äußerste) Alexandria. Der Iaxartes heißt heute Syr-Darja.

kiert hatte. Er vertraute die Erkundung des Atlantiks Gades und Massalia an, und als Trennlinie zwischen den Aktionsgebieten der beiden Seefahrerstädte legte er die geographische Breite der Straße von Gibraltar fest. Während der Belagerung von Karthago, die sich lange hingezogen hatte, hatte Alexander Zeit gefunden, zwei Berichte über Forschungsfahrten jenseits der Meerenge zu lesen. Einer war die Erzählung des Karthagers Hanno über seine Fahrt entlang der afrikanischen Küste vor zweihundert Jahren, der andere die Erzählung des Pytheas von Massalia, der unlängst entlang der europäischen Antlantikküste und um einige von den im Meer liegenden Inseln herum gefahren war. Alexander verabredete mit Pytheas ein Treffen in Gades, und dieses Treffen trug Früchte. Alexander setzte eine große alljährliche Gratifikation an Massalia und Gades für die systematische Weiterführung der Forschungsfahrten von Hanno und Pytheas aus.

Die Bewohner von Gades gingen rascher ans Werk als die Massalioten. Vielleicht hatte Pytheas' Bericht von zugefrorenem Meer und Mitternachtssonnen und alljährlicher sechsmonatiger Nacht jene Minderheit seiner Landsleute abgeschreckt, die ihn nicht für einen Märchenerzähler hielt. Wo es vierundzwanzig Stunden Tageslicht ohne Unterbrechung gab, konnte es auch menschenfressende Laestrygonier geben, und ohnehin schienen diese unheimlichen nordwestlichen Gewässer zu keinem Ziel zu führen, das zu erreichen sich lohnte.

Die Leute von Gades dagegen wußten, was sie wollten. Sie hatten vor, Afrika von Westen nach Osten zu umschiffen, und ihr Ziel sollte es sein, eine regelmäßige Schiffahrtslinie zu ihren phönizischen Verwandten einzurichten, die Alexander eben am Eingang des Roten Meeres angesiedelt hatte. Sie ließen sich nicht von dem Wissen abschrecken, daß der einzige vorangegangene Versuch einer Umseglung Afrikas in dieser Richtung fehlgeschlagen war. Das Scheitern hatte von vornherein festgestanden, wenn man bedachte, daß der Versuch nicht unter phönizischem Vorzeichen unternommen worden war. Schiff und Besatzung waren ägyptisch gewesen, der Befehlshaber ein Perser, Xerxes Neffe Sataspes.* Sie wußten aber auch, daß Afrika in der Gegenrichtung erfolgreich von einem Geschwader phönizischer Schiffe umsegelt worden war, die der Pharao Necho II. entsandt hatte, sobald die Vollendung seines Nil-Suez-Kanals die Fahrt von Phönizien ins Rote Meer erlaubte. Es hatte jene Verwandten der Bewohner von Gades gut drei Jahre gekostet, die Mittelmeerküste Ägyptens durch die Straße von Gibraltar zu erreichen. Doch schließlich waren sie angekommen, also war erwiesen, daß das Unternehmen möglich war.** 310 v. Chr. hatte ein Schiff aus Gades ums Kap der Guten Hoffnung herum Suez erreicht und war auf demselben Wege zurückgekehrt. Seit damals ist die Route um Afrika einer der regelmäßig befahrenen Seewege der Welt. Seit damals liegt auch der gesamte Fernverkehr zur See in phönizischen Händen.

Italien

Wie schon erwähnt, unternahm Alexander einen Ausflug durch die Meerenge nach Gades. Er hatte es sich in den Kopf gesetzt, diesen westlichen Bereich des Ozeans zu befahren. Ebenfalls in den Kopf gesetzt hatte er sich, seine Rundfahrt im westlichen Mittelmeer zu vollenden. Doch wie am Flusse Beas wurde an der Meerenge Alexanders Vordringen von zwei Göttern Halt geboten, die zusammen stärker waren als Ammons Sohn. Einer von diesen Einhalt gebietenden

* Herodot, Buch IV, Kap. 43.

** Ebd., Kap. 42.

Göttern war die menschliche Natur. Wie am Beas wurde an der Straße von Gibraltar Alexanders Streitmacht störrisch und konnte nicht überredet werden, weiterzumarschieren. Der andere Gott war die nichtmenschliche Natur. Eine organisierte Armee, die Belagerungsgerät mitführt, kann sich nur zur See oder auf Straßen fortbewegen. Sie kann sich nicht den Weg durch unerschlossene Wildnis bahnen. Das Triumvirat bewog Alexander, sich mit seinem Korps von Bematistae zu beraten, und diese Fachleute für Landvermessung offenbarten ihm die desillusionierende Wahrheit über seinen glorreichen Marsch durch Südwestasien. Den hatte nicht Alexanders dionysischer Elan ermöglicht, erklärten ihm die Experten, vielmehr waren es Geduld und Kunstfertigkeit der persischen Vorgänger der Bematistae gewesen. Zweihundert Jahre lang, ehe Alexander seinen Fuß in persisches Reichsgebiet setzte, hatten die persischen Ingenieure ein Netz großartiger Straßen gebaut. Alexander hatte Nutzen aus persischen Arbeiten gezogen, die er ignoriert hatte. Der makedonische Fußsoldat war hellsichtiger gewesen. Als er das östliche Ende der persischen Straße erreicht hatte, war ihm klar gewesen, daß es Zeit zum Haltmachen war – und Spanien, führten die Bematistae aus, war so weglos wie Indien jenseits des Beas.

Diese Darlegungen überzeugten Alexander schließlich, daß er nicht von Spanien aus in Italien einfallen konnte, sondern nach Griechenland zurückkehren mußte, um die Invasion über die Straße von Otranto zu führen. Ebendies tat Alexander, wie wir wissen, 317 v. Chr. Doch ehe wir einen kurzen Bericht des italienischen Feldzuges in jenem Jahr geben, wollen wir uns eine Abschweifung in die imaginären Gefilde dessen erlauben, was hätte geschehen können. In Wahrheit ist noch nie eine Armee über Land von Utica nach Italien marschiert, obwohl Nordwestafrika, Spanien und Gallien längst erschlossen sind. Doch wir können uns eine Situation vorstellen, in der solch ein abenteuerlicher Marsch tatsächlich unternommen worden wäre.

Stellen wir uns vor, Alexander wäre im Juni 323 in Babylon gestorben. (Dieser erste Bestandteil unserer fiktiven Randbemerkung ist nicht schwer zu akzeptieren, denn ein paar Tage in jenem Monat lang befand sich Alexander wirklich an der Schwelle des Todes.) Wenn Alexander 323 gestorben wäre, wäre das Karthagerreich zweifellos intakt geblieben, und dem Samnitenbund wäre es wahrscheinlich gelungen, die Herrschaft über die italienische Halbinsel zu erringen. Er hatte das erreichen können, indem er sich mit den Etruskern zusammentat. Etrusker und Samniten hatten ein gemeinsames Interesse: Rom war für beide Seiten eine Bedrohung, und gemeinsam hätten sie Rom zermalmen können wie eine Nuß zwischen den Backen eines Nußknackers. Danach hätte sich Samnium wahrscheinlich angeschickt, sich mit den Karthagern um den Besitz von Sizilien zu streiten – und auch von Sardinien. Seit der Zeit von Dionysios I. dienten oskische Söldner auf Sizilien. Ihre Berichte von einem Eldorado konnten der kontinentalen oskischen Macht den Mund wäßrig machen. Was wäre geschehen, wenn Samnium und Karthago aneinandergeraten wären? Mit ihrer zahlenmäßigen Überlegenheit mochten sie leicht das Innere Siziliens überrennen, doch sie konnten schwerlich die Küstenstädte erobern, solange Karthago das Meer beherrschte. Die historische Vertreibung der Karthager von Sizilien durch Alexander 320 wurde durch Seestreitkräfte erreicht, wie wir wissen. Nehmen wir nun an, daß das unseemännische Samnium es irgendwie fertiggebracht hätte, wie zu Lande auch zur See die Oberhand zu gewinnen. Ich muß meine Leser um Verzeihung bitten, daß ich ihrer Vorstellungskraft derart Ausgefallenes abverlange. Ich bitte sie, sich ein Ereignis als gegeben vorzustellen, das kaum vorstellbar ist, doch ich muß darauf bestehen, denn das ist eine unerläßliche Voraussetzung für den Fortgang meiner imaginären Geschichte.

Alsdann, die Samniten entringen Karthago die Seeherrschaft und zwingen es, den Frieden mit der Abtretung von Sardinien wie auch von Sizilien zu erkaufen. Was wird Karthago als nächstes tun? Es dürstet nach Rache. Das Meer liegt zwischen dem vergrößerten Samnitenreich und dem geschrumpften Karthagerreich, und das Meer ist unwiderruflich unter samnitische Kontrolle geraten. Wenn Karthago unter diesen Bedingungen angreifen will, muß es das auf dem Landwege tun. Es muß eine Landarmee auf Reichweite an die Schwachstelle der Samnitischen Gemeinschaft im Nordwesten heranführen. Wenn ein karthagisches Expeditionkorps die Po-Ebene erreichen kann, werden sich die Gallier und Ligurer *en masse* erheben, um sich ihm anzuschließen. Sie werden sich erheben, weil sie Gefahr laufen, von Samniten und Etruskern angegriffen zu werden, wenn sie passiv bleiben. Dieses große barbarische Menschenreservoir im Verein mit einer gutausgebildeten Streitmacht karthagischer Berufssoldaten könnte den vereinten Streitkräften Samniums und seiner italienischen Verbündeten durchaus überlegen sein. Nehmen wir an, ein karthagischer General faßt diesen Plan ins Auge und vermag ihn auszuführen. Natürlich ist das nicht glaubhaft. Der brillanteste Stratege, dazu in einer Person der charismatischste Anführer, wäre nicht wirklich imstande, eine Armee, belastet mit Belagerungsgerät und womöglich auch noch mit Elefanten, über die Pyrenäen und die Rhône und die Alpen und den Po und den Apennin zu führen. Wenn wir das glauben, ist es ein Fall von ›credo quia incredibile‹. Kehren wir lieber zu den nüchternen Fakten der Geschichte zurück, »wie es eigentlich gewesen ist«.*

In Wahrheit haben weder Samnium noch unser imaginäres karthagisches Militärgenie jemals Gelegenheit bekommen, zu versuchen, was wir uns eben vorgestellt haben. Alexander schloß diese Möglichkeit aus, indem er 319 v. Chr. Karthago und 317 Samnium zerschlug.

Wie dem sizilischen Feldzug gingen dem italienischen diplomatische Züge voraus, und abermals führte Ptolemaios die Verhandlungen im Namen Alexanders. 317 v. Chr. war es für Alexander höchste Zeit, sich mit den italienischen Angelegenheiten zu befassen. Im Winter 318/317 überschattete Samnium die ganze italienische Halbinsel. So war es schon seit 320, als die Samniten eine römische Armee einschlossen, die übereilt versucht hatte, durch die wilden und waldreichen Caudinischen Engpässe des Apennins in Samnium einzufallen. Die gefangene römische Armee mußte ihre Freilassung mit einem schmachvollen Friedensschluß erkaufen, und Rom war darüber hinaus durch Revolten unter seinen eigenen störrischen Verbündeten und Untertanen erschüttert worden.

Die Oberherrschaft über die gesamte italienische Halbinsel lag nun für Samnium zum Greifen nah – fast, doch nicht ganz; denn gerade das Ausmaß des samnitischen Sieges über Rom bei den Caudinischen Pässen hatte jene unter den südöstlichen Staaten Italiens, die noch eine gewisse Handlungsfreiheit besaßen, bewogen, sich untereinander und mit Rom zusammenzuschließen, in der Hoffnung, mit gemeinsamem Handeln ihrer aller Unabhängigkeit zu retten. Das hatte den Römern eine Möglichkeit eröffnet, zu einer neuen Strategie überzugehen. Ihr vorangehender

* Zitat im Original deutsch.

Frontalangriff auf Samnium hatte in einem Fiasko geendet. Sollten sie nicht imstande sein, die Offensive mit besseren Erfolgsaussichten wiederaufzunehmen, wenn sie sich ihren Weg quer über die Halbinsel zur Adriaküste bahnten und im Voranschreiten neue Verbündete gewannen? Dann konnten sie Samnium über Apulien angreifen, wo der Anstieg auf die samnitische Hochebene freier liegt und daher leichter ist. Bis 318 v. Chr. hatte Rom mit den Gebirgsstämmen von Mittelitalien das Durchmarschrecht für römische Armeen vom Tiber-Becken zur Adria durch die Aternus-Schlucht ausgehandelt, und als in jenem Jahr ein römisches Heer auf diesem Wege ins Gebiet der Frentaner einmarschiert war, waren die unter dem Schutze der römischen Truppen vom Samnitenbund abgefallen. Im Winter 318/317 standen zwei apulische Stadtstaaten, Teanum Apulum und Canusium, in Verhandlungen mit der römischen Regierung hinsichtlich der Möglichkeit, dem Beispiel der Frentaner zu folgen. Das war der Stand der Dinge, als Ptolemaios auf dem Schauplatz erschien.

Ptolemaios landete in Tarent, und dessen Regierung ließ sich nicht lange bitten. Seit Alexanders Onkel, Schwager und Namensvetter 331 in Italien den Tod gefunden hatte, hatte Tarent eine Botschaft nach der anderen an Alexander von Makedonien gesandt und ihn aufgefordert, den Tod seines Onkels zu rächen und dessen unvollendetes Werk mit stärkeren Streitkräften auszuführen, als Epiros sie hatte ins Feld führen können.

Ptolemaios verließ alsbald Tarent wieder und bereiste die wichtigsten Staaten von Peucetien und Apulien, bot ihnen Bündnisse mit Alexander an und versicherte ihnen, daß Alexander selbst in der kommenden Feldzugssaison mit einer überwältigenden Armee aus Griechenland nach Italien kommen werde, um Samnium zu zerschmettern. Den größten Teil seiner Zeit und Anstrengungen widmete Ptolemaios Canusium und Teanum Apulum. Er empfahl ihren Regierungen, es sich reiflich zu überlegen, ehe sie sich Rom verschrieben – einer zweitrangigen Macht auf der anderen Seite des Apennins –, da ihnen nun ein Bündnis mit dem Beherrscher des Weltstaats angeboten wurde. Ptolemaios gewann Canusium und Teanum und ebenso die übrigen apulischen und peucetischen Staaten für ein Bündnis mit Makedonien, und nachdem er solcherart den ersten Teil seiner Mission erfüllt hatte, reiste er durch die Aternus-Schlucht weiter nach Rom.

Im römischen Senat war zu dieser Zeit ein erheblicher Vorrat an politischer Fähigkeit und Erfahrung versammelt. Diese römischen Edlen waren in ihrer Diplomatie so flexibel, wie sie in der Verfolgung ihrer Ziele ausdauernd waren. Ptolemaios hielt jedoch zwei Trümpfe in der Hand. Er war der Vertreter des Welteroberers, in dessen Quartier im fernen Babylon die römische Regierung 323 eine Gesandtschaft zur Anknüpfung freundschaftlicher Beziehungen geschickt hatte, und er hatte Rom in einem Augenblick angetroffen, da es noch unter dem Eindruck der caudinischen Katastrophe stand. Seine neue Strategie und seine neuen südwestitalienischen Bündnisse eröffneten ihm zumindest die vage Hoffnung, die politische und militärische Niederlage umzukehren. Doch nun wurde Rom praktisch ein entscheidender Triumph über Samnium zugesichert, indem ihm ein Bündnis mit dem Weltherrscher angeboten wurde. Die offene Frage war, ob ein Bündnis zwischen zwei an Macht derart verschiedenen Parteien für Rom nicht auf Knechtschaft hinauslaufen würde, und damit wollte sich der römische Adel nicht freiwillig abfinden.

Ptolemaios spürte, was den römischen Unterhändlern durch den Sinn ging, und setzte alles daran, ihre

Befürchtungen zu zerstreuen. Sein Entwurf für Rom sah vor, es zu bewegen, das italienische Gegenstück zu Alexanders indischem Verbündeten Poros zu werden, und das war eine Rolle, die sich mit dem römischen Stolz vertrug. Ptolemaios erklärte – und er überzeugte die Römer von seiner Aufrichtigkeit –, daß Alexander die Römer als geehrte Partner zu sehen wünschte und daß er nicht daran dachte, sie in die Lage seiner Untertanen hinabzudrücken. Das war nicht nur eine diplomatische Phrase. Ptolemaios zeigte, was er meinte, indem er es in konkrete Bedingungen faßte. Erstens und vor allem, erklärte er, verlangte er von Rom nicht, irgendeinen territorialen oder politischen Besitz, den es bereits innehatte, aufzugeben. Er stellte sein kürzliches Bündnis mit den Frentanern nicht in Frage, ebensowenig sein wenig älteres Bündnis mit Neapolis. Da dieses Bündnis gleichfalls eine vollendete Tatsache war, würde es gleichfalls respektiert werden – obwohl er hinzufügte, daß Alexander griechische Gemeinden ungern unter der Hegemonie nichtgriechischer Mächte sah (die Wahrung oder Wiederherstellung der Unabhängigkeit aller italienischen Griechenstaaten außer Neapolis würde der Hauptzweck von Alexanders bevorstehendem Italienfeldzug sein). Rom sollte das unter seiner Oberhoheit stehende Gebiet einschließlich Neapolis ungeschmälert behalten. Wenn Samnium durch die vereinten Anstrengungen Alexanders und seiner italienischen Verbündeten geschlagen wäre, sollten Roms territorialer Anteil an der Beute das caudinische Gebiet und die fruchtbaren oberen Täler des Volturnus und des Sagrus sein, und Rom sollte freie Hand haben, die mittelitalienischen Stämme und die Sabiner und die Picenter in jedes Verhältnis zu sich zu bringen, das einzugehen es sie mit friedlichen oder kriegerischen Mitteln bewegen könnte. Das würde allein Roms Sache sein. Alexander würde sich in jenem Bereich nicht einmischen, und das Resultat für Rom würde sein, daß es Zugang zur Poebene mit all ihrem potentiellen landwirtschaftlichen Reichtum erhielte. In der anderen Richtung würde Alexander zustimmen, daß Rom Nola und die Pentapolis von Nuceria in seinen Herrschaftsbereich einschlösse, wenn es sie im Guten gewänne – es durfte jedoch nicht versuchen, diese Staaten mit Gewalt zu nehmen.

Danach wandte sich Ptolemaios der heikleren Aufgabe zu, die Grenzen römischer Expansion zu umreißen, die Alexander festlegen würde. Der nordöstliche – d. h. der größere – Teil von Samnium sowie ganz Apulien, Peucetien, Calabrien, Lucanien, Bruttium und die Magna Graecia (immer mit Ausnahme von Neapolis) würden für Rom unantastbar bleiben. Diese südostitalienischen Gebiete sollten in einem Bund von Tarent organisiert werden, nach dem Muster des Korinthischen, des Syrakusischen und des Bundes von Utica. Um die Grenzen des neuen italo-griechischen Bundes zu kennzeichnen, würde Alexander griechische Kolonien bei Maluentum, bei Luceria und an einem Ort im oberen Becken des Flusses Aufidus in der Nähe des Berges Vultur gründen.

Ptolemaios fuhr dann fort, indem er die Frage nach der Zukunft der etruskischen und umbrischen Stadtstaaten aufwarf. Natürlich stellte er Roms Besitz am Ager Veientanus nicht in Frage. Das war eine seit langem vollendete Tatsache und unumkehrbar. Ptolemaios merkte jedoch den Umstand an, daß Rom, als es in Konflikt mit Samnium geraten war, den etruskischen Staaten, die bisher ihre Unabhängigkeit bewahrt hatten – den meisten also – geradezu demonstrativ entgegengekommen war. Zum Beispiel hatte Rom mit Caere und Tarquinii langfristige Abkommen geschlossen, in denen die Unabhängigkeit dieser beiden etruskischen Staaten ausdrücklich bekräftigt wurde. Ptolemaios beglückwünschte die Römer zu ihrer Weisheit, daß sie derart Sorge getragen hatten, den Etruskern keinerlei Anlaß zu einem Bündnis mit den Samniten zu geben. Das, sagte er, würde auch Alexanders Politik sein, und Ptolemaios kündigte dann Alexanders Absicht an, seinerseits mit Caere und Tarquinii Verträge zu Bedingungen abzuschließen, die identisch mit denen in den bestehenden Verträgen mit Rom wären. Ptolemaios schlug vor, daß in bezug auf Nordwestitalien Rom und Alexander in vier Punkten übereinkommen sollten. Sie sollten gemeinsam für die Unabhängigkeit und territoriale Integrität aller etruskischen und umbrischen Staaten (natürlich mit Ausnahme von Veii) bürgen. Sie sollten einander gestatten, Bündnisse mit jedem dieser Staaten zu schließen, unter der Voraussetzung, daß die Vertragsbedingungen die etruskische oder umbrische Seite jedenfalls unabhängig und intakt lassen müßten. Jedes solche Bündnis, das Rom oder Alexander abschloß, sollte automatisch ein identisches Bündnis mit Alexander beziehungsweise Rom nach sich ziehen. Viertens sollten Alexander und Rom keinen der etruskischen und umbrischen Staaten drängen, in den Krieg gegen Samnium einzutreten. Die beiden Verbündeten konnten Samnium ohne die Hilfe der Etrusker niederwerfen, und wenn diese nordwestitalienischen Staaten während des bevorstehenden Konflikts auf der italienischen Halbinsel neutral bleiben durften, würden sie zu dem nützlichen Dienst imstande sein, allen gallischen Völkerschaften den Weg zu verstellen, die womöglich versucht wären, den Apennin zu überschreiten, während Rom und Alexander in Samnium im Felde standen.

Diese von Ptolemaios umrissenen Bedingungen waren präzise, und er ließ in sehr taktvollen Worten wissen, daß die römische Regierung sie in dieser Form annehmen oder zurückweisen müßte. Er brachte es auch fertig, ohne Kränkung darauf hinzuweisen, daß, falls Rom nicht nur das Angebot Alexanders ablehnen, sondern auch an die Seite Samniums gegen ihn treten sollte, dieser wahnwitzige Plan der Römer Alexanders Pläne nicht gefährden würde. Für den bevorstehenden Italienfeldzug hatte Alexander solche Mengen an erstklassigen Truppen zusammengezogen, daß er in der Lage war, Italien zu erobern, selbst wenn jeder nichtsamnitische Staat auf der Halbinsel an der Seite Samniums kämpfen würde.

Die römischen Unterhändler verstanden Ptolemaios und mochten ihn, und die Debatte im Senat dauerte nicht lange, denn der Senat hatte seinen Entschluß schon gefaßt. Vor Einbruch der Nacht teilten die Beamten Ptolemaios mit, daß Rom Alexanders Angebot ohne Abstriche annahm.

Die Armee, die Alexander in Oricum versammelt hatte, war in der Tat so großartig, wie Ptolemaios behauptet hatte. Zu ihr gehörte die Elite von Alexanders makedonischen und iranischen Truppen wie auch das ganze Aufgebot von Epiros und des Korinthischen Bundes. Alexanders südostitalienische Verbündete sammelten sich bei Tarent. Das Aufgebot des Syrakusischen Bundes wurde übers Meer zur Verstärkung der römischen Armeen in der Campania und am Flusse Liris entsandt. Das kampffreudigste Kontingent war das von Epiros. Die Epiroten hatten den Tod ihres Königs Alexander zu rächen. Auch die Spartaner hatten unlängst in Italien einen König verloren; König Archidamos III. war 338/337 v. Chr. dort getötet worden, doch die Spartaner glänzten durch Abwesenheit.

Ptolemaios war es nicht gelungen, die Spartaner zur Teilnahme an Alexanders panhellenischem Feldzug zur Sicherung des Hellenentums in Italien zu bewegen. Das war Ptolemaios' einzige nennenswerte Schlappe in seiner langen und glänzenden diplomatischen Laufbahn. Die Spartaner erwiesen sich als durchaus unzugänglich. Den Tod von Archidamos III. rächen? Das hatte Zeit, bis der von Agis III. gerächt war.* Ihrer Tochterstadt Tarent zu Hilfe kommen? Einmal war genug, denn die Tarentiner hatten ihnen nicht gefallen, als sie ihnen begegnet waren. Tarent war das Ebenbild des leichtfertigen archaischen Sparta, von dem sich das soldatische moderne Sparta abgewandt hatte. Sparta wollte nicht an seine bedauerliche Vergangenheit erinnert werden, indem es sich in Tarent deren Karikatur gegenübersah. Die Ablehnung, mit der Sparta auf Ptolemaios' Ersuchen reagierte, war nicht sein Fehler. Wenn Philip noch am Leben gewesen wäre, hätte er vielleicht die Spartaner bewegen können, in diesem Falle ins Feld zu ziehen, obwohl sie ihn nicht mochten und ihm mißtrauten. Doch ihre Abneigung und ihr Mißtrauen gegen Alexander war weitaus größer. Diese Gefühle der Spartaner waren ein Hindernis, das selbst Ptolemaios nicht überwinden konnte. Dementsprechend blieb 317 die spartanische Armee zu Hause, wie sie es mehr als einmal in Augenblicken getan hatte, in denen Geschichte gemacht wurde.

Der Italienfeldzug von 317 v. Chr. wurde wie geplant durchgeführt. Der Friedensvertrag wurde zu den Bedingungen geschlossen, die Ptolemaios ausgehandelt hatte. Alexander hatte nun die zweite Hälfte vom Apfel der Hesperiden gegessen, doch da er kein Halbgott von der Statur des Herakles war, hatte er nicht die ganze Frucht mit einem Biß verspeisen können.

Indien, der obere Nil und Äthiopien

Alexander war nun Herr über die Länder des Mittelmeers wie über Südwestasien, doch er hatte auch er-

* Agis III. fiel 331 v. Chr. bei einem Aufstand Spartas gegen Makedonien.

fahren, daß diese beiden Gebiete zusammen bei weitem nicht die ganze Welt ausmachten. Seine Gelüste wandten sich nun wieder dem Flusse Beas zu. Die Niederlage, die ihm dort seine eigenen Makedonen beigebracht hatten, hatte ihm seither keine Ruhe gelassen. Da er die Hände anderswo frei hatte, wollte er den Beas überschreiten, sobald er Truppen finden konnte, die ins Feld ziehen würden, und einen Wegkundigen, um sie zu führen. Nun hatte er die Truppen. Es waren die Überlebenden der besiegten Samniten und ihrer lucanischen und bruttischen Verbündeten. Die oskischen Krieger würden gehen müssen, wohin immer Alexander sie schickte, denn sie hatten ihre italienische Heimat verloren. Alexander hatte sie ausgesiedelt, um Platz für griechische Kolonisten zu machen. Nur Alexander konnte neue Heimstätten für sie finden, und indem er sie über den Beas schickte, schlug er zwei Fliegen mit einer Klappe. Er würde die ausgesiedelten Osker so weit von ihrem heimatlichen Italien wegschicken, daß sie nie mehr zurückkehren könnten, und er würde seine Eroberung der Welt vollenden (meinte er), indem er den indischen Subkontinent annektierte.

Im Frühjahr 314 v. Chr. waren die oskischen Umsiedler schon an Ort und Stelle entlang des Nordufers des Beas. Sie waren auf dem Seeweg von den italienischen zu den phönizischen Häfen transportiert worden, zu Lande ins Pandschab marschiert und dann ein Jahr lang zur Erholung und Akklimatisierung in Garnison gelegt worden. Der notwendige einheimische Führer war inzwischen auch zur Stelle.

Wie schon erwähnt, war im Sommer 323 v. Chr., als Alexander in Babylon todkrank darniederlag, eine falsche Nachricht von seinem Tode gen Westen nach Griechenland gegangen. In jenem Teil des Weltstaates hatte es Antipater vermocht, den Bericht zu entkräften, ehe eins von den zum Abfall neigenden Mitgliedern des Korinthischen Bundes Zeit hatte, zu den Waffen zu greifen. Die Wahrheit hatte länger gebraucht, die Falschmeldung im Industal einzuholen, und im Glauben, Alexander sei tot, hatte ein junger indischer Glücksritter namens Tschandragupta einen waghalsigen Überfall auf die makedonische Garnison dort geführt.* Tschandraguptas Überfall war zurückgeschlagen worden, noch ehe Alexanders Genesung bekannt wurde, und Tschandragupta konnte von Glück sagen, daß es ihm gelang, lebendig in ein Versteck in der indischen Wüste zu entkommen. Von dort aus hatte er die Dreistigkeit besessen, den örtlichen makedonischen Behörden eine Botschaft zu senden und seine Dienste anzubieten. Er machte geltend, daß er seinen Wert bewiesen habe, indem er sie beinahe vertrieben hätte. Seine unverschämte Botschaft war an Alexander weitergemeldet worden, und schließlich war der Bescheid ergangen, man solle Tschandragupta eine Anstellung als Alexanders Geheimagent im Königreich Magadha anbieten, dem vorherrschenden indischen Staat im Tal des Ganges. Tschadragupta sollte gemäß seines Erfolgs bezahlt werden. Wenn es ihm gelänge, den Grund für eine Eroberung Magadhas zu legen, sollte seine Belohnung bedeutend sein.

Tschadragupta hatte zu diesen Bedingungen eingewilligt und die nächsten sieben Jahre nichts mehr von sich hören lassen; dann hatte er 315 v. Chr. Fühlung zu den makedonischen Vorposten am Beas aufgenommen und gemeldet, die Frucht sei nun reif zum Pflücken. Sie war nicht nur reif, sondern überreif; denn in den sieben Jahren seiner Untergrundtätigkeit hatte Tschandragupta nichts anderes getan, als eine fünfte

* In der realen Geschichte hat Tschandragupta Maurya 322 v. Chr. das erste indische Großreich gegründet und ganz Nordindien erobert. Sein Enkel Aschoka ist als Förderer des Buddhismus bekannt.

Kolonne aufzustellen, die nun bereitstand, bei Alexanders Angriff loszuschlagen. Tschandragupta hatte sie unter den Völkern angeworben, die Magadha im Zuge seiner Expansion unterworfen, aber nicht assimiliert hatte. Diese gegen Magadha gerichtete Bewegung war in dem kleinen Stadtstaat Kapilavastu am Fuße des Himalaja besonders lebhaft. Dessen Bürger konnten nicht vergessen, daß sie die Landsleute von Siddharta Gautama dem Buddha waren.

Als er Tschandraguptas Bericht erhielt, brach Alexander in höchster Eile zum Flusse Beas auf. Er ritt auf immer neuen Postpferden (Bukephalos war 326 im Pandschab gestorben). Er nahm Seleukos mit. Seleukos hatte in Arabien gute Arbeit geleistet und eine Vorliebe für Führungsaufgaben in fernen Gegenden erkennen lassen, obwohl er unter chronischem Heimweh nach seiner makedonischen Heimatstadt Europos litt. Der Feldzug gegen Magadha war bald vorüber. Der Marsch vom Beas zum Dschamna war nicht weit, Tschadragupta hatte eine Flottille von Transportschiffen bereitgestellt, und als die Boote mit den Truppen an Bord Pataliputra erreichten, fiel das Königreich von Magadha in Stücke. Alexanders Niederlage am Beas war nun aufgewogen, nicht aber sein Ehrgeiz befriedigt, denn nun, da er Pataliputra erreicht hatte, erwies es sich als ebensoweit vom Ende der Welt entfernt wie der Fluß Beas. Alexander fand sich am Zusammenfluß mächtiger Flüsse, er fuhr weiter stromabwärts zum Meer durch ein Delta, gegen das die von Nil und Indus klein erschienen. Jetzt ging sein Blick hinaus auf wieder einen anderen Teil des Ozeans, und da erwarteten ihn seine treuen und tüchtigen Phönizier vom Persischen Golf. Er hatte sie beauftragt, den indischen Subkontinent zu umschiffen, während er ihn durchquerte, und sie hatten die andere Seite von Indien kurz vor seiner Ankunft dort erreicht. Sie berichteten, daß die indische Halbinsel mindestens so groß wie die arabische sei. Die Vollendung von Alexanders selbstgestellter Aufgabe, die Welt zu erobern, war noch nicht in Sicht.

Tschandragupta machte nun geltend, daß er seine bedeutende Belohnung verdient hatte, und er schlug vor, die Statthalterschaft über Magadha wäre die angemessene Form dafür. Alexander wies diese große Forderung in toto zurück und setzte statt dessen Seleukos ein. Tschandragupta war ein schlauer Spitzbube, und er kannte Magadha zu gut, als daß man es ihm hätte anvertrauen können. Alexander ließ Seleukos mit der Aufgabe zurück, die Unterwerfung der übrigen Staaten auf der indischen Halbinsel zu sichern, nahm Tschadragupta mit nach Alexandria und sandte ihn alsbald an der Spitze einer Einheit illyrischer Söldner den Nil hinauf, um das Königreich Napata zu erobern und dort Alexanders Vizekönig zu werden. Tschandragupta besetzte nicht nur Napata, sondern ging weiter stromaufwärts nach Meroë, wo unlängst reiche Vorkommen an Eisenerz gefunden worden waren, und dann drang er über den sechsten und höchsten Katarakt hinaus weiter in ein Gebiet vor, das ihn an sein heimatliches Indien erinnerte – ein grünes Land, das wie Indien vom Monsun besucht wurde. Tschandragupta stand nun an der Schwelle zum tropischen Afrika. Die Erkundung dieser neuen Welt hielt ihn für den Rest seines Lebens beschäftigt und loyal. Um seine langen Verbindungswege nach Ägypten zu sichern, stationierte Tschandragupta die Hälfte seiner Illyrer am Felsen von Ibrim und die andere Hälfte am heiligen Berg Dschebel Barkal. Diese Nordländer haben ihre Spur in den blauen Augen und der blassen Haut ihrer heutigen Nachkommen hinterlassen – und in den Graffiti, die sie in die riesigen Statuen von Ramses II. bei Abu Simbel gekratzt haben. Ihre illyrischen Namen – Monunios,

Longaros, Baton und dergleichen – sind noch immer neben den griechischen und karischen Namen der Soldaten von Psammetich III. zu lesen.

Dank Tschandragupta hatte Alexander den Indienfeldzug von 314 v. Chr. gewonnen, den Krieg aber hatte, wie sich zeigte, der Buddha gewonnen. In der Indus-Ebene hatten die Griechen Hindu-Asketen getroffen, nun trafen sie in Magadha buddhistische Mönche und fanden diese noch bemerkenswerter. Die Hindu-Asketen waren Exhibitionisten, ihre Selbstkasteiung war sensationell und sollte es auch sein. Die Buddhisten kasteiten sich nicht härter, als es für den praktischen Zweck notwendig war, die geistigen Übungen durchzuführen, die ihr Gründer vorgeschrieben hatte, und diese Übungen waren kein Selbstzweck, ihr Ziel war das Nirvana – ›Erlöschen‹ (was beim Erreichen des Nirvanas erlosch, war das Verlangen).

Obwohl der Buddha lokal in Kapilavastu verwurzelt war (sein Vater war dort König gewesen), war seine Philosophie nicht örtlich begrenzt. Seine Botschaft richtete sich an alle vernunftbegabten Wesen, und die Mission seiner Anhänger war es, die Botschaft bis ans Ende der Welt zu tragen. In Magadha begegneten sich im Jahre 314 v. Chr. die Weltreligion und der Weltstaat zum erstenmal. Seitdem sind sie nie wieder getrennt worden.

Weltmission? Welche Haltung nahmen denn die Buddhisten gegenüber den zahllosen Göttern ein, die sie im Besitze jedes einzigen Quadratmeters ihres Missionsgebiets fanden? Ihre Haltung war die Antithese der Haltung, wie sie die Jahwe-Besessenen vertraten. Die Buddhisten verunglimpften die Götter nicht, erst recht nicht leugneten sie ihre Existenz; sie stellten sie einfach an ihren Platz in der Reihe der Anwärter aufs Nirvana. Dieser Platz lag in der Mitte, hinter dem der Menschen, doch vor den Tieren. Die Buddhisten mißbilligten es jedoch nicht, wenn ihre neugewonnenen Anhänger weiterhin den Göttern ihrer Vorfahren huldigten, solange es sie nicht von dem an Wichtigkeit alles übertreffenden Streben nach dem Nirvana ablenkte.

Binnen weniger Jahre trafen buddhistische Missionare im Westen ein. Sie waren auf phönizischen Schiffsrouten und persischen Straßen westwärts gewandert. Der Eindruck, den sie hier machten, war nachdrücklich, doch der Pfad von Selbstbezogenheit zum Nirvana, den der Buddha seinen Anhängern vorgezeichnet hatte, war den Griechen zu schwer – so fahrlässig leicht zu gehen er auch den Hindus scheinen mochte. Die Radikalität indischen Denkens und Handelns überstieg das geistige Vermögen der Griechen, und angesichts dieser indischen Tugend fühlten sich die Griechen beschämt. Sie waren vom buddhistischen Ideal fasziniert, konnten ihm aber in der Praxis nicht gerecht werden. Aus dieser psychologischen Sackgasse wurden sie von zwei einheimischen Philosophen geführt. Epikur und Zenon erarbeiteten beide eine verdünnte Form des Buddhismus für den griechischen Gebrauch. Beide Verdünnungen waren schwach genug, daß Griechen sie vertragen konnten, und so fanden im westlichen Teil der Ökumene diese beiden subbuddhistischen Philosophien breite Aufnahme. Epikur eröffnete seine Schule 306 v. Chr., Zenon die seine 300. Beide wählten als Sitz Athen, und diese Wahl gab Athen neue Lebensimpulse.

Als in Alexandria Seleukos' lakonische Meldung eingegangen und gedeutet worden war, glaubte der Welteroberer für einen Augenblick, er habe sein Lebenswerk vollendet. Die Meldung enthielt das einzelne Wort *καλλίνικα*, (Hoch-auf-den-Sieg), und es brauchte Ptolemaios' Scharfsinn, um das Wortspiel zu deuten. Seleukos meldete, daß er Kalinga, das Magadha nächstgelegene indische Königreich auf der Halbinsel, angegriffen und erobert hatte, und es stellte sich heraus, daß dieser Sieg die ganze übrige Halbinsel bewogen hatte, sich kampflos zu unterwerfen. Kalinga hatte hartnäckig Widerstand geleistet, entsprechend groß waren Gemetzel und Verwüstungen gewesen, und Kalingas Nachbarn hatten sich die Lektion zu Herzen genommen. Es kam Alexander nicht in den Sinn, Reue über die Leiden zu empfinden, die in Befolgung seiner Befehle seinen Mitmenschen in Kalinga angetan worden waren. Ihn beschäftigte ein Gefühlszwiespalt: das Hochgefühl, die Welt erobert zu haben, und Enttäuschung, daß er weiter keine Welten zu erobern hätte; doch beide Empfindungen wurden vom nächsten Tagesordnungspunkt an jenem Morgen verdrängt.

China

Diese nächste Angelegenheit bestand darin, eine Gesandtschaft von den verbündeten kolonialgriechischen Stadtstaaten an der skythischen Küste des Schwarzen Meeres zu empfangen. Die Gesandtschaft war gekommen, um Menschen und Geld zu erbitten, mit denen jene nördlichen Vorposten der hellenischen Welt die Nomaden in ihrem Hinterland in Schach halten könnten. Die Auftraggeber der Gesandten hatten Sorge getragen, Alexander zu überzeugen, daß sie zwar abgelegen, doch wichtig seien; daher hatten sie die Gesandten beauftragt, dem Weltherrscher von der geheimnisvollen zivilisierten Gemeinschaft am fernen Ende der langen Handelsroute zu erzählen, die von der Mündung des Flusses Don in nordöstlicher Richtung durch die eurasische Steppe führte.* Dieses fernöstliche Volk importierte beachtliche Mengen an griechischen Luxusgütern, und seine eigenen Kunstwerke, die es im

* Herodot, Buch IV, Kap. 13 und 21–27.

Austausch exportierte, waren erlesen – vor allem die Bronzen. Die Griechen und die Bewohner des fernen Ostens waren einander nie von Angesicht zu Angesicht begegnet. Der Handel zwischen ihnen lief über mehrere Zwischenstationen. Doch die Erzeugnisse aus dem fernen Osten bewiesen ohne Frage die Existenz ihrer Hersteller. Als die Gesandten ihre Geschichte erzählten, tauchte eine neue Welt in Alexanders Gesichtskreis auf. Er hatte noch eine Welt zu erobern.

Wie diesen fernöstlichen Ausläufer Asiens erreichen? Der Handelsroute durch die Steppe zu folgen, hieße die Katastrophe heraufbeschwören, die Kyros und Dareios und Zopyrion einen nach dem anderen ereilt hatte, als sie ins Gebiet der Nomaden eingedrungen waren. Als er seinen Vorstoß in die äußeren Weltgegenden plante, beschloß Alexander, nicht von einem der Schwarzmeerhäfen aufzubrechen, sondern von Alexandria Eschate am Oberlauf des Iaxartes. Im Frühjahr 312 v. Chr. waren seine Vorbereitungen getroffen. Er hatte eine äußerst bewegliche gemischte Truppe von Iranern und Kolonialgriechen zusammengestellt, alle aus den Provinzen nordöstlich der Kaspischen Pforte. Welche Offiziere sollte er mitnehmen? Antigonos zum einen. Antigonos hatte sich als energisch und ehrgeizig erwiesen. Zum anderen diesen Draufgänger Agathokles. Agathokles gefiel es, seine Schiffe zu verbrennen. Das Heer überwand den Tienschan, hangelte sich am nördlichen Rand des Tarimbeckens von Oase zu Oase, durchquerte die Wüste Gobi an ihrer schmalsten Stelle und hielt an, um die Lage zu erkunden, als es sich zehn Tagesmärsche von den nordwestlichen Vorposten des Staates Ch'in entfernt befand. Inzwischen war es das Frühjahr 311 v. Chr.

Wie sich in dieser bislang unbekannten neuen Welt orientieren? Dieses Problem wurde für Alexander und seine Gefährten durch einen Glücksfall gelöst. Eine Gesandtschaft der Liga der Sechs Östlichen Staaten stieß auf ihr Lager. Diese Gesandtschaft suchte nicht Alexander. In Ostasien hatte man bislang von Alexander nichts gehört. Der einzige Grieche, dessen Namen man schon kannte, war der halb legendäre Aristeas von Prokonnesos.* Die Gesandtschaft war unterwegs, um die Wu-sun-Nomaden (die Griechen nannten dieses Volk die ›Issedonen‹) zu überreden, mit den Sechs Östlichen Staaten gemeinsame Sache gegen Ch'in zu machen, Chinas Grenzstaat im ›Land jenseits der Pässe‹, der zur Bedrohung für alle seine Nachbarn geworden war. Die Leute aus dem Osten und Alexander konnten miteinander kommunizieren, denn unterwegs hatte Antigonos einen issedonischen Händler aufgegriffen und mitgenommen, der sowohl etwas Griechisch als auch etwas Chinesisch sprach. So konnte sich Alexander über die internationale Lage in Ostasien informieren.

Er erfuhr, daß Ch'in, der gemeinsame Feind der östlichen Staaten und der Issedonen, noch vor einem Dreivierteljahrhundert ein halbbarbarischer Randstaat gewesen war. Ch'in und Makedonien waren in der Welt gleichzeitig aufgestiegen, und sie hatten das mit den gleichen Mitteln erreicht. Wie Makedonien hatte Ch'in Lehrmeister aus verwandten Ländern hereingeholt, die in der Zivilisation weiter fortgeschritten waren. Die Fürsten Hien und Hiao waren jedoch gründlicher vorgegangen als Philip und Alexander. Als Philips Zeitgenosse Hiao 361 v. Chr. auf den Thron gekommen war, hatte er den Gelehrten Shang Yang beauftragt, sein Reich von Grund auf zu reorganisieren, und im Laufe der nächsten dreiundzwanzig Jahre hatte Shang Yang Ch'in pflichtgemäß mit Berufsarmee und öffentlichem Dienst und einem rationalisierten System

* Ebd., Kap. 13–15.

von Bodenpacht und Landwirtschaft ausgestattet, um eine solide wirtschaftliche Basis für diesen expansiven militärischen und politischen Überbau zu schaffen. Derart erneuert, hatte Ch'in alle vor sich hergetrieben. 333 v. Chr. hatten die sechs östlichen Staaten versucht, Ch'in die Stirn zu bieten, indem sie ihre Liga gründeten; doch 318 hatte Ch'in die vereinten Streitkräfte der Liga geschlagen. 316 hatte es das ausgedehnte und potentiell reiche jungfräuliche Gebiet von Ssu-ch'uan im Südwesten annektiert, und nur ein Jahr später, während Alexanders Heer schon auf Ch'ins Nordwestgrenze zumarschierte, hatte Ch'in begonnen, Ch'u, den größten der Östlichen Sechs, im Süden zu umfassen.

Was die Griechen bei diesem Abriß am meisten beeindruckte, war die Größe der Zahlen, mit denen die Chinesen operierten. Die Griechen dachten in Myriaden*; das griechische Leben spielte sich in einer Größenordnung ab, die keinen größeren Zahlbegriff erforderte. Die Chinesen sprachen immerzu von Millionen. Alles in Ostasien schien nach Millionen zu zählen – Bevölkerung, Armeen, Landmorgen und was sonst noch. Alexander und seine Ratgeber steckten die Köpfe zusammen. Wenn es Ch'in jetzt gelingen sollte, diesen östlichen Teil der Ökumene zu vereinigen, wie es Makedonien mit dem westlichen Teil gelungen war, würde Ch'ins Macht überwältigend sein.** Es würde imstande sein, Alexanders Beinahe-Weltstaat zu übernehmen, wie und wann es wollte. Konnte es sein, daß Philip und Alexander für den Fürsten von Ch'in gearbeitet hatten, ohne es zu wissen? Zeus Ammon mußte

* Myriade: zehntausend.

** In der realen Geschichte hat Ch'in zwischen 256 und 221 v. Chr. alle anderen chinesischen Staaten annektiert, die Herrschaft aber noch im selben Jahrhundert wieder an die Dynastie von Han, einem der unterworfenen Staaten, verloren.

jene Schwarzmeergriechen inspiriert haben, ihre Gesandtschaft nach Alexandria zu schicken. Dank diesem Zufall lagerte nun Alexander im denkbar günstigsten Moment im Rücken von Ch'in.

Unter den gegebenen kritischen Umständen hielten beide Seiten ein Bündnis zwischen den Östlichen Sechs und Alexander für selbstverständlich, und rasch kamen sie über einen Feldzugsplan überein. Die Sechs sollten die Feindseligkeiten gegen Ch'in im Osten wieder aufnehmen, und Alexander sollte mit Hilfe der Issedonen versuchen, Ch'in vom Westen her zu überraschen – aus einer Richtung, woher Ch'in keinen Angriff erwartete. Verglichen mit der Mannschaftsstärke von Ch'in waren Alexanders Truppen zahlenmäßig weit unterlegen, doch besser ausgerüstet, und Verwegenheit mochte ein übriges tun. Alexander verpflichtete sich, Ch'in in den Rücken zu fallen, sobald die Gesandten Zeit gehabt hätten, auf dem Umweg, auf dem sie gekommen waren, in den Osten zurückzukehren.

Die Geschichte des Ostasien-Feldzuges von 311 v. Chr. ist allgemein bekannt. Während die Östlichen Sechs die Hauptmacht der Ch'in-Armee an den Pässen banden, erreichten unglaubliche Nachrichten das Feldhauptquartier der Ch'in. Die Hauptstadt des Reiches, Hsien-yang,* war von einem unbekannten Feind widerstandslos eingenommen worden. Das Ergebnis war eine Panik; Ch'ins Moral brach zusammen, seine Armee zerstreute sich, und seine östlichen und westlichen Angreifer reichten sich die Hände. Es bestand die einstimmige Übereinkunft, daß es sich die Sieger nicht leisten konnten, ihren ohnmächtig darniederliegenden Feind am Leben zu lassen. Sie stimmten auch überein, daß der sicherste Weg, ein Wiedererstehen von Ch'in zu verhindern, darin bestand, daß Alexander das Ge-

* Hsien-yang: das heutige Hsi-an oder Sian.

biet seinem Weltstaat einverleibte und reichlich griechische und iranische Kolonisten ins Land brachte. Auf Alexanders Vorschlag trat die Liga der Sechs Östlichen Staaten nach dem nun schon zur Norm gewordenen Muster des Korinthischen Bundes in ständige Beziehungen zu Alexander.

Als Alexander wieder am Horizont der westlichen Welt auftauchte, waren fünf Jahre vergangen, seit er Alexandria Eschate am Iaxartes mit unbekanntem Ziel verlassen hatte; doch diesmal hatte Alexanders Abwesenheit keinen seiner unruhigen Untertanen und Verbündeten zu dem Versuch verlockt, das Joch des Weltstaates abzuschütteln. Die Menschen hatten mittlerweile gelernt, daß Alexander sich unweigerlich von Krankheit erholte, wie schwer sie auch sein mochte, und daß er unweigerlich von seinen Feldzügen zurückkehrte, mochten sie noch so lange dauern. Die Welt war nicht mehr in der Stimmung, mit Aufruhr zu spielen, in der Hoffnung, den Tributzahlungen zu entgehen.

Alexander ließ Antigonos zurück, daß er ›das Land jenseits der Pässe‹ regierte, den griechischen und iranischen Siedlern ihre Wohnsitze zuwiese, wenn sie einträfen, und freundschaftliche Beziehungen zu den Östlichen Sechs hielte. Das war ein Auftrag, eines Antigonos würdig, doch gleich zu Beginn hätte er beinahe mit seinem Leben für die Anerkennung seiner Verdienste bezahlt. Alexander hatte Agathokles als Antigonos' rechte Hand zurückgelassen, doch kaum hatte Alexander ihm den Rücken gekehrt, kam es Agathokles in den Sinn, daß er nur Antigonos zu ermorden und an seinen Platz zu treten brauchte, und er wäre König der halben Welt. Als ihm dieser Gedanke durch den Kopf ging, fuhr sein Schwert aus der Scheide; doch Antigonos' Sohn Demetrios zog noch schneller blank, und so fand 309 v. Chr. nicht Antigonos, sondern Agathokles den Tod. Antigonos starb schließlich 293 im Alter von achtundachtzig Jahren in seiner Hauptstadt Hsien-yang im Bett. Sein Sohn führte in Alexanders Namen die Regierungsgeschäfte weiter, bis ihn eine Verfügung aus Alexandria informierte, daß er offiziell zum Nachfolger seines Vaters ernannt worden war.

Als Alexander im Herbst 309 v. Chr. in Alexandria eintraf, war seine erste Maßnahme, die Phönizier vom Roten Meer und vom Persischen Golf mit der gemeinsamen Suche nach einem Seeweg zwischen der Indischen See und dem Teil des Ozeans zu beauftragen, der, wie ihm die Ostleute gesagt hatten, die Ostküsten der Sechs Staaten umspülte. Die Phönizier hatten bereits Niederlassungen auf der Insel Elephanta, auf Ceylon, bei Arikamedu und am Hugli-Fluß gegründet. Vom Hugli folgten sie nun der Ostküste des Golfes von Bengalen. Der asiatische Kontinent erstreckte sich weiter und weiter nach Süden, ohne jemals eine Durchfahrt nach Osten zu eröffnen, bis sich die Forscher schließlich am Äquator fanden und dort endlich durch die Straße von Malakka schlüpften. Die dramatische Geschichte von der Entdeckung dieses Bindeglieds zwischen der Indischen See und der Östlichen See hat Nearchos in seinem letzten und fesselndsten Reisebericht erzählt. 308 v. Chr. hatte er sich schon aus seinem Berufsleben als Seefahrer zurückgezogen. Die fernöstliche Expedition begleitete er als Passagier, und so blieb ihm noch mehr Zeit für Beobachtungen und Aufzeichnungen.

Die Ankunft dieses phönizischen Geschwaders an der Mündung des Flusses Yangtse wurde in ganz Ostasien als Sensation aufgenommen, und die von den Phöniziern mitgebrachten Nachrichten von fruchtbaren südlichen Ländern, mit rückständigen Völkern dünn besiedelt, regte die Östlichen Sechs an, eine Gesellschaft zur Erschließung und Besiedlung der neuen

Welt zu gründen, von der ihnen die Phönizier Kenntnis gebracht hatten. Das war der Beginn einer Bewegung, die inzwischen den Herrschaftsbereich des chinesischen Volkes vom Yangtse-Becken südwärts bis nach Tasmanien erweitert hat.

Alexanders Alter, Tod und Nachfolge

Die Entsendung der phönizischen Expedition in die fernöstlichen Gewässer war die letzte bedeutende Tat Alexanders. Zu diesem Zeitpunkt hatte Alexander fast noch zwanzig Lebens- und Regierungsjahre vor sich, doch sein letzter Lebensabschnitt war eine melancholische Antiklimax. Im ›Land jenseits der Pässe‹ hatte Alexander 311 endlich tatsächlich sein Ziel erreicht, die ganze Ökumene zu erobern und unter seiner Herrschaft zu vereinen. Es gab jetzt nirgends auf dem Erdball mehr eine zivilisierte Gesellschaft, die nicht in den Weltstaat eingebunden war; und da es keine Welten mehr zu erobern gab, hatte Alexander seine Beschäftigung verloren.

Natürlich gab es noch eine Vielzahl von Dingen, die dringend ihrer Erledigung harrten. Die Eroberung und Vereinigung der Welt war nur der Anfang der Aufgaben für die Weltregierung. Die eroberte und vereinte Welt mußte nun organisiert und versöhnt werden. Die Arbeit nahm kein Ende. Das Triumvirat ging ihr in Alexanders Namen nach, und als die drei sich nach seinem Tod zur Ruhe setzten, führten ihre Nachfolger das mühsame Werk fort. Doch Alexander hatte aufgehört, sich persönlich dafür zu interessieren. Das wohltätige Unternehmen friedlichen Wiederaufbaus weckte in ihm nicht die dämonischen Energien, die der Krieg so oft in ihm erweckt hatte. Zudem rächte sich jetzt seine jugendliche Zügellosigkeit. 309 v. Chr. war Alexander erst siebenundvierzig – also gerade ein Jahr älter, als sein Vater Philip gewesen war, als 336 sein Leben ein jähes Ende genommen hatte. Seines früheren Antriebs beraubt, wurde Alexander plötzlich lethargisch. Gegen 295 ließen seine Geisteskräfte nach, und einige Jahre vor seinem Tode sagte man – je nach der Haltung ihm gegenüber mitfühlend oder ironisch –, es wäre besser für ihn gewesen, wenn er sich im Juni 323 in Babylon durch seine charakteristische Mißachtung ärztlicher Anweisungen zu Tode gebracht hätte.

Wenn wir aus der Perspektive, die uns die nahezu 2300 Jahre zwischen der Gegenwart und der Epoche Alexanders verleihen, auf das Jahr 287 v. Chr. zurückblicken, werden wir zu der Bemerkung neigen, daß Alexanders Tod 323 vielleicht wirklich ein Glück für ihn gewesen wäre, gewiß aber eine Katastrophe für die Welt. Die Einheit, der sich die Menschheit seit 309 v. Chr. bis heute erfreut, ist Alexanders Geschenk an die Nachwelt, und um diese geeinte Welt zu schaffen, hatte Alexander die siebenundzwanzig Jahre zwischen seiner Thronbesteigung und seiner Rückkehr aus dem Fernen Osten nach Alexandria hindurch alle seine Zeit und Kraft gebraucht.

In diesem Essay befassen wir uns mit der Laufbahn Alexanders, nicht mit der nachfolgenden Geschichte in der alexandrinischen Welt, in der wir heutzutage noch immer leben und streben. Wenn es einen Epilog geben soll, so muß er sich auf Anmerkungen zu drei neuen Ansätzen beschränken, die weder direkt noch indirekt auf Alexanders Initiative oder auch nur Einfluß zurückgeführt werden können. Jeder dieser drei Ansätze war das Werk eines Mannes, groß genug, um neben dem weltüberragenden Koloß bestehen zu können, der die gegenwärtige ökumenische Epoche der Menschheit eingeleitet hatte. Die drei sind Alexander IV., Hannibal, der Sohn Hamilkars, und Alexander XIII. Alexander IV. war Alexanders III. Sohn und Nachfolger; Alexander XIII. war einer der Nachkommen und Nachfolger von beiden; Hannibal war ein Kolonial-Phönizier, dessen Heimatstadt Karthago war.

Als 287 v. Chr. Alexander schließlich starb, konnte weder sein Nachfolger noch sonst jemand absehen, was geschehen würde. Der verstorbene Weltherrscher hatte längst aufgehört zu regieren. Sein Sohn, der nun die Nachfolge antrat, hatte die letzten acht Jahre über als Regent fungiert. Doch bislang waren neunundvierzig Jahre lang alle öffentlichen Maßnahmen im Namen Alexanders III. durchgeführt worden, und seine Taten in den ersten siebenundzwanzig Jahren seiner Herrschaft hatten seinen Namen zu einer Beschwörungsformel gemacht. Was würde also geschehen, als nicht zum erstenmal der Tod Alexanders des Großen verkündet wurde, doch zum erstenmal kein Dementi folgte?

In der Nacht nach dem Todestag seines Vaters wappnete sich der neue Weltherrscher mit der Überlegung, daß das Schlimmste, was am nächsten Tag geschehen mochte, nicht annähernd so katastrophal wie das sein konnte, was beim Tode seines Vaters im Jahre 323 v. Chr. geschehen wäre, dem er so knapp entgangen war. Im Juni 323 hatte sich Alexander IV. noch im Schoße seiner iranischen Mutter Roxana befunden, und der einzige lebende legitime Erbe Alexanders III. war der Halbonkel des ungeborenen Kindes gewesen, der arme schwachsinnige Philip Arrhidaios. Wäre in dieser Situation das Triumvirat – Perdikkas, Eumenes, Ptolemaios – imstande gewesen, die Welt zusammenzuhalten? Selbst wenn es gelungen wäre, die Katastrophe bis zu Roxanas Niederkunft aufzuschieben, wäre ein neugeborenes Kind eine klägliche Verstärkung für einen Schwachsinnigen gewesen. Wenn das Gerangel um die territoriale Beute des darniederliegenden Perserreiches dann eingesetzt hätte, welche Aussichten hätten wohl das Kind, seine Mutter und sein Onkel gehabt? Wahrscheinlich hätte in dem grimmigen Kampf um die Beute einer der Konkurrenten sie früher oder später beseitigt.

So schlimm konnte der kommende Tag nicht werden. Das ungeborene Kind des Jahres 323 war mittlerweile ein reifer Mann, sechsunddreißig – drei Jahre älter, als sein Vater in jenem gefahrvollen Jahr gewesen war. Er besaß bereits acht Jahre Erfahrung in der Regierung der Welt. Er hatte seine Fähigkeiten unter Beweis gestellt, und falls seine Autorität in Frage gestellt würde, würde er imstande sein, selbstbewußt Rede und Antwort stehen. Wenn alles Unglück zusammenkam, würde er wissen, wie er, was immer ihm widerfuhr, zu nehmen hatte. Er würde es, hoffte er, mit Würde und Seelenstärke aufnehmen, und ohne seine geistige Integrität und Unabhängigkeit aufzugeben. Der neue Weltherrscher hatte bei einem Meister die Kunst der Selbstbeherrschung gelernt. Als 300 v. Chr. Zenon seine Schule in Athen eröffnet hatte, war der Kronprinz eines der ersten Mitglieder dieser Einrichtung geworden und dort geblieben, bis man ihn gerufen hatte, die Regentschaft für seinen Vater zu übernehmen, dessen Geist schließlich denselben betrüblichen Weg wie der von Philip Arrhidaios gegangen war.

Als sich die Nachricht vom Tode Alexanders III. verbreitete, war die davon ausgelöste Unordnung weitaus geringer, als der neue Weltherrscher und das alte Triumvirat befürchtet hatten. Sie alle hatten den Blick auf drei Länder gerichtet: die Persis, Magadha und Lakonien, doch weder die Perser noch die Inder noch die Spartaner rührten sich. Entgegen der trotzigen Antwort, die sie 317 Ptolemaios gegeben hatten, versuchten die Spartaner schließlich doch nicht, den Tod ihres Königs Agis III. zu rächen. Sie haben ihn bis auf den heutigen Tag nicht gerächt. Magadha und Persien waren verdächtig gewesen, weil auch sie eine alte Geschichte besaßen, die zu ruhmreich war, als daß man sie leicht vergessen konnte. Ihre Ruhe im Jahre 287 war ein Tribut an das Vermögen ihrer Statthalter, Herzen zu gewinnen. Seleukos und Peukestas hatten sich beide mit dem vitalen Reichsvolk identifiziert, das ihrer Regierung anvertraut war. Peukestas war so weit gegangen, daß er persische Kleidung trug und die medischpersische Sprache in solchen Feinheiten zu sprechen lernte, als sei er ein geborener Iraner. Bei einem Griechen waren soviel Empfänglichkeit und Sympathie für eine nichthellenische Lebensweise ungewöhnlich. Die meisten Griechen erwarteten von ihren nichtgriechischen Mitmenschen, ihnen den ganzen Weg entgegenzukommen und sich hundertprozentig zu hellenisieren. Wo hatte er seinen ungriechischen Freisinn erworben? Vielleicht in einer nichtgriechischen Heimat. Der Name legt die Vermutung nahe, daß er aus Peucetien nach Makedonien eingewandert war.

Der einzige unverzügliche Friedensbruch ereignete sich 287 in einer unerwarteten Gegend. Die nächsten Thraker an Makedoniens Nordostgrenze waren die Maedi. Philip hatte die Maedi im Zuge seiner systematischen Eingliederung Thrakiens in seinen Herrschaftsbereich unterworfen, doch bei Philips Tod waren die Maedi stillschweigend zur Unabhängigkeit zurückgekehrt und seither unbehelligt dabei geblieben. Alexander hatte die Maedi übersehen, den Blick auf ferne Horizonte gerichtet; die Maedi aber hatten nicht die großen Mengen von Beute übersehen, die sich in Pella anhäuften, seit Philip Olynthos geplündert hatte. 287 v. Chr. erhoben sich die Maedi auf die Nachricht von Alexanders Tod hin, und der Weltstaat wurde überrumpelt. Alexander hatte Garnisonen bei Gibraltar und am Dschebel Barkal und in Bharatpur stationiert, doch er hatte nie daran gedacht, eine bei Iamphorinna anzulegen. Als die aufständischen Maedi 287 auf Pella zustürmten, war nichts und niemand zur Stelle, sie aufzuhalten, und ebensowenig, als sie schwerbeladen mit der Beute der ausgeplünderten makedonischen Plünderer in ihre Gebirgsfestungen zurückströmten. Der Zwischenfall wäre komisch gewesen, wenn er nicht so ärgerlich gewesen wäre. Es war ein unerhörter Affront gegen den Weltstaat, doch keine ernste Bedrohung für seinen Fortbestand.

Die ernsteste Gefahr des Jahres 287 war eine, von der Alexander IV. erst zwölf Monate später erfuhr. Die Nachricht vom Tode Alexanders III. hatte sechs Monate gebraucht, um nach Hsien-yang zu gelangen, doch am Tage nach ihrem Eintreffen hatte Demetrios, Antigonos' Sohn, seine Unabhängigkeit und sich selbst zum Kaiser von Ostasien erklärt. Demetrios hatte die ganze Energie und den Ehrgeiz seines Vaters geerbt, doch ohne den Ballast von Beständigkeit. Er hatte kein Urteil und zögerte nicht, seine schlechtüberlegten Eingebungen in die Tat umzusetzen. Die neuerliche Eskapade wurde sofort sein Verhängnis. Sechs Jahre auf dem Stuhl seines Vaters hatten genügt, um sein Unvermögen zu regieren deutlich werden zu lassen, und seine treulose Anmaßung souveräner Machtbefugnisse löste Befremden aus. Er war im Begriff, einen gefährlichen Schlag gegen den Weltstaat und den Weltfrieden zu führen. Wenn er Erfolg hatte, konnte er Ostasien zurück ins Chan Kuo stürzen, das Elend der ›kämpfenden Staaten‹. Demetrios' offizielles Gefolge – Griechen, Iraner und Ostasiaten – war sich einig. Sie machten Demetrios den Prozeß, verurteilten ihn zum Tode und vollstreckten das Urteil unverzüglich. Alexander IV. erhielt ihren Bericht erst sechs Monate nach dem Ereignis. Da war die vom Tode Alexanders III. ausgelöste Krise schon erledigte Geschichte.

Konsolidierung und Reformen unter Alexander IV. Die Politik Alexanders IV. unterschied sich nachhaltig von der seines Vaters. Der Unterschied war nicht nur nachhaltig, er war gewollt, und zweifellos lag eins der Motive für das Verhalten des neuen Weltherrschers in seiner Person begründet. Sich in der Nachfolge einer derart überwältigenden Gestalt zu sehen, war ihm peinlich. Der tote Weltherrscher konnte nicht ignoriert werden. Wenn Alexander IV. mehr sein wollte als nur der Vollstrecker Alexanders III., mußte er sein Kritiker sein, und Alexander IV. hegte aus Gründen, die nichts mit seinem persönlichen Verhältnis zu ihm zu tun hatten, schon lange eine kritische Haltung zu seinem außergewöhnlichen Vater. Seit in Alexander IV. das bewußte Denken erwacht war, war er sich in Betrachtung des Charakters seines Vaters schmerzlich des eigensinnigen Kindes bewußt gewesen, das es nie geschafft hatte, erwachsen zu werden. Im geistigen Bild des Sohnes von der Person seines Vaters hatte dieser unverbesserlich kindische Zug den gottähnlichen Weitblick und das Genie überschattet, das die Triumvirn geschätzt und bewundert hatten, obwohl auch sie sich der beunruhigenden Schwäche ihres Herrn bewußt waren.

Alexander IV. war nicht unfähig zur Heldenverehrung, doch sein Held war nicht der Vater, den er erlebt hatte, sondern der Großvater, den er nicht erlebt hatte – das heißt, sein makedonischer Großvater Philip, nicht sein iranischer Großvater Oxyartes. Bei seiner ersten Besprechung mit dem Triumvirat waren seine ersten Worte: »Ich werde das Werk meines Großvaters fortführen, wo mein Vater es belassen hat«, und diese erste Regierungserklärung sollte alle Staatsakte Alexanders IV. im Laufe seiner gesamten Herrschaft bestimmen.

Schon zur Zeit seiner Regentschaft hatte er in den

Archiven von Pella nach Philips mißachteten Staatspapieren forschen lassen, und zwei davon, die ihm zur Kenntnis gebracht wurden, hatten eine verwandte Saite in ihm zum Klingen gebracht. Eins von diesen Dokumenten war ein Plan, das Königreich Makedonien in eine Assoziation von Stadtstaaten wie den Korinthischen Bund umzuwandeln. Das andere war ein Plan zur Einbeziehung und Akkulturation der illyrischen Völker. Alexander IV. machte es sich zur vorrangigen Aufgabe, das politische Testament Philips II. auszuführen, und das gelang ihm. Lange vorm Ende seiner Herrschaft hatte er die Nordwestgrenze Makedoniens bis zum Südwestufer der Donau und zum Scheitelpunkt der Adria vorgeschoben. Er versuchte nicht, die Veneter zu unterwerfen. Sie waren ein traditionsreicher Vorposten der Stadtstaaten-Zivilisation inmitten einer barbarischen Wildnis. Alexander schloß mit ihnen Bündnisse nach dem Muster der Verträge mit den etruskischen und umbrischen Stadtstaaten und mit Rom, die er von seinem Vater Alexander III. geerbt hatte. Er unterstützte die Römer, Umbrer und Etrusker auch bei ihrer gemeinsamen Eroberung und Kolonisation der gallischen Gebiete zwischen dem Apennin und dem Südufer des Po.

Das waren die einzigen Eroberungen, die Alexander IV. jemals machte oder ermutigte. Nun, da alle Völker, die die Schwelle zur Zivilisation überschritten hatten, im Weltstaat politisch vereint waren, glaubte er, daß der Rest der Menschheit sich in zunehmendem Maße der zivilisierten Vorhut anschließen würde. Er war von der ostasiatischen Politik der ›friedlichen Durchdringung‹ beeindruckt. Diese Politik hatte der Zivilisation schon alle Barbaren jenseits der südlichen Wasserscheide des Yangtse-Beckens bis Kanton im Süden gewonnen, und der Vormarsch der Zivilisation in jener Weltgegend war noch voll im Gange. Alexander IV.

wies Tschandragupta und seinen Sohn und Nachfolger Bindusara an, diese ostasiatische Politik im Inneren Afrikas zu verfolgen.

Sobald Alexander IV. festen Grund unter den Füßen hatte, nahmen die ursprünglichen Triumvirn ihren Abschied. Sie trugen Sorge, das Prinzip einzuführen, daß es Staatsbeamten nicht ansteht, sich an ihr Amt zu klammern, bis sie zu keiner Arbeit mehr imstande sind. Alexander IV. bestimmte den Sohn des Demetrios, Antigonos, als Nachfolger für Perdikkas, Eumenes Assistenten Philetairos zu dessen Nachfolger und als Nachfolger des Ptolemaios Antiochos, den Sohn des Seleukos. Die Eigenschaft, die Alexander IV. an Antiochos und Antigonos besonders schätzte, war ihre Loyalität gegenüber ihren Vätern. Alexander IV. sah darin zu Recht eine Garantie, daß sie auch ihrem Souverän gegenüber loyal sein würden. Er verübelte es Antigonos nicht, daß er der Sohn des Demetrios war. In vielerlei Hinsicht ähnelte er eher Alexander dem Vierten. Wie er war er verantwortungsbewußt und gewissenhaft. Es war Antigonos, der Alexanders IV. Lieblingswahlspruch prägte: »Monarchie ist Sklaverei in einer ehrenhaften Form.«

Als Mensch konnte Ptolemaios nicht seine Enttäuschung verhehlen, daß der Sohn seines Freundes und Gefährten Seleukos statt seines eigenen Sohnes aus zweiter Ehe und Erben zu seinem Nachfolger bestimmt wurde, doch er sah ein, daß Alexanders Wahl berechtigt war. Ptolemaios' jüngerem Sohn mangelte es an der Härte, die allen makedonischen Paladinen Philips und Alexanders eigen gewesen war, und in der zweiten Generation in der politischen Führung des Weltstaats war diese Härte noch vonnöten. Alexander IV. gab dem jüngeren Sohn des Ptolemaios einen Trostpreis. Er setzte ihn mit voller Verfügungsgewalt und reichlichen Mitteln ein, um in Alexandria ein Institut zur Forschung in Natur- wie humanitären Wissenschaften zu gründen. Ptolemaios der Jüngere warf sich voll Enthusiasmus auf diese Aufgabe und führte sie zu glänzendem Erfolg. Wir alle wissen, was das Museion für den Fortschritt der Wissenschaft geleistet hat. Es hat Ptolemaios dem Jüngeren zu Recht einen Ruhm eingebracht, der den Ruhm seines Vaters übertrifft.

Alexander IV. tat nichts für den enterbten älteren Sohn des Ptolemaios, den ›Donnerkeil‹. Der Spitzname des Mannes traf sein Wesen. Er hatte nichts von der unmakedonischen Umsicht, die sein Halbbruder von ihrem Vater geerbt hatte. Der ›Donnerkeil‹ erinnerte Alexander IV. an die Beschreibung, die Perdikkas von Pausanias gegeben hatte, dem Mörder Philips. Auch der ›Donnerkeil‹ war heißblütig und verbittert. Als sich der ›Donnerkeil‹ zur Teilnahme am illyrischen Krieg meldete, war Alexander IV. erleichtert. Als die Nachricht eintraf, daß der ›Donnerkeil‹ in der Schlacht gefallen war, war Alexander IV. nicht betrübt.

Später fand Alexander IV. fruchtbare Tätigkeitsfelder für zwei jüngere Männer. Pyrrhos, der erfolglose Prätendent auf den Thron von Epiros, war eine Mischung aus Alexander III. und Demetrios, bis an den Rand der Karikatur überhöht. Alexander IV. setzte diesen Feuerkopf in Illyrien ein. Pyrrhos war ein Grieche, den Illyrer verstehen und bewundern konnten. Nachdem er sein Kriegsgelüst gestillt hatte, indem er sich im illyrischen Feldzug mit beispiellosem Schneid hervorgetan hatte, überraschte er mit der Gabe, die Illyrer für die Sache der Zivilisation zu gewinnen.

Aschoka, der Enkel Tschandraguptas, war die Antithese zu Pyrrhos. Als Alexander ihm die Nachfolge seines Vaters Bindusara in Äthiopien anbot, lehnte Aschoka ab. Aschoka wollte sein Leben nicht dem Regieren widmen, und Krieg verabscheute er. Wie der jüngere Ptolemaios, war er zu Taten des Friedens berufen, doch anders als die beiden Ptolemaien und anders als seine eigenen Maurya-Vorfahren, war Aschoka nicht den weltlichen Dingen zugewandt, sondern ein Idealist. Er bat Alexander, ihm Verfügungsgewalt und Mittel zu geben, um ein weltweites Netz von Hospitälern zu errichten. Dort sollten Tiere ebenso wie Menschen behandelt werden, und die Makedonen hielten das für eine ausgefallene Idee, doch Alexander IV. verfügte, daß Aschoka seinen Willen haben solle. Der jüngere Ptolemaios unterstützte Aschoka mit der Gründung einer medizinischen Fakultät am Museion. Aschokas weltweiter Gesundheitsdienst war der Keim der Wohlfahrtseinrichtungen, die heute den Hauptteil der Tätigkeit des Weltstaates ausmachen. Nebenbei führte Aschokas tierärztlicher Dienst zu den späteren erstaunlichen Verbesserungen in der Haustierzucht.

Geographische Entdeckungen der Barkiden

Hannibal war der hervorragendste von allen Untertanen Alexanders VI. und Alexanders VII. Wie sein Vater Hamilkar war Hannibal der geborene Soldat, doch seit Karthago sein Reich verloren hatte, gab es dort keine Karriere für einen Soldaten; so mußten diese beiden soldatischen Männer, Vater und Sohn, nichtmilitärische Anwendungen für ihre Talente finden. Hamilkar hatte den Bund der kolonialphönizischen Staaten im westlichen Mittelmeer bewogen, ihn zum Direktor einer gemeinsamen Gesellschaft zu machen, die nach den Prinzipien, nach denen die Ostasiaten das tropische Südostasien erschlossen, das tropische Westafrika erschließen sollte. Er hoffte, er würde imstande sein, durch Afrika hindurch den Pionieren die Hand zu reichen, die von Äthiopien aus ins Innere des Kontinents vordrangen. (Schließlich trafen sich die beiden Keile der Zivilisation am Tschadsee.)

Hannibal arbeitete bei seinem Vater in dessen Hauptquartier in Dakar, doch sein Blick war nicht landeinwärts, sondern aufs Meer hinaus gerichtet. Hannibals Ehrgeiz war es, die Richtigkeit der Theorie zu beweisen, daß die Erde eine Kugel ist. Er wollte von Dakar aus nach Westen ins Blaue hinein segeln, bis er in Schanghai einträfe, dem östlichsten Handelsposten der östlichen Phönizier. Hannibal warf sich auf das Studium von Schiffbau und Navigation. Er konstruierte einen Schiffstyp, der monatelang auf See bleiben konnte, ohne einen Hafen anlaufen zu müssen. Sein Entwurf war eine meisterhafte Kombination von Elementen der Schiffsarchitektur der Östlichen Meere, des Mittelmeers und der europäischen Atlantikküste. Hannibal erreichte das gegenüberliegende Ufer des Atlantiks, und mit dieser Leistung gab er der Entwicklung der Menschheit eine neue Richtung. Doch das Land, das er fand, war nicht Ostasien; es war Atlantis. (Atlantis! Hannibal hatte bewiesen, daß Platos ›Mythos‹ die reine Wahrheit war.)

Technischer Fortschritt unter Alexander XIII.

Der letzte von unseren vier Titanen ist Alexander XIII. Ihm verdanken wir die ›Vernichtung des Raums‹ durch den technischen Fortschritt. Wir verdanken ihm das nicht als dem Erfinder der Dampfturbine, sondern als ihrem Wegbereiter. Ihr Erfinder war natürlich Heron, und Heron war weder der erste noch der letzte Erfinder seiner Art. Alexandria war ein natürlicher Nährboden für Erfinder. Die Stadt war mittlerweile nicht nur eine Heimstatt für Wissenschaften und Künste geworden, sondern auch die Werkstatt der Welt. Heron hatte eine scharfsinnige Erfindung gemacht, doch er hätte vielleicht nichts damit anzufangen gewußt, hätte nicht Alexander XIII. die Vorstellungskraft besessen, die darin liegenden Möglichkeiten zu erkennen, und im Weitblick Alexanders XIII. lag mehr Genie als in der Kunstfertigkeit Herons.

Wie die meisten griechischen Erfinder war Heron ein Anhänger theoretischer Wissenschaft. Die praktische Nutzung seiner Erfindung interessierte ihn nicht. Er mußte jedoch seinen Lebensunterhalt verdienen, und so benutzte er das Prinzip der Dampfturbine zum Bau etlicher kunstvoller mechanischer Spielzeuge von der Art, wie sie die Frauen wohlhabender griechischer Geschäftsleute in Alexandria zu kaufen pflegten. Alexander XIII. bekam eins dieser geistreichen Spielzeuge zu Gesicht, und der Anblick von mit Dampfkraft bewegtem Metall versetzte den Geist des Weltherrschers in fieberhafte Tätigkeit. Das war die erste unbeseelte Naturkraft, die der menschliche Erfindungsreichtum gebändigt hatte, seit vor mehr als dreitausend Jahren der Wind zum Antrieb von Schiffen in den Dienst genommen worden war. Das war das Mittel, um die Welt physisch zusammenzuschweißen. Das war es, was er und seine elf Vorgänger benötigt hatten, seit Alexander III. die Welt politisch und kommerziell geeint hatte. Die Welt zu vereinen und sie vereint zu erhalten, ohne andere brauchbare physische Agentien als Windkraft und die Körperkraft von Menschen und Haustieren zur Verfügung zu haben, war eine wunderbare Leistung menschlicher Tatkraft und Zielstrebigkeit gewesen, doch die Ergebnisse waren den Anforderungen nicht gerecht geworden. Wenn die Einheit der Welt jemals gefestigt werden sollte, mußten die Verkehrsmittel viel stärker und schneller werden, und hier war das Mittel dazu in Gestalt dieses dampfgetriebenen Spielzeugs, das vor seinen Augen seine Leistungsfähigkeit demonstrierte.

Alexander XIII. schickte nach Heron und befahl ihm, seine Erfindung nicht länger für Kindereien zu mißbrauchen. Heron mußte mit ganzer Kraft an die Arbeit gehen, um dampfgetriebene Schiffe und dampfgetriebene Fahrzeuge herzustellen. Alexander XIII. gab Heron die Werkzeuge, um diesen Auftrag zu erfüllen. Er ließ das Hephaistionaion in ein Laboratorium umwandeln, um die Bändigung des Dampfes und jeder anderen unbeseelten Naturkraft außer Wind und Dampf, die Heron und seine Mechnikerkollegen in Zukunft noch bändigen mochten, praktischen Zwecken dienstbar zu machen. Das Hephaistionaion! Der närrische Einfall Alexanders III.! Vierhundert Jahre lang hatte dieser ausgedehnte Haufen nutzloser Architektur, dem vergöttlichten Saufkumpan Alexanders III. gewidmet, im Wege gestanden und alljährlich ein Vermögen für seine Erhaltung gekostet. Nun war endlich ein angemessener Gebrauch dafür gefunden worden, doch zuvor mußte es umgewidmet werden. Statt weiter dem Gedächtnis des Pseudo-Gottes Hephaistion zu dienen, sollte es fortan dem gefallenen Olympier geweiht sein, dem Hephaistion seinen Namen verdankte: nicht mehr das Hephaistionaion, sondern das Hephaistaion. Es sollte der Tempel und die Werkstatt des Hephaistos selbst werden.

Heron war plötzlich eine bedeutende Gestalt des öffentlichen Lebens geworden und verfügte über ein riesiges Ingenieursunternehmen. Er war nicht ganz froh über diese Änderung seines Schicksals. Athene, die Verkörperung der reinen Wissenschaft, war die von Heron verehrte Göttin, der kunstreiche Handwerker Hephaistos im Vergleich dazu ein vulgärer Gott. Doch Heron hatte einen kaiserlichen Befehl erhalten, er mußte ihn ausführen und konnte schwerlich scheitern, da ihm nun die technischen und finanziellen Mittel der ganzen Welt zur Verfügung standen. Der Verbrauch an Holzkohle und Metall im Hephaistaion war enorm, doch der Erfolg stellte sich rasch ein. Bald gab es die erste Lokomotive und das erste Dampfschiff. Binnen eines Jahres war ein Dampfschiff, von griechischen Maschinisten aus Alexandria bedient, an der Mündung des Yangtse eingetroffen, binnen zwei Jahren ein weiteres an der Mündung des Amazonas; binnen drei Jahren war die erste Eisenbahnstrecke der Welt gebaut. Sie verlief neben dem Schiffskanal von Alexandria nach Suez. Binnen zehn Jahren war der Bau der Nil-Euphrat-Eisenbahn vollendet. Sie zweigte am Beginn des Nildeltas von der Alexandria-Suez-Bahn ab und traf bei Thapsakos auf den Euphrat. Der Bau des Abschnitts, der durch die Esdrelon-Ebene führte, muß vom südlichen Bogen des galiläischen Hügellandes aus von einem Jungen beobachtet worden sein, dessen Vater Zimmermann in Nazareth war.

Alexander III., Alexander IV., Hannibal und Alexander XIII.: Wer kann bestreiten, daß diese vier Männer zusammen Geschichte gemacht haben? Doch wer kann erahnen, welchen Lauf die Geschichte genommen hätte, wenn nicht das Leben Philips II., des Königs von Makedonien, und das des persischen Kaisers Artaxerxes III. Ochos ein jähes Ende gefunden hätten? Wenn diese beiden Lenker der Geschichte bis zu ihrem natürlichen Ende gelebt hätten, könnte die Welt von heute recht verschieden sein von der unseren unter der Herrschaft (aber natürlich nicht der Regierung) des Weltherrschers Alexander LXXXVI.

Der antike Weltstaat: Regionalstolz

Nicht nur für die Römer war es im Jahre 9 unserer Zeit ein unbegreiflicher Schock, gegen die barbarischen Germanen 25000 Mann zu verlieren. Je mehr die moderne Geschichtswissenschaft über die sogenannte Schlacht im Teutoburger Wald herausfindet – 1987 ist am Kalkrieser Berg nördlich von Osnabrück das Schlachtfeld entdeckt worden –, um so deutlicher wird die Zufälligkeit dieses germanischen Sieges, eine Folge strategischer und taktischer Fehler bei der römischen Führung. Vorher und auch danach haben die Legionen Niederlagen erlitten, öfter aber glorreiche Siege über germanische Heere errungen; unsere Perspektive wird durch die viel spätere germanische Eroberung Westroms verzerrt.

Ob die Römer nach einem Sieg im Jahre 9 das ganze Germanien auch tatsächlich hätten regieren und nutzen können, ist eine andere Frage (die Römer, sagt ein moderner Vergleich, erlebten in Germanien ihr Vietnam). Aber immerhin war die Rheinprovinz im vierten Jahrhundert ein wirtschaftlicher Schwerpunkt des Imperiums, Trier der Regierungssitz mehrerer römischer Kaiser.

Ein Manuskript aus dem Jahr 634

von Felix Cornelius

Das Dokument: Wider die falschen und ehrabschneiderischen Pöbelworte

»Germane!« schimpfen die Bengel auf dem Forum Romanum den Raufbold und Prahler. Sie wissen nicht und wollen nicht wissen, wie sehr sie dabei jene kränken, die auf der kalten Seite der Alpen das Wohl des Imperiums behüten. Ich, der pensionierte Schullehrer Egnatius Salicus aus Basilia, will jenen entgegenhalten, wer Grund zu Klage und Tadel hat.

Hierbei werde ich mich, um Wirrnis zu vermeiden, stets der christlichen Zeitrechnung bedienen, obgleich das für die erste Spanne der darzustellenden Ereignisse nicht korrekt ist. Bekanntlich verfügte erst Kaiser Constantinus, daß fortan alle Angaben auf die Geburt Christi zu beziehen seien. Indes müßte ich im anderen Fall für einen Teil meines Berichts doppelte Daten verwenden und den geneigten Leser irritieren.

Julius Cäsar begann eine neue Seite im Buch des Imperiums, als er ihm Gallien einverleibte. Zwölf Sommer vor der Geburt des Heilands tat Augustus ein gleiches, als er – der Raubzüge der Barbaren müde – befahl, das Problem ein für allemal zu lösen. Wer rühmt nicht noch heute jene Heerführer, die in rastlosem Eifer die Zottelbärtigen unter die Adler beugten! Allen voran nahmen die Cäsaren Drusus, Tiberius und Germanicus klaglos enorme Strapazen auf sich, und ihnen nacheifernd erfochten die Legionen Sieg um Sieg.

Germanien war leider noch keine wohlgeordnete Provinz, als ein widriges Schicksal den Pannonier-Aufstand erzeugte. Jahrelang band er die besten Kräfte unserer Tapferen, und der Ausbau der Straßen und Kastelle kam langsamer voran, als das zu wünschen gewesen wäre.

Es blieb nicht aus, daß die Unruhigsten unter den Barbaren an Rebellion dachten, und einer erwies sich des übergroßen kaiserlichen Vertrauens im höchsten Maße unwürdig. Jener – sein Name sollte vergessen werden wie der des Brandstifters von Ephesos – zettelte einen Aufruhr an. Aber er verrechnete sich ebenso wie ein Lebensalter vor ihm der zwar mutige, doch ähnlich unkluge Vercingetorix: Im Jahre 9 stießen seine Horden im Teutoburger Wald nicht, wie angenommen, auf wenige Kohorten untüchtiger Hilfstruppen, sondern auf die Hauptmacht des Statthalters. An diesem Tag leuchtete Germaniens kühle Sonne auf die siegreichen Adler der drei Legionen. Wenige Rebellen entkamen der weise geleiteten Operation, ihr Anführer und einige seiner Vertrauten wurden gebunden nach Rom gesandt, auf daß jedermann sie im feierlichen Triumphzug sehe. Zumindest in der Niederlage betrug sich der Verräter als der römische Reiteroffizier, der er einst gewesen war; er stürzte sich in sein Schwert.

Wiederum begab sich, was bereits in Gallien geschehen war und durch Notwendigkeit unausbleiblich ist: Unsere Erfolge, zumal ihre Schnelligkeit, tilgten alle Gedanken an Revolte. Fortan wetteiferten die Germanen mit den Galliern darum, die treuesten Untertanen des Imperiums zu sein. Ihre jungen Männer drängten sich zu den Kohorten und Legionen, andere bevölkerten die Schulen. Kultur und Kunst verbreiteten sich entlang der Straßen von Moguntiacum, Castra Vetera und Confluentes gen Osten. Licht drang in das dunkle Land.

Für alle Zeiten wird der Name Quinctilius Varus mit dieser Epoche verbunden sein. Die große Reichsstraße von Moguntiacum durchs Hassenland nach dem Hafen Ambioricum an der Albe-Mündung heißt ihm zu Ehren Via Quinctilia, und die Namen vieler wackerer Offiziere und Oberbeamten wurden in Städten verewigt. Um nur zwei Beispiele zu nennen: Aulus Cassilius entdeckte reiche Vorkommen von Erz und Bergkohle, führte Fachleute aus den Alpenprovinzen heran und begann den Abbau. Wenn schon ein Lebensalter später der germanische Stahl so berühmt und begehrt war wie der aus Toletum, ist das gutteils sein Verdienst, und die Stadt Cassilia bewahrt es. – Hanno, ein Freiwilliger aus Afrika, zweifelhaften Verhältnissen entstammend, führte im Teutoburger Wald stellvertretend ein Kontingent der batavischen Kavallerie. Dort aber war er der Beste gleich nach dem Feldherrn! An ihn erinnert Castrum Hannonis, wo er und seine Veteranen angesiedelt wurden; und noch heute blüht die Erinnerung an den siegreichen Reiterführer so, daß die Stadt ein Pferd als Wappentier annahm.

Varus schenkte vielen Germanen das Bürgerrecht und erhob manche ihrer Edlen zu Rittern. Seine Nachfolger taten ein Gleiches, und schon Kaiser Claudius durfte die Erste Germanische Legion beim Unternehmen gegen Britannien einsetzen. Sie tat sich bei der Einnahme von Londinium hervor.

Insofern durften die Heerführer der Legionen im Nordland ein gewichtiges Wort sprechen, als Kaiser Claudius im Jahre 54 starb und niemand aus dem Blut Julius Cäsars die Lorbeerkrone rechtens erben konnte. Sie wählten den Besten aus ihrer Mitte: den jungen Flavius Vespasianus. Der neue Kaiser erfüllte in der Tat alle Hoffnungen, ordnete das Reich und fügte ihm manches Stück Land hinzu. Damals wurde die Grenze an die Flüsse Albe und Sala vorgeschoben.

Für die Germanen endete die Welt nunmehr nicht mehr am Wald, der ihre Dorfflur umgab. Die neuen Straßen erlaubten zu reisen. Hunderte sahen die Städte an Rhenus und Danuvius. Bald genügten ihnen ihre Strohhütten nicht mehr. Sie begannen selbst, Städte zu bauen. Vor allem bewiesen sie in jenen Tagen mit der Waffe in der Hand, des kaiserlichen Vertrauens würdig zu sein. Obwohl der Statthalter und drei seiner sieben Legionen zeitweilig abwesend waren, unterdrückten die Tapferen der Zweiten Germanischen Legion mit größtem Eifer den Versuch einer nicht unbeträchtlichen Zahl Banditen, den Sand der Uhr und den Strom der Vernunft aufzuhalten. Sie erhielt dafür den Ehrennamen der ›alles Zerbrechenden‹ – *frangax*. Im holprigen Dialekt der Niedergermanen hießen ihre Krieger sofort *Franken*, bald auch die Veteranen und mit der Zeit auch deren Angehörige. Ohnehin gingen die alten Stämme und Sippen im Imperium auf, vor dem alle Bürger gleich sind; einzig die drei geläufigsten Sprachen überdauerten: das Fränkische, das Bojoarische und das Angrivarische, das man auch die Plattsprache nennt.

Einen Meilenstein im Aufbau Germaniens bildete die Goldene Bulle des Kaisers Marcus Aurelius aus dem Jahr 175. Sein Erlaß verlieh allen Freien in Gallien, Germanien und Britannien das volle Bürgerrecht. Parallel dazu verlegte er den Sitz der Statthalterschaft nach Castrum Nuricorum, nach Nurnburg, wie das Landvolk dort sagt.

Nur fünf Sommer später berief der Kaiser den ersten Provinzverwalter germanischen Blutes: Claudius Sigifrid, einen Bojoarier aus dem Alpenvorland. Ihm verdankt das Land die Kodifizierung der bis dahin mündlich überlieferten Sitten und Riten als Ergänzung zum Römerrecht. Es entbehrt nicht der Ironie, daß die einfachen Leute noch heute seinen Namen hochleben lassen, auf Befragen aber nur den Artikel ›Vom Reinheitsgebot des Bieres‹ kennen.

Die traurigen Zustände im Kaiserhaus während des dritten Jahrhunderts sind allzu bekannt, als daß ich sie wiederholen müßte. Auf Germanien wirkten sie nur mittelbar ein und lediglich insofern, daß Rom und Italien mit sich selbst beschäftigt waren. Die Grenzlegionen, so allein gelassen, räumten trotz der großen Aufgaben nicht das Feld, sondern rekrutierten sich kurzerhand aus dem Umland. Eingedenk des Kampfgeistes zumal der Franken war das durchaus vorteilhaft. In jener Zeit der Unruhe breitete sich das Christentum unter den Germanen aus. Im Süden nahm man den Glauben rasch an, die Nordstämme standen ihm spröder gegenüber, vielleicht auch, weil ihre Plattsprache die wenigsten Worte Latein aufnahm.

Dunkle Gerüchte über eine neue Cimbrisch-Teutonische Völkerwanderung waren seit langem nach Nurnburg gedrungen. Man war gewarnt. Als im Herbst des Jahres 269 die raubgierigen Burgunder durch den Bojischen Grenzwald vordrangen, mochten sie in ihrem wirren Sinn erhofft haben, freundwillige oder wenigstens verängstigte Provinzialen vorzufinden. Doch ihr Schicksal wurde ihnen! Drei Legionen, elf selbständige Kohorten und zehntausend Franken, die sich zu den Adlern gedrängt hatten, vernichteten den Heerbann der Räuber. Was der Schärfe des Schwerts entrann, wurde durch die Gnade des Feldherrn Merovicus fortgeführt und am oberen Rhenus angesiedelt, weitab von jeder Versuchung, sich wieder den ewig plündernden Barbaren zuzugesellen.

So hoch war damals schon die Gesittung der Bewohner der Provinz, daß sie jedwede noch so ferne Blutsverwandtschaft mit den Burgundern leugneten. Kein Germane wollte mit solchem Gesindel versippt sein.

Während sich hier also alles zum besten entwikkelte, verhielt es sich in den östlichen Provinzen und in der Stadt Rom selbst nicht also. Es war nur eine Frage der Zeit, bis angesichts ihrer doppelten Bedrängnis die Blicke der Römer über die Alpen schweifen würden, ob nicht jemand von dort ihre Probleme lösen könne.

Der Tag kam rascher als vermutet. Im Jahr 280 suchte eine wahre Flutwelle von Goten Mösien, Noricum und Illyrien heim. Das Heer aus Germanien besiegte sie bei Vindobona, und die Legionen von Danuvius und Albe riefen den Sieger Merovicus zum Kaiser aus.

»Ein Soldatenkaiser!« Viele dachten so, manche sagten es. Nichts falscher als das: In rastloser Arbeit räumten er und sein Blutsbruder und Nachfolger Diocletianus aus, was sich angesichts unterlassener Reformen an Üblem angesammelt hatte; und wer geglaubt hatte, Germanen verstünden nichts vom Staatswesen, sah sich eines anderen belehrt. Das Imperium wurde in die vier Diözesen Ost, Süd, Mitte und Nordwest gegliedert. Neue Steuergesetze ordneten das Wirtschaftswesen, unbebautes Land wurde zugunsten der Veteranenkolonien enteignet. Um die ewigen Streitigkeiten der Tempel und Sekten zu beenden, wurden sie entmachtet und das Christentum zur Staatsreligion gemacht. Da nun das Reich des Kaisers auch das Reich des Einen Gottes war, wuchs allgemeine Zuversicht, und zum donnernden Gruß der Legionen trat fortan das Halleluja der Priester.

Obwohl das im selben Atemzug erlassene Goldene Edikt den ältesten Sitten des Christentums entsprang, wirkte es wie ein Schwertstreich. »Jede Sklaverei ist auf sechs Jahre befristet.« Empfohlen hatten die Bischöfe solches schon lange, doch diesen Schnitt zu tun, hatte es eines Franken bedurft.

Ob die beiden wackeren Männer wirkliche Christen waren, mag man bezweifeln. In den Häusern des Herrn herrscht jedoch Einmütigkeit darüber, daß sie wie Christen gehandelt haben. Was gilt da manches weltliche Motiv?

Beider Adoptivsohn Constantinus jedenfalls war ein Christ, und er schritt fort auf dem Weg, das Imperium Romanum auf höherer Ebene zu vollenden. Dabei ...*

... Aufmarsch von Attilas Heer säte Sorgen in manches Herz. Neben den Hunnen standen schließlich Tausende Goten und zahllose Gepiden. Nicht nur die Raubgier trieb sie, viele forderten Rache für die Niederlagen, die ihnen die Unsrigen zugefügt hatten. Solche Männer beugen sich nicht leicht vor den Adlern. Haben sie es freilich getan, so werden sie, wie gerade die Schicksale der Provinz Germanien gezeigt haben, zu deren eifrigsten und treusten Verfechtern.

Im Spätsommer des unheildrohenden Jahres 451 überschritten fünfmalhunderttausend Krieger die Grenzen, bedeutend mehr, als Kaiser Valentinian III. erwartet hatte. Ehe die flugs heranbefohlenen Verstärkungen zur Hauptarmee stoßen konnten, rückten die Hunnen entlang des Danuvius vor.

An der Furt der Isara stellten sich ihnen zehn Kohorten burgundischer Freiwilliger entgegen. Keiner rechnete auf einen Sieg oder das Überleben; sie wollten

* Das folgende Blatt fehlt im Manuskript. Wann und in welchem Zusammenhang es entfernt wurde, ist nicht mehr zu ermitteln. Allerdings herrscht über die dort beschriebene Zeit der Staatsumgestaltung kein relevanter Zweifel. Wegen der Verhältnisse in der Diözese Nordwest, speziell in Germanien, verweise ich insbesondere auf: F. Cornelius: »Sozialökonomische Grundlagen bei der Ausbildung der Verhältnisse in Mitteleuropa«, Band III, 4. Aufl., Koflenz 1994, und auf die dort zitierte Literatur.

Zeit gewinnen, auch für die Ihren. »Ihr nennt uns immer noch Räuber. Wir werden den Volksnamen reinigen. Sterben wir, so sterben wir bei der Hut des Landes!« sagte ihr Anführer, der Waffenmeister des Stammes. So wenig wie der Name des grimmig-hehren Helden, Hagen aus Trajanum, könnte der Ort dieses Verzweiflungskampfes je vergessen werden. Beides wird durch alle Zeiten bewahrt bleiben.

Freilich, nach zwei furchtbaren Tagen erzwangen die Barbaren den Übergang, aber die Isara war rot von ihrem Blut, und mancher Angreifer ahnte angesichts solcher Gegner sein Schicksal.

Inzwischen war Roms Heer komplett. Nahezu alle Legionen traten an, nur wenige Kohorten und die grauhaarigen Veteranen schützten die Grenzen an der Albe und fern in Nordbritannien. Zwar kamen auch jetzt noch gut zwei Barbaren auf einen Streiter Gottes – aber wann hätte ein Legionär je seine Feinde gezählt! Nicht deshalb, sondern um die Feinde in Sicherheit zu wiegen, ließ man sie plündern, lockte sie gar mit billiger Beute. Erst unweit der Mauern von Augusta Vindelicum trat Oberfeldherr Aetius ihnen in einem wenig fruchtbaren Gebiet am Licus entgegen; die Landleute nennen die Gegend Lechfeld. Dies war der große Tag der Germanen. Das Manöver der Dritten und Vierten Fränkischen Legion, das Attilas rechte Flanke umfaßte und zerschmetterte, entschied die Schlacht. Das Blut soll Teiche gebildet haben, weil es nicht mehr versickerte.

Die Hunnen wurden besiegt, was floh, erbarmungslos niedergemacht. Niemand hat die gezählt, die am Abend nicht mehr atmeten. Selbst den Verwundeten zu helfen, war unmöglich. Vielmehr gingen wahre Christen umher und beendeten mit einem wohlgezielten Langdolchstoß die Leiden der wild um sich schlagenden Pferde und auch manches halbtoten Feindes.

Zu solchem Tun gehört ungeheure seelische Kraft, nur die Härtesten meldeten sich dazu. *Messerleute* nannte man sie, im Dialekt der Nordstämme nach ihrem Dolchschwert: *Saxonen.*

Attila selbst fiel in unsere Hand. Man sagt, ein Burgunder namens Hildich, Hagens Neffe, habe ihn gefangengenommen. Erwiesen ist jedenfalls, daß Hildich zum römischen Ritter erhoben wurde und daß alle Burgunder die vollen Bürgerrechte erhielten. Wie dem auch sei, der Barbarenkönig erhielt die angemessene Strafe. Unter schweren Ketten bis nach Rom getrieben, endeten er und zweihundert der edelsten Hunnen im Mamertinischen Kerker.

Einzig einige Grüppchen der Goten, die sich nicht an der Hauptschlacht beteiligt hatten, empfingen unerwartete Gnade. Sie wurden, wie seinerzeit die Burgunder, fernab – diesmal in Hispanien – angesiedelt.

Nunmehr zweifelte niemand und nichts mehr an der Ewigkeit des Imperiums. Wer hätte auch angesichts der Konsequenz der Ereignisse zweifeln mögen! Selbstverständlich unterwarfen sich daraufhin die Stämme der Goten und Gepiden. Der Amalerkönig selbst warf sich vor dem Kaiser nieder, erbat Verzeihung und schwor ewige Treue. Zum Zeichen des Wohlverhaltens sandte er sein Enkelkind Theoderich als Geisel nach Rom.

Immerhin hatte der Krieg alle Kräfte angespannt. Die vielen tausend Erschlagenen fehlten, der Wiederaufbau der verwüsteten Danuviusprovinzen beanspruchte Jahre und fraß viele Mittel, die sonst auch Germanien zugute gekommen wären. Aber längst hatte sich die Lage so gefestigt, daß die Diözese eher Beistand leisten konnte als ihn brauchte.

Vom Abend des Sieges auf dem Lechfeld bis in unsere Tage herrschte im wesentlichen Frieden diesseits der Alpen. Nicht nur der Schrecken der Legionsadler garantiert ihn, auch das ungeheure Licht, das das aufstrebende Imperium aussendet. Beides läßt die Wunden rascher vernarben und die bösen Erinnerungen schneller verfliegen als gemeinhin.

Ich kann von anderem berichten: vom Bau zahlreicher Gotteshäuser, Klöster und Schulen, vom löblichen Eifer besonders der Goten im Westen, die Bluttaten ihrer Ahnen vergessen zu machen, den Burgundern nachzueifern und sich der kulturprallen Welt ihrer Nachbarn anzuschließen. Unsere westgotischen Verwandten sind nicht unbegabt. Was sie bauen, weist einen unzweifelhaft neuen, quasi ›gotischen‹ Stil auf. Die typischen zugespitzten Bogenfenster und die schlanken Strebepfeiler zieren speziell Kirchen aufs höchste.

Auch in weltlichen Dingen ging es voran.

Welcher Phantast hätte zu Augustus' Zeiten auch nur im Scherz gesagt, einem germanischen Baumeister könne etwas gelingen, woran einer aus Rom verzweifelte! Ebendas geschah: Fridericus Fuscus aus Nurnburg konstruierte und baute bei Rigomagus die erste steinerne Bogenbrücke über den Rhenus. Am 7. Martius 510 ritt Kaiser Boethius feierlich von einem Ufer zum anderen, und Heermeister Chlodwig ließ Einheiten aller Legionen der Diözese Nordwest sie passieren. Seither feiert man alljährlich ein Fest zum ›Tag der Brücke‹. – Nach dem Vorbild dieses Bauwerks entstanden bald zahllose weitere. Den Danuvius oder den Nicer zu überqueren ist seither zu jeder Jahreszeit ebenso selbstverständlich, wie einen Schritt über die Straße zu tun.

Die lebhafte und umfassende Entwicklung des Landes forderte zwingend ein reguläres Zentrum – statt der unerstürmbaren Großfestung eine Hauptstadt für den Frieden. Daher wuchs mitten in Germanien, am Kreuzungspunkt dreier Fernstraßen, am längst legendären Lager der Ersten und der Zweiten Frankenlegion, zu beiden Ufern des Moenus die neue Hauptstadt der Provinz und der gesamten Diözese. Natürlich konnte sie nicht anders als Castrum Francii heißen, aber die Einwohner nennen sie augenzwinkernd *Frankenfurt* – obgleich weiß Gott längst niemand mehr durch die Furt stapft.

Man möge diese Kleinigkeit nicht abtun. Humor ist das Zeichen für Geist. Dem Barbaren fehlt er, den Menschen mit Kultur charakterisiert er geradezu. Darum geht es. Darf ein Neider den Germanen heute noch absprechen, wahre Römer zu sein? In manchem sind sie wohl wahrere Römer als andere.

Zu guter Letzt will ich von einem aller Welt bekannten Zeichen germanischer Größe sprechen. Im Frühling nach dem großen Sieg auf dem Lechfeld gab es der Oberstatthalter in Auftrag. Binnen achtzehn Jahren entstand aus Stein und hellem Metall auf einem Felsen nahe dem Ort Aliso an der Lippe ein achtzig Fuß hohes, weithin sichtbares Monument. Die Statuen zweier Männer stehen darauf, Hand in Hand. Der eine, aus rötlichem Stein gehauen, hält in der freien Faust ein riesiges blankes Schwert gereckt; Kleidung und Waffen sind zwar die der Frankenlegionäre, aber sein Gesicht ist das des burgundischen Helden Hagen. Der andere, aus weißem Marmor gebildet, ist gerüstet wie die Römer, die vor Zeiten in das damals dunkle Land zwischen Rhenus und Albe kamen. Nach alten Statuen und Münzen wurden die Züge unseres großen Wohltäters Quinctilius Varus gestaltet. Seine Linke faßt die Adlerstandarte einer Legion.

Nicht daß die Provinz dieses Monument trotz der bösen Zeiten nach dem Hunnenkrieg machen lassen konnte, zeichnet Germanien aus. Schwerer wiegt, daß drei Künstler germanischen Bluts die Plastiken schufen. Es verdient angemerkt zu werden, daß einer von ihnen – Teja – ein Gote war. Mag sein, daß es ihn brauchte, um die verzweifelte Entschlossenheit des Burgunders in den Stein zu meißeln.

Das Schwert für Hagens Bildnis wurde übrigens aus einem Eisen gefertigt, wie es neuerdings in den Werkstätten erschmolzen wird, die für das Heer arbeiten. Man setzt dort dem Erz ein Kies zu, das an einem Rhenus-Nebenfluß gewonnen wird. Solches Eisen rostet kaum mehr, und deswegen schimmert bei Sonnenschein die Klinge weit übers Land.

Nein, kein redlich denkender Mensch sollte Germaniens Bewohner anders als eben *Römer* nennen: gleichberechtigte, gleichgesinnte Bürger des Heiligen Römischen Reiches.

Früher glaubten wir, die Weltgeschichte sei ein Ballen Wollfasern, durch Zufälle aufs absurdeste verwirrt. Der Heilige Augustinus und andere weise Denker haben uns belehrt, daß sie vielmehr analog einer Knotenschnur unausweichlich von einer Unvermeidlichkeit zur anderen führt, wobei sich die Stücke auf vage Weise ähneln, ohne identisch zu sein.

Wie zum Beweis dessen stehen heute, im Sommer des Jahres 634 seit der Menschwerdung des Herrn, erneut Feinde an der Ostgrenze des Imperiums. Awaren heißen sie. Nach allem, was man weiß, ist ihr Name der Oberbegriff für ein Dutzend Völkerschaften sämtlich kulturloser Art. Da das Heilige Römische Reich im Namen Christi auftritt und also den Frieden will, begnügte sich Seine Majestät auf die ersten warnenden Meldungen hin damit, die Grenzen zu schließen und angemessen zu sichern. Doch wie Entflohene zu berichten wissen und wie die Kundschafter erfuhren, zieht der Oberfürst Borayan Gesindel der obskursten Herkunft an sich und bildet nach Attilas Vorbild aus alledem ein Raubheer.

Aber die Zeitläufte wiederholen sich nicht. Heute ist

das Imperium vielfach stärker als 451. Achtzehn Legionen und zweiundsechzig Kohorten stehen bereit, und noch einmal so viele können auf einen Ruf aus den anderen Provinzen zu ihnen stoßen. Den Befehl wird der Oberstatthalter der Diözese Nordwest und Schwiegersohn des Kaisers führen, der Patricius Childebert, ein Nachkomme Merovicus'. Er hat sich als Kommandeur der Zweiten Frankenlegion bei vielen Grenzscharmützeln an der Sala ausgezeichnet. Zudem ist Borayan nicht Attila. Also zweifelt niemand am Ausgang des Krieges.

Immerhin drängt die Zeit. Im fernen Arabien grassiert eine religiöse Sekte. Daß ihre Anhängerschaft ein persisches Heer besiegte, kann uns freuen, warnt aber zugleich. Zwar hat der Tod des Stifters Mohammed das Ärgste weggeräumt, aber die Fanatiker wollen das nicht wahrhaben. Man kennt das, und man weiß, wie mit solchen Leuten zu verfahren ist. Allerdings sind, um sie niederzukämpfen, weite Landstriche zu besetzen: eher langwierig als schwierig. Möglich, daß die Orientlegionen um tatkräftige Hilfe rufen. Dann werden Franken und Saxonen in den Südosten des Imperiums ziehen und Roms Adler und das Kreuz von neuem fest aufstellen.

Das Ende einer Epoche.
Einige Anmerkungen des Herausgebers

Eine aparte Logik hat diesen Appell an die Loyalität der Mit-Römer ans Ende der Literatur des Alten Imperiums gestellt. Kaum zwei Jahre später bestand es nicht mehr. Trotz der zweifellos richtigen Gedanken und des durchaus erkannten großen historischen Zusammenhangs von Ursache und Folge – wie konnte Egnatius Salicus so irren! Denn seine Zuversicht wirkt – von heute aus gesehen – wie das Pfeifen im dunklen Zimmer.

Bekanntlich unterlag das Orientheer im Herbst 634 schon im ersten Zusammenprall der Kalifenarmee aufs fatalste. Ehe die Truppen aus der Diözese Nordwest nach ihrem Sieg über die Awaren nach Süden gelangten, hatten die Moslems Syrien, Ägypten und Libyen besetzt. Allgemeines Chaos brach aus. Auch darum scheiterte die Gegenoffensive; aber ebenso, weil nunmehr zutage trat, was Egnatius Salicus ignoriert: die morsche Soziostruktur aller Mittelmeerprovinzen. Nahezu widerstandslos wurde Stadt um Stadt und schließlich die Metropole übergeben, die Bürger huldigten dem Kalifen und küßten den Koran, als wären sie nie christliche Römer gewesen. Folglich weigerten sich die germanischen Legionen, Leute zu verteidigen, die nicht verteidigt sein wollten, und marschierten über die Alpen zurück. Italien und Hispanien wurden zu Teilen des Kalifats, und seither regiert ein Emir von Vichi aus den arabisch besetzten Teil Galliens.

Die fränkischen Legionen stellten sich erst wieder zum Kampf, als es galt, ihre Heimat zu bewahren. Das gelang ihnen in der Schlacht an der alten Rhen-Brücke von Regmagen. Hierbei zeichneten sich die Burgunder aus, so daß es jetzt eine Provinz ihres Namens gibt und sie ihrerseits das freie Gallien behüten.

Um Roms einzige noch freie Diözese im Rücken zu fassen, sollte die arabische Flotte ein Heer auf die britannischen Inseln bringen. Widriger Wind bewirkte, daß Admiral Amr ben Said dabei gewisse Inseln jenseits des Ozeans entdeckte. Sie erwiesen sich als Teil eines Kontinents, der dann den Namen Amriye erhielt. Ihn zu erobern und zu besiedeln, beeinflußte fortan alles. Zunächst band es die Kräfte der Sarazenen für viele Jahrzehnte und sorgte langfristig dafür, daß Europas Große Grenze, der Limes maximus, seit der Zeit quasi unberührt blieb.

In den Kämpfen jener Epoche wurde Basil am Rhen zweimal (641 und 711) so zerstört, daß es lange unbesiedelt blieb. Wissenschaftliche Ausgrabungen waren bisher wenig erfolgreich geblieben, weshalb der Fund des oben publizierten Dokuments als großer Erfolg anzusehen ist.

Zählt Egnatius Salicus zu den prinzipienlosen Lobrednern? Nein. Einige Floskeln abgerechnet, stellt er zumindest eines richtig dar: Die großen Linien der Geschichte sind unabänderlich, und Zufälle und Details wirken sich immer nur in Nebensächlichkeiten aus – beispielsweise wo genau die Grenze zwischen freiem und besetztem Gallien verlaufen könnte. Das Imperium war eine historische Notwendigkeit; darum entstand es, überdauerte die Krisen der späten Republik, des beginnenden Kaiserreichs und schließlich die Hunnenflut – und eben auch die des siebenten Jahrhunderts.

Das Alte Imperium wurde doch aber gestürzt? Allerdings. Ein neidisches Witzwort sagt, daß unter dem Halbmond die Sonne nicht untergeht, nicht wahr? Fürwahr, viele reden so. Und der Thron der Kalifen steht im Vatikanischen Palast, oder nicht? Es ist an dem. Darf man also jenes Reich *römisch* nennen? Nein!

Schon rechtlich ist diese Folgerung unhaltbar. Rom ist, wo die Römer sind. Nur Äußerlichkeiten haben sich geändert. Das einzig wahre Imperium umfaßt weiterhin die Kernlande der ehemaligen Diözese Nordwest, und es wird jetzt von Frankenfurt aus regiert. Da der Norden aber schon seit langem die maßgebende Region war, wiegt der Wandel leicht. Nach wie vor symbolisiert der Legionsadler das Reich, er prangt auf Fahnen, Münzen und Wappen. Einzig der Korrektheit halber – da auch der Bundeskönig aller Saxonischen

Fürstentümer im ehemaligen Britannien bei der alljährlichen Thronrede in Londin auf den anteiligen Anspruch hinweist – wurde dem ehrwürdigen Namen eine Präzisierung hinzugefügt: *Heiliges Römisches Reich Fränkischer Nation.* Diese Rechtsnachfolge weist uns als die wahren Römer aus, auch insofern ist Egnatius Salicus zuzustimmen.

FELIX CORNELIUS
Koflenz, 1995

Der schnellere Weg in die Neuzeit

Nikolaus Krebs oder Chrypffs (1401–1464), nach seinem Geburtsort Kues Cusanus genannt, war Jurist und Theologe, Kardinal und Bischof von Brixen und zugleich einer der bedeutendsten Philosophen und Naturwissenschaftler des Spätmittelalters. Er ahnte moderne Konzepte wie das Trägheitsgesetz, die Relativität der Bewegung und die Infinitesimalrechnung voraus; vor Kopernikus und Bruno gelangte er zur Vorstellung von der Vielzahl der Welten und einer Bewegung der Erde, ohne deshalb behelligt zu werden. (Es war eine Zeit, in der die Kirche ihr Supremat über die Wissenschaft noch nicht bedroht sah und auch der Hexenwahn gerade erst aufkam; der berüchtigte Hexenhammer erschien erst nach Cusanus' Tod.)

In Wolfgang Jeschkes noch unveröffentlichtem Roman Ein Hühnchen für Cusanus oder Abendländisches Kaleidoskop *fallen dem Kardinal Aufzeichnungen einer Zeitreisenden in die Hände, die vom Rat der Stadt Köln gegen den Willen des Erzbischofs als Hexe verbrannt wurde, und sein anschließendes Wirken führt zu einer Beschleunigung des wissenschaftlich-technischen Fortschritts.*

Die Cusanische Acceleratio

von Wolfgang Jeschke

Für meinen Freund Manfred Kluge,
der nun ein anderes Universum bereist.

Fiktive Beschleunigung, übereilte Fiktion

Es entbehrt nicht einer gewissen Pikanterie, daß man ausgerechnet Nicolaus Cusanus, den päpstlichen Legaten und persönlichen Freund von Papst Pius II., zum Beschützer und Bewahrer der abendländischen Wissenschaft gegenüber einer aufklärungs- und fortschrittsfeindlichen Kirche hochzustilisieren versucht hat, als hätte es Tendenzen solcher Art seitens des Klerus jemals gegeben. Freilich gab es zuweilen Meinungsverschiedenheiten und Dispute über astronomische und kosmologische Detailfragen, aber diese Diskussionen sind Ausdruck und Zeichen eines lebendigen Wissenschaftsbetriebes, ja dessen Voraussetzung. Wer sonst als die Kirche hat seit dem Niedergang des römischen Reiches über viele Jahrhunderte hinweg die Schätze griechischer, römischer und morgenländischer Gelehrsamkeit sorgsam bewahrt? Wer die unschätzbar wertvollen Werke der Altvorderen vervielfältigt und verbreitet? Wer ihre Inhalte studiert, interpretiert und gelehrt? Die wissenschaftliche Beschäftigung mit der Schöpfung hat in der Kirche eine lange, ungebrochene, ehrwürdige Tradition. Es hat keines Cusaners und keiner ›Acceleratio‹ bedurft, um, wie Diderot schrieb, »der Wissenschaft eine Gasse zu hauen« und »dem technischen Fortschritt den Weg zu ebnen«. Das ist, mit Verlaub, eine historische Fiktion, wie sie in jenen virtuellen geschichtlichen Konstruktionen, die heute zunehmend in Mode kommen, immer mehr um sich greifen, die aber nur geeignet sind, die Tatsachen zu vernebeln und den Blick auf die Wirklichkeit zu verfälschen.

Betrachten wir die Fakten: zwei Briefe aus der Feder des Kardinals, beide geschrieben am 12. März des Jahres 1452 während eines kurzen Aufenthalts in seiner ehemaligen Pfarrei St. Florin zu Koblenz. Einer an Dietrich von Moers, den Erzbischof von Köln, in dem er diesem rät, päpstlichen Beistand zu erbitten in einem Prozeß, in dem eine Frau unbekannter Herkunft der Ketzerei angeklagt ist. Ein weiterer an Papst Nicolaus V., in dem er die Gründung einer wissenschaftlichen Akademie durch den Hl. Stuhl vorschlägt, die sich speziell mit ungewöhnlichen Naturerscheinungen befassen soll.

Was hat man nicht alles hineingeheimnist in jene letzten Februartage, die der Kardinal, von Brüssel über Löwen und Maastricht kommend, in Köln verbracht hat, um dort ein Provinzialkonzil zu eröffnen? Von einem ›Paulus-Erlebnis‹ ist die Rede (als wäre er je ein Saulus gewesen!); von merkwürdigen Briefen, die ihm von einem geheimnisumwitterten Scholaren ausgehändigt worden seien; von der Begegnung mit einer rätselhaften Schönen aus einem fernen Land, die ihn betört und ihm die Zukunft geweissagt habe.

Tatsächlich hatte sich Cusanus als päpstlicher Diplomat und Reisender in Sachen Neuordnung und Organisation der Kirche bis dahin – wohl schon allein aus Zeitgründen – wenig um die Förderung der Wissenschaften gekümmert, obwohl er in Fragen der Astronomie und Kosmologie seiner Zeit weit voraus war, Experimentalphysik betrieb und sich als erster ernsthaft mathematisch mit dem Begriff der Unendlichkeit beschäftigte. Aber zu seiner Bemühung um eine verstärkte Institutionalisierung von Forschung und Lehre seitens der Kirche bedurfte es weder geheimnisvoller Scholaren noch betörender Sibyllen. Es war ein Erfordernis der Zeit, und der Kardinal von Kues an der Mosel war gewiß nur einer von vielen, welche die Zeichen der Zeit richtig zu deuten wußten. Die Cusanische Acceleratio, wie Leibniz sie postuliert hat, ist eine Chimäre. Die Behauptung, er allein sei es gewesen, der »eine schläfrige, in lächerlichen Glaubensdingen zerstrittene Kirche aufweckte«, wie Voltaire es auszudrücken beliebte, ist eine Fiktion. Das Donnern der modernen Artillerie, die Sultan Mehmet II. im Jahr darauf vor den Toren von Konstantinopel in Stellung brachte, deren Feuerkraft der Westen nichts entgegenzusetzen vermochte, war laut genug, um das gesamte Abendland aufzurütteln – und letztlich zu einen.

Die Aufzeichnungen von Highgate

1460 Im Auftrag von Papst Pius II. gründen der päpstliche Legat Nicolaus Cusanus und Julius Pomponius Laetus das humanistische Forschungsinstitut Accademia Romana.

1461 Johannes Regiomontanus wird zum Leiter der Accademia berufen.

1462 Auf Anregung von Nicolaus Cusanus führt Johannes Regiomontanus eine ›Weltvermessung‹ durch. Das Ergebnis bestätigt die Angaben des Eratosthenes von Kyrene (276–195 v. Chr.), der aus den abweichenden Schattenlängen auf dem Meridianbogen zwischen Syene und Alexandria einen Erdumfang von 40000 Kilometer errechnete.

1464 Tod von Papst Pius II. und Nicolaus Cusanus in

Todi, Umbrien, während des Aufbruchs zu einem Kreuzzug zur Rückeroberung Konstantinopels.

1467 Papst Paul II., Nachfolger von Pius II., betreibt die Schließung der Accademia Romana, die er bei aller Sympathie für die Wiederbelebung des humanistischen Erbes für eine ketzerische Geheimgesellschaft hält. Lucius Pomponius Laetus wird der Gotteslästerung angeklagt, ein weiteres Mitglied, Bartolomeo Platina, wird gefoltert. Johannes Regiomontanus und einigen seiner Mitarbeiter gelingt die Flucht nach Mailand, wo die Sforza sie unter ihren Schutz stellen.

1470 Leonardo da Vinci wird Mitglied der ›Sapienza‹, wie die ehemalige Accademia Romana sich seit ihrem Exodus nennt. Sie gilt als Zentrum humanistischer Bildung und Forschung und wird zum Ziel zahlreicher Gelehrter, Handwerker und Studenten aus aller Welt.

1475 Einführung des Magnetsteins auf den Schiffen des Italischen Bundes.

1476 Nach dem Tod von Johannes Regiomontanus wird Leonardo zum Leiter der Sapienza gewählt.

1478 Erfindung des ›Brennkreisels‹ in der Sapienza durch Korbinian Seeshaupter, einem Büchsenmacher aus dem Salzburgischen. Zunächst mit Naphta befeuert, später mit Petroleum und seinen Derivaten, stellt der ›Kreisel‹ eine Art Turbine dar, die als ›mechanischer Sklave‹ bald auf allen Gebieten Anwendung findet, sei es als Antrieb von Fahrzeugen oder Pumpen, sowohl in der Landwirtschaft als auch in der Industrie und zunehmend im Verkehrswesen.

1480 Erneuerung des Italischen Bundes zwischen Venedig, Mailand, Florenz, Neapel, Montferrat und Savoyen für weitere 25 Jahre, Beitritt Genuas.

1481 Albertis *Gesang der mechanischen Sklaven* wird in Mailand uraufgeführt.

1484 Papst Sixtus IV. erklärt, daß es im westlichen Meer unentdeckte Länder geben müsse, da eine gegenteilige Auffassung, wie sie von einigen irregeleiteten Gelehrten verbreitet würde, die glaubten, das legendäre Cathay Marco Polos sei in westlicher Richtung nur durch einen Ozean von unserer Welt getrennt, eine Unausgewogenheit der Schöpfung voraussetze und deshalb unchristlich und ketzerisch sei.

1486 Giovanni Caboto, ausgesandt von der Signoria seiner Heimatstadt Genua auf die Suche nach neuen Ländern im westlichen Teil der Welt, erreicht am Christophorustag (24. Juli) die Mündung des Delaware. Auf seiner zweiten Expedition (1488–1490) erkundet er die Küste zwischen der Mündung des Savannah und der des San Lorenzo. Auf der dritten Reise (1492–1495), die der Errichtung von befestigten Stützpunkten und Handelsniederlassungen dient und auf der ihn sein Sohn Sebastiano begleitet, findet er bei einer bewaffneten Auseinandersetzung mit Eingeborenen Terranovas den Tod. Er wird auf dem nach ihm benannten Cape Caboto beigesetzt. Sein Sohn Sebastiano führt die Expedition erfolgreich zu Ende.

1489 Während die Galeonen des Großherzogs der Toskana die Mississippi-Mündung und die Küste von Yucatan erkunden, legen venezianische Handelskapitäne im Auftrag ihrer Signoria an der Nordküste des südlichen Terranova befestigte Handelsplätze an, die sich zunehmend räuberischer Überfälle durch portugiesische und spanische Seefahrer erwehren müssen, nachdem die Kunde von reichen Goldfunden nach Europa gedrungen ist.

1492 Erster erfolgreicher Abschuß eines ›Milan‹, auch ›Feuerbremse‹ genannt. Es handelt sich um eine Rakete, die von einem mit flüssigem Treibstoff befeuerten ›Brennrohr‹ angetrieben wird. In den Schmieden der Sapienza hergestellt und von einem Katapult in steilem Winkel gestartet, legte das Geschoß zwanzig Stadien oder zweieinhalb römische *milia* zurück und trug eine *bomba* mit einem Mastello Naphta ins Ziel.

1494 Einfall König Karls VIII. von Frankreich in die Lombardei auf dem Weg nach Neapel. Am 23. September Treffen am Ticino. Das vereinte italische Heer unter dem Befehl Francesco Gonzagas bereitet den Franzosen eine vernichtende Niederlage. Der Florentiner Staatsmann und Historiker Francesco Guicciardini schreibt in seiner *Storia d'Italia*:

»Die so gefürchtete moderne französische Artillerie wurde völlig überrumpelt. Das infernalische Kreischen der mailändischen Feuerbremsen, die durch den Himmel rasten, Naphtafeuer verspritzten und das Schlachtfeld in wenigen Minuten in Rauch und Flammen hüllten, fuhr wie der Zorn Gottes zwischen die Feinde, deren Aufmarsch bald jede Schlachtordnung vermissen ließ. Als zur Kavallerie-Attacke geblasen wurde, war die Reiterei hoffnungslos zerstoben, und die Bauern in Savoyen ließen ihre Äcker im Stich, um die in weitem Umkreis verstreuten gesattelten Pferde einzufangen und sie für gutes Geld allenthalben auf den Märkten feilzubieten.

Francesco ließ die schönen neuen französischen Kanonen, von denen nicht wenige keinen einzigen Schuß hatten abfeuern können, nach

Mailand bringen, um sie in den Erzgießereien untersuchen zu lassen ...«

1510 Copernicus lehnt eine Berufung an die Sapienza ab.

1512 Michelangelo: »Überall in den Provinzen hört man tagsüber und nächtens das Fauchen und Schnarren der Brennkreisel. Dahin ist die bukolische Ruhe unserer Heimat. Die Luft ist voll Rauch und Gestank verbrannten Naphtas. Über den Auen liegt ein ungesunder Nebel, ein Miasma, das einem den Atem beraubt.«

1576 Giordano Bruno wird zum Präsidenten der Sapienza gewählt.

1613 Johannes Kepler gelingt die Flucht vor den Nachstellungen der Gegenreformation in Deutschland. Gemeinsam mit seiner Mutter reist er über Wien und Venedig nach Mailand.

1614 Nicht Galilei, sondern Kepler wird zum Nachfolger Brunos als Leiter der Sapienza gewählt. Galilei verläßt demonstrativ die Akademie und zieht sich in sein Landhaus in Arcetri zurück.

1620 Endgültiges Scheitern der Gegenreformation in Europa. Verbot und Enteignung des Dominikanerordens.

1626 Protestantische Truppen belagern vergeblich Rom. Der Papst flieht über Budapest nach Krakau.

1627 Niederlage des durch Seuchen dezimierten nordischen Heeres in den Schlachten bei Orvieto und Bologna. Rückkehr des Papstes nach Rom.

1630 Beendigung des Glaubenskrieges im Frieden von Prag. Neuordnung Europas.

1672 Leibniz prägt den Begriff der ›Cusanischen Acceleratio‹ der Wissenschaften. Bau der ersten funktionierenden mechanischen Rechenmaschine.

1674 Seeschlacht von Chalkis. Befreiung Griechenlands.
1676 Rückeroberung von Konstantinopel.
1682 Ein Söldnerheer unter dem Befehl des Condottiere Alessandro Tarvisio schlägt die Türken bei Tarsus und Mersin. Befreiung von Aleppo, Damaskus, Jerusalem und Kairo im Zweiten Heiligen Krieg. Sicherung der Petroleumquellen in Mesopotamien.
1705 Vollendung des Suezkanals.
1708 Besetzung von Oman und Jask an der Straße von Hormus durch ein italienisch/deutsch/englisches Expeditionsheer, um die Schiffahrtsstraße zu den Petroleumhäfen im Persischen Golf zu sichern.
1710 Verstärkter Bau von Schiffen, insbesondere hochseetüchtigen Petroleumfrachtern, mit leistungsfähigen Brennkreisel-Motoren durch die europäischen Großmächte.
1712 Die Militär-Signoria von Kairo gestattet aus ›Sicherheitsgründen‹ nur noch motorbetriebenen Schiffen die Durchfahrt durch den Suezkanal. Segelschiffe sind gezwungen, wie früher den beschwerlichen Weg um Afrika zu nehmen.
1715 Der Brand des Petroleumfrachters *Amalfi* äschert Piräus ein.
1720 Untergang des Petroleumfrachters *Haven* in der Bucht von Genua. Fisch- und Krabbenbestände in weitem Umkreis vernichtet. Die Altstadt von Genua muß für mehrere Monate evakuiert werden.
1738 Bau des ersten Luftschiffs mit Wasserstoff-Füllung durch Ian McInnes.
1752 Der *Glory of Glasgow* unter Kapitän Seamus Shaw gelingt als erstem Luftschiff die Überquerung des Atlantik.

1758 Leonhard Euler veröffentlicht sein bahnbrechendes Werk *Calculationes zur Erreichung des Weltenraumes vermittels reactiver Flugapparate.*

1763 Erste erfolgreiche Flugversuche George Rauschles mit dem Motorflugzeug *Skylark of Massachusetts.*

1780 Die Neuenglandstaaten entscheiden den Unabhängigkeitskrieg für sich durch die Luftüberlegenheit ihrer wendigen, von Robert Fulton konstruierten Arrow-Motorflieger über die schwer bewaffneten, aber verletzlichen Schlachtkreuzer der Royal Air Navy. Bombardierung von Boston und Norfolk. Zerstörung von Philadelphia durch Luft-Boden-Raketen mit Phosphor-Naphtalin-Sprengköpfen. Verheerende Niederlage der Briten in der Luftschlacht über Long Island.

1795 Erster regelmäßiger Transatlantik-Luftdienst zwischen Amsterdam und Boston, sowie zwischen Rom und Genua Nova über Ponta Delgado und Bermuda.

1814 Flutkatastrophe in Holland fordert über 100 000 Menschenleben.

1819 Stürme bis Windstärke 12 suchen die deutsche Nordseeküste heim. Dämme auf einer Länge von vierzig Kilometern gebrochen. Hamburg muß wegen Überflutung evakuiert werden. Auch Holland wieder schwer betroffen. Pläne für ein gemeinschaftliches nordwesteuropäisches Damm-Projekt scheitern an den immensen Kosten.

1822 Schätzungsweise eine Million Tote durch den schwersten Taifun seit Menschengedenken in Südostindien. Drei Millionen Menschen fliehen aus den überfluteten Gebieten.

1825 Weltweit wird ein Ansteigen des Meeresspiegels registriert. Die Gelehrten stehen vor einem Rätsel. Einige von ihnen sagen einen ›tropischen Äon‹ voraus, der durch höhere Temperaturen und stärkere Luftbewegungen in der Erdatmosphäre gekennzeichnet sei. Saint-Léonard-de-Noblat Joseph Gay-Lussac, der bekannte französische Atmosphärenforscher, äußert die Vermutung, daß zwischen der exzessiven Verbrennung von Petroleum seit nunmehr 300 Jahren und der Veränderung des Weltklimas ein ursächlicher Zusammenhang bestehen könnte.

1830 *Orbitale Trajektorien in den Planetenräumen* von Carl Friedrich Gauß und Heinrich Olbers erscheint.

1845 Die Computersprache ADA, erfunden von Ada Lovelace, der Tochter Lord Byrons, verhilft den elektrischen Pascal-Rechenapparaten endlich zum Durchbruch. Das Zeitalter der sogenannten Datenverarbeitung beginnt.

1854 Publikation der Gauß-Riemannschen Allgemeinen Gravitationstheorie, die ein durch Masse geometrisch verformtes raumzeitliches Kontinuum postuliert.

1866 Der letzte Stützpunkt im Sultanat Male muß aufgegeben werden. Die evakuierten Bewohner erhalten Siedlungsrechte an der Koromandelküste.

1871 Nach den Monsunstürmen zu Jahresbeginn melden die Piloten der Durban-Bombay Line die Überflutung der letzten Malediven-Inseln.

1873 Entdeckung des Massen-Energie-Prinzips durch William Clifford.

1878 Erster Überschallflug eines Raketenclippers von Savannah nach Sidney in weniger als sechs Stunden.

1881 Erster Orbitalflug mit Erdumrundung durch Major Brian McLaughlin mit dem Raketenflugzeug *Thunder*.

1883 Schätzungsweise eine halbe Million Tote in den ausgedehnten und dicht besiedelten Urlaubsgebieten entlang der Küsten von Sumatra, Surabaya, Siam und Malaysia durch eine Flutkatastrophe unbeschreiblichen Ausmaßes, hervorgerufen durch den Ausbruch des Krakatao-Vulkans in der Sundastraße. Richard Burton, der bekannte englische Forschungsreisende und Literat, der sich um die Zeit in Bandung aufhielt und tags darauf die Südküste Surabayas, des heutigen Java, mit einem Helikopter bereiste und das Unglücksgebiet in unmittelbaren Augenschein nahm, schrieb angesichts der ungeheuren Verwüstungen: »Es war, als wäre die Faust eines zornigen Gottes über das Land gefegt.« (*London Times* vom Donnerstag den 30. August 1883)

1886 »Unerschöpfliche Energie aus dem Nichts« verkündet die *Washington Post* in ihrer Ausgabe von 28. April 1886 anläßlich der Einweihung der ersten mit den in der Materie schlummernden Maxwell-Kräften betriebenen Anlage zur Elektrizitätsgewinnung in New York. Thomas Alva Edison, der Erbauer der Anlage, wurde vom Präsidenten der amerikanischen Föderation, Stephen Grover Cleveland, mit dem Thomas Jefferson Award, der höchsten Auszeichnung für einen Wissenschaftler, geehrt.

1897 Die Länder der nordamerikanischen Föderation, allen voran Kalifornien, beschließen den Bau zahlreicher Maxwell-Kraftwerke, mit deren Hilfe gigantische Bewässerungsprojekte in Angriff genommen werden sollen, um der zunehmenden Trockenheit in den landwirtschaftlichen Gebieten des Kontinents entgegenzuwirken.

1899 Dürrekatastrophe in Indien. Das dritte Jahr in

Folge bleibt der Monsunregen aus. 60 Millionen Menschen auf der Flucht. Hilfslieferungen aus aller Welt vermögen die Not nicht zu lindern. Der Weltstaatenbund erzwingt angesichts des Massensterbens mit Waffengewalt die Öffnung der Grenzen nach Birma und Siam.

1906 Erdbeben in San Francisco. Zwei Maxwell-Kraftwerke schwer beschädigt. Samuel Ruben, der Präsident von Kalifornien, ruft den nationalen Notstand aus und bittet die Nachbarstaaten um Hilfe.

1907 Eine rätselhafte Seuche breitet sich von West nach Ost über den nordamerikanischen Kontinent aus. Die Länder des Mittelwestens schließen ihre Grenzen und ergreifen rigorose Quarantänemaßnahmen, nachdem mit dem Verbot von Viehtransporten keine Wirkung erzielt werden konnte. Die Seuche bewirkt nicht nur Siechtum und Mißbildungen bei Tieren, sondern auch zunehmend bei Pflanzen und sogar bei Menschen. Die Wissenschaftler stehen vor einem Rätsel.

1908 Ernest Rutherford, Professor in Manchester, der bis vor kurzem an der McGill University in Montreal lehrte und der in diesem Jahr mit dem Nobelpreis für Chemie ausgezeichnet wurde, behauptet, daß zwischen der freigesetzten Strahlung aus den zerstörten Maxwell-Kraftwerken von San Francisco und dem Auftreten von tödlichem Siechtum bei Mensch und Tier sowie Mißbildungen bei Neugeborenen und bei Pflanzen ein unmittelbarer Zusammenhang bestehen muß; daß es sich also keineswegs um eine Infektionskrankheit handle, sondern um eine ›Strahlenkrankheit‹ (›radiation lesion‹), die medizinisch zwar noch unerforscht, aber keineswegs ansteckend ist. Trotzdem kommt es in ländlichen Gebieten immer wieder zu Pogromen an Sterbenden und Kranken unter dem Deckmantel von ›Schutzmaßnahmen‹.

1909 »Politischer Schachzug oder technische Panne?« fragt der *Manchester Guardian* in seiner Ausgabe vom 26. Oktober. – Die deutsche Mondexpedition endete in einem Desaster. Der unter monatelanger Geheimhaltung vorbereitete Start der *Helmut von Moltke* verlief offensichtlich planmäßig. Das Raumschiff setzte nach dreitägigem Flug im Mare Imbrium wohlbehalten auf, aber ein Rückstart zur Erde wurde nicht versucht oder mißlang. Vermutungen einiger ausländischer Experten, die behaupteten, eine Rückholung der vier Mondmatrosen sei überhaupt nicht geplant, ja technisch kaum möglich gewesen, traten die deutsche Admiralität und das Reichsmarineamt mit aller Schärfe entgegen. Politische Beobachter gehen ebenfalls von einer technischen Panne aus und halten die Mutmaßungen für absurd. Sie vermuten, daß das Risiko sträflich unterschätzt wurde, weil man dem Kaiser dieses technische Propagandaunternehmen nicht auszureden wagte. Der überraschende Rücktritt des Reichskanzlers Fürst Bernhard von Bülow brachte freilich kein Licht in die dubiose, von Kaiser Wilhelm II. mit Aplomb verkündete, aber blamabel verlaufene ›Eroberung des Mondes durch das deutsche Reich‹. Aus Potsdam selbst war keine Stellungnahme zu erhalten.

1914 Hungerflüchtlinge aus Afrika und Asien strömen nach Europa. Italien und Spanien richten ein dringendes Hilfeersuchen an die übrigen europäischen Staaten. Erste Paneuropa-Konferenz in Genf.

1915 Trotz massiver Proteste durch den Weltstaatenbund verschärfte Ausländerregelungen in den europäischen Ländern. Vermehrte Abschiebungen; Schließung der Außengrenzen. Pogrome gegen illegale Zuwanderer vor allem in Österreich, Deutschland, Frankreich und der Schweiz.

1916 Der junge Winston Churchill hält eine heftig umstrittene Rede, in der er die Auflösung des britischen Empire fordert. Der Kolonialismus sei zu einem politisch unkalkulierbaren und finanziell unverantwortlichen Abenteuer geworden, das keine Regierung dem Volk mehr zumuten könne. Es sei an der Zeit, alte Prestige-Vorstellungen über Bord zu werfen, sich militärisch aus allen überseeischen Besitzungen zurückzuziehen und alle Kräfte darauf zu verwenden, einen europäischen Staatenbund zu schaffen. Es kommt zu heftigen Tumulten und tätlichen Auseinandersetzungen, in deren Verlauf der Redner durch einen Schlag mit einem Krückstock am Kopf ernstlich verletzt wird. »It hurts«, erklärte der junge Politiker mit blutüberströmtem Gesicht lächelnd den Journalisten, »but *I* did not loose my head!«

1917 Zweite Paneuropa-Konferenz in Wien. Gemeinsame Ausländerpolitik beschlossen. Ausnahmeregelungen nur für ›Heimkehrer‹ aus den Ländern der ehemaligen Nordamerikanischen Föderation und der Südafrikanischen Republik, die als rassisch und genetisch unbedenklich eingestuft werden. Konkrete Pläne für eine Wirtschafts-, Währungs- und Verteidigungseinheit. Beschluß zur Errichtung eines Nordatlantikdamms.

1918 Dritte Paneuropa-Konferenz in London. Winston Churchill als ›Einiger Europas‹ gefeiert. Die Forderung des Weltstaatenbunds nach Lockerung der europäischen Einwanderungsbestimmungen wird einstimmig abgelehnt, der Vorschlag ›Öl für Immigration‹ als Erpressungsversuch zurückgewiesen. Die europäischen Großmächte kommen in der sog. Londoner Erklärung überein, sich in einem Zeitraum von fünf Jahren aus sämtlichen überseeischen Besitzungen zurückzuziehen und die Völker in die Selbständigkeit zu entlassen. Der Weltstaatenbund begrüßt den Entschluß grundsätzlich, lehnt jedoch die übereilte Durchführung ab und empfiehlt eine mindestens zehnjährige Übergangsphase.

1924 Die Vierte Paneuropa-Konferenz in Berlin verabschiedet Autarkie-Maßnahmen. Die sog. Berliner Beschlüsse sehen vor, eine Flotte von Orbitalkraftwerken zu bauen, um die Energieversorgung sicherzustellen und gegen ›Erpressungen‹ seitens des Weltstaatenbunds gewappnet zu sein.

1925 Gründung von Eurospatial in Paris. Beschluß zum Bau der ersten ständig bemannten Orbitalstation.

1933 Feierliche Unterzeichnung der Gründungsurkunden der Vereinigten Staaten von Europa in Versailles.

1936 Rückzug der ›Freischärler‹-Verbände unter General Francisco Franco aus Ceuta und Tanger und der Truppen des Feldmarschalls Benito Mussolini aus dem Mezzogiorno. Errichtung einer ›Sicheren Grenze‹ in Mittelitalien (Termoli-Gaeta-Linie), die später an den südlichen Rand der Poebene verlegt wird (Abruzzen-Wall).

1938 Verstärkter Ausbau der Bastion Midi an der spanisch-französisch-italienischen Mittelmeerküste, des Südlichen Atlantikwalls und des Santiago-

Walls an der portugiesischen und der spanischen Westküste sowie das Ostwalls zwischen der Adria und dem Finnischen Meerbusen (Triest-Lemberg-Helsinki-Linie).

1944 Errichtung eines flutsicheren Atlantikdamms am Rande des europäischen Festlandssockels zwischen Bilbao und Kristiansund, an Brandon Head und Erris Head vorbei, die Hebriden und Shetlands umschließend, nach fünfundzwanzigjähriger Bauzeit abgeschlossen.

1945 Europapräsident Charles de Gaulle erklärt den Alten Kontinent zur ›uneinnehmbaren Festung‹. In seiner Festrede bezeichnet er Europa als »Arche, die unsere Kultur des Abendlandes in die Zukunft tragen wird«.

Die Grenze

Der Karawanenführer blickte auf das Gerät an seinem Gürtel und wies den Männern, schnauzbärtigen Gesellen mit Turbanen oder um den Kopf geschlungenen Tüchern, die Richtung. Sie legten ihre staubigen Teppiche ins Gras und rollten sie nach Südosten aus. Nachdem sie sich und der Welt die Größe Allahs versichert hatten, erhoben sie sich und verbeugten sich ein letztes Mal gegen den dunklen Teil des Himmels. Die Abendluft war feucht und kühl. Die Bahn der Sonne lag noch tief, doch sie war schon dabei, sich von ihrem Winterlager zu erheben, jeden Tag einen Finger breit; vorerst war sie noch zu schwach, um die Nebel wegzubrennen, die im Winter über der Po-Ebene lagen. Aber der Staub und die Asche in der hohen Atmosphäre gaben Anlaß zu schwelgerischen Sonnenuntergängen.

Die Nacht zuvor hatten sie an der Oase von Corníglio gelagert; nun hatten sie den Rand der Ebene erreicht, wo bei Langhirano das Trockental der Parma sich öffnet. Bei Torrechiara, in Sichtweite der Grenze, hatten sie haltgemacht. Sie waren am Ziel. Die Treiber hatten die Kamele von ihren Lasten befreit und im Flußbett getränkt, wo zwischen flachen Felsblöcken Wasser aus dem Boden trat. Nun weideten die Tiere am grasbewachsenen sanften Nordhang, an dessen Fuß die Männer ein Feuer entzündet hatten.

»Dort drüben«, sagte der Karawanenführer und deutete mit dem Kinn nach Norden in die dunstige Ebene, »beginnt, wie manche behaupten, das gelobte Land.« Das Grün der Vegetation tat dem Auge wohl nach zwanzig Tagen Steppe, kahlen Gebirgen und Wüstenstreifen. »Aber es ist nicht unser Land, und wir haben dort nichts verloren.« Er ging vor den Männern auf und ab, die am Feuer saßen und Wasserkessel auf die Steine gestellt hatten, um Tee zu kochen. Das Abendlicht quoll korallenrot durch die Wolkenbänke über dem westlichen Horizont, schwand nur ganz allmählich, anders als im Süden. »Manche wollen das nicht glauben«, fuhr er fort. »Jedesmal sind ein paar bei der Karawane, die halten sich für schlau genug, um die Grenze zu überwinden.« Er faßte die jungen Männer ins Auge. »Noch nie hat es einer geschafft. Die Grenze ist nicht zu überwinden. Und sie ist tödlich.« Er spuckte ins Feuer und fuhr mit dem Finger unter den Stirnrand des Turbans, um ihn zu lockern. »Manche Leute behaupten, hinter der Grenze liege ein Land, in dem Milch und Honig flössen. Das ist Unsinn. Die Menschen in diesem Land leiden zwar keinen Hunger, ja, sie sind im Vergleich zu uns unermeßlich reich, aber sie teilen nicht mit uns, weil sie wissen, daß ihnen nicht genug davon bliebe, worauf sie Anspruch erheben. Also verteidigen sie ihren Reichtum mit Zähnen und Klauen. Sie leben in Angst, denn sie halten dieses ihr Land für eine Insel im Chaos. Und sie haben Angst, diese ihre Insel könnte untergehen, es könnten Sturmfluten hereinbrechen und sie hinwegfegen. Deshalb haben sie sich mit einem Wall aus Waffen umgeben, der vom eisigen Nordmeer über den Osten Europas bis hierher und von hier aus nach Westen zum großen Meer reicht, dem Biskaja-Damm, dem Wales-Irland-Damm und dem Nordsee-Bogen folgt und sich wieder hinauf zum Nordmeer erstreckt. Diese Insel wird Europa genannt, und sie ist eine Welt für sich, die nichts zu tun hat mit der Welt, die wir kennen.«

In der aufsteigenden Dunkelheit hörte man die Tiere, die begierig das saftige Gras rauften. Sie hatten sich satt getrunken und rülpsten kollernd.

»Hinter dieser Mauer leben mehr alte Menschen als in der ganzen übrigen Welt zusammengenommen. Und für viele dieser alten Menschen vergeht die Zeit nicht mehr. Sie haben beschlossen, daß die Zeit stillzustehen habe, und sie verfügen über die Möglichkeit, den Fluß der Zeit anzuhalten. Sie verfügen über viele technische Möglichkeiten, die wir gar nicht verstehen. Aber manchmal bekommen wir ein wenig davon ab. Darauf gründet sich unser Geschäft. Denn wir haben wiederum Dinge anzubieten, die sie mit all ihrer Technik nicht herzustellen vermögen.«

Er ging in die Hocke und schlug mit der flachen Hand auf eine der Traglasten, ›Gewürze‹, schlug auf eine andere, ›Kaffee‹, auf eine weitere, ›Kakao‹, deutete auf eine vierte, ›Tabak‹. »Das sind die Dinge, die sie von uns brauchen. Und deshalb sind wir hier.« Er erhob sich. »Dafür geben sie uns Solartechnik, Funktechnik, medizinische Geräte, Arzneimittel, Impfstoffe.«

Ein paar der Männer lachten unbehaglich, entblößten Zahnlücken.

»Aber was sie uns nicht geben, sind Waffen.« Er nickte bekräftigend. »Und in der Waffentechnik sind sie unübertrefflich. Deshalb ist diese Grenze unüberwindlich und tödlich. Diese vielen alten Menschen, die nicht sterben wollen und vielleicht nicht sterben können, geben ihren Reichtum dafür aus, immer perfektere Waffen entwickeln zu lassen. Denn die Angst geht unter ihnen um, daß sich doch etwas ändern könnte. Daß irgend etwas von außen eindringen könnte. Daß die Zeit wieder in Fluß geraten könnte und das Unheil seinen Lauf nähme.«

Er stieß mit seinem derben Stiefel einen glimmenden Ast zurück ins Feuer und machte eine umfassende Geste mit der Hand nach Norden und Westen hin.

»Auch wenn ihr nirgends jemanden seht, so könnt ihr doch sicher sein, daß wir unter ständiger Beobachtung sind. Denen entgeht keiner unserer Schritte, keine Bewegung. Ihr könnt keiner Libelle trauen, denn sie könnte ein MAV sein. Keiner Fliege!«

Einige der Männer lachten.

»Lacht nicht!« fuhr Bakhtir auf, der seine Wasserpfeife stopfte. »Luigi hat recht. Nicht mal euren Filzläusen könnt ihr hier trauen.«

Hakim, sein Sohn, der neben ihm kauerte und den Glasbehälter der Pfeife mit frischem Wasser füllte, kicherte. Sein Vater versetzte ihm einen leichten Fußtritt. »Du sollst nicht lachen, habe ich gesagt.«

»Ihr habt keine Ahnung«, fuhr der Karawanenführer fort, »was Gefechtsfeldholos sind, und ich werde auch gar nicht erst versuchen, euch das zu erklären. Nur soviel: Wenn ihr ein Haus seht, dann braucht da weit und breit kein Haus zu stehen, aber ihr könnt sicher sein, daß ganz in eurer Nähe eine tödliche Falle lauert, ein Fleischwolf, der mit Stahlzähnen nach euch schnappt, oder ein Knochenbrecher, der euch zu Brei zermalmt.«

Bakhtir nickte bekräftigend, während er seine Pfeife entzündete.

»Dasselbe gilt für Bäume und Büsche«, sagte Luigi

und reichte seinen Blechbecher einem Treiber, der aus einer großen rußigen Kanne Tee eingoß. »Weit und breit braucht kein Baum oder Busch zu wachsen.« Er nahm einen Schluck. »Aber ihr könnt sicher sein, daß ganz in der Nähe ein Laser auf euch gerichtet ist, der euch zu Asche verbrennt. Also seid gewarnt!«

Als der messingfarbene Himmel seinen letzten Glanz verloren hatte und die Nacht hereingebrochen war, sah man im Nordwesten ein farbiges Lichterbündel aufsteigen und dem Zenit entgegenstreben. Ein Lichtstrahl stach zur Erde herab, an dem das Gebilde befestigt schien wie ein Drache an einer straff gespannten Schnur. Als es den Zenit erreicht hatte, riß diese Schnur und erlosch, und das Lichterbündel driftete in Richtung Südosten über den Himmel davon, bis es im Erdschatten verschwand. Ein Sonnensatellit der ESA, der seine Ausbeute bei einer der Bodenstationen Europas abgeladen hatte. Sechzehn solcher Energiefarmen betrieb die ESA derzeit im mittleren Orbit, um die unersättliche Gier des alten Kontinents nach elektrischem Strom zu befriedigen, seines elektronischen Herzens, seines komplizierten Netzes innerer Organe und seiner tödlichen Peripherie.

Die Treiber, die das Schauspiel mit einer Mischung aus Neugier und Ehrfurcht beobachtet hatten, hüllten sich nun gegen die Kälte in ihre Dschellabas, saßen am Feuer und rauchten. Der Karawanenführer stand auf, ging ein paar Schritte in die Dunkelheit hinein und setzte sich auf einen Stein. Er zog ein kleines Gerät, das mit einem Kettchen gesichert war, aus der Brusttasche seiner Jacke, legte es auf die Handfläche und aktivierte es, indem er eine Taste am Rand eindrückte. In einigen Kilometern Entfernung erstrahlte ein winziges, aber unglaublich helles blaues Licht. Weitere Lichtsignale in Rot und Gelb blinkten da und dort in der Ebene auf. Die LED-Anzeige des Geräts wurde hell. Er drückte mit dem Daumen darauf. Ein heller weißer Punkt erschien weit im Norden, stieg mit rasender Geschwindigkeit in den Himmel, stand plötzlich still und brannte einige Sekunden lang in grellem Licht, bevor er erlosch.

»Hallo, Luigi«, sagte eine Stimme aus dem Gerät. »Du bist zurückgekehrt. Willkommen an der Grenze. Wie geht es dir?«

»Mir geht es gut, André. Ich habe siebenundsechzig schwerbeladene Tiere bei mir. Ich konnte fast alles beschaffen, was angefordert wurde. Aber das weißt du ja alles längst.«

André lachte. »Wir verladen heute nacht deine Fracht. Wir nehmen den Austausch wie immer zwei Stunden nach Sonnenaufgang vor. Einverstanden?«

»Einverstanden. – Wie weit bist du weg?«

»Von dir? Weshalb fragst du?«

»Es fasziniert mich immer wieder.«

André lachte von neuem. Es klang wie ein Rasseln aus dem kleinen Gerät.

»Nun«, erklärte er, »ich sitze hier in Nantes. Die Entfernung zu dir – laß mich einen Blick auf mein GPO werfen – beträgt neunhundertdreiundvierzigtausend und vierhundertundzwölf Meter. Das entspricht etwa der Strecke, die ihr in den letzten zweiundzwanzig Tagen von Reggio di Calabria aus zurückgelegt habt.«

Sie waren die ehemalige A 12 entlanggezogen, über Civitavécchia, Tarquinia, Grosseto, Livorno, Pisa, Viaréggio und Massa, weil in der Küstenebene noch immer Wasserstellen zu finden waren und das Gelände überblickbarer war. Dann, hinter Sarzana, waren sie nordnordöstlich nach Aulla abgebogen, den Taverone hinauf ins Gebirge, über den Paso di Lagastrello und dann hinunter ins Tal der Brática, an Corníglio vorbei bis Langhirano, wo kurz vor Parma die alte Straße von der Grenze blockiert wurde.

»Wir haben diesmal wieder die sichere Route durch die Küstenebene gewählt.«

»Ich weiß. Wir hatten euch von Anfang an unter Satellitenbeobachtung. Wenn wir Zeichen eines Hinterhalts festgestellt hätten, wäre sofort Unterstützung unterwegs gewesen. Wir haben an der Südgrenze ständig Überschalldrohnen in der Luft; die könnten in zehn Minuten in Rom, in fünfzehn in Neapel und in zwanzig in Reggio sein.«

»Ich weiß, André, aber auf meiner Seite der Welt funktioniert das nicht. Das würde meine Männer nur unnötig ängstigen. Außerdem brauche ich Wasserstellen und Lagerplätze, muß mir die Gunst und das Wohlwollen der lokalen Herrscher sichern. Wir reisen unter dem Schutz des Emirs von Perugia. Er ist ein mächtiger Herr, und er ist gefürchtet für seine Strafexpeditionen.«

»Er läßt sich diesen Schutz teuer bezahlen.«

»Dafür sind seine Soldaten verläßlich. Er wirbt seine Truppen unter den muslimischen Bosniaken an. Da kann er sich darauf verlasen, daß sie mit den Serben und Kroaten oder den albanischen Warlords, die in den Abruzzen lauern, nicht gemeinsame Sache machen.«

»Ich verstehe, Luigi.«

In der Nacht erwachte er vom *Wopp-wopp* der schwachen Repellateurs. Vielleicht waren Tiere in die Grenzüberwachung geraten. Als er dann das Wummern und Grollen schwerer Repellateurs und das Jaulen der Vortexwerfer hörte, stand er auf und trat vors Zelt. Der Mond stand im Westen. Leichter Nebel lag über der Ebene, der die Geräusche weit trug. Sie kamen aus Nordwesten: Das knochenzermalmende Stöhnen von Schallkanonen und das noch weiter entfernte Heulen von Fleischwölfen. Die ganze Grenze war in heller

Aufregung: Blaßblaue Lichterketten flickerten über Kilometer hin und her. Rubinlaser sprühten waagrechte karminrote Lichtfächer, die wie Besen das flache Gelände fegten. Irgendwo in der Nähe war das insektenhafte Sirren von Mikrojets und das Flappen von Rotoren zu hören.

Plötzlich hörte er im Lager einen Schrei, dann laute, heftige Worte. Bakhtir kam außer sich vor Wut auf ihn zugestiefelt; mit Fußtritten und Faustschlägen trieb er zwei Jungen vor sich her. Sie wirkten benommen und versuchten gar nicht, vor den Tritten und Schlägen des obersten Treibers auszuweichen. Ghamal und Pietro; sie standen unter Schock. Luigi packte einen Arm voll Äste und warf sie in die Glut, um ein Feuer anzufachen. Die Jungen hatten beide blutige Nasen und Blutergüsse im Gesicht und an den Armen – Spuren der Repellateurs.

»Sie haben wenigstens einen solchen Schreck gekriegt, daß sie umgekehrt sind«, rief Bakhtir mit einer Stimme, als sei ihm die Kehle zu eng, »aber Ibrahim und…« Er brach ab und versuchte vergeblich, ein Schluchzen zu unterdrücken.

»Dein Junge?« fragte Luigi.

Bakhtir nickte stumm. Er packte ihn an der Schulter.

»Ihr geht in euer Zelt!« herrschte er die beiden Jungen an, die vor ihm hockten und sich die schmerzenden Schädel hielten. »Wir sprechen morgen darüber.«

Sie rappelten sich hoch und stolperten davon.

»Dieser verrückte Ibrahim!« rief Bakhtir, es klang wie ein Heulen. »Er hat Hakim und die beiden anderen zum Mitkommen überredet. Ich hätte diesen Kerl in Ketten legen sollen.« Er stieß wütend einen Stein ins Feuer.

»Versuch dich zu beruhigen, Bakhtir«, sagte Luigi. »Wir werden erfahren, was passiert ist.«

»Denkst du, es besteht noch Hoffnung?«

Der Karawanenführer zuckte schweigend die Achseln und blickte zu Boden.

»Hakim!« rief Bakhtir hinaus in die Ebene. Dort hatte sich der Nebel ausgebreitet wie ein milchiger See, aus dem die Wipfel der Bäume ragten. »Hakim!«

Die Lichterspiele waren erloschen. Das Heulen der Wölfe war verstummt. Die Repellateurs schwiegen. Das Feuer loderte und hob ihre Gesichter aus der Dunkelheit. Der Mond sank dem Horizont entgegen.

Anderthalb Stunden nach Sonnenaufgang tauchte das Luftschiff auf. Als es über dem Lagerplatz schwebte, erstarb das Winseln der Jets, und es sank herab. Kurz vor dem Aufsetzen fauchten sie noch einmal kurz, und der elastische hellgraue Plastikleib des Zeppelins, der auf dem Rücken und an den Flanken mit einer glitzernden Schicht bedeckt war, als hätte er sich in Kristallzucker gewälzt, brach unten auf wie eine weiche Schote und gab Container frei, die sich in zwei Reihen anordneten.

Die Treiber machten sich daran, die Container zu entleeren. Sie waren mit abgepackten Traglasten gefüllt, die in silbrige Plastikfäden eingesponnen waren. Sie wurden nun gegen die von der Karawane mitgebrachten ausgetauscht. Luigi kontrollierte mit seinem Gerät die elektronische Kennung der Frachtstücke. Auf dem LED erschienen Nummern, Stückzahlen und Warenbezeichnungen sowie Namen und Anschrift der jeweiligen Adressaten.

Die Treiber waren bereits dabei, die Tiere zu beladen und die Lasten festzuzurren, als in der Öffnung am vorderen Teil des Zeppelins die Gestalt eines Mannes in einem euroblauen Schutzanzug erschien. Sein polarisiertes Helmvisier ließ kein Gesicht erkennen. Er hob die Hand und rief: »Hallo, Luigi!« Er deutete auf Bakhtir. »Sie sind der Vater des einen Jungen?«

»Ja«, sagte Bakhtir heiser. Ein Hoffnungsfunke glomm in seinen Augen auf.

»Kommt beide mal mit.«

Er stieg die Aluminiumleiter ins Cockpit hinauf. Luigi und Bakhtir folgten.

Hinter ihnen zogen Servos die Container in den Frachtraum und befestigten sie in ihren Schaumstoffmulden.

Luigi traute seinen Augen nicht; das Cockpit war weit geräumiger, als es die Abmessungen von außen erwarten ließen. An der Längswand des Raums stand eine Rolltrage. Darauf lag Hakim.

»Bahbah!« rief er mit kläglicher Stimme.

»Junge«, sagte Bakhtir und wollte auf ihn zustürzen, aber Luigi packte ihn an den Schultern und hielt ihn fest. Er sah, daß der Junge ein gebrochenes Rückgrat hatte. Sein Körper war von der Brust abwärts reglos. Nur Kopf und Arme waren in Bewegung; auf den Ellbogen versuchte er von der Trage zu kriechen, aber breite elastische Bänder hielten den gelähmten Körper darauf fest. »Bahbah!« wimmerte er.

Sein Vater sah ihn mit wachsendem Entsetzen an.

»Von dem anderen«, sagte der Mann im Schutzanzug, »ist leider nichts übrig geblieben. Er ist voll in einen Laserfächer gerannt. Ihm« – er deutete mit einer Kopfbewegung auf Hakim – »hat ein schwerer Repellateur alle Knochen gebrochen. Auch die Wirbelsäule.«

»Mein Sohn«, sagte Bakhtir zärtlich, zog den Revolver aus dem Gürtel und hielt ihn Hakim an den Kopf. Der Junge starrte ihn entsetzt an; sein Wimmern wurde lauter.

»Lassen Sie den Quatsch, Mann!« rief der Pilot im Schutzanzug. »Sie könnten da, wo Sie sich befinden, eine Menge sündteurer Elektronik kaputtmachen und damit die Selbstverteidigung auslösen, wenn Sie rumballern! Also stecken Sie das Ding weg!«

Bakhtir sah mit Entsetzen, daß er den Lauf seiner Waffe zur Hälfte in den Schädel des Jungen geschoben hatte. Erschrocken riß er sie zurück, richtete sie auf den Piloten und feuerte zwei Schüsse auf die Brust des Mannes ab. Der Kranz der Eurosterne blieb unversehrt, aber eine Alarmsirene blökte los, und irgendwo war das Zischen von ausströmendem Gas zu hören.

»Halt den Mann zurück, Luigi!« Er patschte mit dem Handschuh auf die großen Schaltfelder an der linken Schulter seines Schutzanzugs. »Er glaubt allen Ernstes, wir sind leibhaftig hier. Verdammt, und jetzt so schnell wie möglich raus! Ich habe von hier aus keine Kontrolle mehr über den Selbstschutz der Maschine.«

»Bahbah!« rief Hakim kläglich, warf verzweifelt den Kopf hin und her und starrte durch sie hindurch, als wären sie plötzlich unsichtbar geworden.

Im nächsten Moment war die Rolltrage verschwunden, ebenso der Mann im Schutzanzug. Der Raum hatte sich auf ein Drittel seiner Länge reduziert und füllte sich vom Boden her mit weißlichem Rauch. An der Wand, wo die beiden Geschosse eingeschlagen waren, knisterte und knackte es, und die Alarmsirene wollte nicht aufhören zu blöken. Der Rauch wurde dichter. Bakhtir hustete und krümmte sich zusammen, wodurch ihm noch mehr Gas in die Lungen geriet.

»Raus! Raus! Raus!« schrie Luigi, packte ihn an den Schultern, drängte ihn zur Luke, warf ihn hinaus und sprang hinterher. Mit einem Schnappen schloß sich dicht hinter ihm das Schott des Cockpits. Sie krochen unter dem Flugzeug hervor – keine Sekunde zu früh, denn die Triebwerke feuerten bereits, und die Maschine hob ab. Luigi und Bakhtir bewarfen sich gegenseitig mit Sand, um die Flammen zu ersticken, die an ihren Dschellabas züngelten, dann hockten sie sich hin, erbrachen sich und husteten sich die Seele aus dem Leib.

»Wir haben den Jungen in die Klinik von Mantua gebracht. Er wird hier bleiben, bis er geheilt ist. Dann könnt ihr ihn mitnehmen, wenn ihr das nächste Mal wiederkommt«, sagte die Stimme des Mannes im Schutzanzug aus dem Gerät an Luigis Gürtel. »Und noch was, Karawanenführer: Schärf deinen Leuten immer wieder ein, daß wir hier keinen Abenteuerspielplatz betreiben. Dies ist eine Grenze, die nichts und niemand durchdringen kann. Es ist die Grenze zwischen Vergangenheit und Zukunft.«

Luigi spuckte aus, um den scharfen, brennenden Geschmack im Mund loszuwerden. »Und auf welcher Seite liegt die Zukunft?« fragte er.

André lachte. »Bei uns gehen die Uhren schneller, und das seit mehr als fünfhundert Jahren. Schau auf deinen Kalender, Luigi. Er zeigt das Jahr vierzehnhundertfünfundzwanzig. Wir hier leben zu Beginn des einundzwanzigsten Jahrhunderts.«

»Dann haben wir noch viel Zeit«, erwiderte der Karawanenführer.

Der Mann in Nantes antwortete nicht. Und Luigi sah, daß das Licht erloschen war. Die Verbindung war unterbrochen.

Die Sonne hing tief im Südosten wie ein blaßroter Lampion, den man vergessen hatte abzunehmen, nachdem die Party zu Ende war.

Russische Wege in die Neuzeit

Der russische Titel dieser fünf Blicke auf – verschiedene – alternative russische Geschichtsabläufe enthält, buchstäblich übersetzt, das Kunstwort ›Winterschrift‹; ›Sommer-‹ bzw. ›Jahrschrift‹ ist das alte russische Wort für Chronik. ›Uchronik‹ trifft die Hauptbedeutung des Titels, ist aber leider weder so bildhaft noch so doppelsinnig.

Die fünf Entwürfe bauen nicht aufeinander auf, sondern jeder zweigt an einer späteren Stelle von der wirklichen Geschichte ab und widerspricht so den vorangehenden, und jeder ergibt in unseren Tagen ein anderes Rußland – aber allemal ein glücklicheres als das reale. Auch bei Inomerski erweist sich Napoleon als besonders ergiebiges Spekulationsobjekt; mein Favorit ist aber der fünfte Text mit seiner ebenso logischen wie überraschenden Folgerung für die alternative Gegenwart.

Da gerade die ältere russische Geschichte hierzulande wenig bekannt sein dürfte, habe ich jedem Entwurf einen knappen Abriß der realen Ereignisse vorangestellt.

Alte russische Uchronik

von G. W. INOMERSKI

1. Ögädäi-Chan stirbt zwei Jahre früher

Die Kiewer Rus, jenes weiträumige Gebilde aus slawischen Stämmen, Handelsstädten und einer dünnen, rasch assimilierten skandinavischen Oberschicht, war längst in zahlreiche rivalisierende Fürstentümer zerfallen, als Tschingis-Chans Enkel Batu 1237 mit der Eroberung Europas begann. Von den drei großen russischen Zentren fiel 1238 das nordöstliche, Wladimir-Susdal; Kiew, politisch schon zweitrangig, aber noch symbolträchtig, wurde 1240 verwüstet; nur Nowgorod im Nordwesten blieb relativ ungeschoren. Die nachfolgende zweihundertjährige mongolische Oberhoheit über die russischen Fürstentümer begründete den russischen Sonderweg in der Geschichte: »Der blutige Schlamm mongolischer Sklaverei und nicht die rüde Herrlichkeit der Normannenzeit war Moskaus Wiege«, schrieb z. B. Marx in seinen Enthüllungen zur Geschichte der Diplomatie im 18. Jahrhundert.

Mitteleuropa blieb ein ähnliches Schicksal nur zufällig erspart: Nachdem die Mongolen 1241 ein deutsch-polnisches und ein ungarisches Heer vernichtend geschlagen hatten, kehrten sie im folgenden Frühjahr um, weil in Mittelasien ihr Großchan gestorben war und alle Führer Interessen bei der Regelung der Nachfolge wahrzunehmen hatten.

Als Batu-Chan 1237 zur Eroberung der zersplittertern russischen Fürstentümer ansetzte, schien es nur noch eine Frage der Zeit zu sein, bis im Laufe weniger

Jahre die ganze Rus, vielleicht mit Ausnahme der nördlichsten Gebiete, besetzt oder unterworfen gewesen wäre, wie es in der Tat mit Murom-Rjasan, Wladimir-Susdal, Smolensk und Tschernigow geschah. Als jedoch die Mongolen 1240 vor Kiew standen, erreichte sie die Nachricht vom Tode des Großchans Ögädäi, und das Heer kehrte um, um Einfluß auf die Wahl des Nachfolgers zu nehmen. Der Aufstand der unterworfenen Territorien – in einigen Fällen gegen ihre Fürsten, die allzu rasch mit den Eroberern paktiert hatten – fand in Kiew Rückhalt, das so allmählich seine einst an andere russische Staaten verlorene Führungsrolle zurückgewann, zumal sich das von Schweden und dem Deutschen Orden bedrängte Nowgorod anfangs heraushielt.

Das folgende Jahrhundert sah eine mit wechselndem Erfolg geführte Abwehrschlacht gegen das von Batu gegründete Tatarenreich der Goldenen Horde, das aber nie mehr als einzelne Fürstentümer unterjochen konnte, oft um den Preis verheerender Zerstörung, die das Zusammengehörigkeitsgefühl der Unterworfenen mit der freien Rus nur noch stärkte. Der letzte große Vorstoß der Horde wurde 1380 am Don abgewehrt, und bei dieser Gelegenheit hat der Kiewer Heerführer Dmitri, zwar aus fürstlichem Geschlecht, doch zuvor nur Kommandant einer obskuren kleinen Grenzfestung an der Moskwa, unsterblichen Ruhm für die russischen Waffen errungen. Der gemeinsame Kampf beschleunigte die Wiedervereinigung der meisten Fürstentümer mit Kiew, der Mutter der russischen Städte, nur Nowgorod und einige kleinere mit ihm verbündete nördliche Fürstentümer standen abseits und gerieten letzten Endes unter preußisch-litauische bzw. schwedische Herrschaft.

Ein Sieg der Mongolen über Kiew hätte den russischen Widerstand wahrscheinlich gelähmt, die Rus wäre in unbedeutende Klientel-Fürstentümer der Mongolen zerfallen oder in deren Staat aufgegangen. Wenn sie jemals wieder Anschluß an Europa gefunden hätte, so doch mit erheblicher Verspätung, und wer zu spät kommt, den bestraft das Leben. Jedenfalls wäre die Heilige Rus nicht das reiche, mächtige und gottesfürchtige Land von der dalmatinischen Küste bis zum Ural, das sie heute ist.

Aus *Die Erneuerung der Russischen und Einen Rechtgläubigen Kirche* von Michail Sergejewitsch Gorbatschow, Metropolit von Belgrad, Kiew 1990.

2. Nowgorod vereinigt die russischen Länder

Unter der Herrschaft der Goldenen Horde wurde das Großfürstentum Wladimir-Susdal in kleinere Territorien aufgeteilt, von denen Moskau durch besonders geschickte Diplomatie gegenüber der Horde an Macht gewann. 1328 übernahm es die Großfürstenwürde von der Mongolen Gnaden und damit den – zunächst freilich fiktiven – Anspruch einer Priorität unter allen russischen Staaten, der noch aus der Zeit der Kiewer Rus herrührte. Während Polen-Litauen die Ukraine und Weißrußland besetzte (und damit einige mögliche Rivalen Moskaus ausschaltete), annektierte Moskau nach und nach alle anderen russischen Fürstentümer; lange widersetzte sich – neben einigen wenigen anderen Staaten – Nowgorod am Wolchow, das erst 1478 unterworfen und ein Jahrhundert später, offensichtlich noch immer eine Bedrohung für die Moskauer Hegemonie, unter Iwan dem Schrecklichen zerstört wurde.

Groß Nowgorod, das 862 den Waräger Hroerekr (russisch Rjurik) als Fürsten berief und damit den eigentlichen Grundstein für die Kiewer Rus und ihre herrschende Dynastie legte, war zwar weniger durch eigenes Verdienst als durch seine günstige Lage im Nordwesten vom mongolischen Zugriff weitgehend verschont geblieben, der Goldenen Horde nur zeitweise und pro forma unterworfen, eher ihr Verbündeter gegen Litauer, Polen und deutsche Ordensritter als ihr Vasall. Dennoch hat es sich ein zweites Mal als wahre Keimzelle der Rus erwiesen.

Alle russischen Fürsten waren auf das Wohlwollen der Tataren angewiesen und haben in den Konflikten untereinander an jene appelliert, doch ausgerechnet Moskau, ein unbedeutender Splitter des Großfürstentums von Wladimir-Susdal, schickte sich an, nach und nach alle seine Nachbarn zu annektieren, und hätte sich ihm nicht schließlich Groß Nowgorod entgegengestellt, wäre es ihm wohl geglückt: Sein Herrscher Iwan I., der von 1328 bis 1341 die Großfürstenwürde und mehrere andere Fürstentümer teils erkaufte, teils eroberte, erwarb sich so den Ruf eines ›Sammlers der russischen Erde‹, viel treffender war jedoch sein Beiname Kalita, ›der Beutel‹, denn er diente auch als gesamtrussischer Tributeintreiber für die Tataren.

Als Iwan Kalitas Nachfolger jedoch im 15. Jahrhundert nach Nowgorod griffen, hatte sich dieses mit dem Deutschen Ritterorden und anderen Mitgliedern der Hanse verbündet, die sich davon nicht nur die Wahrung ihrer Handelsinteressen, sondern auch eine Stärkung ihres Einflusses im Osten versprachen. Polen-Litauen wahrte pro forma wohlwollende Neutralität, band jedoch durch seine Expansionspolitik im Süden Moskauer Kräfte. Eine Rolle spielte in jener Zeit, da eher die Religion als die Nation Identität stiftete, wohl auch die Tatsache, daß Nowgorod die Florentiner Union zwischen der katholischen und der Ostkirche anerkannt, Moskau sie jedoch abgelehnt hatte. Letzteres hatten zwar auch die anderen noch freien russischen Fürstentümer getan, dennoch fand sich Twer, Moskaus alter Rivale, sofort an der Seite Nowgorods, während Wjatka und Rjasan erst nach Moskaus Niederlage in der Schlacht an der Wolga 1460 in den Krieg eintraten – und damit wohl den frühen Friedensschluß förderten, denn Nowgorod war nicht daran interessiert, sich in Kürze statt mit Moskau mit einem ebenso mächtigen Rjasan konfrontiert zu sehen. So blieb Moskau als Staat erhalten und behielt sogar die Großfürstenwürde von Wladimir-Susdal, doch wurden vor allem an seiner Westgrenze vormals selbständige Fürstentümer wieder aus seinem Gebiet ausgegliedert; die meisten von ihnen traten dem Nowgoroder Viertel der Hanse bei, und sie alle anerkannten die Oberhoheit des Großfürsten von Nowgorod.

Die folgenden Angriffe deutscher und skandinavischer Fürsten auf die Hanse schwächten die Position Nowgorods vorübergehend; als entscheidend für die Abwehr neuerlicher Moskauer Vorstöße erwies sich schließlich, daß sich Moskau eher nach Süden und Südwesten orientierte, das Nowgoroder Kaufmannsgeschlecht der Stroganows aber die Eroberung Sibiriens vorantrieb, dort sogar ein eigenes Fürstentum gründete, das das Mutterland bald an Macht übertraf, wegen seiner ausgedehnten europäischen Handelsinteressen die Bindung an Groß Nowgorod aber immer bewahrte. Moskau indes trat erst Anfang des neunzehnten Jahrhunderts der Nowgoroder Rus bei.

Vor dem Mongolensturm unterschieden sich die russischen Fürstentümer wirtschaftlich und politisch nicht grundlegend von vergleichbaren Staaten in Europa, etwa Litauen, Ungarn oder Siebenbürgen; Nowgorod wurde traditionell von einer Patrizier-Oligarchie mit einem Wahlfürsten beherrscht; im Laufe des achtzehnten und neunzehnten Jahrhunderts transformierte es sich allmählich in eine parlamentarische Monarchie, und die meisten Länder der Rus folgten seinem Beispiel, soweit sie nicht wie Twer auf diesem Wege vorangegangen waren.

Von Moskau aus wäre dagegen die Rus unter dem Vorzeichen des orientalischen Despotismus zentralisiert worden, und die Vereinigten Staaten der Rus wären nicht der weltoffene, freie und demokratische Staatenbund, der sie heute sind.

> Aus der Rede des Vorsitzenden N. S. Chruschtschow auf dem XXII. Parteitag der Sozialdemokratischen Russischen Arbeiterpartei, Nowgorod 1961

3. Gustav Adolf vertreibt die Polen aus Moskau

Nach dem Tode Fjodors I., des letzten Zaren aus dem Geschlechte Rjuriks, das ein halbes Jahrtausend lang auf russischen Thronen geherrscht hatte, begann für Rußland eine Zeit der Wirren, während der vor allem Polen massiv in russische Angelegenheiten eingriff: Es unterstützte 1505 die Usurpation des ersten falschen Dmitri, half 1509 bei der Vertreibung eines weiteren, eroberte 1510 Moskau und setzte Władysław IV. auf den Zarenthron, einen Angehörigen des damals in Polen herrschenden Zweiges der schwedischen Wasa-Dynastie. Die Rückeroberung Moskaus 1512 durch die Russen und die Krönung Michail Romanows zum Zaren 1513 beendeten die Turbulenzen.

Bereits das Großfürstentum Litauen hatte westrussische Fürstentümer annektiert, andere hatten sich ihm freiwillig angeschlossen, um Schutz vor den Tataren zu finden, und Polen hatte nach seinem Zusammenschluß mit Litauen unter Jagiełło I. dieses Erbe noch gemehrt.

Seiner bedeutenden äußeren Macht stand jedoch eine zunehmende innere Zerrissenheit in verschiedene Parteiungen eines übermächtigen Adels gegenüber; mit dem Aussterben der Jagiełłonen-Dynastie wurde Polen 1572 Wahlmonarchie, in der seit 1592 die Wasa regierten (und gelegentlich auch gegen ihre schwedischen Verwandten Krieg führten).

Iwan III. und vor allem Iwan IV., genannt der Schreckliche, hatten mit drastischen Mitteln polnischen Zuständen in Rußland vorgebeugt und die Zentralgewalt gestärkt, doch mit dem Ende ihres Geschlechts brachen auch hier Kämpfe um die Nachfolge aus. Als 1605 Zar Boris Godunow starb, unterstützte Polen den Ursurpator, der sich als Zarensohn Dmitri ausgab, änderte jedoch später seine Taktik und eroberte Moskau, wo 1610 ein polnischer Wasa zum Zaren gekrönt wurde. Alsbald griffen jedoch die schwedischen Wasa in den Krieg ein, besetzten 1611 Nowgorod und rückten im Bündnis mit russischen Adligen von dort aus gegen Moskau vor, dessen polnische Kreml-Besatzung 1612 kapitulierte.

Der andauernden Thronkämpfe müde, bot der von früheren Zaren zurückgesetzte russische Adel gegen die Zusicherung politischer Privilegien Gustav II. Adolf, der zwei Jahre zuvor den schwedischen Thron geerbt hatte, 1613 die Zarenkrone an.

War noch Sigismund Wasa als König des katholischen Polen von den Lutheranern seiner schwedischen Heimat zum Thronverzicht gezwungen worden, so überwand das Interesse eines dauerhaften russisch-schwedischen Bündnisses gegen das starke Polen schließlich die heftigen religiösen Widerstände in Rußland, und der Zar blieb Lutheraner, verzichtete jedoch auf jede Hoheit über die orthodoxe Kirche. Eine bedeutende Rolle spielte dabei der einflußreiche Fjodor Nikititsch Romanow, genannt Philaret, der 1619 Metropolit von Moskau wurde; Philarets Sohn Michail wurde 1632 mit schwedisch-russischer Hilfe auf den polnischen Thron gewählt (den dessen Sohn und Nachfolger freilich schon 1648 bei einem Kosakenaufstand wieder verlor).

Während Schwedens Einfluß auf Polen unstet blieb und schon bald nach der Schlacht bei Lützen, als Gustav Adolf verwundet wurde und er sich mit dem Erwerb einiger norddeutscher Gebiete aus dem Dreißigjährigen Krieg zurückzog, vollends verlorenging, wuchs das skandinavische Reich immer enger mit Rußland zusammen, wobei letzteres schließlich wirtschaftlich dominierte, politisch aber stets auf Nord- und Mitteleuropa ausgerichtet blieb. 1703 fand der endgültige Zusammenschluß der zuvor durch Personalunion verbundenen Länder seine Krönung in der Gründung der neuen Hauptstadt Karlsburg an der Mündung der Newa, halbwegs zwischen Stockholm und Moskau gelegen.

Zwar büßte das Nordische Reich im Krimkrieg Südrußland und die Ukraine endgültig ein und mußte seine Ambitionen auf dem Balkan aufgeben, doch war dieser Verlust leicht zu verschmerzen: Nachdem das Reich im Kampf gegen Preußen und die anderen Verbündeten Napoleons seine norddeutschen Besitzungen bis nach Jever ausgedehnt hatte und nicht nur die Ostsee ein Nordisches Binnenmeer geworden war, sondern auch die Nordsee ihrem Namen endlich gerecht wurde, führte der Ausgleich in der Balkan-Frage schließlich dazu, daß Österreich den Wasa die Rolle des Reichsverwesers für Nord- und Mitteldeutschland zugestand. Diesem glücklichen Umstand verdanken wir Norddeutschen es, gemeinsam mit den uns an Körper, Geist und Lebensart nahe verwandten Skandinaviern und Russen in einem homogenen, effizienten und modernen, vom Gemeinsinn geprägten Reich zu leben, statt in die endlosen Wirren des galizisch-balkanesischen Vielvölkerstaates verstrickt zu sein.

Aus *Das Nordische Reich und die deutsche Frage*
von Alfred Rosenberg, Hannover 1952

4. Napoleon überwintert in Moskau

Nachdem Zar Alexander I., von der Niederlage bei Austerlitz viel weniger hart getroffen als sein österreichischer Verbündeter, sich mit Napoleon arrangiert hatte, trieb Rußlands Mißachtung der Kontinentalsperre, vor allem aber Napoleons Absicht einer weiteren Stärkung und Vergrößerung seines polnischen Vasallenstaates, die beiden Monarchen zum Krieg gegeneinander, den beide wohl lieber vermieden hätten. Mit rund 700 000 Mann, größtenteils Soldaten seiner Verbündeten, überschritt Napoleon 1812 die russische Grenze; die Schlacht von Borodino, von beiden Seiten als Sieg gefeiert, brachte keine Entscheidung, und das planmäßige Zurückweichen der russischen Hauptkräfte zwang den Kaiser zu einem viel tieferen Vorstoß, als er ursprünglich geplant hatte. Am 14. September betrat er den Kreml.

Nachdem Moskau von den Russen in Brand gesetzt worden war, ließ sich die Stellung angesichts der zu langen und anfälligen Nachschublinien nicht halten, und Napoleon mußte den Rückzug antreten, den ein nach trügerisch mildem Herbst hereinbrechender russischer Winter zur Katastrophe machte. War damit für Napoleon der Weg nach Leipzig vorgezeichnet, so fand der Zar seine Rolle in Europa außerordentlich gestärkt und die innere Verfassung Rußlands bestätigt.

Obwohl seit einem Jahrhundert Sankt Petersburg die Hauptstadt des russischen Reiches war, kam der Einnahme Moskaus durch Napoleon eine entscheidende

Bedeutung zu, weniger in strategischer als in psychologischer Hinsicht. Hatte der gebildete, aber zum Mystizismus neigende Alexander I. bisher die Ratschläge aus seiner Umgebung, angesichts der militärischen Unterlegenheit der russischen Truppen Verhandlungen mit dem Kaiser aufzunehmen, zurückgewiesen und sich als Verteidiger nicht nur Rußlands, sondern auch des Glaubens empfunden, so stürzte ihn der Fall der alten Metropole in eine schwere Gewissenskrise. Er entließ den Freiherrn von Stein und andere prominente Gegner Napoleons und schickte sich abermals ins Schicksal des Besiegten.

Jetzt aber sah er sich nicht mehr dem Napoleon von 1807 gegenüber, der sich und der Welt seine Ebenbürtigkeit mit dem Zaren erst noch beweisen wollte, sondern einem, dessen Charisma sich schon abzunutzen begann, der überall in Europa, nicht zuletzt in Frankreich selbst, Schwierigkeiten hatte und gezwungen war, aus dem unverhofft großen Aufwand des Rußlandfeldzuges nun größtmöglichen Nutzen zu ziehen. Über sein erstes Kriegsziel, die Sicherung und Vergrößerung des polnischen Großherzogtums hinaus verlangte er daher die direkte Eingliederung weiterer Gebiete ins Empire, insonderheit des Baltikums, sowie eine dauernde Einflußnahme auf die russische Politik.

Angesichts seiner zwar schwächeren, aber ungeschlagenen Truppen dachte der Zar nicht daran, diese Forderungen zu erfüllen; die Verhandlungen zogen sich hin, und der im November hereinbrechende Winter zwang Napoleon, sich in Moskau fest- und alles auf eine Karte zu setzen – ein geordneter Rückzug der Grande Armée war logistisch ebenso unmöglich wie regelmäßiger Nachschub. In einem Ausmaß, wie es seit der italienischen Kampagne des Generals Bonaparte selbst in jener an Requisitionen reichen Zeit kaum noch vorgekommen war, stellte sich die

Große Armee darauf ein, vom Lande zu leben. Dazu mußte Napoleon dieses Land nicht nur beherrschen, sondern auch regieren; er machte wahr, was er schon vor dem Feldzug seinem Botschafter in Rußland, General Coulaincourt, angekündigt hatte, und hob in den von ihm kontrollierten Gebieten die Leibeigenschaft auf, um so der Herrschaft seines Feindes die Basis zu entziehen.

Die russische Seite brach daraufhin die Verhandlungen ab, Kutusow stellte sich Anfang Dezember an der Protwa zur Entscheidungsschlacht, erlitt jedoch eine empfindliche Niederlage. Das militärische Genie Napoleons erwies sich abermals aufs glänzendste – aber auch sein fundamentales Unverständnis für die Mentalität der unterworfenen Völker: Unter der befreiten Bauernschaft, dem bei weitem größten Teil der Bevölkerung, blieb die erhoffte Sympathie weitgehend aus, nur in den Städten stießen die Reformen auf nennenswerte Zustimmung.

So war die Herrschaft des Kaisers im wesentlichen auch auf die Städte und deren Umfeld beschränkt, während auf dem flachen Lande die alten Strukturen teils auf regionaler, teils auch nur auf dörflicher Ebene fortwirkten und die Operationen der zur Versorgung der Garnisonen in den Städten ausgesandten Détachements oft Beutezügen in Feindesland glichen; Plünderungen auf eigene Rechnung freilich wurden ebenso hart unterdrückt, wie Insurrektionen bäuerlicher Partisanengruppen oder Widerstandsversuche einzelner Adliger. Die Besatzer überstanden den Winter, ihre Verluste wurden vor allem durch polnische Kontingente halbwegs ausgeglichen, in den Zentren begann sich die bürgerliche Ordnung sogar zu konsolidieren, die Moral der Soldaten jedoch war im Frühjahr katastrophal gesunken, und nur die feindliche Umgebung und die mit dem einsetzenden Tauwetter völlig unwegsam gewordenen Straßen verhinderten Desertionen en masse.

Der Zar hatte unterdessen nördlich und südlich des von Napoleon mehr oder weniger kontrollierten Landstreifens je eine neue Armee zusammengezogen – bezeichnenderweise nach dem Vorbild Peters des Großen vor allem aus Freiwilligen, die dabei mitsamt ihren Familien aus der Leibeigenschaft ausschieden. Für einige Gouvernements Nord- und Mittelrußlands, darunter alle besetzten Gebiete, wurde die Leibeigenschaft per Edikt generell aufgehoben, für andere ihre Aufhebung in Aussicht gestellt, sobald die Feinde vertrieben und Recht und Ordnung wiederhergestellt wären.

Während Napoleon noch unter seinen Verbündeten und Vasallen frische Truppen rekrutierte, die jene immer widerwilliger stellten, landete bei Riga eine starke schwedische Armee. Schweden war seit April 1812 mit Rußland verbündet, an der Spitze seiner Truppen stand jedoch Napoleons ehemaliger Marschall Bernadotte, den der schwedische Reichstag 1810 zum Thronfolger gewählt hatte, in der Hoffnung, das 1809 von Rußland mit französischer Billigung aus schwedischem Besitz annektierte Finnland zurückzugewinnen.

Was die Landung des schwedischen Hilfskorps bedeuten konnte, war dem Zaren nur zu gut bewußt, und als sein Verbündeter sich weder südwärts gegen das Großherzogtum Warschau, also gegen die Nachschublinien des Kaisers, noch nach Südosten gegen Napoleons Armee wandte, sondern – vorgeblich wegen der unwegsamen Straßen – abwartend in Livland und Litauen stehenblieb, beeilten sich Napoleon und Alexander, miteinander Frieden zu schließen und Schweden in ihr als Konvention von Tauroggen bekanntes Abkommen einzubeziehen. Rußland verzichtete auf die inzwischen polnisch gewordenen Gebiete und unterstellte Finnland wieder der schwedischen

Oberhoheit. Aus Dagö, Ösel und der südlich davon gelegenen Ostseeküste wurde ein Herzogtum Westkurland gebildet, das über Tauroggen bis an den Njemen reichte und dort ans Großherzogtum Warschau grenzte; aus den übrigen russischen Territorien zogen sich Schweden und Franzosen zurück. Der neugeschaffene Staat wurde als schwedisch-französisches Kondominium zusammen mit dem schwedischen Vorpommern in den Rheinbund eingebracht und blieb zunächst französisch besetzt.

Das neue Herzogtum schien eine zur Disziplinierung des sichtlich unzuverlässiger werdenden Bündnispartners Preußen dienende Konstruktion zu sein, da es Preußen von Rußland separierte und zwei durch das preußische Kerngebiet getrennte schwedische Brückenköpfe mit den deutschen Vasallen des Kaisers verband. Als wirklich genialer Schachzug Napoelons – wohl sein letzter vor dem langsamen, aber unaufhaltsamen Niedergang seiner Macht – gilt jedoch die Teilung des Herzogtums noch im selben Jahr, wobei die Inseln vor der Rigaer Bucht und ein schmaler Landstreifen von der Bucht bis Windau ins schwedische Königreich eingegliedert wurden, Napoleon den übrigen, größeren Teil jedoch an Preußen abtrat, lediglich Stadt und Festung Libau blieben in fanzösischer Hand, nunmehr – wie schon Danzig – als unmittelbarer Bestandteil des Empire.

Mit dieser Entschädigung für die preußischen Gebietsabtretungen an das Großherzogtum Warschau, so spät sie kam und so unzureichend sie in der Sache war, tat der Kaiser einen Schritt zur Revision des Friedensdiktats von Tilsit, dessen harte und überspannte Bedingungen – wie schon Metternich festgestellt hat – dem Napoleonschen Kontinentalsystem eher schadeten als nützten; vor allem hatten Preußen und Schweden nun russische Gebiete erworben, die Sankt Petersburg näher lagen als jeder andere fremde Staat, und damit einen zuverlässigen Interessengegensatz mit Rußland, das jetzt erst das Ausmaß seines Verlustes gewahr wurde. Die Gebietsabtretungen machten letztlich nur einen unbedeutenden Teil des russischen Territoriums aus, doch die Chance, Finnland zu sichern, ganz Polen – auch das vormals preußische – zu gewinnen und darüber hinaus den weiteren Gang der Dinge in Europa zu bestimmen, war vorerst verspielt, die außenpolitische Situation labil, zumal nun auch die Hohe Pforte, die eben noch Bessarabien an Rußland abgetreten hatte, neuerlich die Südwestflanke des Reiches bedrohte.

Als schwerwiegender sollten sich jedoch die inneren Turbulenzen erweisen. Solange der Eroberer im Lande stand, war er selbst denen verhaßt, denen er eine greifbare Besserung ihrer Lage gebracht hatte; doch kaum hatte er sich in sein obskures europäisches Imperium zurückbegeben, wuchs Napoleons Popularität mit dem Quadrat seiner räumlichen und zeitlichen Entfernung, seinem Wirken wurden alle möglichen segensreichen Absichten und Folgen zugeschrieben und angedichtet, bis hin zu einem heimlichen Protektorat über den Zarewitsch Alexander, als dessen Vater Pawel I. 1801 von englandfreundlichen Adligen ermordet worden war.

1813 freilich hätte Alexander I. einen Schutzengel gut brauchen können – weite Teile des grundbesitzenden Adels waren ihm wegen der begonnenen Reformen feindlich gesinnt, während andere schnellere und entscheidendere Veränderungen, ja die Einschränkung der Autokratie durch eine Verfassung forderten; die einen wie die anderen warfen dem Zaren vor, Rußland an den Rand der Katastrophe geführt und das Lebenswerk Peters des Großen gefährdet zu haben. Der aufgeklärte Alexander, der vom Reformeifer seiner ersten Regierungsjahre unter dem Druck der Umstände abgelassen hatte, war von der Krise der Jahre 1812 und 1813 zur Wiederaufnahme seines Reformkurses ermutigt, wenn nicht gezwungen worden; noch im Winter hatte er den wenige Monate zuvor auf Betreiben der Adelsopposition verbannten Reformator Speranski zurückgeholt, und nachdem die akute Gefahr gebannt, die Lage Rußlands und sogar die seines Herrschers aber durchaus heikel war, entschied er sich endgültig für die Reformpartei, nicht, weil sie die stärkere gewesen wäre, sondern weil sie seiner Unterstützung dringender bedurfte und darum zuverlässiger erschien.

Als entscheidender Durchbruch muß wohl die Lösung der Landzuteilungs-Frage gelten: Nach überkommener Rechtsauffassung gehörte der Bauer seinem Herrn, das Land aber dem Bauern; die schon Ende 1812 in den baltischen Provinzen, die damals noch vollständig in der Hand des Zaren waren, durchgeführte Befreiung der Bauern ohne gleichzeitige Landzuteilung hatte sich als wirtschaftlich unpraktikabel erwiesen; bei einer Bodenreform wäre der Widerstand des Adels übermächtig gewesen. Die Kompromißformel lautete schließlich: Das Land ist Eigentum der vormaligen Herren und den Bauern gegen festgesetzte Leistungen in Geld und Naturalien, nicht aber Barschtschina (Frondienste), in Erbpacht überlassen, die Bauern sind persönlich frei und können jederzeit aus ihrem Pachtverhältnis ausscheiden, und der Besitzer kann es auflösen, wenn die festgesetzten Leistungen ausbleiben. Während jene Adligen, die von der Vermietung ihrer Leibeigenen an Manufakturen und Fabriken gelebt hatten, nun leer ausgingen, änderte sich für die meisten, Herren wie Bauern, zunächst wenig.

Die Folgezeit freilich sah eine starke Differenzierung und Dynamisierung aller Schichten der russischen Gesellschaft: Einige Bauern kamen zu bescheidenem Wohlstand, der ihre früheren, unglaublich miserablen

Lebensverhältnisse deutlich überstieg, andere wanderten freiwillig in die rasch wachsenden Städte ab oder wurden dorthin verdrängt; manche ihrer Pächter ledigen Großgrundbesitzer, wiederum meist in der Nähe der Städte, stellten den Betrieb mit Erfolg auf die Bewirtschaftung durch Lohnarbeiter um, während andere Güter vollends verkamen; ein Überangebot freier Arbeitskräfte führte zum Aufblühen einer Industrie (die während der Kontinentalsperre zunächst auch noch vom Rückgang der westeuropäischen Einfuhren profitierte), aber auch zu einer Verelendung des Stadtproletariats, welche die vormalige auf dem Lande noch übertraf und die ersten Ansätze einer Sozialgesetzgebung erzwang.

Der unbestreitbare Fortschritt im Innern ging mit Turbulenzen und zeitweiliger äußerer Schwächung einher; Rußland brachte eben noch genug Kraft auf, sich im neuerlich ausbrechenden Konflikt mit dem Osmanischen Reich zu behaupten, und konnte sich zum Glück aus der fortdauernden Folge von Kriegen heraushalten, in denen sich die übrigen europäischen Großmächte, vor allem England und Frankreich, gegenseitig erschöpften und die Mitteleuropa, Italien und Spanien als Hauptschlachtfelder für Jahrzehnte ruinierten.

Die politische und wirtschaftliche Erneuerung Rußlands kam nur mühsam voran, zumal unter Alexanders Nachfolger Nikolai, und war beim Regierungsantritt Alexanders II. noch längst nicht abgeschlossen, als sie dennoch ihre ersten außenpolitischen Früchte trug: Nachdem mit dem Tod des Kaisers 1821 die Reste des Napoleonschen Systems nahezu schlagartig zusammengebrochen waren und England von seinen Wunden, insbesondere der Annexion Kanadas durch die Vereinigten Staaten 1813, allmählich zu genesen begann, traten Frankreich und das Vereinigte Königreich

1854 an der Seite des Osmanischen Reiches in den Krieg gegen Rußland ein, der de facto um die Oberhoheit über die rumänischen Fürstentümer und die Vorherrschaft im Schwarzen Meer geführt wurde und der 1856 – nach glänzenden Siegen Alexanders II. auf der Krim – im Potsdamer Frieden Rußland nicht nur die Kontrolle über die Meerengen brachte, sondern auch den Weg zur Befreiung und Angliederung Bulgariens 1867 ebnete.

Die gelegentlich anzutreffende patriotische Spekulation, ein russischer Sieg 1812 oder 1813 hätte Rußlands Vorherrschaft über – oder zumindest seine dauerhafte Einflußnahme auf – Europa viel früher und reibungsloser gewährleistet, muß angesichts des realen Kräfteverhältnisses jener Zeit als gegenstandslos zurückgewiesen werden. Wohl möglich und im Geiste der Zeit wäre es aber gewesen, daß der Zar den Krieg nach der Schlacht von Borodino mit geringfügigen Konzessionen an Napoleon beendet oder ihn ganz vermieden hätte, um wenige Jahre später, als die Kraft der übrigen Großmächte weitgehend verbraucht war, um so wirkungsvoller einzugreifen. Das dann zweifellos siegreiche Rußland hätte aber kaum einen Anlaß gehabt, seine innere Verfassung dem Stande der europäischen Nachbarn anzugleichen oder jene gar zu überflügeln, wie es, zumindest gegenüber Österreich, ja tatsächlich geschehen ist, auch hätte es sich wohl stärker in Nord- und Mitteleuropa engagiert und sich dort unweigerlich Feinde gemacht. Die aufgeschobene innere Krise wäre später und womöglich in Gestalt einer blutigen Revolution ausgebrochen, wenn nicht schon im Krimkrieg, so spätestens im Bulgarien-Feldzug von 1866/67, hätte sich doch Rußland dann gegen Österreich und die Türkei weder auf seine eigene wirtschaftliche Stärke noch auf Preußen als Bündnispartner stützen können.

Die weiteren Folgen entziehen sich selbst der kühnsten Spekulation, doch hätten sicherlich weder die parlamentarische Monarchie in Rußland noch das russische Weltreich die Erschütterungen des 20. Jahrhunderts so unbeschadet überstanden, wie wir sie heute vorfinden.

Aus *Militärgeschichte des 19. Jahrhunderts aus sozialökonomischer Sicht*
von Lew Dawidowitsch Bronstein, Tula 1948

5. Rußland behält Alaska

1784, drei Jahre vor Gründung der USA, wurde die erste russische Ansiedlung in Alaska gegründet. 1856 brachte die russische Niederlage im Krimkrieg innenpolitisch einige überfällige Reformen, außenpolitisch war Rußland in dieser Zeit vor allem auf seine Interessen in Europa und Mittelasien fixiert. Das abgelegene, von Rußland ohnehin vernachlässigte Alaska wurde 1867 für 7,2 Millionen Dollar an die USA verkauft.

Nach der Niederlage im Krimkrieg und den für Rußland bedrückenden Friedensbedingungen des Jahres 1856, die sein weiteres Vordringen nach Südwesten einschränkten, brachte die Regierung des neuen Zaren Alexander II. nicht nur überfällige innere Reformen wie die Aufhebung der Leibeigenschaft auf den Weg, sondern auch eine Umorientierung der äußeren Ziele. Während man im Westen die Konservierung der bestehenden Verhältnisse in den Vordergrund stellte und sich darin durchaus mit anderen europäischen Großmächten traf, wurde im Osten neues Land erworben und eingegliedert, vornehmlich in Verträgen mit dem schwachen China: 1858 das Amurgebiet, 1860 das Ussuri-Land, und 1861 folgte die Gründung Wladiwostoks. Wie schon zuvor, blieb die Entwicklung im nördlichen Sibirien demgegenüber zurück, doch jenseits der Beringstraße begann die Erschließung Alaskas, das 1741 von Bering und Tschirikow entdeckt und für Rußland in Besitz genommen, bisher aber wenig genutzt worden war.

Die russische Expansion in und über den Pazifik – noch im 18. Jahrhundert hatte Rußland begonnen, den ohnmächtigen Spaniern Festungen und Niederlassungen in Kalifornien abzunehmen, und 1804 waren Russen auf Hawaii gelandet – erregte zunächst den Unwillen Großbritanniens, das jedoch dringendere Sorgen hatte, solange es sich Napoleons (und 1812 auch der USA) erwehren mußte. Die Vereinigten Staaten erschienen erst in den dreißiger Jahren an der Pazifikküste, agierten dann jedoch viel energischer als die Briten: 1841 gaben die Russen das bei Santa Rosa gelegene Fort Ross auf, 1846 erwarben die USA das Oregon-Territorium beiderseits des Snake River aus britischem und 1848 Kalifornien aus mexikanischem Besitz.

Alaska indes blieb russisch, und besonders an der klimatisch begünstigten Südküste um Nowo-Archangelsk entwickelte sich aus den ersten Ansiedlungen heraus allmählich eine verarbeitende Industrie, die anfangs im Holzexport und im Fisch-, Wal- und Robbenfang ihre Basis hatte und sich schon früh auf den Seehandel mit Ostasien einerseits und Kalifornien andererseits orientierte, bis schließlich die russische Nordpazifikflotte selbst ein wichtiger Wirtschafts- und Machtfaktor wurde.

Ihre erste Bewährungsprobe bestand sie 1897, als amerikanische Abenteurer, von den Goldfunden im Grenzgebiet zu Kanada in Scharen angelockt, mit kaum verhohlener Billigung der USA-Regierung versuchten, in dem weit nach Süden reichenden russischen Küstenstreifen beim Alexander-Archipel einen eigenen Staat zu gründen; sie mußten erfahren, daß Alaska nicht Texas und Rußland nicht Mexiko war. Das russische Reich konnte nicht nur seine Hoheit über Alaska behaupten, sondern auch den Transit zum Klondike-Gebiet und einen Gutteil der Goldausbeute der eigenen wirtschaftlichen Entwicklung dienstbar machen.

Letzten Endes gereichte die Affäre Alaska sogar zum Vorteil, erzwang sie doch schon aus strategischen Gründen einen weiteren Ausbau der Infrastruktur: Wie auch an der Südgrenze Rußlands, wurde die Entwicklung weniger von der fernen Regierung des Zaren als von tatkräftigen Gouverneuren und Militärbefehlshabern vorangetrieben. Nach dem Sieg über Japan 1905 sah sich Rußland endgültig als Großmacht im Nordpazifik bestätigt.

Allerdings fand nicht nur das Zarenreich im Krieg gegen Japan bedeutenden Rückhalt im strategischen und wirtschaftlichen Gewicht Alaskas, sondern nach der Oktoberrevolution des Jahres 1917 ebenso die Provisorische Regierung gegen die Rote Armee: 1922 schließlich begnügten sich die Bolschewiki mit der Kontrolle über den weitaus größeren Teil Rußlands und schlossen Frieden mit der bürgerlich-menschewistischen Fernostrepublik, die sich 1935 gegen weitere Anschluß-Gelüste der Sowjets absicherte, indem sie sich den Vereinigten Staaten assoziierte, und zwar – anders als einige lateinamerikanische Länder – auf de jure völlig gleichberechtigter Basis, de facto freilich doch als Juniorpartner.

Nachdem der gemeinsame Kampf gegen Deutschland und Japan im Zweiten Weltkrieg für kurze Zeit ein nahezu freundschaftliches Verhältnis zwischen der Sowjetunion und der Fernostrepublik geschaffen hatte, kühlte es sich danach drastisch ab, als die UdSSR chinesische Gebietsansprüche gegen die Republik und – ebenso erfolglos – kommunistische Umsturzbestrebungen im Innern unterstützte, vor allem wohl, um geostrategischen Einfluß in Alaska zu erringen. Nachdem Kennedy und Chruschtschow 1961 die Alaska-Krise beigelegt hatten, normalisierte sich schließlich das Verhältnis, die Fernostrepublik erkannte die sowjetische Staatsbürgerschaft an, obwohl sie den Anspruch, alleinige Rechtsnachfolgerin des Russischen Reiches zu sein, nicht aus ihrer Verfassung strich.

Also hätten, wenn Alaska nicht von Rußland, sondern von den USA erworben worden wäre, sowohl die historischen als auch die völkerrechtlichen Voraussetzungen gefehlt, unter denen sich nach dem Zerfall der Sowjetunion 1991 die Russische Föderation mit der Fernostrepublik wiedervereinigte und sich damit automatisch den USA assoziierte, um mit ihnen die größte und bei weitem dynamischste Wirtschaftsregion des Erdballs zu bilden.

Aus dem Geleitwort des Filialpräsidenten
B. Yeltsin zur Festschrift *Where We All Came From. Fifty Years of Russian Coca-Cola,* Atlanta
und Vladivostok 1997.

Dichter im 19. Jahrhundert: Der Starke ist am mächtigsten allein

In Squires Anthologie führt die Entdeckung, daß Bacon der wahre Autor der Shakespeare zugeschriebenen Werke war, zu turbulenten Folgen. Im deutschen Sprachraum haben nur Goethe und Schiller vergleichbares Gewicht; letzterem verdanken wir auch den Tell, *um den es in Egon Friedells Alptraum geht.*

Freilich, im Leben wie in der Kunst wimmelt es von Punkten, an denen alles hätte anders kommen können, wenn nicht sogar müssen, so auch bei Revolutionen ohne Tyrannenmord. Aber selbst wenn wir Deutschen überhaupt kein revolutionäres Nationaldrama hätten (nicht einmal mit einem im Ausland geborgten Thema): Wir wollen sein ein einig Volk von Brüdern …

Angsttraum des Germanisten

von Egon Fridell

An der letzten Neuinszenierung des ›Tell‹ im Burgtheater, die einen gemäßigt expressionistischen, sozusagen einen rechtskubistischen Weg beschritten hat, fiel mir auf, mit welcher geflissentlichen Hast und gewissermaßen betonten Gleichgültigkeit die Schauspieler über Zitate wegsprechen. Es klingt etwa so, wie wenn Tell zu seinen Mitunterrednern sagen wollte: »Der Starke, aber wozu es betonen, das wißt Ihr ja schon aus der Schule, also der Starke ist bekanntlich am mächtigsten allein.« Es ist dies ja allerdings wahrscheinlich der einzige Weg, um diese Stellen herumzukommen, denn sie sind heute bereits schlechterdings unmöglich. Sie wirken wie ein Kupferstich, den schon so viele Finger angefaßt haben, daß er bereits ganz verwischt und undeutlich geworden ist und nur noch ein paar trübe Flecke zu sehen sind. Man *hört* sie nicht mehr. Man hat vielmehr den Eindruck: warum sagt Tell als Monolog gerade dieses Gedicht auf, warum nicht zur Abwechslung den ebenso schönen ›Taucher‹? Das sind die Nachteile, wenn man eine klassische Figur ist.

Die Vorstellung, daß der ›Tell‹ einmal noch nicht ganz druckfertig, sondern erst bei der Stenotypistin zum Abschreiben war, hat etwas Gespenstisches. Es ist gruselig, sich vorzustellen, daß Schiller noch im letzten Moment hätte einige Zitate ändern und zum Beispiel schreiben können: »Der Kräft'ge herrscht nur, wenn er einsam ist«, oder: »Die liebe Heimat schreib ins Herz

Dir ein, in sie senk alle Fasern Deines Wesens, sie ist das Erdreich, das den Saft Dir beut.«

Das wird uns gleich weniger befremdend klingen, wenn wir erstens bedenken, daß Schiller ja einen Teil seiner Sentenzen aus früheren Tell-Dichtungen entnommen hat, wo sie inhaltlich gleich, aber formell ein wenig anders gelautet haben, und daß er sie ja gerade so gut hätte wörtlich benutzen können, in welchem Falle wir sofort andere geflügelte Worte besäßen, also zum Beispiel statt des allen Oberlehrern so teuern »Wär' ich besonnen, hieß ich nicht der Tell« die Vorlage aus dem Urner Spiel: »Wär' ich vernünftig, witzig und schnell, so wär' ich nicht genannt der Tell«, die sich sogar reimt. Zweitens möge man sich daran erinnern, daß Schiller – darin eben ein echter Theatraliker, dem es weniger auf Psychologie und Logik als auf starke Effekte, Stimmungen und Bilder ankam – es überhaupt mit dem Schicksal seiner Figuren niemals sehr genau nahm, sondern sich ohne große Skrupel oft noch mitten in der Arbeit, ja einigemal sogar nach der definitiven Beendigung des ganzen Werkes aus mehr oder weniger äußerlichen Gründen zu sehr einschneidenden Änderungen der Fabel und Handlung entschlossen hat. So endet zum Beispiel Franz Moor in der Mannheimer Theaterbearbeitung nicht durch Selbstmord, sondern wird von Schweizer (der infolgedessen ebenfalls am Leben bleibt) und den übrigen Räubern vor Karl Moor geschleppt, der in einer, theatralisch genommen, sehr effektvollen, vom psychologischen Gesichtspunkt aus etwas kindischen Szene über ihn zu Gericht sitzt. Was den ›Tell‹ anlangt, so schreibt Schiller noch im letzten Moment, als schon die Rollen ausgeteilt werden sollen, am 28. Februar 1804 an Goethe: »Ich habe drei neue Weiber darin kreiert, um die drei noch übrigen Schauspielerinnen mit Anteil in das Stück hineinzuziehen, weil sie nicht gern Statisten machen.« Und Goethe erzählt Eckermann am 18. Januar 1826, Schiller habe ursprünglich in der Apfelschußszene Geßler ganz einfach einen Apfel vom Baum brechen und vom Kopf des Knaben schießen lassen. »Dies war nun ganz gegen meine Natur, und ich überredete ihn, diese Grausamkeit doch wenigstens dadurch zu motivieren, daß er Tells Knaben mit der Geschicklichkeit seines Vaters gegen den Landvogt großtun lasse, indem er sagt, daß er wohl auf hundert Schritt einen Apfel vom Baum schieße.« Das Tollste dieser Art ist aber doch der veränderte Schluß, den Schiller dem ›Fiesko‹ auf Anraten des Freiherrn von Dalberg bei der Uraufführung gegeben hat. In dieser Bearbeitung fängt Fiesko den Streich Verrinas auf, und die Menge dringt mit dem Ruf ›Fürstenmord‹ erbittert auf den Attentäter ein, der sich voll Befremden zu fragen beginnt, ob dieses Volk, das selbst den Arm seines Retters aufhält, denn überhaupt befreit sein *wolle.* Fiesko aber bedeutet ihnen, zurückzuweichen, und spricht: »Ein Diadem erkämpfen, ist groß – es wegwerfen, göttlich. Seid *frei,* Genueser! (Er zerbricht das Zepter und wirft die Stücke unter das Volk.) Und die monarchische Gewalt vergehe mit ihren Zeichen.« Zu Verrina aber sagt er: »Genuas Freiheit war in diesem Busen entschieden, ehe Verrina noch dafür zitterte – aber Fiesko *selbst* mußte der Schöpfer sein. (Verrinas Hand ergreifend, mit Wärme und Zärtlichkeit.) Und jetzt doch mein Freund wieder, Verrina?« Verrina (begeistert in seine Arme stürzend): »Ewig!« Fiesko (mit großer Rührung, einen Blick auf das Volk geworfen, das mit allen Zeichen der Freude noch auf den Knien liegt): »Himmlischer Anblick – belohnender als alle Kronen der Welt. (Gegen das Volk eilend.) Steht auf, Genueser! Den Monarchen hab' ich Euch geschenkt, umarmet Euren glücklichsten Bürger.« (Der Vorhang fällt.)

Schade, daß Schiller von dieser Fassung später wieder abgekommen ist: sie hätte eine ganze Reihe wunderschöner neuer Aufsatzthemen ergeben. Zum Beispiel: »Schuld und tätige Reue Fieskos in Schillers gleichnamigem Drama« oder »Der versöhnende Grundgedanke in Schillers Fiesko-Dichtung, aufgezeigt am Gang und Ausgang der Handlung« oder »Wie wird in Schillers Meisterdrama die Umkehr des Helden Fiesko begründet und vorbereitet?

Einleitung: Schiller, der Dichter des deutschen Volkes, Hauptteil: I. Fieskos Versuchung in den ersten drei Akten. II. Seine Krisis im vierten Akt. III. Der Weg zum Siege über sich selbst, vom Dichter mit zwingender Notwendigkeit motiviert a) durch Fieskos äußere Handlungsweise, b) durch seinen inneren Entwicklungsgang. Schluß: Die dramatische Literatur, zumal die deutsche, ein Spiegel der Menschheit.«

Unter dem Eindruck dieser und ähnlicher Vorstellungen habe ich gestern nacht einen schrecklichen Traum gehabt, der ungefähr folgenden Inhalt hatte.

Eckermann berichtet vom 26. Oktober 1827: »Wir kamen, bei Gelegenheit der Neustudierung am hiesigen Theater, auf ›Tell‹ zu reden. Ich rühmte die immer noch zunehmende Wirkung dieses Schauspiels, und Goethe sagte: Ja, es ist vortreffliches Werk, aber es ist dazu erst langsam geworden. Die guten Leutchen glauben nämlich immer, es sei, bei großen Produkten der Poesie, alles von vornherein so bestimmt und abgeteilt gewesen wie in einem Kalender oder Schießreglement und das Werk fertig gegossen wie Pallas aus dem Haupte des Kroniden gestiegen. Aber so verhält es sich mitnichten! Was ist da alles gebosselt, poliert, gerückt und gestutzt worden, davon die unbefangen genießenden Nachfahren sicher vermuten, es sei schon immer am ersten Tage dagewesen! Ich will Ihnen, fügte er, mein Erstaunen gewahrend, mit einem schalkigen Lächeln hinzu, ein großes Geheimnis verraten. Der herrliche Monolog des Tell, der den Beschluß des vierten Aktes bildet, war anfänglich von Schillern gar nicht so geplant gewesen und ist erst auf meinen emsigen Zuspruch hin so gestaltet worden. Hören Sie, mein Bester, und erschrecken Sie: in der ursprünglichen Konzeption war vorgesehen, daß Tell den Geßler kurzerhand über den Haufen schießt und sein Recht hierauf denn auch im Selbstgespräch vorher genau begründet, ja es sollte sogar im fünften Akt eine Szene mit Parricida folgen, die nochmals den Gegensatz zwischen Verwandtenmord aus Ehrliebe und Tyrannenmord aus Freiheitsliebe leibhaftig illustriert hätte. Jedoch der Tyrannenmord gehört zum Vorstellungsleben der Alten und ist denn auch dort, in so viel einfacheren und zugleich rascheren Zuständen, als Ideal begreiflich und am Platz, für unser Gefühl hingegen ist ein blutbefleckter Held ohne Sühne allemal eine widrige Vorstellung. Daher mußte Tell entweder von seiner Tat abstehen oder dem Ganzen den Charakter der Tragödie nachträglich aufgedrückt werden, was immer etwas Mißliches an sich hat. Möchten Sie aber nun wohl glauben, daß ich dennoch, trotz dieser sonnenklaren, reiflich gefaßten Gründe, mit Schillern meine liebe Not hatte, ihn von dem einmal gesetzten Plan abzubringen? Aber so war nun einmal der große Mann! Bei ihm konnte es nie genug kräftig und sinnlich zugehen. Wir hätten übrigens auch so ein recht artiges Stück, aber eines, das den Hörer in moralischem Zwiespalt entläßt. Das Publikum, fuhr Goethe nach einer kleinen Pause fort, merkt eben nie etwas von den Bergen von Arbeit und Schwierigkeit, die vor jedem Kunstwerk getürmt sind. Aber das ist recht! Denn sähe es den vielen

Schweiß, er würde ihm die reine Freude des Anschauens verkümmern. Aber darum ist er doch geflossen, alle Tage, und ohne ihn ist, einige seltene beglückte Stunden ausgenommen, nie was Tüchtiges zutage gefördert worden, und das ist auch recht.«

Am 29. Dezember 1803 schreibt Schiller an Körner: »Ich bin doch recht froh, daß ich's nun so gemacht habe, aber es war eine rechte Last. Um den Parricida ist mir leid, da, auch abgesehen von dem moralischen Effekt der Szene, von dieser Figur ein gewisses Grauen ausgegangen wäre, das gegen den heiteren Abschluß einen wirksamen Kontrast der Tinten ergeben hätte. Einige schlagende Sentenzen, die nun fortgefallen sind, lassen sich gut im Warbeck unterbringen, der jetzt, nun der Teil nahezu vollendet ist, wiederum in mir zu rumoren anfängt. Daß ich drei Verszeilen aus Zwing-Uri herübergenommen habe, wirst Du wohl sehen, und dort wird ihr Mangel wenig Schaden tun. Der neue Schluß des Monologs dünkt Goethen trefflich. Auch den Anfang hab' ich auf Deinen Rat in der Diktion ohnmerklich abgeändert. Dafür, daß Geßler im vierten Akt um seine Rede kommt, wird er reichlich entschädigt durch die große Wahnsinnsszene, die sicher guten Sukzeß tun wird. Lieb ist mir's auch wegen Iffland, der nun einen wesentlich dankbareren Part hat und so für die Annahme günstiger präokkupiert ist, auch nehm' ich vielen Theaterleitern, nun Geßler nicht mehr unbedingt zu Pferd kommen muß, eine billige Ausflucht. Hier hast Du den umgeschmolzenen Teil (das Dir bekannte hab' ich fortgelassen). Gib das Manuskript ja nicht aus der Hand.

Durch diesen engen Bergpaß muß er reiten.
Es zieht kein andrer Pfad nach Osten.
Hier führ' ich's aus.
Nur einmal treffen Ort und Stunde so zusammen.

Dort jener dichte Busch voll breiter Zweige
Entzieht mich seinem Blick.
Dies sei mein Auslug. Dort schwirr' ab, mein Pfeil!
Des Passes Enge läßt mich leicht entweichen.

(Mit einer schrecklichen Gebärde zum Himmel weisend.)

Bring Dein Geschäft mit jenem dort in Ordnung
Dein Tag neigt sich zur Nacht, und spärlich rinnen
Nur wen'ge Körner Dir noch in der Lebensuhr.
Hat meine Hand vorm Haupt des Sohnes nicht gezittert,
Wird sie auch vor der Brust des Wütrichs nicht erbeben.

(Er setzt sich und versinkt in tiefes Sinnen.)

Doch wie? Was faßt mich an? Was fährt, gleich Gletscherwind
Durchs Dach des Sennen, plötzlich kältend mir
Durch meine Seele? Ist mir's nicht,
Da ich der zarten, unschuldsvollen Kindlein denke,
Als ob sie ihre sanften, nassen Blicke
In stummem und ach! so beredtem Vorwurf
Zu mildem Fleh'n an mir emporgeheftet hielten.
Wie wenn im letzten Augenblicke noch
Sie meines Pfeiles Lauf, den nie zu widerrufenden,
Zu hemmen strebten? – Rache! Was ist Rache?
Sie ist des Größern, der dort oben thront,
Der alle Haare zählt auf unsern Häuptern,
Er mag sie fallenlassen, wenn's ihm rechtens dünkt.
Ihm ziehmt's, die Stunde zu bestimmen, doch nicht uns.
Rache trägt keine Frucht! Sich selbst ist sie
Die fürchterliche Nahrung, ihr Genuß
Ist Mord, und ihre Sättigung ist Grausen.

Schlaf, Pfeil, im Köcher! Aufgespart nur, nicht entzogen
Bleibt jener Bösewicht dem Richterspruch,
Der aller Untat wie ein Schatten folgt.
Sei's auch ein langer Schatten, dennoch folgt er Dir
So sicher, wie die Sonne scheint: nicht meines Amtes ist's,
Fürwitzig ihn zu kürzen.

(Geßler und Rudolf der Harras erscheinen auf der Höhe des Weges.)

Landvogt. Dein Weg bleib ungekreuzt! Schlaf ruhig,
Wenn Du es *kannst!*

(Er nimmt den Pfeil und betrachtet ihn lange und mit tiefer Bewegung.)

Plan und Tat! Welche eine dünne Scheide trennt Euch!
Und dennoch: Zwischen Euch liegt alles, was dem schwachen Menschen
Die Hölle, was ihm die höchste Himmelsseligkeit entbeut.
Geplant führt jede Handlung jedes Erdenkindes
Ein einmaliges eignes Sonderdasein.
Trägt sie allein die Seelenfarbe dessen,
Dem sie im Busen still herangereift.
Getan zeigt sie die unverrückbar ew'ge Einform,
Die sie zu Schwestern *aller andern* macht.
Plan ist der weise Vater, Tat die feile Tochter,
Die sich der Welt hingibt: ein fahler Bastard.
Nur wenn Du denkst, schaffts Du Dein freies Reich.
Im *Handeln* machst Du Dich der Menge gleich.

(Er schlägt sich nachdenklich in die Büsche.)

Frießhardt und der Geharnischte (eilfertig von rechts):

Der Landvogt kommt! Platz! Macht die Gasse frei!

(Indes man Geßler und Rudolf der Harras mit reichem Gefolge zu Pferd den Hohlweg passieren sieht und eine ferne sanfte Schalmei den Beschluß macht, fällt der Vorhang.)«

Dichter im 19. Jahrhundert: Ich kann nicht sterben, nein, ich kann nicht sterben

Georg Büchners 1834 erschienener ›Hessischer Landbote‹ war die erste sozialistische Kampfschrift in Deutschland, ihr Verfasser zudem Gründer einer geheimen revolutionären ›Gesellschaft für Menschenrechte‹. 1836 mußte er nach Zürich fliehen, wo er als Anatomie-Dozent lebte und 1837, erst dreiundzwanzigjährig, am Typhus starb. Schon sein schmales Œuvre – das Revolutionsdrama Dantons Tod (1835) und einige wenige weitere Werke – sichert ihm einen festen Platz in der deutschen Literatur des 19. Jahrhunderts. So gilt er wie Byron oder Lermontow als einer jener Autoren, deren früher Tod ein unersetzlicher Verlust für die Literatur war.

Georg Büchner. Die zweite Lebenshälfte

von Gundula Sell

Aus Meyers Konversationslexikon, 1880, Band 2

Nachdem B. vom Typhus genesen war, beeilte er sich, die Vermählung mit Wilhelmine Jaegle zu betreiben. Sie heirateten noch im selben Jahr, woraufhin sie einige glückliche Jahre in Zürich und auf Reisen verbrachten. Jetzt, endlich in äußerer Ruhe, stellte sich für B. auch das entbehrte innere Gleichgewicht her, es kam zu keinen Ausbrüchen seiner Nervenkrankheit mehr.

Er lebte als Privat-Dozent in Zürich, was ihm gestattete, eine Familie zu ernähren. Seine Frau gebar ihm mehrere Kinder. B. war als Wissenschaftler anerkannt und setzte große Energien in Forschung und Lehre. Er hielt exzellenten, sehr anschaulichen Unterricht, und seine Erkenntnisse auf dem Gebiet der Anatomie, die er in einem Lehrbuch zusammenfaßte, erregten Aufmerksamkeit über die Grenzen hinaus.

In jener Zeit der Ausgeglichenheit und Ruhe schuf er keine belletristischen Werke, hielt sich auch von umstürzlerischen Ideen und Bewegungen fern. Es war, als hätte er alles das in Deutschland zurückgelassen. Als wäre es eines anderen Leben gewesen. Mit seinen Eltern war er versöhnt, seine Geschwister waren allerdings enttäuscht von ihm, wie sein Bruder Wilhelm später gestand. Auch K. Gutzkow und B.s Straßburger, Gießener und Mannheimer Freunde erhielten von ihm keine Nachricht, geschweige denn Hilfe. B.s Stellung war nicht ohne Einfluß, er hätte sich für Gutzkows Freilassung einsetzen können. Daß er es nicht that, führte zum Bruch auf lange Zeit.

Nicht ganz unrecht schienen jene zu haben, die diese Veränderung dem Einfluß seiner sehr religiösen Frau zuschreiben. Doch das kann nicht völlig erklären, was in ihm vorging und in vielen anderen, deren Illusionen sich in dieser Zeit nicht aufrechterhalten ließen. B.s geradezu krankhafte Arbeitswut scheint seinen Zwiespalt mit der Welt betäubt zu haben. Doch sie trug ihm immerhin 1837 eine Berufung an die Sorbonne nach Paris ein. Er nahm den ehrenvollen Ruf in eine Professur für Anatomie und Physiologie an und siedelte mit seiner Familie dorthin über. Geachtet und anerkannt in den Kreisen der Wissenschaft, arbeitete er unermüdlich, publizierte über Forschungen in seinem Fachgebiet und über Naturphilosophie.

In diesen Jahren war Paris Zentrum der aus politischen Gründen aus Deutschland Emigrierten. Von dem ›Bund der Gerechten‹ distanzierte B. sich ausdrücklich, weil er dessen Ziele für utopisch und dessen Mittel für unzulänglich hielt. Das läßt schlußfolgern, daß B. den Gedanken an revolutionäre Veränderung in Deutschland hauptsächlich wegen seiner Undurchführbarkeit fallen gelassen hatte. Den Kreisen der revolutionären Intellektuellen um K. Marx und H. Heine stand B. recht spöttisch gegenüber, sie waren ihm ein ›Kopf ohne Leib‹. Zu ihren mehrmaligen Versuchen, ihn für ihre Sache zu gewinnen, verhielt er sich erst ausweichend, dann schroff ablehnend.

Trotzdem bewahrte er eine eigentümliche Beziehung zu H. Heine, mit dem er sich in aller Öffentlichkeit beleidigende Wortgefechte über litterarische und politische Fragen lieferte, aber Begegnungen immer wieder herbeiführte. B. sagte von Heine, auch er sei von der »romantischen Krankheit befallen, wie diese ganze imaginierte Revolution«. Heine hielt B. für einen Menschenhasser und Cyniker, »der die Weltgeschichte einzig vom Seziersaal aus betrachtete«. Doch während Heines langjähriger Krankheit bemühte B. sich als Arzt sehr um ihn.

Um die Mitte der vierziger Jahre veränderte sich die Situation in Deutschland, aggressive Töne und Revolutionsgedanken deutscher Zunge hallten bis ins noch ganz anders bewegte Paris herüber. Die Emigranten schwankten zwischen Schrecken und Begeisterung, wurden thätiger, dabei auch ungeliebter bei der französischen Regierung und Bevölkerung. Marx wurde ausgewiesen. Doch B. ließ sich nicht hineinziehen.

Im März 1848 schlugen helle Flammen aus Köpfen und Städten. Jetzt schien alles zusammenzubrechen, was das konservative Deutschland von dem revolutionären Abgrund bewahrt hatte. Als K. Marx nach Paris zurück wollte, wurde er verhaftet und gezwungen, nach Deutschland zu fahren.

In Straßburg holte B., der ihm nachgereist war, ihn ein. Sie reisten gemeinsam weiter, als sei das selbstverständlich. B. hatte Frau und Kinder in Paris zurückgelassen mit dem nie eingelösten Versprechen, sie nachzuholen, hatte sein klar vor ihm liegendes Leben abrupt abgeworfen. Marx gegenüber erklärte er offen, daß er nunmehr der That den Vorzug vor der Resignation gebe. Wenn er auch nicht glaube, daß diese Insurrektion die üblen Zustände ändern könne, müsse der Mensch sich doch gegen sie wehren, und sei es nur um der Würde willen. Er vertraue zwar nicht den Gedanken-Konstruktionen der Kommunisten, aber er wolle lieber mit ihnen zusammenarbeiten als weiter schweigen. Er versprach ihm eine (nie zustande gekommene) Mitarbeit an der ›Neuen Rheinischen Zeitung‹ und reiste weiter nach Dresden, wo Gutzkow sich als Dramaturg am Hoftheater etabliert hatte.

Nachdem ihn der zunächst recht kalt empfangen hatte, gelang es B., Gutzkow von der Wiedererlangung seiner aktivistischen Gesinnung zu überzeugen. Vornehmlich, indem er ihn mit dem Drama, das er auf der Reise und in den ersten Tagen in Dresden fieberhaft niedergeschrieben hatte, bekanntmachte. Es handelt sich um das Stück ›Emigranten‹, in welchem B. die Pariser Emigrantenkreise und ihre unwirksame Thätigkeit recht scharf und satirisch darstellte und auch seine eigene damalige Haltung nicht mit Spott verschonte. Ein vortrefflich gefertigtes Stück, das aber in seiner Zuspitzung B. nur Ärger von allen Seiten einbrachte, hauptsächlich sogar von den Radikalen, die sich darin verhöhnt sahen. Das Stück wurde kurz vor der Premiere abgesetzt.

B. widmete sich publizistischer Arbeit, schrieb tagespolitische und andere Artikel für den ›Dresdnischen Boten‹, den er mit Gutzkow und anderen trotz Verbot einige Monate lang herausgab, sowie für andere Journale. Aus seiner Feder stammen eine Unzahl revolutionär-praktischer, philosophischer und statistischer Schriften.

Während in Preußen, Ungarn und Orsinien bereits blutige Barrikadenkämpfe stattfanden, tobte der Kampf in Sachsen lediglich auf der Ebene parlamentarischer Diskussionen und (weil das Parlament nur geringen Einfluß hatte) außerparlamentarischer Forderungen und Demonstrationen sowie einander widersprechender Reformen und Verordnungen der Regierung. B. hielt Agitations-Reden und ließ sich, als das neue Wahlgesetz durchgesetzt worden war, für die Radikal-Demokratische Partei in den Landtag wählen. Die Debatten um eine Verfassung, um Reformen des Rechtssystems, um eine demokratische Lösung der deutschen Frage wurden immer härter.

Gleichzeitig schrieb B. an einem Stück, das nicht erhalten ist, ›Sonnenstaat‹, in dem er parabelhaft überhöht die Vorwegnahme einer siegreichen Revolution versuchte. Obwohl, wie ihm selbst Gesinnungsgenossen vorwarfen, dieses Stück nur einem direkten politischen Zweck verpflichtet gewesen sei, gelangte B. damit zu einer ganz neuen Auffassung von dramatischer Kunst. Nach Berichten hat B. sich hier in der Kühnheit der Charakterzeichnung und der Dialoge selbst übertroffen, dieses Stück wäre unter anderen Umständen ein Beitrag zu einem anti-romantischen, anti-naturalistischen Theater in Deutschland gewesen – wäre unter anderen Umständen nicht geschrieben worden.

Dieses Stück (unter B.s eigener Regie) aufzuführen, gelang durch Gutzkows Vermittlung und unter Übertölpelung der Zensur. Die Aufführung wurde allerdings ein Mißerfolg, um nicht zu sagen, ein Skandal. Die Zuschauer lehnten die ihnen ungewohnten Mittel ab. Vor dem Hofe wurde es wegen der fortschreitenden Verschärfung der Lage nicht aufgeführt. In Sachsen löste ein Übergangs-Ministerium das andere ab, bis der König unter Vorwand das Parlament entließ. Daraufhin brach im Mai 1849 auch in Dresden der Aufstand los, wobei B. sich als Protagonist hervorthat.

Eine angebahnte Zusammenarbeit mit R. Wagner, für den B. ein Opernlibretto schreiben wollte, kam nicht zustande, teils, weil beider künstlerische Standpunkte unvereinbar waren, teils wegen der Ereignisse und Wagners Flucht vor dem Zugriff der Polizei.

B. und andere, darunter M. Bakunin, übten Druck, weiterzugehen, auf die noch recht liberale provisorische Regierung aus. Trotz hartnäckigstem Widerstand wurde die Revolution aber nach wenigen Tagen blutiger Kämpfe niedergeschlagen, B. mußte Schutz vor Verhaftung suchen, den ihm auch Gutzkow nicht mehr gewähren konnte, als die schon wieder wirkende Zensurbehörde das Theater schloß. Bakunin wurde (durch das Wirken der agènts provocateurs) verhaftet und viele weitere direkt oder indirekt Beteiligte. B.s Freunde legten ihm nahe zu fliehen. Er zögerte noch mehrere Tage, aber als bei einer Haussuchung alle seine Schriften beschlagnahmt wurden und er selbst nur mit knapper Not entkam, verließ er das Königreich Sachsen.

Er begab sich nach Schlesien, wo er von Ort zu Ort zog, als Arzt seinen Unterhalt verdienend. Von nun an konnte er nirgends mehr seßhaft werden, über seinen Aufenthalt wissen wir nur aus gelegentlichen Briefen, Berichten, Akten-Notizen. Er stellte, wie er seinen Geschwistern schrieb, eine Materialsammlung über die Aufstände der Weber zusammen, mit deren Hilfe er sein Romanfragment ›Die schlesischen Weber‹ schrieb. Sein nächstes Auftreten ist bekannt vom Kölner Kommunisten-Prozeß 1852, wo es ihm gelang, als Zeuge der Verteidigung benannt zu werden und eine Rede über die Lage des Volkes zu halten, auf Grund derer auch dort ein Haftbefehl gegen ihn erlassen wurde.

Als M. Bakunin nach zweimaliger Begnadigung vom Todesurteil und abenteuerlicher Flucht 1860 nach London kam, traf B. dort mit ihm zusammen. Eine Zeitlang standen sie einander in ihren Ansichten nahe. Es gelang B. wegen seiner formalen Distanz zur Internationale, zwischen Bakunin und dem Marxschen Flügel zu vermitteln, was alle erstaunte, die ihn nur für einen kaltherzigen Spötter gehalten hatten.

Kurze Zeit drauf, so wird berichtet, war B. als Militärarzt im amerikanischen Bürgerkrieg thätig für die Armee der Union. Das ist glaubwürdig, denn es existieren Vorarbeiten und einzelne Szenen für ein Drama von ihm über dieses Sujet. Wieder in die Alte Welt zurückgekehrt, tauchte B., wenn man Berichten Glauben schenken darf, an verschiedenen Orten Europas auf. Immer und überall traf man ihn in Konflikt mit den herrschenden Mächten, er stand der Idee eines geeinten Europa und der Anarchie nahe und verlor doch nicht den Sinn für die Realität. Hochfahrend, aber eine faszinierende Persönlichkeit, verleugnete er bei aller Härte und Verbitterung nie sein Ziel: menschliches Leben des Menschen.

1871 will man ihn gleichzeitig an zwei Orten gesehen haben. Sowohl in der Commune de Paris, für die er engagiert gearbeitet, aber den gröbsten Terror zu verhindern gesucht habe, als auch in Berlin, wo er gegen den Krieg und für einen Aufstand mit dem Ziel einer deutschen Republik aufgetreten sein soll. Über seinen Aufenthalt etliche Jahre später existiert noch ein weiterer Hinweis: die Erwähnung eines ›Buchner‹, genannt ›der Alte‹, in den Dossiers der St. Petersburger Dritten Abteilung der Kanzlei des Zaren über die Narodowolzen.

Es finden sich von B. noch etliche Werke, Aufzeichnungen, Fragmente bei verschiedenen Personen verstreut, so ein Roman ›Der Stahlstaat‹, der die fiktive Zukunft eines revolutionär geeinten Deutschland schildert, welches aber wiederum folgerichtig in Unterdrückung und schärfsten Terror verfällt, Szenen zu einem Faust-Drama, Studien über Sokrates, zwei groteske Komödien, autobiographische Hefte und anderes, wobei für die Litteraturwissenschaft noch nicht sicher ist, was thatsächlich von B.s Hand stammt, welche Werke ihm nur zugeschrieben wurden, was nachträglich verstümmelt wurde. Im Zeitschriften finden sich Abdrucke seiner publizistischen und litterarischen Werke meist zensiert.

Über Ort und Zeit seines Todes ist nichts Sicheres bekannt, um so mehr Gerüchte. Es ist, als sei B. in Wahrheit nicht tot, als könne er nie sterben, als sei er längst eine Legende geworden, eine unbestechliche Stimme, die sich immer wieder hören läßt, ein ewig Verfolgter, Umherziehender. Nicht nur, daß seine Art unverrückbarer Darstellung des ›ehernen Gesetzes‹, gebrochen und verstärkt durch seine bitter lächelnde Ironie, in anderen Stimmen aufklingt, von Zeit zu Zeit scheint sie sich in seiner eigenen Person zu verdichten und gegen Geschwafel, Schwärmerei und falsches Pathos zu sprechen. Steckbriefe, Polizeispitzel und Verleumdungen jagen durch ganz Europa hinter B. her, hinter jeder verschwommenen Nachricht über ihn, und können ihn nicht einholen, wie man ein Trugbild nicht einholen kann.

Nord gegen Süd auf amerikanisch

James Thurber, der bekannte amerikanische Humorist und Zeichner, bezieht sich in einer Vorbemerkung zu seinem Text auf Vorabdrucke der drei ›amerikanischen‹ Essays aus Squires Anthologie in einer Zeitschrift:

Scribner's Magazine hat eine Serie von drei Artikeln veröffentlicht: »Wenn Booth Präsident Lincoln verfehlt hätte«, »Wenn Lee die Schlacht von Gettysburg nicht gewonnen hätte« und »Wenn Napoleon nach Amerika entkommen wäre«. Dies ist der vierte.

Wenn Grant bei Appomattox betrunken gewesen wäre

von James Thurber

Mit schönem Morgenrot brach der neunte April 1865 an. Beim ersten Purpurstreif am Osthimmel war General Meade auf den Beinen. Gegen viertel neun waren General Hooker und General Burnside aufgestanden und frühstückten. Der Tag ging ebenso schön weiter, auf elf zu. General Ulysses S. Grant war noch nicht aufgestanden. Er schlief in seiner berühmten alten Marine-Hängematte, die hoch überm Boden des Schlafzimmers in seinem Hauptquartier hing. Das Hauptquartier war in befremdlicher Unordnung: Über den Fußboden waren Papiere verstreut, vertrauliche Meldungen von Spionen huschten im Luftzug von einem offenen Fenster hin und her, aus einer umgekippten Weinflasche hatte sich eine Lache über eine wichtige Armeekarte ergossen.

Corporal Shultz von der 65. Freiwilligen Ohio-Infanterie, ein Adjutant General Grants, kam in den Vorraum, blickte sich um und seufzte. Er trat ins Schlafzimmer und rüttelte heftig an der Hängematte des Generals. General Ulysses S. Grant schlug ein Auge auf.

»Verzeihung, Sir«, sagte Corporal Shultz, »aber heute ist der Tag der Kapitulation. Sie sollten aufstehen, Sir.«

»Schaukel mich nicht«, sagte Grant scharf, denn sein Adjutant ließ die Hängematte sacht hin und her schwingen. »Ich fühl mich gräßlich«, fügte er hinzu, drehte sich um und machte das Auge wieder zu.

»General Lee kann jede Minute hier sein«, sagte der Corporal förmlich und stieß die Hängematte wieder an.

»Sofort aufhören!« brüllte Grant. »Soll ich's Kotzen kriegen, oder was?« Shultz schlug die Hacken zusammen und salutierte. »Was will er eigentlich?« fragte der General.

»Heute ist der Tag der Kapitulation, Sir«, sagte Shultz. Grant grunzte bitter.

»Dreihundertfünfzig Generale in den Armeen des Nordens«, sagte Grant, »und ausgerechnet zu mir muß er deswegen kommen. Wie spät ist es?«

»Sie sind der Oberkommandierende, deswegen«, sagte Corporal Shultz. »Es ist elf Uhr fünfundzwanzig, Sir.«

»Reden Sie keinen Stuß«, sagte Grant. »Lincoln ist der Oberkommandierende. In der ganzen Weltgeschichte hat nie jemand vor dem Lunch kapituliert. Weiß er denn nicht, daß eine Armee auf dem Bauche kapituliert?« Er zog sich eine Decke über den Kopf und rollte sich wieder auf die Seite.

»Die Generale der Konföderation werden jede Minute hier sein«, sagte der Corporal. »Sie sollten wirklich aufstehen, Sir.«

Grant reckte die Arme hoch und gähnte.

»Schon gut, schon gut«, sagte er. Er setzte sich auf und starrte ins Zimmer. »Sieht schrecklich aus hier«, knurrte er.

»Sie müssen letzte Nacht ordentlich einen draufgemacht haben«, wagte Shultz zu bemerken.

»Yeah«, sagte General Grant, während er nach seiner Kleidung Ausschau hielt. »Ich hab mit 'nem General gerungen. So'n General mit 'nem Bart.«

Shultz half dem Feldkommandierenden der Armeen des Nordens, seine Sachen zu finden.

»Wo ist meine zweite Socke?« wollte Grant wissen.

Shultz schaute sich vergeblich nach ihr um. Der General ging unsicheren Schrittes zu einem Tisch und goß sich aus einer Flasche ein.

»Ich glaube nicht, daß es klug wäre, zu trinken, Sir«, sagte Shultz.

»Machen Sie sich um mich keinen Kopf«, sagte Grant, während er sich noch einen genehmigte. »Ich kann's tun oder lassen. Haben Sie schon mal die Geschichte gehört, wie so ein Kerl zu Lincoln ging und sich beschwerte, ich würde zuviel trinken? ›Der-und-der sagt, Grant trinkt zuviel‹, hat der Kerl gesagt. ›Der-und-der ist 'n Trottel‹, sagt Lincoln. Also geht der Kerl zu Wie-heißt-er-doch-gleich und erzählt, was Lincoln gesagt hat, der tobt deswegen bei Lincoln rein. ›Haben Sie Dem-und-dem gesagt, ich sei ein Trottel?‹ ›Nein‹, hat Lincoln gesagt, ›ich dachte, der wüßte das schon.‹« Der General lächelte versonnen und trank noch einen. »*So* steh ich mich mit Lincoln«, sagte er stolz.

Durch das offene Fenster drang sachtes Hufgetrappel. Shultz ging eilig durchs Zimmer und schaute hinaus.

»Hufschlag«, sagte Grant mit neugierigem Glucksen.

»Es ist General Lee mit seinem Stab«, sagte Shultz.

»Lassen Sie ihn rein«, sagte der General und nahm noch einen Drink. »Und schauen Sie, ob noch was für ihn übrig ist.«

Shultz ging raschen Schrittes zur Tür, öffnete sie, salutierte und trat beiseite. General Lee, der sich in seinem Uniformanzug großartig vom Blau des Aprilhimmels abhob, verharrte einen Augenblick lang im Türrahmen. Er trat ein, gefolgt von seinem Stab. Sie verbeugten sich und blieben schweigend stehen. General Grant starrte sie an. Er hatte nur einen Stiefel an, und seine Jacke war nicht zugeknöpft.

»Ich weiß, wer Sie sind«, sagte Grant. »Sie sind Robert Browning, der Dichter.«

»Das ist General Robert E. Lee«, sagte einer aus dem Stab kalt.

»Oh«, sagte Grant. »Ich dachte, es wäre Robert Browning. Er sieht wirklich wie Robert Browning aus. Großartiger Dichter das, Lee, der Browning. Haben Sie ›Wie die gute Nachricht von Ghent nach Aix gebracht wurde‹ gelesen? ›Auf, Derek, gesattelt, auf Derek, und los, auf, Dunder, auf, Blitzen, auf, Prancer, auf, Dancer, auf, Bouncer, auf, Vixen, auf ...‹«

»Wollen wir gleich zur Sache kommen?« fragte General Lee, während sein Blick mißbilligend die Unordnung im Zimmer aufnahm.

»Ein paar von den Jungs haben letzte Nacht hier 'nen kleinen Ringkampf veranstaltet«, erklärte Grant. »Ich hab Sherman niedergeworfen, oder 'nen General, der Sherman verdammt ähnlich sah. War ziemlich finster.« Er reichte dem kommandierenden Offizier der Armeen des Südens eine Flasche Scotch, und der stand da, die Flasche in der Hand, und schaute erstaunt und unbehaglich drein. »Hol doch mal einer 'n Glas«, sagte Grant, den Blick direkt auf General Longstreet gerichtet. »Sind wir uns nicht in Cold Harbour begegnet?« fragte er. General Longstreet gab keine Antwort.

»Mir wäre es lieb, wenn wir es möglichst schnell hinter uns bringen«, sagte Lee. Grant warf Shultz einen fragenden Blick zu, worauf jener mit gerunzelter Stirn nahe an ihn herantrat.

»Die Kapitulation, Sir, die Kapitulation«, flüsterte Corporal Shultz.

»Ach ja, klar doch«, sagte Grant. Er nahm noch einen Drink. »Na schön«, sagte er. »Dann mal los.« Langsam, betrübt schnallte er seinen Degen ab. Dann reichte er ihn dem verwunderten Lee. »Da haben Sie, General«, sagte Grant. »Hat verdammt wenig gefehlt, und wir hätten euch in die Pfanne gehaun. Mir wär wohler, *wenn* wir euch in die Pfanne gehaun hätten.«

Nord gegen Süd auf gut deutsch

Der deutsche Bundeskrieg, Preußens und Österreichs Kampf um die Vorherrschaft, brach 1866 aus, als der amerikanische Bürgerkrieg gerade vorbei war, und wie jener endete er mit einem Sieg des Nordens; die meisten deutschen Klein- und Mittelstaaten standen auf Seiten Österreichs und wurden von Preußen mühelos en passant besiegt.

In Carl Amerys Roman An den Feuern der Leyermark, *1979 erschienen, drängt der eher zufällige Einsatz einer Schar amerikanischer Söldner mit überlegener Bewaffnung und Taktik in bayerischen Diensten die Geschichte ganz Europas in eine andere Richtung. Präsentiert werden hier die an mehreren Stellen in die Romanhandlung eingefügten historischen ›Documente‹.*

Leyermärkische Documente

von Carl Amery

DOCUMENT 1

Ein Denkmal für Gottfried Schmitzke

(Veröffentlicht im NYRNBERGER FREYWÄCHTER vom 3. Sept. 1964)

Leyermärker, Patrioten! Wir nähern uns den Centenarfeiern unserer Freiheit. Sic werfen nicht ihre Schatten, sondern ihr Licht voraus.

Es hat sich ein Comité gebildet, denn es gilt ein Denkmal zu errichten, das Denkmal für der Freiheit tragischsten Ahnen und Vorkämpfer. Der NF, der sich voll hinter dieses Project stellt, hat sich darüber mit dem Vorsitzenden des Comités, mit Radwig Merkle, unterhalten.

Eidgenosse Merkle! Welchem Andenken gilt dieses Mal?

RM: Dem Andenken an Gottfried Schmitzke. Er starb am 28. April 1865, dreiundvierzig Jahre alt, tuberkulös und malariakrank.

NF: Er erlag diesen Krankheiten?

RM: Nein. Ein schwarzes Los entschied, daß er rasch getötet wurde. Betrachten wir es furchtlos, war es vielleicht – fast sicher – ein barmherziges Los.

NF: Wo liegt sein Grab?

RM: Sein Grab ist nicht bekannt. Es muß in der Flachschüssel rötlicher Erde liegen, die in der Krümmung des French Creck, östliches Arkansas, einen Dreiviertelkreis ausfüllt. Gottfried Schmitzke, begraben unter den brennenden, dann verkohlten, dann verfaulten, dann zu braunem Müll gekrümelten Schindeln, Sparren, Brettern seiner Gewehrfabrik – noch heute wuchert dort die Flora besonders üppig. Gottfried Schmitzke, irgendwo am oder unter dem Schattenrand der Uferbäume, von deren Riesenwand (heute noch wie 1865, der Augenschein bezeugt es) die Strähnen des Spanischen Mooses träufen; Lotleinen, gewissermaßen, die fünf Faden tief hinabreichen zu den Gebeinen des Vaters unserer Freiheit.

NF: Er wurde getötet, sagen Sie. Welches waren die Umstände seines Todes? Erschlagen? Erschossen?

RM: Er starb von zorniger Hand. Die Umstände sind historisch nicht ganz klar. Ich befragte Zeugen – keine lebenden natürlich; Mund-zu-Mund-Legenden, etliche stockfleckige Papiere auch – das alles widerspricht sich. G. N. Arrangiérèz, Sonne-von-Links, Bleyel, andere von BOYTONS FREE RIDERS; dann Pegleg, also Patrick Hallahan, und Shlomon der König, sein schwarzer Mechanicus und Heizer …

NF: … seinerseits nur allzu früh gerufen vor seinen Herrn im ›süßen Feuerwagen‹ – Träger eines großen Geschicks …

RM: So ist es. Aber wir lenken ab. Fassen wir furchtlos zusammen: wurde Schmitzke erschossen, so war es Notwehr, auch verständliche Rache der Irregulären, der FREE RIDERS. Wurde Schmitzke erschlagen, so war es Shlomons ebenfalls verständliches Begehr, seine Brüder und Gefährten zu retten …

NF: … ein hinreichendes Motiv?

RM: … eventuell auch eine Faustvoll Rache für Monate knochenbrechender, höllenheißer, satanstobender

Arbeit; vergessen wir nicht, daß Gottfried Schmitzke unter anderem auch wahnsinnig war. Aber wir greifen vor.

NF: Richtig. Verwirren wir nicht den patriotischen Leser. Schildern Sie bitte den Hergang chronologisch.

RM: ... Der entscheidende Zusammenstoß fand am 28. April 1865 statt. Die Späher von BOYTONS FREE RIDERS erreichten an diesem Tage die fast kreisrunde Kurve des French Creck, der in einem Bogen von fast zweihundertneunzig Grad Godfrey's Gun Shop umzog.

NF: War das nicht nach dem offiziellen Waffenstillstand? Des amerikanischen Sezessionskrieges, meine ich?

RM: Ganz richtig. General Lee kapitulierte am 9. April im Gerichtsgebäude der kleinen Stadt Appomattox. Wir können davon ausgeben, daß die FREE RIDERS, ohnehin etwas schwankend in ihrer Loyalität, das Faktum nicht kannten – oder daß sie es nicht kümmerte.

NF: Godfrey's Gun Shop; eine Gewehrfabrik also lag in dieser Krümmung des kleinen Flusses ...

RM: ... Der Wasserlauf ist stattlich, er entspricht durchaus unserer Iller oder Amper. Die Fabrik lag fast in der Nabenmitte dieses Kreises, und der Central-Werkschuppen, das vulkanische Herz der Anlage, lag wiederum fast genau in der Mitte der Nabe. (Pläne des Conföderierten General-Archives zu Richmond haben mir das bestätigt.) Ihre Existenz war fast verwunschen, schließlich war Arkansas längst in der Hand der Union, vergessen wir das nicht – man ist versucht, an ein Fatum zu glauben. Vergegenwärtigen wir uns die Szenerie: grau, gewittrig und verwittert, ein Rudel alter Schildkröten, liegen die Depots, die Hütten, Schuppen, Schutzdächer unter der messingziehenden Sonne von Arkansas ...

NF: … und diesen Gun Shop, diese fast improvisierte Gewehrfabrik überfallen nun die FREE RIDERS.

RM: Die Reconstruction des Überfalls ist fast exakt möglich. Wir wissen, daß die Krieger Flinten und Säbel mit Sackfetzen umwickelten, um möglichst jedes Geräusch zu vermeiden. Wir wissen, daß sie in Colonne auf den Creek trafen. Wer die Landschaft kennt, errät die Stimmung: geräuschlos, verborgen im leopardenfleckigen Dunkel des Mittagsschattens, umhüllt vom Todesgestänke des nassen schwarzen Schlicks, der um die Hufe schmatzte, unter blaugrünen Baumschlangen, durch feindseliges Geranke.

NF: Sie lieben diese Landschaft?

RM: Ich habe dort 1916, als blutjunger Kriegsgefangener, Baumwolle gepflückt. Jedenfalls nicht weit davon, im Zweiglager Earle, Arkansas. Vermutlich sind solche Eindrücke unwiderstehlich. – Aber zurück zu unseren RIDERS. Sam Boyton, der Commandeur, schickte Radwig Bleyel, El Suegro und Scarface Venjus nach links, Sonne-von-Links und Shorty Morgan nach rechts, er selbst blieb mit Gaston N. Arrangiérèz und drei Männern seiner Stabswache im Zentrum. Dies ist wichtig für den weiteren Verlauf. Es erklärt, daß zwar alle gleichzeitig angriffen, daß aber Boyton mindestens eine halbe Minute (eine heiße halbe Minute) voraus war, weil er über die Brücke galoppieren konnte. Sie war damals schon alt, man kann sich vorstellen, wie die Hufe aus ihren Planken Moosquasten und Faulsplitter hochschlugen, die ins Laub der Persimmon-Bäume spritzten.

NF: Persimmon-Bäume?

RM: Eine Art wilder Mirabellen, frisch gepflückt sind sie äußerst alaunhaltig und bitter, werden aber innerhalb von ein, zwei Wochen ungeheuer süß, ein Geschmackswunder. – Die Brücke, halten wir fest, gibt Sam Boyton den Vorsprung, der ihm, zusammen mit seiner Neigung zu eitler militärischer Pracht, zum Verhängnis werden sollte.

NF: Kehren wir zu Gottfried Schmitzke zurück.

RM: Gottfried Schmitzke stand, nach dem Bericht Peglegs, ziemlich genau (wiederum ziemlich genau) in der Mitte des Zentralschuppens, als Sam Boyton die Doppeltür aufstieß. Er war ein riesiger Mann; Augenzeugen schildern, daß der Spalt fast einen Yard maß, ehe die Torflügel sich von seinen Epauletten trennten und krachend auseinanderwehten. Vergegenwärtigen wir uns, was Schmitzke sah: eine Silhouette gegen das weißgeschmolzene, glühende, nasse Licht, ferner die beiden Revolver, die Boyton trug, und natürlich auch das Mitternachtsblau des Yankeerocks und die vollen, goldsternblitzenden, raupenumwirbelten Schulterstücke des eitlen Samuel. Vergegenwärtigen wir uns ferner, daß Schmitzke einen Stachelkranz von Hunger, Fieber, wochenlanger Überarbeit trug, der sich in seinen Kopf brannte, vergegenwärtigen wir uns das Bewußtsein, wenn auch verdrängt, der Vergeblichkeit nach Lees Kapitulation, die Entsetzlichkeiten der Szene selbst: den schrillen REBEL YELL, den Conföderierten-Schlachtschrei, den die RIDERS angenommen hatten, die Schreckensrufe der Arbeiter …

NF: Sam Boyton, der Commandeur, dringt also mit zwei schußbereiten Pistolen in den Centralschuppen ein. Hat er vielleicht selbst?

RM: Nein, auf keinen Fall. Hier sind sich alle Zeugen einig. Die Situation war wie folgt: Schmitzke trug eine Godfrey Rifle. Er trug immer irgendeine, angeblich um sie zu prüfen, aber wohl eher um der Liebe willen, die er in diese Kinder seines Hasses verströmte. Er spielte immer damit, verstehen Sie? Er spielte damit, als Mitternachtsrock und Schulterstücke im Tor unterscheidbar wurden, schob wohl gerade den langen Patronenstreifen ein …

NF: … das historische TWENTY CARTRIDGE MAGAZINE…

RM: Ganz recht. Und dann brüllte er etwas. Dies war vielleicht der schwierigste Teil meiner Recherchen: keiner seiner Arbeiter, keiner der Eindringlinge konnte genügend Deutsch, und Deutsch war es zweifellos, was Schmitzke schrie. Ich bin, aufgrund erschöpfender Untersuchungen und Conjecturen, zu dem Schluß gelangt, daß er schrie: »Gomm, Babbah, gomm.«

NF: »Komm, Papa, komm?«

RM: Vier resonante obersächsische Vokale, ja. Vergessen Sie nicht, daß dies durch eine hohe, zusammengenagelte Halle dröhnte, fast schon gleichzeitig mit dem Echo der halbautomatischen Salve…

NF: …oder fast halbautomatischen, bei der Schnelligkeit des Stoßbolzen-Repetierers…

RM: Drei Schuß, von denen Sam Boyton zwei noch im Stehen trafen, ehe er fiel. (Die Evidenz ist unabweislich.) Der dritte riß ihm ein Loch in die Wange, aber da war er schon tot. Schmitzke lebte, nach vorsichtigsten Schätzungen der Zeugen, höchstens dreißig Sekunden länger, wahrscheinlich nur zwanzig, Denn da waren schon Bleyel und Scarface Venjus über die Staubstraße und Sonne-von-Links über die Maultierweide von rechts heran.

NF: Komm, Papa, komm. Ein geheimnisvoller Todesruf. Sie haben, Eidgenosse, zweifellos eine Erklärung dafür…

RM: Eine zwingende, ja. Es gab in der Tat einen Vater-Babba, den Gottfried Schmitzke so anrufen würde, während er ein Simulacrum, ein Ebenbild erschoß. Es handelt sich um den preußischen Generalissimus v. Wrangel, genannt ›Papa‹ Wrangel.

NF: Wie stand dieser obskure Generalissimus, dieser Papa Wrangel im Zusammenhang mit der Biographie, dem existenziellen Schicksal unseres Helden?

RM: Hier sind wir auf sicherem Boden. Die Bekanntschaft geht auf 1848 zurück. Gottfried Schmitzke (wir entnehmen dies den musterhaften preußischen Meldepapieren) war damals als Sechsundzwanzigjähriger Büchsenmachergesell in Berlin. Zählen wir die Wahrscheinlichkeiten zusammen, dann befand sich unser Held auf einer jener Barrikaden, die von der Militärmaschine dieses preußischen Pickelhaubenvaters, dieser Maschine aus kaschubischen, pommerschen, wasserpolackischen Rekruten, niedergewalzt wurden. Diese Barrikaden, erinnern wir uns, waren Signale der Freiheit; jener Freiheit, die starb, ehe sie eine Chance hatte, geboren zu werden. Damals, als knapp geretteter Flüchtling, hatte Schmitzke beschlossen, eine Waffe zu bauen, die mindestens einige Linien-Officiere oder Sergeanten einer Infanterie-Compagnie ausschalten konnte, ehe …

NF: Eine atemberaubende Hypothese. Gibt es dafür irgendeinen stichhaltigen Beleg?

RM: Es gibt drei Briefe an Verwandte in Apolda, die eine solche Intention erhärten. Ich werde sie, aus Anlaß des Centenats, an geeigneter Stelle veröffentlichen, zusammen mit den anderen Dokumenten, die – spärlich genug – den weiteren Lebensweg Schmitzkes erhellen. Es liegt auf der Hand, daß er zu den berühmten Achtundvierzigern, den politischen Emigranten nach Amerika, gehörte. Natürlich war der Name SCHMITZKE in Amerika unaussprechbar; er hieß, hintereinander, Shmithkey, Shmitesky, Dutch Loony …

NF: … also »der deutsche Verrückte« …

RM: … ganz recht, und schließlich Dutch Godfrey. Solche philologischen Permutationen waren absolut üblich. Vergessen wir nicht: es ging ihm nie um seinen Namen, nie um seinen Ruhm, es ging ihm um das FREIHEITSGEWEHR, um die Rifle, das war die Hauptsache.

NF: Und es gab nicht ihresgleichen damals, weder in Europa noch in Amerika.

RM: Ganz recht.

NF: Vielleicht geben Sie uns einen kurzen Überblick über Schmitzkes Lebensweg zwischen seiner Landung in Amerika und seinem spektakulären Tode.

RM: Es war ein langer, ein steiniger Weg. Bedenken wir die Voraussetzungen: ein mittelloser Emigrant, von einer Idee besessen, ohne hinreichende Kenntnis der Sprache – zudem arrogant, zweifelsohne. In den Büchsenschmieden von Neuengland mochte man ihn nicht ob seiner in gebrochenem Englisch vorgetragenen Selbstsicherheit; zudem hatte man dort schon seit dem Krieg von 1812 den Wert standardisierter Massenproduktion erkannt, man war auf Sharps und Winchester festgelegt. Stellen Sie sich das bitte vor: Shmitesky macht Krach, Dutch Loony belehrt ergraute Werkmeister der Yankees, nennt sie Fools, Dummköpfe.

NF: Mit etwas Empathie und Sympathie ist das nachzufühlen, zweifellos. Aber gibt es genaue Daten?

RM: Doch ja, wenn auch seine Spur jahrelang im anonymen Treibsand verschwindet. Wir wissen, daß er 1852 in Kentucky Pferde beschlägt, 1856 in Illinois Windmühlen repariert. In diesen Jahren muß er aber metallurgisch gearbeitet haben, denn die Feuergeschwindigkeit seiner Rifle überforderte die bis dahin bekannten Legierungen. Dazu kommen Probleme der Verschleimung. (Die entsprechende Literatur ist im Deutschen Museum in München und im Smithsonian zu Washington einzusehen.) Jedenfalls: 1861, zu Beginn des Bürgerkriegs, meldet er sich in Pittsburg zu einer Gewehrfabrik, hat aber das Pech, auf einen Vorarbeiter zu stoßen, den er 1854 in Poughkeepsie geohrfeigt hatte.

NF: Eine unglaubliche Vorstellung: banalste Anlässe als Scheidewege der Geschichte.

RM: Nun, daran hat sich die Geschichtswissenschaft durchaus gewöhnt … So kam es, daß er, der zweifellos mit dem Norden sympathisierte, bei den Conföderierten landete. Die technischen Voraussetzungen waren dort schlechter, aber man war entsetzlich arm an Spezialisten, Lee brauchte jeden Arm und jedes Gehirn. Dennoch: es kostete ihn zwei weitere Jahre voller Gebrüll, Unverständnis, wertlosen Anweisungen, zwei Jahre der Suche nach Gelände, Fachleuten, Lieferanten.

NF: Dafür, wie wir Sie kennen, Eidgenosse, haben Sie Belege.

RM: In der Tat. Die Archive gaben eine Menge Papier über G. Schmitzke frei. Wissen Sie, daß das näherkriechende Ende des Südens ihm eher nützte als schadete? Vollmachten gehen an ihn hinaus, die fast unbeschränkt zu nennen sind: er kann entlaufene Sklaven rekrutieren, er kann eine halbe Meile sinnlos gewordener Bahnstrecke abwracken, um Stahl zu gewinnen, er kann …

NF: Er stellt jedenfalls die Godfrey Rifles her. Fünfhundertvierundsechzig, glaube ich.

RM: Die Zahl ist sozusagen heilig, ja.

NF: Gaston Arrangiérèz fand sie.

RM: Das ist umstritten. Wir können folgendes als sicher annehmen: es fielen nach dem Tode Schmitzkes (ob durch Schüsse der RIDERS, ob durch Shlomons Vorschlaghammer) keine weiteren Schüsse. Man scheint über seiner Leiche eine Art Stillhalte-Abkommen geschlossen zu haben – über den Leichen vielmehr, denn Sam Boyton lag ja mit drei Durchschüssen an der Schwelle des Centralschuppens. »Auf ein Wort, Sah«, soll Shlomon gesagt, den Ärmel des Kreolen Gaston gezupft haben, und er soll dann mit ihm, mit Arrangiérèz, ins Dreivierteldunkel der Depot-Baracke gegangen sein, wo er und Gaston gleichzeitig die Ecke der ersten Tabakfasermatte zurückschlugen. »Die Godfrey Rifles, Sah«, soll Shlomon im Diskant gekrächzt haben, »THE BEST OF THE WORLD – die besten der Welt.«

NF: Es gibt ja das Gemälde von Wilhelm Quapp, das die Scene abschildert: Gaston Arrangiérèz mit gekreuzten Armen vor den Rifles, mit russischgrüner Litewka, die Hose hauteng und weiß, einen Tschako österreichischen Stils auf dem Kopf …

RM: Quapp, nun ja. Er hat sicher Arrangiérèz des öfteren gesehen, aber eine gewisse Idealisierung, ein gefälliges Re-Arrangement zugunsten seiner akademischen Stilprincipien müssen wir bei ihm immer voraussetzen. Vor allem wissen wir aus den damaligen Daguerreotypien, daß Arrangiérèz wesentlich – nun, negroider aussah als Quapp ihn konterfeit, seine Mutter war Mulattin, vergessen wir das nicht. Immerhin, es wäre denkbar, daß dem späteren Führer der Amerikanischen Legion …

NF: Poetisch wäre es nicht nur denkbar, sondern durchaus gerecht, finden Sie nicht? Sein bisheriger Chef, Sam Boyton, ist tot, der Waffenstillstand ist geschlossen, es gilt, zu neuen Ufern aufzubrechen …

RM: Zu den Ufern der Leyermark, ja?

NF: (der Interviewer wie sein Gesprächspartner brachen hier, es sei mitgeteilt, spontan in Gelächter aus)

RM: Gut. Setzen wir an, daß er vielleicht sogar hier schon realistisch dachte. Daß ihm geschäftliche Möglichkeiten durch den Kopf gingen. Diesen moralfreien Kopf – ich sage das ohne jede Wertung, so wie ich etwa den Kopf des Fürsten Talleyrand als wert- und moralfrei bezeichnen würde …

NF: Warten wir, Eidgenosse Merkle, die Veröffentlichungen zu den Centenarjahren 1866/67 ab, die hierzu sicher noch eine Menge der interessantesten Gesichtspunkte erbringen werden. Vermuten wir, vermuten wir getrost, daß hier und dann, am 28. April im östlichen Arkansas, die Kettenglieder zur leyermärkischen Freiheitswerdung ineinandergriffen. – Kehren wir zum Anlaß zurück. Sie wollen, das heißt Ihr Comité will, dort in Amerika ein Denkmal errichten. Haben Sie dazu bestimmte Vorstellungen?

RM: Der Ort ist klar: jene flache Schüssel des French Creek. Was den Stil betrifft: so hat sich das Comité bereits eine, wenn auch nicht unbeeinflußbare, Meinung gebildet. Es soll, so schlagen wir vor, ein Monument aus bleichem Marmor werden, gekrönt von den antikischen Helmen der alten Leyermark, in dem geruchlosen (vielleicht etwas langweiligen, ja bisweilen grausamen, zugegeben) Stil des französischen Republikanertums – es wäre dort, im amerikanischen Süden, keineswegs falsch am Platze. Wir denken an eine lateinische Inschrift in römischer Quadrata, vom besten der leyermärkisch-academischen Linguisten – das heißt Latinisten – geschmiedet in virgilischer Manier: SINGET DEN MANN UND DIE WAFFEN ... was nicht als Vorgriff gemeint sei.

NF: Wir danken Ihnen, Eidgenosse. Das war sehr erhellend. Wir dürfen uns abschließend an alle Patrioten wenden, welche dieses Project ideell und materiell unterstützen wollen: die Anschrift, die Sie notieren sollten, ist das GOTTFRIED SCHMITZKE-COMITÉ, z.Hd.v. Radwig Merkle, Condominium beim Kurdenbranntweiner, Nyrnberg Blaugelb, Sandfranken. Und wir dürfen Ihnen mitteilen, daß auf Beschluß des Exemtions-Ausschusses der Leyermärkischen Productions-Räte jede Spende steuerlich absetzbar ist.

DOCUMENT 2

1866 und der Oeconomische Determinismus

(Gekürztes Referat von Dr. Firmian Herrnholzer anläßlich des Centenar-Festactes 1966 im Polyphilosophicum ›Sonne-von-Links‹ zu Wyrzburg)

... Fürchten Sie nicht, verehrte Eidgenossinnen und Eidgenossen, daß ich diesen festlichen Anlaß lediglich benütze (und mißbräuchlich benütze), um eine Gelehrten-Rancune weiter zu verfolgen. Der Discurs, in den wir uns mit der academischen Schule des sogenannten ›Oeconomischen Determinismus‹ begeben haben, ist vielmehr hervorragend geeignet, den genannten Anlaß aus jener oberflächlichen Selbstgefälligkeit herauszulösen, welche nur allzuoft der Kaufpreis für das siegreiche Tun der Ahnen zu sein scheint. Bekanntlich mühen sich die Oeconomischen Deterministen (einige ihrer Vertreter arbeiten auch an diesem Institut, wogegen nicht der geringste Einwand erhoben werden soll) um den Nachweis der Berechenbarkeit aller Geschichte aus der materiellen, insbesondere der Entwicklung der Productionsverhältnisse. Natürlich wenden sie ihre Methode auch auf die Ereignisse von 1866/67 an. In jener Weltminute, so argumentieren die Oecodets, wie sie sich selbst abkürzen, in jener Weltminute also sei evident geworden, daß die Springquellen des Reichtums, infolge der allgemeinen Höhe des Productivitäts-Potentials, nach dem physicalischen wie dem oeconomischen Gesetz des Minderertrags bereits an die Grenzen ihrer Nutzbarkeit stießen. Bei der Überschreitung dieser Grenzen; bei blinder Verfolgung weiterer Accumulation durch immer größere Productions- (und damit auch politische) Einheiten, hätte diese Nutzbarkeit rapide abnehmen

müssen. Schon damals sei, unter anderem, einsichtig geworden, daß die einfachste Reproduction der Prolétaires, will heißen ihre schlichte physische Selbsterhaltung, unter den Bedingungen fortfressenden Fabrikwesens nicht mehr lange möglich sein würde, desgleichen sei (vor allem in England, dem fortgeschrittensten Gebiet des Industrialismus) unzweifelhaft geworden, daß ein Beibehalten dieses Curses das Versiegen der allerwesentlichsten Springquellen menschlichen Reichtums überhaupt bewirken mußte – nämlich der ungestörten Reproduction und evolutiven Erweiterung der Arten-Vielfalt. Dies hätte, und zwar in unvermeidbaren Schritten, zur Gefährdung und potentiellen Vernichtung der Lebenssphäre selbst geführt.

Kein Capitalist, von denen ja jeder Einzelne das Bilanzieren gelernt habe (so schreitet das Argument der Oecodets fort), konnte zu diesem Zeitpunkt noch einen Zweifel hegen, daß der fiebrige Verfolg weiterer Productions-Steigerung in alle Richtungen aus dem allgemeinen Vermögen und Erbgut der Menschheit, ja aus dem Capital aller Capitale, dem Fundus des Lebens selbst, finanziert werden müßte; also rundum nichts anderes sein könnte als Bankerott-Wirtschaft. Damit wäre die volle Entfaltung der Productivkräfte, welche insbesondere die beiden social-oeconomischen Philosophen Karl Marx (Trier, später London, dann Universität Göttingen) und Friedrich Engels (welcher, wie wir alle wissen, nach Bielefeld und Manchester mehrere Jahre an diesem glorreichen Sonne-von-Links-Polysophicum Wyrzburg verbrachte) als das Signum der Epoche herausarbeiteten, naturnotwendig in anfangs unmerkliche, nach etlichen Generationen galoppierende Pauperisierung umgeschlagen; eine Pauperisierung, die schon bald zu steigenden Investitionspreisen und sinkenden Profitraten geführt hätte. Zudem hätte eine efficiente, imperialistisch-preußische Concentration bald zu einer Art von Staatswirtschaft geführt, welche – selbst bei gleich hoch bleibender Rendite – auf die Dauer die sociale und politische Identität der Producierenden aufs empfind-

lichste beschädigt hätte: »unwiederherstellbares damage für seine identity, sowohl social wie political«, so K. Marx in seiner wunderlichen Sprache.

Zwangsläufig habe also der Weltgeist (an den die Oecodets in ihrer grimm-materialistischen Manier nicht minder unerschütterlich glauben wie die Hegelianer!) zu jener Auskunft gegriffen, welche schon den Übergang von der antiken Sclavenwirtschaft zum Hörigenwesen characterisierte: Senkung der Rendite zugunsten einer Decentralisation und damit einer erweiterten Reproduction und Entfaltung der Primär-Producenten, was, unter modernen Verhältnissen und angesichts des Auf- und Ausbaus der Socialdemokratie, in die ›freie Association der unmittelbar Producierenden‹ münden muß – das strahlende Leitbild aller centraleuropäischen Eidgenossenschaften, das zwar nicht erreicht ist, dem wir jedoch zielbewußt zustreben.

So weit, so gut – oder so schlecht! Der Referent wagt den Widerspruch. Er gibt zu, daß er nicht nur über eine ansehnliche romantische Gemüts-Reserve verfügt, sondern auch allen Patentlösungen grundsätzlich mißtraut; aber er glaubt darüber hinaus die Logik auf seiner Seite zu haben.

Lassen wir doch, wie es auch unser Anlaß erfordert, zunächst die einzelnen Facten für sich sprechen! Erstes und wichtigstes: die Amerikanische Legion mit ihren freiwilligen leyermärkischen, später sächsischen und thüringischen Cameraden. Wie lassen sich ihre heroischen und – letzten Endes – so friedenbringenden Taten ins oeconomisch-deterministische Calcul bringen? Da brechen ohne Ordre, von nichts anderem als ihrer Verwegenheit bestimmt, diese Reiter aus unendlicher Ferne in Thüringen auf, begleitet von leyermärkischen Deserteuren, die nur das außerordentliche Glück ihrer Waffen davor bewahrte, nach dem Feldzug allesamt auf Festung gebracht oder im allerglimpflichsten Falle schmachvoll entlassen zu werden. Da verlegt diese Truppe in unvergleichlichen Parforce-Ritten entscheidende Pässe des Erzgebirges, sprengt die Brücken der vitalen Eisenbahnlinie

Berlin-Dresden-Prag. Da schickt Moltke, der bei seiner Unkenntnis der Categorien amerikanischer Kriegführung 1861–65 nicht ahnen konnte, was bevorstand, drei Regimenter der preußischen Cavallerie nach Norden, darunter die berühmte berittene Garde du Corps, mit den goldschimmernden Adlern auf den Helmen: man erwartet sichtlich einen billigen Triumph über irgendwelche Marodeure. Die Herren gingen (wie einer von ihnen damals nach Westpreußen schrieb) auf Niederwildjagd.

Was determinierte, was war determiniert an diesem Ritt in die Falle? Was war das Oeconomische daran? Vielleicht die Construction der Godfrey-Gewehre, deren fünfundvierzig Minuten dauerndes Feuer von drei Seiten die jagenden Junker in gejagte Hasen verwandelte? Freilich, es steht jedem frei, das Ereignis so zu interpretieren, wie es seinem Geschichtsbild entspricht. So hielten es schon die Kämpfer selbst, etwa die spanischsprechenden Amerikaner, die ihren Helden El Suegro besangen …

– que los hiciste correr
a todos como venados –

… »der du sie alle laufen machtest wie die gejagten Hasen«. Man kann den Sieg beschreiben als den SCHWARZEN VIERTEN, *die* SCHANDE VON SCHANDAU *(so der preußische Revanchist Treitschke); als* THAT GLORIOUS SAXON FOURTH OF JULY *(so mein amerikanischer Fachkollege Edward Swann); ja, als das einschneidende geistespolitische, wenn nicht geschichtstheologische Ereignis, als das es der große Semrau in präziser dichterischer Überhöhung beschreibt:*

Roß-Augen, tod-rot gerändert.
Auf Salven-Wolken der Richter.
Verdikt: die Welt ist verändert
Durch die Messer der Narben-Gesichter …

(Martin Semrau, BILDERSAAL, 1887)

Doch dem nüchternen Historiker ist es nicht aufgegeben, dem Ticken der Weltenuhr zu lauschen, sondern den Gang der Geschehnisse aus einem Zusammensetzspiel aus unzureichender Vernunft, blinden und gerade deshalb oft treffenden Emotionen, aus hundert Unwahrscheinlichkeiten zu reconstruieren, die sich allmählich in Wahrscheinlichkeiten, ja in Unausweichlichkeiten verwandeln.

Wie setzt sich dieses Rätsel-Spiel 1866 zusammen? Nun, die erste Folge des Debacles von Schandau, wenn auch keineswegs die folgenschwerste, war das immer lautere Knirschen der preußischen Planungsmaschinerie, ihre steigende Malfunction, ohne daß festzustellen wäre, daß die entscheidenden Contrahenten törichter oder nervöser geworden wären. Zunächst: es war absolut logisch, daß sich Moltke entschloß, keine Truppen mehr aus Böhmen nach Norden zu schicken. Österreich war zwar geschlagen, aber trotz hoher Verluste noch nicht demoralisiert, die Verbände waren nicht gelöst, sondern lagen einsatzfähig im starken Olmütz; zudem mußten über kurz oder lang die siegreichen k. k. Einheiten aus Italien eintreffen. Wollte man das Pfand des Sieges für die laufenden Waffenstillstands- und Friedensverhandlungen in der Hand behalten, galt es, die Hauptarmee nicht durch Abzüge zu schwächen, die sich – nach den Erfahrungen von Schandau – auf mindestens zwei Divisionen belaufen mußten, um wirksam zu sein.

So erhielt denn die preußische Main-Armee, welche gegen das VII. und VIII. Bundes-Corps, also gegen Leyermärker, Hessen und Württemberger operierte (Baden hielt sich vertragswidrig aus den Kämpfen heraus), den Befehl, sich von Westen schleunigst nach Sachsen zu werfen; und Falkenhayn führte diese Operation mit der gewohnten Schnelligkeit und Präzision durch. Was aber bedeutete dieses Manöver, von Westen und Süden gesehen? Es bedeutete: Preußen zeigen ihrem Gegner den Rücken. Der lähmende Blick des Raubtiers wandte sich ab, die Wendung seines Halses, die uralte Capitulationsgeste, wurde sichtbar, die ganze Atmosphäre des Krieges veränderte sich. Nur so ist die brillante (und eindeutig befehlswidrige) Initiative des Generals Zannantonio erklärbar, der ohne Verständigung mit den paralytischen Stäben die gesamte Cavallerie der beiden Corps zusammenfaßt und (mit einigen Batterien leichter Feldartillerie) den weichenden Feind verfolgt – ja, VERFOLGT, *und dies nach Wochen deprimierenden Herummanoeuvrierens in den Mittelgebirgen! Die übliche Ignoranz der Centralen: sie verändert sich nicht. Aber so wie sie bisher die Preußen favorisierte (am 2. Juli, einen Tag vor Königgrätz, wußten weder Benedek noch Moltke, daß sie der Hauptmacht des jeweiligen Gegners bereits gegenüberstanden), so schlug sie nun zugunsten der anderen Seite aus. Weder Falkenhayn noch Zannantonio waren unterrichtet über die gänzlich veränderte Scene in Sachsen, in Thüringen, wo das sich durchgesetzt hatte, was der amerikanische Dichter Walt Whitman fünfzehn Jahre später definieren sollte als …*

– die Schönheit der Unabhängigkeit,
   des Aufbruchs,
der auf sich selbst verwiesenen Tat,
die amerikanische Verachtung für Regeln und
Zeremonien; die unendliche Ungeduld
   wider den Zwang –

(SONG OF THE BROAD-AXE, 1881).

Weder die preußische Main-Armee noch die Bundes-Cavallerie wußten von den Freischaren, die nun schon mit Beutepferden und mit Beutegewehren operierten, wirbelnde, lähmende Nebel rings um den Zug der dunkelblauen Regimenter (der tragische Max Hoelz, der vielbesungene, war nur einer ihrer Führer, nicht einmal der bedeutendste –). Stellen wir uns beide, Falkenhayn wie Zannantonio, als Rennläufer vor, die mit hoher Geschwindigkeit in eine zu sorgfältig geputzte, zolldicke Glaswand rennen, in die BERESINA AN DER ELSTER: *Falkenhayn ins Dauerfeuer der Godfreys vom anderen Ufer, Zannantonio in die Rücken der dunkelblauen Formationen, die sich hastig zu entfalten versuchten, und die er (aus seinen Memoiren geht dies ziemlich klar hervor) wenigstens dreißig Meilen weiter östlich vermutete. Dies, nichts anderes, ist das simple Geheimnis des 22. Juli, des Untergangs der preußischen Main-Armee.*

Halten wir fest: kein internationaler Beobachter (auch Marx und Engels nicht) hatte damit gerechnet, daß den Kriegsschauplätzen außerhalb Böhmens irgendwelche Bedeutung zukommen würde. Keiner hatte damit gerechnet, daß nach einer significanten Niederlage Habsburgs noch etwas Kriegswendendes sich ereignen würde. Und niemand, gar niemand, war darauf vorbereitet, daß solche Wendung von einer Söldner-Freischar ausgehen könnte, von deren Existenz fast keiner von ihnen mehr als flüchtige Kenntnis genommen hatte. (Wer sich über die Einschätzung der Legion durch außenstehende Beobachter orientieren will, sei auf Radwig Merkles Aufsatz DIE VERTRAULICHEN BERICHTE DES PREUSSISCHEN GESANDTEN ZU MÜNCHEN AN SEINE REGIERUNG *1864–1866, Ztschr. f. leyerm. Landesgesch. XXXVII/1928, Ss. 245–277 verwiesen.)*

So wurde, wie ich schon bemerkte, Unwahrscheinlichkeit zur Unausweichlichkeit, aus der siegreich in fremden Landen stehenden preußischen Hauptarmee wurde ein isolierter Körper, durch einen feindseligen, von niemandem mehr verteidigten Geländeriegel nördlich des Erzgebirges von der Heimatbasis getrennt. Der König von Sachsen, dessen Truppen schon gleich zu Kriegsbeginn das Land geräumt hatten, erteilte Befehl zur Landeserhebung und übertrug offiziell ihre Organisation dem VII. Bundescorps – eine Formsache, wie er ebenfalls nicht wissen konnte. Der Einzige, der in solchem Umsturz der Verhältnisse wahren Weitblick bewies, war Trutz von Donnersmark. Ich nehme hier den festlichen

Anlaß wahr, um anzukündigen, daß ich in diesem Herbst noch die vollen Actenbeweise für eine erstaunliche Demarche dieses Ministers vorlegen werde, die bisher im Geheim-Archiv der preußischen Cabinette zu Berlin-Dahlem ruhten. Diese bisher völlig unbekannte Demarche sollte der Geheimrath im Ministerium des Äußeren, Joachim von Schoenaich-Schöningen, der sich damals mit Donnersmark in Böhmen befand, dem österreichischen Kaiser persönlich überbringen. Für die Einzelheiten muß ich auf die angekündigte Publication in der Reihe MONUMENTA LYRICANA *verweisen; hier genüge ein grundsätzlicher Überblick.*

Copien des Handschreibens, das v. Schoenaich-Schöningen nach Schönbrunn mitnahm, existieren nicht; die Reconstruction erfolgte aufgrund stichwortartiger Notizen im genannten Geheim-Archiv. D. stellte dem Kaiser vor, daß »gemeinsame Principien von allerhöchster Wichtigkeit« durch die »Bouleversierung in Thüringen und Sachsen« aufs Spiel gesetzt seien. Central-Europa, und das heiße Preußen und Österreich gemeinsam, stehe einer Herausforderung gegenüber, die an Gefährlichkeit nur den »Orcanen des Jacobinismus 1791« vergleichbar sei. Das »Princip der unmittelbaren und formlosen Bewaffnung«, unausweichlich verbunden mit der »Entfaltung der Radical-Democratie«, stehe nun den »Continuitäten unserer Geschichte (gegenüber), welche der deutsche Dualismus verdunkelt« habe. Diese Continuitäten sind, immer laut Donnersmark, »der monarchische Legitimismus, begründend ein specielles Unterthanenverhältniß«, sowie der »ordentliche bureaucratische Geschäftsgang«, das »moderne Compendium eben der Praxis des genannten monarchisch-obrigkeitlichen Princips«. Es folgten dann einige Vorschläge, deren Stichworte lauten: »discrete Hl. Allianz, evtl. Rückversicherung beim Zaren« – »Friede auf der Basis des Status quo« – »Wiederbelebung der Metternichschen Bundes-Acte, darauf aufbauend Garnisonierung verschiedener Territorien«. In Klammern und mit Fragezeichen sind genannt »Thürin-

gen? – Sachsen? – Leyermark?« Das letzte Stichwort ist besonders unterstrichen. Bedenkt man, daß dort zum Zeitpunkt der Demarche tiefster Frieden herrschte, ist die weit über die Aufrechterhaltung von Ruhe und Ordnung hinauszielende Richtung dieser Vorschläge klar.

Der Weltgeist unserer Deterministen (ob der oeconomischen oder hegelianischen) brauchte wohl nicht allzuviel List anzuwenden, um dafür zu sorgen, daß diese Mission ohne Echo blieb. Schönbrunn, so läßt sich schließen, hielt diese Fühlungnahme für eine Finte des großen Fuchses, der ein Bein abbiß, um sich aus der militärischen Falle zu befreien. Zweifellos war dies auch die Meinung des siegreichen Erzherzogs, der aus Italien eingetroffen war und darauf brannte, die Lektion von Custoza nun auch dem größeren und gefährlicheren Gegner beizubringen. Andererseits bremsten, wie wir wissen, die vorsichtigen Herren von der Kriegskammer zu Wien. Das Resultat war der Beschluß eines Bundes-Congresses – eben des Congresses zu Regensburg, mit dem die eigentliche moderne Geschichte Centraleuropas beginnt.

Kehren wir, nach dieser Recapitulation der Ereignisse, deren hundertjähriges Gedächtnis wir begehen, zum oeconomisch-deterministischen Argument zurück. Fragen wir uns, ob ein anderes historisches Exposé, ein anderer logischer Zeitstrom wirklich so unvorstellbar wäre. Hätten die Preußen gesiegt, so wäre die nächste Folge unzweifelhaft eine ›kleindeutsche‹, d.h. eine imperialistische Lösung gewesen, ein wenn auch bureaucratisches, von feudalen Werten beherrschtes, aber oeconomisch höchst modernes und schlagkräftiges Reich mit höchst bedeutenden Productivkräften. Hätte ein solches ›Reich‹ nicht seinen Blick auf die Möglichkeiten gerichtet, die damals gleichzeitig (wir erinnern uns) im Westen emporstiegen: die Möglichkeiten eines expansionistischen Welthandels und einer alles umspannenden Industrialisation? Gewiß, der Westen verfügte über immense Territorien – über einen eigenen Continent (im Falle der

Vereinigten Staaten von Amerika) oder über weite Colonialgebiete (im Falle Englands). Aber ein militärisch denkendes, da von Preußen beherrschtes ›Reich‹ hätte sich ohne Zögern in eben solche Expansionen hineingestürzt. Es hätte damit die Notwendigkeit der Bilanzierung der Ressourcen weit von sich geschoben, hätte, statt auf die Association der unmittelbar Producierenden zuzusteuern, Wirtschafts-Concerne von ungeheurer Zerstörungskraft hervorgebracht. Gewiß, ein immer steigender Anteil von Mitteln hätte dazu verwendet werden müssen, den Folgen der inneren Destruction der Lebenssphäre wenigstens aufschiebend zu wehren. Wenn wir auch aufgrund der thermodynamischen Gesetze wissen, daß solches auf Dauer unmöglich ist – was ist, verehrte Eidgenossinnen und Genossen, historische Dauer im strikten Sinne? Gibt es nicht jahrhundertelange Aushilfen, Ausflüchte, Ausreden? Gibt es in der menschlichen Erfahrung nicht lange Epochen, in welchen menschliche Erkenntnis zu starren scholastischen Lehrgebäuden gerinnt, welche nur dazu dienen, die Interessen des Bedrohten zu schützen? Wäre wirklich eine Wirtschaftslehre undenkbar, die – sagen wir – die Dirlwanger-Charbonneau-Gleichungen nicht kennt und statt dessen in eine künstliche Welt der sogenannten Freien Güter flüchtet, in der sich das lächerliche Caroussel von ANGEBOT *und* NACHFRAGE *immer weiter drehen könnte? Natürlich können wir uns keine Welt vorstellen, in der dies so wäre. Natürlich können wir uns nicht vorstellen, daß Kurzsichtigkeit, Dummheit und Brutalität auf der einen und höchste technische Raffinesse, Gewinnstreben und höchstes Geschick in der Erzeugung compensatorischer Bedürfnisse auf der anderen Seite wirklich eine Ehe eingehen könnten, die historisch tragfähig ist. Aber ich fürchte, daß meine verehrten Freunde von der oeconomisch-deterministischen Richtung die Welt des Capitalismus rosiger sehen, als sie war – oder sein könnte. Aus der Tatsache, daß Capitalisten das Bilanzieren gelernt haben, schließen sie, daß auch der Capitalismus und im weiteren Sinne – der Industrialis-*

mus dies als Ganzes können müßten. Glaubt man wirklich, daß die collective Aussicht auf saftige Gewinne nicht genügen würde, um selbst Genocid und Omnicid-Effecte grauenhaftester Ausdehnung eiskalt in Kauf zu nehmen?

Was war, schließlich, der innere Grund für den Europäisch-Amerikanischen Krieg von 1914–16 gegen die Centralen Eidgenossenschaften? War es nicht der Drang der so kläglich gescheiterten Imperialismen des Westens, unsere freie Associations-Wirtschaft als sogenannte ›Märkte‹ zu erschließen, die man in den destructiven colonialistischen Productions- und Bedürfniskreislauf hineinziehen wollte? (Die Tatsache, daß uns Joseph Chamberlain und Präsident Perry mit backward countries *verwechselten, spricht für sich – und gegen die angenommene collective Intelligenz des Capitalismus!)*

Aber verlieren wir uns nicht im rein Speculativen. Bleiben wir bei dem, was dem Historiker teuer ist, den benutzbaren Quellen. Ich bin in der angenehmen Lage, zum heutigen Tage eine zweite Überraschung anzubieten, welche ich der speciellen Aufmerksamkeit meiner oeconomisch-deterministischen Freunde empfehle.

In der Abt. Rare Books and Manuscripts *der Bibliothek des Britischen Museums liegt ein massives Convolut von handschriftlichen Notizen, teilweise voll ausgearbeiteten Capiteln, teilweise noch im Zustande des Rohmaterials verbliebenen Blättern. Das Convolut stammt von Karl Marx und war – daran besteht kein Zweifel – als* OPUS MAGNUM *gedacht, als Krönung seines Lebenswerks. Aus Briefen kann man schließen, daß es den Titel* DAS CAPITAL *bekommen sollte.*

Unseren Oecodets wäre dringend zu empfehlen, einen der Ihren zumindest auf ein Sabbatjahr (die Handschrift Marxens ist fast undurchdringlich!) zur Aufschlüsselung des Werkes nach London zu entsenden. Ich bin gern bereit, ihm eine persönliche Empfehlung an Sir Ethelred Ponsby, den Curator, mitzugeben, was seine Aufgabe erleichtern dürfte.

Er wird feststellen (soviel glaube ich nach meiner notwendigerweise lückenhaften Durchsicht sagen zu können), daß in diesem Werk (oder projicierten Werk) Marx genau die Entwicklung anvisierte und prophezeite, die ich eben zu umreißen versuchte: die Constituierung des Capitalismus als einer weltumfassenden, alle Ressourcen ohne Rücksicht auf kommende Generationen decimierenden Raubcultur, welche nach seiner, Marxens, Auffassung, allerdings in eine ›Dictatur der Prolétaires‹ und, später, in eine globale Association der Producenten umschlagen würde.

Marx hat, bei seiner furchtlosen Genialität, offenbar die Arbeit genau an dem Puncte abgebrochen, wo ihm klar wurde, daß diese Lösung keine gewesen wäre. Wie wir aus seinen späteren Vorlesungen (vor allem der berühmt gewordenen Reihe STOFFWECHSEL ZWISCHEN MENSCH UND NATUR*) sicher schließen können, ist die Frage der* PRODUCTIONSWEISEN *und die Frage der* ANTHROPOLOGISCHEN COMPETENZ *in den Vordergrund seiner Überlegungen getreten. Wäre dies, so dürfen wir weiter fragen, auch der Fall gewesen, wenn es keinen* GLORREICHEN VIERTEN*, keine* BERESINA AN DER ELSTER*, kein* JAHR DER AUSSAAT*, keinen* SCHWUR VON COLMAR *gegeben hätte?*

Lassen wir diese Frage über unseren Häuptern schweben, verehrte Eidgenossinnen und Eidgenossen. Überlassen wir sie – und mit Vergnügen! – den methodisch sicher makellosen Forschungen der Oeconomischen Deterministen, die mein Hinweis, wie ich hoffe, auf die Spur fruchtbarster Recherchen gelenkt hat.

Wir Versammelten, so möchte ich schließen, dürfen indes im schlichten Gefühl der Dankbarkeit verharren; der Dankbarkeit für ein historisches Geschenk, eine (vielleicht unverdiente) Entfaltung weitester cultureller Möglichkeiten, wahren europäischen Geistes, wahrer eidgenössischer Solidarität über die alten Grenzen hinweg. Mir persönlich, um ein subjectives Bekenntnis abzulegen, genügt zur Erzeugung solcher Dankbarkeit die Vorstellung, welches die

Consequenzen preußischen Sieges für unsere Nationalcultur gewesen wären, und zwar unsere Nationalcultur im engeren, nicht im weiteren civilisatorischen Sinne. Mir genügt die Vorstellung, daß es einen Dichter Martin Semrau, einen Romancier Heinrich Ganoth, einen Maler Vinz Brettscheid nie gegeben hätte – oder glaubt man wirklich, daß sich ihr Talent in einer Welt siegreicher wirtschaftsimperialistischer Selbstgefälligkeit hätte entfalten können? Glaubt man wirklich (um den Faden weiterzuspinnen), daß der deutsch-französische Gegensatz, der todsicher auch unter solchen Umständen aufgebrochen wäre, zu etwas anderem geführt hätte als zu einer unerträglichen, weil von der Geistlosigkeit des damaligen deutschen Schulwesens getragenen Confrontation mit dem ›Erbfeind‹? (Die Clichés für Schwachsinn dieser Art lagen ja, vergessen wir das nicht, seit den sogenannten ›Befreiungskriegen‹ durchaus vor!) Wäre unter diesen Umständen das zustandegekommen, was wir als polysophische Nachbarschaft und Zusammenarbeit mit unseren westlichen Freunden tagtäglich und ganz selbstverständlich erleben?

Schließen wir also auf der Note dieser (letzten Endes heiteren) Speculation. Bedanken wir uns einfach. Bedanken wir uns bei Gaston Napoleon Arrangiérèz, bei Rocky Bleyel, bei allen Kriegern der Amerikanischen Legion – insbesondere natürlich, an diesem Ort, beim erlauchten Sioux-Krieger Sonne-von-Links, dem Schutzpatron unseres Instituts. Bedanken wir uns bei Damian zu Kyburg, der, ein faustisch Irrender, das Gute schuf, das er wohl nicht wollte – oder so nicht wollte. Bedanken wir uns aber vor allem, verehrte Freunde, bei den Frauen der Leyermark; ich sage dies ganz bewußt. Wären die Werkzeuge des Historikers nicht so unvollkommen, wie sie nun leider einmal sind: ich bin überzeugt, es wäre möglich und nötig, nachzuweisen, daß es den Frauen aus der Fülle ihres Herzens und ihres Verstandes gelang, aus dem JAHR DER AUSSAAT *ein Erbe für kommende Generationen zu machen, Dank,*

Dank Katharina Brettscheid, der Mutter unseres Unsterblichen. Dank Therese Schwartz, der christlichsten Tochter unserer Heimat. Dank Maximiliane Irber, der Freiheitsgöttin vom Kyffhäuser. Ihre Namen stehen stellvertretend für Viele, für Unzählige. Und ich, Ihr Referent, bedanke mich für Ihre Aufmerksamkeit.

PROCLAMATION

Deutsche Rheinische Republik (DRR)

Die neuerrichtete ›Agence Rhénanie‹ gibt bekannt:

Angesichts der Unfähigkeit des Deutschen Bundes, zu einer befriedigenden Lösung der anstehenden inneren Probleme der Nation, insbesondere aber des rheinpreußischen Problems zu gelangen, wurde heute und hier zu Cöln am Rhein, im Kleinen Saale des Gürzenich, der Grundstein zur

Deutschen Rheinischen Republik (DRR)

gelegt. Die Unterzeichneten haben beschlossen, aus allen Territorien Rheinpreußens außerordentliche Delegirte nach dem Gürzenich einzuberufen, um dortselbst eine Constituante, also eine verfassunggebende Versammlung zu bilden.

Die Souveränität Preußens endet mit dem heutigen Tag. Seine Garnisonen können entweder auf Wunsch in den Dienst der Deutschen Rheinischen Republik übertreten oder, wiederum nach eigenem Wunsch, das Territorium der DRR verlassen, wobei eine Frist bis zum

1. Februar 1867

angemessen erscheint. Diesbezügliche Verhandlungen mit dem Bundes-Congreß zu Regensburg werden unverzüglich eingeleitet. Der vorläufige Generalbevollmächtigte der Deutschen Rheinischen Republik zu diesem Zwecke ist

Sr. Durchl. Gaston Napoléon d'Arrangiérèz,
Fürst des Königreiches Leyermark.

Cöln, den 8. Dezember 1866.

DOCUMENT 3

Der Schrei von Saint-Malô

Die folgende Rede wurde (in gekürzter Form) den Gesammelten Werken (Bd. XIV der Boutard-Ausgabe) des Dichters Ivor St. Jacques entnommen. Ihr offizieller Titel LE CRI DE SAINT-MALO weist darauf hin, daß sie (nach Angaben des Dichters) am 14. Mai 1867 auf den Docks dieser Hafenstadt gehalten wurde. Wir dürfen annehmen, daß für Veröffentlichungszwecke eine Endredaktion stattfand.

Ivor St. Jacques, eines der fruchtbarsten Talente des französischen 19. Jahrhunderts, hatte von 1852 bis 1867 als Exilierter auf den englisch regierten normannischen Inseln gelebt. Er hat, wenn man den Berichten der Zeitgenossen glauben darf, dieses Exil als republikanischer Märtyrer genossen. Aber es ist natürlich unvorstellbar, daß ein Mann vom Temperament des Dichters auf die Nachrichten aus ganz Frankreich nicht auf spektakuläre Art reagieren würde.

Docker – Franzosen!
Seeleute – Franzosen!
Bretonen – Franzosen!
Schutzlos stehe ich vor euch. Ohne Waffe habe ich mein Exil verlassen, habe im schwanken Nachen die See überquert, um den Mächtigen zu trotzen, um aus eigenem Recht den Boden des Vaterlandes zu betreten. Mein Leben ist in eurer Hand. Ein stummer Entschluß von euch, ein kurzes Nicken, eine gewinkte Botschaft – und die Schergen der Gewaltherrschaft, die sich ein Kaiserreich nennt, werden Hand an mich legen; werden mich in Eisen schließen, werden mich den Verliesen zuführen, welche seine eigentliche Verfassungswirklichkeit darstellen. Keiner von euch winkt? Keiner nickt? Keiner eilt um

die Gendarmen? Wohlan. Dies läßt mich hoffen, den Schutz gefunden zu haben, den ich suche: den Schutz freier Bretonen.

Ich bin zu euch gekommen, weil die Sache der Freiheit jede Vorsicht verbietet. Der Atem Frankreichs, der gewaltige Atem seiner freien Traditionen, hat sich erhoben, er ist über die See in die Einsamkeit meines Exils gedrungen …

> l'haleine puissante, l'hal éternelle,
> l'haleine étouffant les tyrans.*

Fünfzehn Jahre lang, Franzosen, habe ich auf diesen Augenblick gewartet. Fünfzehn Jahre habe ich von den bleichen Klippen Guernseys gespäht – wie Ulysses auf der Insel der Kalypso habe ich Abend für Abend unter Tränen den Rauch der Heimat ersehnt.

Wer nahm mir Frankreich? Wer entriß mir die Geliebte? Welcher Allmächtige war es, der mir, Ivor St. Jacques, mein Recht auf den Boden und die Laute der Heimat verweigerte? Ein Popanz war es. Kein Mächtigerer als dieser Louis Napoléon, dieser fahle Wüstling, dieser Meuchelmörder der Sache von 1848, der sich anmaßte zu entscheiden, daß Ivor St. Jacques ein schlechter Franzose sei. Dieser Louis Napoleon, der, nicht einmal mehr mit den kümmerlichsten Lumpen eines historischen Auftrags bekleidet, Europa und nicht nur Europa mit dem Aussatz seines Ehrgeizes überzogen hat. Er gab vor, ein Erbe der Befreiung anzutreten – er hat nichts als Unterdrückung gebracht. Er hat unsere besten Söhne auf die Krim geschickt, um sie der Krankheit, den russischen Kanonen, der Sinnlosigkeit eines Feldzugs ohne Ziel auszuliefern. Er hat unsere Söhne nach Italien geschickt – angeblich um es zu befreien, in Wahrheit, um es einem geschickten und schurkischen Herrscherhaus zuzuspielen. Er hat unsere Söhne nach Mexiko geschickt, wo sie von vornherein keine

* ›Der mächtige Atem, der ewige Atem,/der Atem, der die Tyrannen erstickt.‹

andere Aufgabe hatten, als einen liebenswürdigen, aber dummen Habsburger gegen ein stolzes und freiheitsdurstiges Volk zu decken – glücklicherweise erfolglos.

Nun aber, Franzosen, hat er seine Perfidie mit dem niederträchtigsten Plan gekrönt, der je von ihm entworfen wurde. Er hat euch befohlen, in Deutschland einzufallen. Warum in Deutschland einzufallen? Um die Paläste zu bekriegen und die Hütten zu befrieden? Um den Prussianismus aufs Haupt zu schlagen? Um, wie es unseren Traditionen entspricht, die Sache des Volkes gegen die blutigen Standarten der Tyrannei zu verteidigen?

Keineswegs. Keineswegs – und im Gegenteil. Louis Napoléon mutet es euch, den Franzosen, zu, eine Republik zu zerstören; die erste große Republik auf deutschem Boden, die neugebildete Rheinische Republik. Er hat euch aufgerufen unter dem Vorwand der nationalen Sicherung, der Gewinnung des linken Rheinufers, eine Hoffnung auszutilgen, die jeder aufrechte Franzose als die gewaltigste, die erregendste Hoffnung Europas erkennen muß: nämlich die Hoffnung auf Freiheit, Gleichheit, Brüderlichkeit bei unseren deutschen Nachbarn. Verstrickt in seine morastigen machiavellistischen Pläne, hat der Usurpator sich nicht entblödet, Franzosen unter die Trikolore zu rufen, um ein lange unglückliches, aber eben jetzt zur inneren Freiheit erwachtes Volk in seine Knechtschaft zurückzuwerfen. Allenthalben, vom Niederrhein bis zu den Feldern und Wäldern der Leyermark hat sich dieses Freiheitsbewußtsein erhoben. Allenthalben traten, den funkelnden Appellen ihres Nationaldichters Schiller folgend, die Deutschen zu Schwurgemeinschaften zusammen, entschlossen, sich jene Rechte zu verschaffen,

> die droben hangen unveräußerlich
> und unzerbrechlich wie die Sterne selbst.

Seit dem Sonnentag von Schandau, an dem feudaler Hochmut in den Staub getreten wurde, hat sich folgerichtig und unerbittlich der Strom der Befreiung Bahn gebrochen. Und was, so frage ich euch, war darauf die Antwort eines Mannes, der sich Kaiser der Franzosen, Erbe des Auftrags von 1789 nennt, auf diesen Freiheitswillen? Hat er begriffen, was sich ereignete? Hat er begriffen, daß jetzt, erst jetzt, diese Botschaft von 1789 Wurzeln geschlagen und Früchte getrieben hat jenseits des Rheins?

Er hat es nicht begriffen, weil er es nicht begreifen darf, will er nicht die innerste Berechtigung seiner Herrschaft zur Disposition stellen. Er will euch, Franzosen, im Gegenteil in eine Schlacht schicken, welche die Prinzipien unserer Geschichte wie einen Handschuh umstülpen soll. Nicht aufseiten der Freiheit sollen Franzosen kämpfen und sterben – oh nein. Sie sollen kämpfen und sterben, um die erste deutsche Republik zu zerstören. Die Rheinische Republik soll halbiert, das heißt massakriert werden, um ein Gespenster-Frankreich, ein Frankreich der Unterdrückung, bis ans linke Rhein-Ufer vorzuschieben. Das schmutzige alte Spiel um Geld und Menschen, das jahrhundertelang Europas Geschichte befleckt hat, soll wieder einmal, ausgerechnet 1867, ausgerechnet von Frankreich aus in Gang gesetzt werden, um Deutschland, das aus mittelalterlichem Schlaf erwacht, in seine Alpträume zurückzuschicken. Den Deutschen links des Rheins will man die zweifelhaften Segnungen kaiserlicher Präfekturen verordnen, um den Rest wem vorzuwerfen? Vermutlich der preußischen Regierung von Berlin, die zweifellos das Ihre tun wird, um den Untertanen klarzumachen, daß sie umsonst auf den Aufstieg der ewigen Freiheitssterne gewartet und gehofft haben. Sie dürfen dann wieder die enorme Dummheit begrüßen, die Dummheit mit der Stirn des Stieres …

salué l'énorme bêtise,
la bêtise au front de taureau.*

* Die Zeilen stammen nicht von Ivor St. Jacques, sondern von Charles Baudelaire.

Dies, Franzosen, wird verhindert werden, muß verhindert werden. Die Deutschen sollen und dürfen ihre Brüder und Nachbarn an Rhein und Mosel und Saar nicht als Unterdrücker, als Schergen der Unfreiheit erleben. Welche Interessen trennen uns denn? Welche machen uns zu Feinden? Was könnte Jacques Bonhomme veranlassen, auf Hans oder Fritz zu schießen? Kohle, Erze? Alte Grenzstreitigkeiten? Nichts von alledem zählt, wenn es darum geht, zum erstenmal in unserer gemeinsamen Geschichte gehen kann, ein gemeinsames Monument der Freiheit zu errichten, eine Schwurgemeinschaft, vor der die Tyrannen wie Staub verwehen werden. Und ich spreche hier, Bretonen, auf euren Docks von St.-Malô ein gelassenes Wort. Nicht nur die Freiheitsliebe der Franzosen wird diesen Krieg verhindern, ihr Realismus wird ihn verhindern. Es wäre Unsinn zu erwarten, daß sich etwas anderes ereignen könnte und würde als die Canonade von Valmy mit umgekehrten Vorzeichen. Kaiserliche Corps, welche Hammelherden gleichen, würden in einen republikanischen, in einen demokratischen Feuersturm getrieben, der sie zerreiben wird. Euer Realismus wird es verhindern, daß diesseits und jenseits das Rheines aufs neue, wie 1792, die Überlegenheit, und zwar die militärische Überlegenheit der Freiheit über die Knechtschaft demonstriert werden müßte – diesmal mit Franzosen als kläglichen Schurken in kläglicher Rolle. Was, fragen wir das zusammenfassend, haben wir Franzosen von der Entwicklung in Deutschland zu fürchten? Nichts. Was, Franzosen, hat unser famoser Kaiser, der Verräter an der Sache von 1848, von ihr zu fürchten? Alles. Das ist die einfache, die schlichte Wahrheit dieses Jahres 1867. Was, so frage ich weiter, ist der logische Schluß für Frankreich? Sich dieses Kaisers zu entledigen. Er ist die einzige, die lächerliche Tatsache, die zwischen uns und einer glorreichen Zukunft der Brüderlichkeit steht. Einer Zukunft, in der wir, Franzosen und Deutsche, gemeinsam Europa erbauen werden.

Dieser logische Schritt erfolgt. Er erfolgt vor unseren

Augen. Keine Zensur vermag die Wahrheit zu verschleiern, daß allenthalben, in Paris, in Lyon, in Marseille, in der Franche-Comté und in Lothringen, die Gärung zum Aufstand wird. Niemand, auch der fahle Kaiser nicht, vermag zu verbergen, daß seine Armeen kaum mehr etwas anderes sind als feindselige Garnisonen in einem Meer der Insurrektion. Allenthalben treten die Freien zusammen, leisten einander den Schwur der Treue, bilden Communen und Comités, welche die eigenen Angelegenheiten in eigener Verantwortung übernehmen, unbekümmert um die offiziellen Ansprüche des kaiserlichen Usurpators. Niemals, niemals Krieg gegen die Freiheit! Das ist der Ruf, der alle eint.

Das Fanal aber, das bereits höher flammt als alle anderen, ist Besançon. Dort, Franzosen, hat sich das, wie wir glauben und hoffen dürfen, Entscheidende ereignet. Die stolze Zitadelle ist die erste Festung der Republik, denn die Garnison, unter Führung des Generals Bourbaki, hat sich geschlossen mit dem Volke verbrüdert.

Dürfen wir da zurückstehen, Bretonen? Sollen wir unsere stolzen Nacken länger gebeugt halten als die Burgunder, die Okzitanier, die Männer der Vendée? Zögern wir nicht! Erheben wir die Trikolore, geben wir sie in die Hände zurück, in die sie gehört: die Hände des Volkes. Paris ist nicht weit, Bretonen. Formiert eure Bataillone! Es lebe die Republik!

Wie sich herausstellte, war der gewählte Moment ideal: am 15. Mai begann der ›Marsch aus St.-Malô‹, am 16. wurde bereits die Dritte Republik in Paris ausgerufen und eine Vorläufige Constituante gebildet. Der Marsch der 500 Bretonen (andere sprechen von 63) wurde unter solchen Umständen ein Triumphzug durch ein Meer von Blumen und Küssen. Am 22. sprach Ivor St. Jacques vor den Delegierten des Volkes auf dem Platz vor Notre-Dame de Paris.

AUFRUF

Leyermärker – Patrioten!

In dieser Stunde höchster Bedrängniß wendet sich die ›Vereinigung ehemaliger Freiwilliger der Schandau-Campagne‹ (kurz: ›Schandau-Club‹) an Euch alle.

Kaum ein Jahr, nachdem die Waffen der Leyermark glorreichste Erfolge über einen gefährlichen und entschlossenen Feind erringen konnten, soll das Volk, soll seine junge Mannschaft aufs neue eingesetzt werden, und zwar in einem viel gefährlicheren Waffengang, der zudem keinerley Ehre einbringen wird.

Als der Kaiser Napoleon der Dritte versuchte, sein Volk zum Überfall auf die Rheinlande zu mißbrauchen, hat dieses französische Volk ihm eine unmißverständliche Absage ertheilt. Es hat ihm die Gefolgschaft verweigert, den Kaiser gestürzt und die Dritte Republik ausgerufen. Der Kaiser ist nach Lothringen geflohen, wo er mit dem Rest seiner Berufssoldaten aushält in der irrsinnigen Hoffnung, von Deutschland aus Hilfe zu erhalten.

Dieser Hilfe soll die Mobilmachungs-Ordre dienen, welche von verantworthungslosen Lakayen der Preußen (die höchstes Interesse an der Demüthigung der Dritten Republik haben) ausgegeben worden ist.

Was ist zu thun?

Es gibt nur Eines: es gilt unseren Allergnädigsten König, der arglos auf seine Berather vertraut, mit dem Willen, dem einmüthigen Willen aller Unterthanen bekannt zu machen, welcher klar und deutlich sagt: KEIN KRIEG GEGEN DAS FRIEDLIEBENDE FRANZÖSISCHE VOLK! KEINEN TROPFEN LEYERMÄRKISCHEN BLUTES FÜR EINEN ABGEWIRTHSCHAFTETEN ABENTHEURER!

Zu diesem Zweck begeben sich in diesen Stunden unzählige Delegationen von Bürgern, Garnisons- und Reservisten-Comités, Landschafts-Comités usw. zur Residenz des Reichsverwesers, unseres Allergnädigsten Königs, im

KYFFHÄUSER,

um dortselbst submissest im beschriebenen Sinne vorstellig zu werden.

WAS KÖNNT IHR THUN, LEYERMÄRKISCHE PATRIOTEN?

Ihr könnt euch auf Straßen und Plätzen versammeln.

Ihr könnt in Resolutionen, Adressen usw. Euren diesbezüglichen Willen dem der genannten Delegationen hinzufügen. Doch ist es durchaus möglich, daß dieser Euer ernsthafter Friedenswille, diese echteste patriotische Bewegung von Ehrgeizlingen, denen es nie genug Blutvergießen giebt, als böswillige Insurrection ausgelegt wird.

Diesen Kräften müßt Ihr

ERNSTHAFTESTEN WIDERSTAND

entgegensetzen.

Dazu giebt es in einem modernen Lande wie dem unseren zahlreiche Möglichkeiten.

Besetzt die Post- und Telegraphenstationen!

Helft den patriotischen Kräften der Staatsbahnen, solche Truppen-Bewegungen zu verhindern, welche zur Unterdrückung des patriotischen Willens dienen sollen!

Versammelt Euch vor den Casernenthoren, discutiert mit gutwilligen, aber unaufgeklärten Einrückenden, macht ihnen klar, worum es geht: um die

RETTUNG DER LEYERMARK

und ihres friedlichen, historischen Auftrags, den die

Weisheit des hochseeligen Königs Radwig des Ersten in die Worte unserer Nationalhymne gegossen hat:

SÄE DU DES FRIEDENS SAATEN,
REICH DER LEYER, DES APOLL:
WEHREND BLUTGEN KRIEGESTHATEN
SINNE AUF GEMEINES WOHL!

München, den 26. May 1867.
VEREINIGUNG EHEMALIGER FREIWILLIGER DER SCHANDAU-CAMPAGNE (›SCHANDAU-CLUB‹).

Stalin, Hitler & die Kunst

Was wäre aus der Welt geworden, wenn das Leben großer Männer, Helden wie Schurken, anders verlaufen wäre? Erst nach dieser offensichtlichen Frage stellt sich die andere, was dann wohl aus jenen Männern geworden wäre. In einem tschechischen Film endet Einstein als Geigenvirtuose, Norman Spinrad läßt Hitler in die USA auswandern und einen bemerkenswert schlechten Fantasy-Roman schreiben; immerhin war ›Schriftsteller‹ später tatsächlich die von Hitler selbst angegebene Berufsbezeichnung. Eigentlich aber wollte er Maler werden, es gibt Bilder von ihm, doch er wurde wegen Talentlosigkeit nicht zum Kunststudium zugelassen.

Requiem für einen Stümper

von Sabine Wedemeyer-Schwiersch

»Liebe Mitschaffende zu Hause an den Bildschirmen und hier auf dem Albert-Häberle-Platz in Stuttgart! Wir haben uns hier versammelt, an diesem historischen Tag, um gemeinsam den Augenblick zu erleben, in dem die Krönung eines überragenden Künstlerlebens sich endlich den staunenden Augen der ganzen Welt öffnet: Ein Museum, wie es auf der Welt kein zweites gibt, für einen Maler, wie man auf der Welt keinen zweiten finden wird. Mir ist die große Ehre zuteilgeworden, diesen genialen Mann und sein Werk hier und heute zu würdigen.«

Ehre! Schwachsinn! Wieso habe ich mich bloß dazu breitschlagen lassen, diese verdammte Rede zu halten, noch dazu vor diesem geschmacklos gigantomanischen Kasten! Na ja, was wäre mir schon anderes übriggeblieben? Zurück ans Fließband? Wo ich es endlich zum leitenden Angestellten in der Kulturabteilung gebracht habe? Vielleicht sollte ich auswandern.

»Adolf Hitler, der Mann, den wir hier und heute ehren, wuchs im damaligen Österreich in einfachsten Verhältnissen auf. Vielleicht spornte gerade das ihn dazu an, sich zu Höherem aufzuschwingen und später diese Fülle von Werken zu schaffen, die mehr als die Werke jedes anderen Malers Ausdruck der deutschen Seele geworden sind: Voller Wahrhaftigkeit und Ernst, Schlichtheit und heldenhafter Größe, und so unendlich weit entfernt von den dekadenten und kindischen Spielereien etwa eines Matisse oder Mirò.«

Matisse und Mirò, verzeiht mir bitte!

»Hitlers künstlerische Neigung zeigte sich schon früh. Aber was wir heute kaum noch begreifen können: Zu Anfang wurde sein Genie noch nicht einmal erkannt! Erst im Jahre 1909 gelang dem jungen Künstler nach zwei vergeblichen Versuchen die Aufnahme in die Akademie der bildenden Künste in Wien.«

Daß die ihn überhaupt noch genommen haben damals! Das muß das pure Mitleid gewesen sein, oder vielleicht auch Angst, er könnte eine Bombe in der Akademie hochgehen lassen aus gekränkter Eitelkeit. Wäre dem Kerl zuzutrauen gewesen, cholerisch wie er war!

»Es folgten vier Jahre der Vervollkommnung, dann erste Ausstellungen, und immer noch stand er im Schatten anderer, die heute höchstens noch von Liebhabern exotischer Kuriositäten gesammelt werden.«

Eine Schande ist das! Wir sollten uns lieber offen zu Macke bekennen, zu Beckmann, Dix und all den wirklich großen Künstlern. Und was haben wir statt dessen? Hitler, nichts als Hitler!

»Dann brach das Unheil über Europa herein: Der Weltkrieg. Adolf Hitler stürzte sich ohne Rücksicht auf sein Leben in den Kampf um sein geliebtes Vaterland. Sein tapferer Einsatz im Weltkrieg unterbrach wohl seine Künstlerkarriere, aber diese schweren Jahre von 1914 bis 1918 bereicherten auch seine Persönlichkeit um die Reife und die heldische Gesinnung, die wir heute an seinen größten Werken so verehren.

Nach dem Krieg ließ sich Hitler in Stuttgart nieder. Er eröffnete dort ein kleines Atelier und hielt sich jahrelang mehr schlecht als recht mit Porträtaufträgen über Wasser. Es waren harte Zeiten für einen Künstler: Arbeitslosigkeit, Inflation – wer kauft sich schon Bilder, wenn er sich noch nicht einmal das tägliche Brot leisten kann?

Immer am Rande des Hungertodes, überlebte Hitler

sogar die Weltwirtschaftskrise. Nur die Liebe zu seiner Kunst half ihm, diese Zeit zu überstehen. Möglicherweise war es aber auch so etwas wie die Vorsehung, die ihn damals davon abhielt, Stuttgart zu verlassen oder gar seine Kunst aufzugeben, und das, obwohl er zeitweise nicht einmal mehr die Ateliermiete zahlen konnte. Denn in Stuttgart endlich traf er im Jahre 1930 auf eine verwandte Seele, einen Mäzen, der es ihm ermöglichte, seine Werke einem größeren Publikum vorzustellen.

Sie alle wissen es natürlich längst: Dieser Mann war kein anderer als unser Großer Direktor Albert Häberle.«

Und heute versinken wir in Hitlerschinken, Häberle sei Dank! Vielleicht sollte ich wirklich auswandern?

»Es war Winter. Der junge aufstrebende Fabrikantensohn Albert Häberle, damals gerade erst achtundzwanzig Jahre alt, suchte nach einem Maler für ein Porträt seiner Verlobten Sigrune Wagner. Ein Freund empfahl ihm Hitler. Häberle suchte den zu der Zeit immerhin schon vierzigjährigen Künstler in seinem ärmlichen Atelier auf. Er sah an den reifüberzogenen Wänden einige ideale Landschaften und einen gewaltigen Zyklus zur Siegfriedsage hängen, und angesichts der hehren Größe dieser Werke ging ihm das Herz auf.«

Ach ja, Geld und Geschmack in einer Person, das wäre zu schön, um wahr zu sein!

»Schon am nächsten Tag konnte Hitler in eine große, warme Wohnung mit Atelier umziehen, und dies war der Beginn einer Freundschaft, die ein Leben lang halten sollte.

Wie es weiterging, das wissen wir alle: Albert Häberle baute mit unermüdlichem deutschem Fleiß ein Unternehmen auf, das zuerst Stuttgart, dann ganz Schwaben und endlich ganz Deutschland mit Brot und

Arbeit – und die ganze Welt mit deutschen Qualitätswaren aller Art versorgte.

Bald schlossen sich auch die anderen deuschsprachigen Völker den Großen Häberle-Werken an. Die Welt lechzte nach deutschen Produkten, und Häberle gab sie ihr. Filialen der Großen Häberle-Kaufhäuser gehören heute ganz selbstverständlich zum Bild von New York, Moskau, Kairo oder Tokio. Auch den Grundstein zu diesem weltumspannenden Netz hatte Häberle bereits in jenen Jahren gelegt. Von 1933 an war er nicht mehr nur der wirtschaftliche Direktor des Großdeutschen Unternehmens. Längst hatte die Abteilung Politik der Großen Häberle-Werke unter seiner Leitung die deutschen Geschicke in ihre Hände genommen – eine einzigartig glückliche Verbindung von politischem und wirtschaftlichem Weitblick.

Häberle knüpfte auch fruchtbare Beziehungen zu den bedeutendsten politischen Persönlichkeiten dieser Welt an. Liebe Mitschaffende, Sie wissen, Jossif Stalin selbst eröffnete im Jahre 1939 Hand in Hand mit Albert Häberle das erste Große Häberle-Kaufhaus in Moskau, und bei der Eröffnung in Tokio im Jahre 1940 war sogar der Tenno anwesend.

Auch Adolf Hitler hatte seinen Anteil am Wachstum der Großen Deutschen Häberle-Werke. Schon im Jahre 1933 wurde er der Leiter einer neugegründeten Abteilung Malerei der Großen Häberle-Werke. Mit an Besessenheit grenzendem Eifer rieb er sich für die Kunst auf. In jenen Jahren schuf Hitler Hunderte von großen Bildern, zum Teil Formate von zehn Quadratmetern und mehr. Wir kennen diese Zeit heute als Hitlers braune Periode, mit den Hauptwerken ›Gralsburg im Morgengrauen‹, ›Germanische Jungmannen zu Pferde‹ oder ›Armin besiegt die Römer am Teutoburger Wald‹. Fast gleichzeitig entstanden in kleineren Formaten so innige Blicke auf den Alltag deutscher Menschen wie etwa die ›Melkende Älplerin‹ oder ›Blonde Maid, Socken stopfend‹. Und, liebe Mitschaffende, vergessen wir nicht: All diese Meisterwerke schuf Hitler noch neben der Lehr- und Führungstätigkeit, die nun zu seinem Hauptberuf geworden war: Unter seiner Leitung begannen Hunderte junger Künstler mit der Produktion großer Stückzahlen von Ölgemälden im Hitlerstil: Schlichten Porträts arbeitender Menschen, heroischen Landschaften, Szenen aus der germanischen Sagenwelt und der deutschen Geschichte, kurz gesagt, von Bildern, wie wir sie heute täglich um uns haben. Hitlers Stil hat seit dieser Zeit die deutsche Kunst geprägt und sie in der ganzen Welt unverwechselbar gemacht.«

Ja, unverwechselbar spießig! Unverwechselbar mittelmäßig! Warum bin ich eigentlich immer noch hier? Aber wer weiß, vielleicht hat man in London und New York auch nur noch so ein Zeug an den Wänden hängen? Gar nicht so unwahrscheinlich, wo Häberle sogar schon die Aktienmehrheit von Rolls Royce und Chrysler hält!

»Bald schon hing in jedem deutschen Wohnzimmer, in jedem deutschen Schlafzimmer ein Original von Hitler, oder doch zumindest ein Original aus der Abteilung Hitler, und das ist noch heute so. Die älteren deutschen Mitschaffenden haben diese Bilder im Laufe der Zeit so sehr schätzen gelernt, daß sie sie nicht mehr missen mochten. Wir Jüngeren sind damit aufgewachsen. Wir haben Kraft aus ihrer klaren Aussage und ihrer schlichten Größe gesogen wie aus dem kernigen Häberle-Bauernbrot der Abteilung Landwirtschaft. In gewisser Weise kann man sagen: Auch wir sind Werke Adolf Hitlers.«

Was rede ich da bloß für einen Schwachsinn? Na ja, mal ehrlich: Wenn Vater nicht Dissident gewesen wäre, hätte ich da jemals etwas anderes als Hitler kennengelernt? Matisse vielleicht? Max Ernst? Oder Picasso? Eine Schande, daß Vater zurück ans Fließband versetzt wurde! Ein Kunsthisto-

riker am Fließband! Und ich? Was ist aus mir geworden? Ein verdammter Feigling bin ich! Aber Abteilungsleiter für Kultur, ja! Pfui Deibel!

»Damit noch nicht genug: Unser Großer Direktor Albert Häberle war es auch, der ein weiteres von Hitlers Talenten entdeckte und der seinem Freund die Gelegenheit gab, dieses Talent in großartige Werke umzusetzen: Ich spreche hier von der Baukunst. Adolf Hitler begann, Pläne zu entwickeln, die die Abteilung Hochbau der Großen Häberle-Werke unter Abteilungsleiter Albert Speer seit den vierziger Jahren zu Höchstleistungen beflügelten und noch heute beflügeln.

Liebe Mitschaffende! Wer von Ihnen kennt sie nicht, die gewaltigen Versammlungshallen, die erhabenen Verwaltungsgebäude, die jeden Neuankömmling in jeder Stadt der Großen Deutschen Häberle-Werke durch ihre ehrfurchtgebietenden Ausmaße überwältigen? Sogar Richard Nixon, der Präsident der Vereinigten Staaten von Amerika, brach bei seinem Freundschaftsbesuch in der Werkszentrale hier in Stuttgart vor einem halben Jahr spontan in den Jubelruf aus: ›America is great, but this building is gorgeous!‹ Und, liebe Mitschaffende, wir alle wissen: Er hatte recht!

Ja, die ganze Welt erkennt heute neidlos unsere Größe an! ›German Fleiß‹ ist ein Begriff geworden, der überall auf der ganzen Welt gebräuchlich ist und den man nicht zu übersetzen wagt. Deutsche Qualitätswaren sind rund um unseren Globus längst unverzichtbar geworden. Bedauernswert, wer sie sich nicht leisten kann.

Und an diesem Tage nun steht die deutsche Kultur vor einem weiteren Triumph in einer Reihe von Triumphen, vor der die Welt staunend schweigt: Der Eröffnung des Adolf-Hitler-Museums hier in Stuttgart.

Leider ist es Adolf Hitler nicht mehr vergönnt gewesen, den letzten Triumph seines künstlerischen Schaffens selbst mitzuerleben: Den Bau dieses Museums nach seinen eigenen Plänen, eines Bauwerkes, das endlich einen würdigen Rahmen für sein Lebenswerk schaffen sollte.

Dieser Auftrag war das Geschenk seines Freundes und Förderers Albert Häberle zu seinem achtzigsten Geburtstag. Mit ungebrochener Kraft machte sich Hitler an die Planung seines Museums. Es sollte der größte und beeindruckendste Bau werden, den er je geschaffen hat, und, liebe Mitschaffende, Sie werden mir recht geben: Er ist es wirklich geworden!«

Beeindruckend, Blödsinn! Bedrückend trifft es eher. Wie eine Ameise kommt man sich hier vor. Was gäbe ich jetzt für einen Schluck Cognac! Dürfte meinetwegen sogar Weinbrand Marke »Häberles Goldtropfen« sein. Da vorne sitzt er in seinem Rollstuhl, unser Großer Chef, wartet auf die Schere. Dieses selbstzufriedene Grinsen! Ja, Großer Direktor Albert Häberle, Deine Werke sind wir, noch mehr als Hitlers Werke, und das weißt du nur zu gut! Und ich feiger Hund werde den Teufel tun, mich um meinen gutbezahlten Posten zu reden!

»Ja, ein Tempel der Kunst erhebt sich hier vor Ihnen, angemessen der Größe dessen, der hier mit seinem Werk eine Heimstatt für die Ewigkeit gefunden hat. Tragisch ist nur, daß Adolf Hitler diesen erhabenen Tempel der Kunst nicht mehr mit eigenen Augen sehen kann. Der Tod hat ihn am zwölften September vergangenen Jahres mitten aus seiner Arbeit gerissen, mitten aus der Aufsicht über die Verwirklichung dieses seines größten Planes. Welch ein herber Verlust für die deutsche Kunst, mehr noch, für die ganze Deutsche Schaffensgemeinschaft!

Adolf Hitler erreichte immerhin das hohe Alter von fünfundachtzig Jahren. Ein erfülltes Künstlerleben ist am zwölften September 1974 zu Ende gegangen. Sein Tod hat eine Lücke hinterlassen, die wohl nie wirklich gefüllt werden kann. Liebe Mitschaffende! Wir stehen hier in Trauer, aber auch in dem Bewußtsein, daß, nicht zuletzt wegen dieses titanischen Baues, der Ruhm Adolf Hitlers als Künstler ihn für immer überdauern wird.

Herr Direktor Häberle, darf ich Sie nun bitten, das Band zu durchschneiden und damit das Adolf-Hitler-Museum seiner Bestimmung zu übergeben? Ich möchte Ihnen meinen Dank aussprechen, daß Sie mir die Ehre zuteil werden ließen, diese Rede zu halten, an diesem Ort und zu dieser historischen Stunde, und ich möchte mich bei dieser Gelegenheit auch im Namen aller deutschen Mitschaffenden noch einmal für die Großzügigkeit bedanken, mit der Sie diesen genialen Künstler ein Leben lang in Freundschaft und Verehrung gefördert haben. Diese großherzige Tat wird den Ruhm des größten deutschen Direktors für immer mit dem Ruhm des größten deutschen Malers vereinen.«

Der GröDaZ und der GröMaZ! Wenn das jemand hören würde, dürfte ich höchstens noch die Werkstoiletten putzen! Und da fährt er jetzt, unser GröDaZ. Wie winzig er aussieht! Kann einem fast leid tun. Auf dieser Rampe könnten glatt fünf Lkws nebeneinander fahren, und dann sein kleiner Rollstuhl! Aber er ist schließlich selber schuld! Jeder kriegt, was er verdient. Sogar Größenwahn wird belohnt. So, jetzt noch die blöde Zeremonie mit dem Band, dann kann ich mich endlich besaufen gehen!

... Geschafft!

»Und nun ist es soweit: Liebe Mitschaffende! Hiermit erkläre ich das Adolf-Hitler-Museum für eröffnet. Ich bedanke mich für ihre Aufmerksamkeit und wünsche Ihnen erbauliche Stunden im Angesicht dieser erhabenen Sammlung der deutschesten aller deutschen Kunstwerke.

Heil Häberle!«

Stalin, Hitler und Göring-Jeans

Für Antikommunismus mag es Argumente geben, aber die Greuel des Stalinismus sind keins: Stalin war selbst einer der größten Antikommunisten aller Zeiten, jedenfalls hat er, machtbesessen, paranoid und gerissen, mehr Kommunisten umbringen und in Lagern verkommen lassen, als Hitler es fertigbrachte. Wer weiß, ob mit einem anderen, menschlicheren Stalin nicht auch ein anderer, menschlicherer Kommunismus möglich gewesen wäre? Einen wohlwollenden, bescheidenen, selbstlosen Stalin kann man sich durchaus vorstellen, gar zu abhängig ist die Persönlichkeit vom Zusammenspiel der Nervenzellen und Drüsen. Ob so ein Stalin allerdings die Diadochenkämpfe nach Lenins Tod gewonnen hätte?

Vor langer Zeit verloren

von Wjatscheslaw Rybakow

... Und für unser aller Vater
sind wir alle in der Pflicht ...

– A. Twardowski

In der dumpfen Stille schlug es dreiviertel Zwei. Die Nacht ging über das Land hinweg, flog gen Westen davon, und ihr entgegen flog ein endloser Strom von Nachrichten.

Das Gespräch mit den deutschen Vertretern war außerordentlich günstig verlaufen. Der Wunsch, die Anstrengungen zu koordinieren, wurde von beiden Seiten geteilt. Der Lieferverzug des VEB ›Krupp & Krause‹ an das Volkskommissariat für Schwerindustrie, der schon seit zwei Wochen viele Mitarbeiter der Planungsbehörden beunruhigte, war mit unverhofft großem politischem Gewinn reduziert worden. Zudem würden die weiteren Zulieferungen schneller erfolgen. Dennoch legte sich die Unruhe nicht. Aber wahrscheinlich war sie in all den Jahren einfach zur Gewohnheit geworden.

An ernsten Angelegenheiten blieb diese Nacht nur noch das Treffen mit der Labour-Delegation zu erledigen. Es war wohl nicht angebracht, sich zuviel davon zu erhoffen, doch unterschätzen durfte man es auch nicht. Freilich unterschätzte Stalin niemals etwas. Er bemühte sich, allem gegenüber ein gleiches, maximales Maß an Aufmerksamkeit aufzubringen. Um sich zu erholen, ging er in dem riesigen, in Dunkelheit versunkenen Arbeitszimmer auf und ab – ein wenig gebückt, die Hände auf dem Rücken – und sah zu, wie vor der dunklen, weit geöffneten Lüftungsklappe der streifige graue Nebel waberte. Der Nebel erfüllte das Zimmer, biß in die Augen. Die Luft war verraucht, daß man sie mit dem Messer schneiden konnte. Dabei war draußen sicherlich das Paradies. Der Mai ist das Paradies ... In Gori war Mai schon Sommer. Freilich blieben bis zum kalendarischen Sommeranfang auch hier nur noch ein paar Tage. Stalin konnte nicht vergessen, welch eine glänzenden Sonnenflut am Abend draußen an die Fenster gebrandet war, während drinnen die Schwierigkeiten und Nutzeffekte der Ölförderung jenseits des Polarkreises erörtert worden waren.

Die Tür wurde aufgerissen, und ins Arbeitszimmer stürmte lächelnd die junge Stenografistin.

»Oje, ist das ein Qualm, so ein Qualm!« rief sie und fuchtelte mit den Händen vor dem Gesicht, daß ihr fast der Riemen des Täschchens von der schmalen Schulter gerutscht wäre. »Hier wird überhaupt nicht gelüftet! Dabei ist draußen so eine Luft! ...« Sie seufzte verträumt, verdrehte die Augen. Schwungvoll warf sie die Tasche auf ihren Tisch – vom Luftzug wurden ein paar Blätter Papier beiseite geweht, und die Stenografistin hielt sie mit katzenhafter Gewandtheit fest, wobei sie streng »Hiergeblieben!« rief. Sie machte die Tasche auf, schnippte aus der darin liegenden Schachtel eine Zigarette hervor, riß ein Streichholz an. Sie setzte sich und legte die Füße aufs Fensterbrett unter der Lüftungsklappe. Es war ein reines Vergnügen, sie zu betrachten. Stalin ging um den langen Beratungstisch herum zu ihr hin. Automatisch rückte er einen Stuhl zurecht, den von Ratz schief stehengelassen hatte. In der flauschigen Stille quietschten die Stiefel auf dem Parkett.

»Das war gut, wie Sie und Wjatscheslaw Michalytsch es dem Deutschen gegeben haben«, erklärte die Stenografistin. Sie warf den Kopf zurück, daß ihr schlanker Hals in voller Schönheit zu sehen war, und blies geschickt den nach Menthol riechenden Rauch zur Lüftungsklappe hin. Die Sonnenbrille mit den riesigen runden Gläsern, die ihr Ähnlichkeit mit einer Libelle verlieh, rutschte ihr von der Nase, sie hielt sie mit der linken Hand am Steg fest und rückte sie zurecht. »Hat mir richtig gut gefallen.«

»Mir hat's auch gefallen«, antwortete Stalin. Ihm war ein wenig übel. Ich hätte an die frische Luft gehen sollen, dachte er. Jetzt ist es zu spät. Na, macht nichts, ich setz mich hin, und es wird vorübergehn. Ich werd leicht müde, aj-aj ...

»Und mit den Labourleuten, wird das lange dauern?«

»Je nachdem, Ira, je nachdem ... Bist müde, was?«

»Woher denn! Na ja, ich war spazieren, hab 'n Käffchen getrunken ... im ›Mars‹. Das ist in der Gorkistraße, wissen Sie? So siebenhundert Meter durch den Park und über'n Platz, gerade richtig, um sich die Füße zu vertreten. Und das Café ist gut – 'ne Menge los, Musik, jeden Abend 'ne neue Gruppe, gestern hatten sie meine Lieblingsband, ›Alissa‹. Bei solchem Wetter sind da 'ne Menge Nachtschwärmer. Und unsere Kantine, Genosse Stalin, die gefällt mir nicht. Stickig irgendwie, so förmlich ... Und Kaffee haben sie immer bloß ›Robusta‹.«

»Ist mir nie aufgefallen«, sagte Stalin und zwang sich, ernst zu bleiben.

»Wissen Sie, was ich esse, ist mir auch egal. Aber trinken muß man was Vernünftiges. Kaffee ist doch ein Getränk! Und Kognak haben sie bei uns überhaupt nicht, nicht wahr? Aber in den Kaffee muß man manchmal ein kleines bißchen armenischen zugeben, so ein Löffelchen ...«

Was verstehst denn du von Kognak, dachte Stalin mißmutig und stutzte sofort. Na bitte, da war es wieder. Wie aus dem Lehrbuch: ein Beispiel nationalistischer Überbleibsel. Denn sein erster Gedanke war ja nicht gewesen, daß sich über Geschmack nicht streiten läßt, sondern daß das Mädchen keine Spur von Geschmack hatte. Armenischer gefällt ihr, sieh einer an. Und ihr ist gar nicht in den Sinn gekommen, daß ich gekränkt sein könnte, dachte er und lächelte plötzlich. Wie schön, daß es ihr gar nicht in den Sinn gekommen ist.

Die Tür ging abermals auf, der Sekretär kam herein – ein älterer, ruhiger Mann, wohlvertraut wie die Tschurtschchela.* Stalin ging ihm entgegen.

»Dringend«, sagte der Sekretär tonlos und hielt Stalin ein Telegramm hin.

Die Parlamente von Belutschistan, Gudscharat und Kaschmir hatten für die unverzügliche Loslösung vom britischen Commonwealth votiert und die Frage der Einführung einer Regierung nach sowjetischem Muster auf die Tagesordnung gesetzt. Interessant, dachte Stalin. Abgeordnetensowjets bei einem Mehrparteiensystem. Heutzutage kann das durchaus funktionieren.

»Wann ist das angekommen?« fragte Stalin, während er das blaue Formular in der Mitte faltete, dann nochmals faltete und in die Brusttasche seiner Uniformjacke steckte.

»Vor sieben Minuten.«

Stalin knöpfte akkurat die Brusttasche zu und nickte billigend. Der Sekretär nickte ebenfalls, blieb aber stehen.

»Noch was?«

»Während Sie hier in der Besprechung waren, hat Bucharin vor dem Agroprom-Kollegium vorbeige-

---

* Eine grusinische Süßigkeit. – *Anm. d. Übers.*

schaut. Er hat die Mainummer von ›Leningrad‹ mit der neuesten Gedichtauswahl Mandelstams dagelassen.* Er bittet Sie aber, sie bis morgen durchzulesen«, fügte der Sekretär sofort hinzu und zuckte mitfühlend die Achseln. »Er hat sie auch so nur mit Mühe für einen Tag gekriegt. Die Enkelin hat die Hand drauf, sie will sie sofort einer Schulfreundin geben … Die haben da wohl so ein Aufsatzthema gekriegt … Er hat's nicht genau erklärt, war in Eile.«

»Ich will's versuchen«, sagte Stalin unzufrieden, machte kehrt und ging leicht gebückt, die Hände in den Taschen, wieder den Tisch entlang, wobei er etwas auf Grusinisch murmelte: »Was die jetzt alles schreiben … und es ist ja gut … Wann soll man da zum Schlafen kommen? …«

Bei Ira blieb er stehen, schaltete sofort um und fragte: »Siebenhundert Meter? Ganz in der Nähe, und ich kenn's nicht. Wenn sich Zeit findet, mußt du mich mal mitnehmen.«

Ihr enger Pullover straffte sich. Vor Zufriedenheit und kindlicher Eitelkeit leuchteten ihre Augen.

»Aber nur, wenn nicht so viel Leute da sind.«

»Morgen!« platzte sie heraus. »Abends so gegen zehn – ja?«

»Wir wollen's erst mal so vormerken.«

Die Uhr schlug Zwei, und sogleich ging eine andere, zweiflügelige Tür auf, schwer wie eine Seemuschel, und herein trat Molotow. Molotow war grau im Gesicht. Wie alt wir doch werden, dachte Stalin abermals,

---

* Nikolai Bucharin, einer der engsten Mitarbeiter Lenins (und nach modernem Verständnis einer der anständigsten), wurde 1929 als Führer der ›Rechtsopposition‹ in der Partei von Stalin ausgeschaltet und später erschossen. Ossip Mandelstam, ein bedeutender russisch-jüdischer Lyriker, wurde (u. a. wegen eines Gedichts gegen Stalin) in ein Straflager verbracht, wo er 1938 starb. – *Anm. d. Übers.*

ging Molotow rasch entgegen und wollte mit einer Bewegung der Braue die Stenografistin an ihren Platz verweisen. Doch die war sowieso schon vom Fensterbrett verschwunden – nur im Aschenbecher qualmte noch ihre Zigarette vor sich hin, und klackend ging das Täschchen zu, nachdem Ira ihre modische Brille hineingesteckt hatte. Stalin trat dicht an Molotow heran und sagte unerwartet gereizt: »Fahr nicht mit ihnen zurück. Zur Begleitung reicht auch der Dolmetscher. Irgendwann muß du dich ja mal ausruhen.«

Molotows Augen unter den herabhängenden Lidern wurden fröhlich. »Ich fahr nicht mit denen. Ins Volkskommissariat fahr ich.«

»Was Eiliges?« fragte Stalin vorsichtig.

Molotow zuckte die Achseln. »Erst mal sehen. Jedenfalls eine aussichtsreiche Sache.«

Stalin seufzte tief, schloß die Augen, sammelte sich innerlich und verbannte alles, was momentan nicht vonnöten war, dann sagte er: »Fangen wir also an.«

Molotow tat zwei Schritte zurück ins Vorzimmer und sagte laut: »Bitte, meine Herren.«

Sie kamen herein. Stalin drückte jedem die Hand, dem Leiter der Delegation, Lord Townley, etwas kräftiger und länger als den anderen. Sie nahmen Platz. Die Stühle schurrten kurz und hölzern über den Fußboden. Stalin warf einen flüchtigen Blick zu der Stenografistin, die in konzentrierter Bereitschaft über einem Stapel weißer Blätter erstarrt war, machte sich automatisch mit der Pfeife zu schaffen und legte sie sofort weg. Er fühlte, wie Molotows erstaunter Blick über seine Hände glitt, die unerwartet auf ihr übliches Vergnügen verzichteten. Er verschränkte die Finger, schaute den ihm gegenüber sitzenden Lord Townley an. Für einen Moment herrschte Stille.

»Wir sind uns durchaus der Tatsache bewußt, meine Herren, daß Sie, da Sie sich gegenwärtig in der Opposition befinden, außerstande sind, in dem von Ihnen gewünschten Maße Einfluß auf die Politik Ihres Heimatlandes zu nehmen, dessen Wohlergehen für Sie wie für die gesamte Menschheit nötig und wünschenswert ist«, begann Stalin ohne Hast. »Aber der Genosse Stalin braucht Ihnen nicht zu sagen, über welche Autorität und Macht Ihre Partei verfügt, die Bestrebungen wievieler Millionen Menschen sie zum Ausdruck zu bringen und zu verwirklichen sie bemüht ist. Wir freuen uns nicht nur über das Treffen, wir setzen Erwartungen hinein.«

Der Dolmetscher begann zu brummen, wobei er gesetzt und gewichtig das R knurren ließ. Amerikanischer Dialekt, dachte Stalin, als er die unbritisch geschmeidig daherkommenden ›prosperity‹, ›power‹, ›party‹ bemerkte. Hat zuviel Videokassetten aus Hollywood gesehen. Freilich nicht nur die. Er hat ja seine Diplomarbeit, fiel Stalin ein, über Whitman geschrieben. Und jetzt hat er sich hier eingelebt – ist gekommen, um vor der Aspirantur sein gesprochenes Englisch aufzupolieren, und irgendwie hat es ihm hier gefallen. Ein prächtiger Junge, gewissenhaft und nicht geltungssüchtig.

»Wir haben die dreißiger Jahre gut in Erinnerung. Viele Regierungen haben damals eine Reihe kurzsichtiger, abenteuerlicher Entscheidungen getroffen, und die Welt stand kurz vor der Katastrophe. Hier und dort drängten SS-Leute aller Couleur an die Macht, versuchten die staatlichen Zwangsmittel zu nutzen, um dem begonnenen Aufstieg der Menschheit auf eine prinzipiell neue Entwicklungsstufe entgegenzuwirken, auf der für diese Banditen kein Platz mehr gewesen wäre. Viele Länder machten damals ihre Art von ›Kneipenputsch‹ durch.« Die altersgrauen Worte, von den Wellen der nachfolgenden Sorgen halb verwischt, rollten im Munde wie süße Bonbons.

Das war die Jugend, ihre Zeichen, ihr Fleisch. Besser als an die unmittelbare Vergangenheit erinnerte sich Stalin an jene Zeit, und noch immer krampfte sich das Herz greisenhaft zusammen vor Stolz auf seine Leute, er brauchte sich nur die Berichte, die Namen in Erinnerung zu rufen... Und wie das Land den zwanzigsten Jahrestag des Oktober begangen hatte!

»Ich werde nicht weiter auf das Entstehen des totalitären Terrorismus im zwanzigsten Jahrhundert eingehen. Es ist bekannt, daß das unerhörte Bevölkerungswachstum, die zunehmende Kompliziertheit der Ökonomie, die immer stärkere Vernetzung der wirtschaftlichen Einheiten die alten Modelle sozialer Organisation hilflos gemacht haben. Es entstand die Notwendigkeit, ein Modell zu schaffen, das mit den wachsenden Spannungen zwischen allen sozialen Komponenten fertig zu werden vermochte. Im Grunde waren nur zwei Wege möglich. Der erste und einzig aussichtsreiche bestand darin, Ethik und Verständnis, also auch Bildung, Verantwortung und Selbständigkeit eines jeden Menschen auf ein neues Niveau zu heben, so daß de facto niemand mehr der Lenkung bedurfte, sondern nur der Information und der Handlungsfreiheit. Der zweite, entgegengesetzte Weg war die drastisch gestraffte und ins einzelne gehende staatliche Reglementierung jedes einzelnen Menschen, die ständige Vorschrift von oben, wer wann was zu tun hat, unweigerlich begleitet von totaler Verdummung, totaler Apathie, totaler Überwachung und Terror. Es ist klar, daß dieser Weg eine Sackgasse ist, da er die Kluft zwischen der wachsenden Kompliziertheit der Welt und ihrer gedanklichen Verarbeitung nicht schließt, sondern erweitert. Einen dritten Weg hat es nicht gegeben und gibt es nicht. Daher hat die Geschichte ganz gesetzmäßig den Kommunismus als Mittel zur Verwirklichung des ersten Weges geschaffen und dann den Faschismus als Mittel, durch Verwirklichung des zweiten Weges den ersten zu blockieren. In diesem und nur in diesem Sinne kann man leider sagen, daß der Kommunismus den Faschismus hervorgebracht hat. Den natürlichen Stoßtrupp des Kommunismus bilden die Intelligenzler, die alle Menschen auf ihr Niveau heben möchten – ich meine die Intelligenzler in allen sozialen Gruppen, von den Arbeitern und Bauern bis zum Staatsapparat. Der natürliche Stoßtrupp des Faschismus ist das Mittelmaß, das alle auf sein Niveau herabzuziehen trachtet – wiederum aus allen sozialen Gruppen, vom Staatsapparat bis zu den Arbeitern und Bauern.«

Stalin verstummte, der Dolmetscher begann zu sprechen. Der zwanzigste Jahrestag, führte Stalin seinen Gedankengang fort. Was sind zwanzig Jahre? Er schaute die Stenografistin an: den Kopf zur Seite geneigt, die Hand fliegt eckig übers Papier, die von den heftigen Bewegungen erzitternden schwarzen Locken hängen ihr in die Stirn, die Zungenspitze hat sie komisch zwischen den Zähnen... Sie war fertig. Sie schaute zu Stalin herüber, hatte seinen Blick gespürt – sie blies malerisch die Backen auf, zuckte gespielt zurück, ließ die Hand zittern. Stalin machte ihr ein strenges Gesicht, sie lachte lautlos – bereit, bis zum äußersten angespannt. Zwanzig Jahre. Zutrauen, Energie, der leidenschaftliche Drang zum Glück, das in Reichweite zu sein scheint. Welch eine Verlockung, diese Kraft seelenlos zu gebrauchen, wie man die Kraft des fallenden Wassers in einem Kraftwerk gebraucht! Welche beispiellose Konzentration von Kraft einem diese Verlockung vorgaukelt! Wenn Menschen glauben, scheint es verschwendete Mühe zu sein, sie denken zu lassen – und vielen zuvor auch noch das Denken beizubringen. Es geht viel schneller und einfacher, zu befehlen. Damit es besser organisiert zugeht. Zum

Wohle des Landes. Und auch, damit das Regieren einfacher ist... Gut, daß sie genug Verstand und Takt gehabt hatten, um rechtzeitig zu begreifen: Organisation und Einheitlichkeit sind nicht dasselbe. Organisation für fünf, sieben Jahre ist leicht zu haben, sogar der Hitler unseligen Andenkens hat das in seiner Bande zuwege gebracht, und was hat's genützt? Sobald klar wurde, daß Krieg nicht in Frage kam, hatte diese Organisation zum Zusammenbruch des von der NSDAP kontrollierten Wirtschaftssektors geführt, zum Kollaps der wortreichen Verdummung, der Korruption, der Vernichtung von schöpferischem Potential und des Kampfes jedes gegen jeden. Der Frieden ist eine weitaus stichhaltigere Probe als der Krieg. Man braucht so eine Art der Organisation nur ein paar Jahre lang unter den Bedingungen äußerer Ruhe am Leben zu erhalten – und sie vergiftet sich an den eigenen Zerfallsprodukten.

»Wir sind der Ansicht«, fuhr Stalin fort, »daß die Länder, die bis heute keinen dieser beiden Wege eindeutig eingeschlagen haben, dem Einfluß beider Tendenzen ausgesetzt sind und sich faktisch seit mehr als einem halben Jahrhundert im Zustand eines labilen Gleichgewichts befinden, wobei innerhalb ihrer integralen Struktur sowohl kommunistische als auch faschistische Elemente bestehen. Die ersteren gewährleisten die weitere kulturell-wirtschaftliche Handlungsfähigkeit dieser Länder, letztere die Intaktheit ihrer politischen Ordnung. Doch der Balanceakt der alten Ordnung auf der wechselseitigen Niederhaltung der beiden neuen Tendenzen kann nicht von ewiger Dauer sein. Der Faschismus drängt immer zur Gewalt, und wenn er außerstande ist, sie offen auszuüben, praktiziert er sie im Verborgenen, und das von Jahr zu Jahr krasser. Unter diesen Bedingungen wird der Kampf aller antitotalitären Kräfte um jeden einzelnen Menschen, um jeden Keim von Gewissen und Güte besonders wichtig. Es war gerade das Bündnis der Komintern, der Sozialistischen Internationale und der bürgerlich-demokratischen Regierungen und Parteien, das in den dreißiger Jahren alle Versuche totalitär-faschistischer Gruppierungen unterbunden hat, in Italien, Japan, Deutschland, Ungarn, Frankreich, Spanien und« – ein respektvolles Kopfnicken an die Adresse von Lord Townley und seine Kollegen – »einigen Ländern des britischen Commonwealth an die Macht zu kommen. Heute, von der Höhe der historischen Perspektive, kann man mit absoluter Gewißheit sagen: Dieser unser gemeinsamer Sieg hat einen Krieg verhütet, der sich zweifellos als weitaus blutiger als der sogenannte Weltkrieg erwiesen hätte, daß heißt der Krieg 1914 bis 1918. Wenn in den vierziger Jahren ein Krieg ausgebrochen wäre, so kann man sich seine katastrophalen Folgen kaum vorstellen. Zumal, wenn man bedenkt, daß im Laufe des Krieges beide Seiten Atomwaffen entwickelt und sogleich eingesetzt haben könnten.«

Stalin stand auf. Stehend wartete er, bis der Dolmetscher fertig war.

»Hingegen kann man sich die Folgen eines Krieges, wenn jetzt, Ende der achtziger Jahre, einer begänne, unschwer ausmalen«, sagte er mit erhobener Stimme und gab dem Dolmetscher Gelegenheit, diesen einen kurzen Satz zu übersetzen. Dann fuhr er fort: »Daß gegenwärtig die Regierungen fast aller Länder der Erde miteinander durch Friedensabkommen verbunden sind, daß seit 1963 kein einziger Staat atomare, chemische oder andere Massenvernichtungswaffen herstellt, wie auch alle anderen erfreulichen Tatsachen des politischen Lebens der letzten Jahrzehnte – das alles gibt heute leider keinen Anlaß zu völliger Beruhigung. Der im offenen Kampf um die Staatsmacht zerschlagene Totalitarismus ist in den Hintergrund getreten, darum aber nicht weniger gefährlich. Die faschistischen Elemente, die in den Ländern des labilen Gleichgewichts vorhanden sind, haben de facto ihre Internationale gebildet, ihren viele Millionen umfassenden Untergrundstaat, eine Supermafia von Terroristen. Die Ausrottung der Vertreter des Fortschritts – im Grunde der Blüte der Menschheit – ist eine andere Form von Krieg, von Völkermord. Kennedy, Allende, Moro, Gandhi, Palme... Und die endlosen Geiselnahmen und -morde? Das ist ein Krieg, den der Faschismus vom Untergrund aus nun doch entfesselt hat. Daß dieser Krieg nicht erklärt worden ist, ändert nichts am Wesen der Sache und kommt den Dunkelmännern nur zupaß. In den letzten Jahren können wir von seiner Eskalation sprechen. Es gab schon Dutzende von Meldungen von ungeklärtem Verschwinden atomarer Raketenwaffen aus den, weiß der Teufel warum, noch nicht aufgelösten Arsenalen. Der Gegner bewaffnet sich. Wie immer durch Raub. Wir produzieren die Waffen – die Faschisten werden sie einsetzen. Vor einer Woche hat unsere elektronische Aufklärung unzweifelhaft festgestellt, daß der uruguayische Nachrichtensatellit ›Celesta 27‹ auf unbekannte Weise umprogrammiert worden ist. Wie sich herausstellt, hat dieser vor sechs Jahren gestartete Satellit über einen unbekannten Zeitraum als Koordinierungszentrum für die Zielsuche von strategischen Raketen gedient, die an unbekanntem Ort von unbekannten Personen aufgestellt worden sind. Wer hat sie aufgestellt? Wohin zielen sie? Wir haben Uruguay über die von uns festgestellte Tatsache informiert und empfohlen, den Satelliten zur Untersuchung seiner Elektronik aus der Umlaufbahn zu holen, doch buchstäblich eine Viertelstunde, nachdem die Note der uruguayischen Regierung übergeben wurde, ist der

Satellit auf ein Signal von der Erde hin explodiert. Das Signal war von einem bisher nicht entdeckten starken mobilen Sender aus den Urwaldsümpfen im Gebiet zwischen dem Uruguay und dem Paraguay südwestlich der Iguaçu-Fälle abgestrahlt worden.«

Als der Dolmetscher fertig war, begannen die Engländer aufgeregt und finster dreinblickend zu flüstern. Die Explosion der Celesta – übrigens eines Satelliten aus britischer Produktion – war ihnen nicht neu, doch die Hintergründe kamen wie ein Blitz aus heiterem Himmel.

»Wir müssen unverzüglich die strategische Initiative in diesem Krieg gewinnen. Die von Fall zu Fall bald von dem einen, bald von dem anderen Land ergriffenen Polizeimaßnahmen zur Verteidigung sind offensichtlich wenig wirksam und objektiv Augenwischerei. Wir dürfen nicht länger hoffen, die Krankheit würde von selbst verschwinden, wenn wir sie immer weiter in die Tiefe drängen. Wir laufen Gefahr, daß in absehbarer Zeit eine SS der achtziger Jahre, mit den bei uns allen gestohlenen Waffen ausgerüstet, wieder offen den Kampf um die Macht aufzunehmen versucht. Solch eine Entwicklung wäre sowohl für Ihre als auch für unsere Gesellschaftsordnung eine Katastrophe. Unser Land schlägt vor, ein globales System für den aktiven Kampf gegen die terroristische Internationale im Untergrund auszuarbeiten, einschließlich einer Koordinierung nicht nur der für die demokratische Bildung der Bevölkerung zuständigen Institutionen, nicht nur der Polizeikräfte der einzelnen Staaten, sondern bei Bedarf auch ihrer wichtigsten Armee-Einheiten. Das Projekt von Maßnahmen zur Einrichtung eines engen antifaschistischen Kontakts zwischen den Kulturministerien, den Nachrichten- und Abwehrdiensten der Staaten sowie zum Abschluß eines, ich sage es unumwunden, kollektiven Militärbündnisses werden wir in nächster Zeit den Regierungen aller Staaten zur Kenntnis geben.«

Die Engländer kamen in Bewegung, doch diesmal lautlos. Stalin ließ sich schwer auf seinen Sessel zurücksinken.

»Entsprechende Memoranden sind bereits an den Herrn Präsidenten der USA und an den Genossen Vorsitzenden der KPCh abgegangen. Vor drei Stunden hatten wir ein vertrauliches Gespräch mit einem verantwortlichen Vertreter der deutschen Regierung, der inzwischen wohl wieder schon kurz vor Berlin ist. Unser Standpunkt stimmt mit dem Deutschlands völlig überein. Morgen wird Genosse Stalin den Herrn Minister für Auswärtige Angelegenheiten der Französischen Republik treffen. Die Vorbesprechungen des Herrn Ministers mit Genossen Molotow geben zu den positivsten Erwartungen Anlaß. Genossin Ibárruri« – Stalin lächelte leicht, als er mit Genugtuung einen weiteren Namen aus seiner Jugend aussprach – »und Ruben sind schon in Mexiko. Ich denke, auch Sie werden über Kosmovision gesehen haben, wie man sie empfangen hat.«

Stalin lehnte sich im Sessel zurück und gab so dem Dolmetscher zu verstehen, daß er wieder an der Reihe war. Unter halbgesenkten Lidern hervor betrachtete er die Engländer.

»Die Regierung Ihrer Majestät hat ihre Haltung zu unseren Bemühungen noch nicht festgelegt«, sprach er dann weiter. »Wir würden gern Ihre Erwägungen hören, meine Herren.«

Es trat eine Pause ein. Die Gäste tauschten Blicke. Es war das Ticken der Uhren zu hören. Ira nutzte die unverhoffte Atempause, schnippte eilig eine Zigarette hervor, nahm sie zwischen die Lippen, griff in die Tasche nach den Streichhölzern. Auf ihrem Gesicht zeichnete sich Irritation ab. Die aufmerksamen

Engländer nahmen die Gelegenheit war, das Schweigen zu überbrücken. Mit geradezu grotesker Gleichzeitigkeit erschien in der Hand eines jeden ein Feuerzeug – keine zwei davon von der gleichen Marke –, es ertönte ein vielfaches Klicken, und von verschiedenen Seiten wurden Ira Hände mit flackernden Flämmchen entgegengestreckt. Ira ließ verwirrt, fast erschrocken den Blick von einem zum anderen schweifen und wurde rot.

»Oh, danke … ich wollte nicht …«

Stalin klopfte sich automatisch auf die Taschen, obwohl er wußte, daß da keine Zündhölzer waren – das war auch der Grund gewesen, daß er zu Molotows Verwunderung die Pfeife weggelegt hatte: Es war ihm rechtzeitig eingefallen. Jetzt blickten alle zu Ira hin. Sie zog den Kopf ein, dann sprang sie verzweifelt auf. Schmal, mit hastigen Bewegungen und großen Augen erinnerte sie auch ohne Brille an eine Libelle.

»Gleich!« platzte sie heraus und begann vor Staunen über ihre eigene Kühnheit zu stottern. »Ich … ich hol welche bei den Mädels von der Chiffrierung! Genosse Stalin, soll ich … soll ich Ihnen welche mitbringen?«

Stalin schüttelte verneinend den Kopf. Ira stürzte zur Tür, und das letzte, was die Engländer von ihr sahen, war das Markenzeichen ›H.-Göring-Werke‹ auf ihren Jeans. Die blickt durch, dachte Stalin. Molotow hat's nicht verstanden, sie schon. Die Feuerzeuge verschwanden wieder.

»Prächtig«, sagte einer der Gäste halblaut. »Darüber werd ich schreiben. Das Oberhaupt des führenden Staates der Welt unterbricht eine wichtige Sitzung wegen der Laune irgendeiner Stenografistin! Also wirklich, ich schreib drüber.«

Der Dolmetscher neigte den Kopf zu Stalins Ohr und murmelte auf Russisch, wobei er zufrieden in sein dünnes Bärtchen lachte.

Molotow flüsterte vorwurfsvoll: »Du verwöhnst die jungen Leute zu sehr, Sosso.«

Stalin schaute mit unbewegtem Gesicht geradeaus.

»Für Sie, meine Herren, ist das prächtig, exotisch und etwas unverständlich«, sagte er. »Für uns ist es natürlich.«

»... but natural for us«, ließ sich der Dolmetscher mit stolz hervorgehobenen Rs vernehmen.

Stalins Erinnerung glitt wieder zum Anfang zurück. Das war wohl die schwerste Versuchung gewesen – denn es hatte tatsächlich an allem gefehlt. Sie hatten tatsächlich diejenigen füttern müssen wie die Küken für die Zarenküche, die im Moment am wichtigsten erschienen, und die anderen auf bessere Zeiten hoffen lassen ... Die zwanziger Jahre, oh, die zwanziger Jahre. Wie vertrackt da alles gewesen war.

»Die Bolschewiki haben mit dem alten Antagonismus zwischen Jupiter und dem Ochsen Schluß gemacht«, sagte Stalin lächelnd. »Entweder etwas ist allen erlaubt, oder keinem. Sobald mehr oder weniger legitimierte Privilegien aufkommen, hören die Leute auf, sich mit der eigentlichen Arbeit zu befassen. Es beginnen ein wüstes Handgemenge um den Platz an der Krippe und allgemeine Verbitterung. Alles wird auf den Kopf gestellt, Moral wird lächerlich und zum Zeichen mangelhafter Lebenstüchtigkeit. In den Zeitungen werden mit immer denselben Phrasen die aufopferungsvollen Helden der Arbeit gerühmt, aber die Gaben der Natur, Datschen und schöne Mädchen« – die Engländer wandten wie auf Kommando die Köpfe zur Tür, als Ira hereingeeilt kam – »kriegen der politische Abenteurer und der Dieb. Wer Gewissen und Talent hat, hält sich von diesem Schmutz überhaupt fern. Doch er findet auch keine ihm gemäße Aufgabe. Die Möglichkeit, auf den Gang der Dinge Einfluß zu nehmen, erhält man schließlich erst, nachdem man auf

Ethik und Talent verzichtet hat – aber man kann sich unschwer vorstellen, was bei solchem Einfluß herauskommt. Nebenbei entsteht noch eine weitere Perversion: Nichtstun wird modisch und hoch angesehen. Wenn ich dasitze und keine Hand rühre, dann bin ich ja ehrlich und begabt!« Die Uhr schlug viertel Drei. Stalin wartete, bis der kupferne Klagelaut verklungen war, und schloß: »Der große Marx hat vor mehr als einem Jahrhundert diese Wahrheiten formuliert. Die gesellschaftliche Praxis hat ihn immer und immer wieder bestätigt.«

»Und wer soll diese Tirade aufschreiben?« flüsterte ihm Molotow vergnügt ins Ohr. Stalin nickte entwaffnet und legte ihm die Hand aufs Knie.

Es war eine Dankesgeste. Schon auf dem XX. Parteitag hatte Soschtschenko* Stalin vorgeworfen, daß er mit den Jahren statt zu reden zu predigen begänne. Seither hatte Stalin des öfteren seine Freunde gebeten, ihn in jedem solchen Fall unverzüglich ›auf den Boden zurückzuholen‹.

Die Besprechung endete kurz nach vier. Es gingen die Engländer, Molotow ging – während er erschöpft durch das leere Arbeitszimmer trottete, hörte Stalin von der Straße her seine dumpfen, einsamen Schritte. Dann war deutlich das Klappern von Schlüsseln zu vernehmen, eine Tür wurde geöffnet und zugeschlagen. Das aufflammende Scheinwerferlicht ließ die rechteckige Finsternis des Fensters leicht erbeben. Aufdringlich und lange brummte der Anlasser, dann verstummte er. Abermals brummte er lange und erfolglos.

---

* Michail Soschtschenko, ein populärer sowjetischer Humorist und Satiriker (u. a. ›Der Agitator‹, deutsch bekannter unter dem Titel ›Die Kuh im Propeller‹), wurde 1946 vom ZK der KPdSU geächtet und erst 1957, ein Jahr vor seinem Tod, teilweise rehabilitiert. Der XX. Parteitag fand 1956 statt. – *Anm. d. Übers.*

Molotow klagte schon seit zwei Wochen über die Zündung, hatte aber offensichtlich doch keine Zeit gefunden, zur Werkstatt zu fahren. Schließlich knurrte der Motor doch unwillig auf, das singende Rauschen des Gleiters zog an den Fenstern vorbei zum Spasskitor und versank rasch in der klaren Stille vor dem Morgengrauen.

Stalin, Hitler und kein Ende

Sir Winston S. Churchill, in Squires Anthologie selber Verfasser einer Uchronie über einen Sieg der Südstaaten im Amerikanischen Bürgerkrieg, tritt in unserem Band gleich mehrfach als handelnde Person auf. Er verdankt das vor allem seiner Rolle als Motor des britischen Kampfeswillens im Zweiten Weltkrieg; er war nach Lafayette der zweite Ausländer, den die USA zu ihrem Ehrenbürger ernannten. Historische Tatsache ist auch sein Verkehrsunfall 1931 in New York, bei dem er aber mit einer Verletzung davonkam.

Eines Taxichauffeurs Werk

von WILLIAMSON MURRAY

1931 drehte ein Taxichauffeur in New York auf der Suche nach nächtlichen Fahrgästen seine Runden. Es war eine kalte, dunkle Nacht, und als er nach Norden in die Fifth Avenue abbog, gewahrte er eine Gestalt, die zu warten schien, daß er auf der fast leeren Avenue vorbeifuhr. In Eile, endlich einen Kunden zu finden, ignorierte er seine instinktive Regung, zu bremsen, und gab statt dessen Gas. Er überfuhr den ziemlich untersetzten Mann, der ihm, den Blick wohl in die falsche Richtung gewandt, vor den Wagen lief.

In ihrem Nachruf am Tag darauf sprach die *New York Times* von Churchills Beitrag zur britischen Politik im Weltkrieg: wie er die Flotte einsatzbereit gemacht und wie er 1918 im Munitionsministerium gearbeitet hatte, doch der Verfasser des Nachrufs konnte es sich nicht verkneifen, die Hauptschuld für das Mißlingen der Dardanellen-Expedition 1915 Churchill anzulasten. Und wie kaum anders zu erwarten, hob die *Times* auch hervor, zu welch großen Hoffnungen Churchill politisch und intellektuell berechtigt hatte – Hoffnungen, die sich nie ganz erfüllt hatten.

Die amerikanischen Historiker in der belagerten Demokratie am Ende des zwanzigsten Jahrhunderts schrieben die Schuld am großen Sieg der Nazis im Krieg 1939–1947 nie diesem mittlerweile ins Dunkel der Vergangenheit entrückten Vorfall zu. Wie sollte man die Sorgen einer Nation auf einen Verkehrsunfall zurückführen? Schließlich herrschte mittlerweile allgemeine Übereinstimmung, daß Geschichte ausschließlich das Ergebnis großer sozialer Bewegungen und der Taten all der Millionen sei, die die Menschheit ausmachen – gewiß nicht das Resultat von Taten einiger weniger großer Männer. Einige Historiker machten freilich geltend, daß die vermeintlich hoffnungslose strategische Lage Großbritanniens, die seinen Premierminister Lord Halifax im Sommer 1940 zur Kapitulation veranlaßte, nicht wirklich bestanden habe und daß die Auslieferung der Royal Navy an die deutsche Kriegsmarine sinnlos gewesen sei. Doch auch sie konnten sich nicht vorstellen, wie Großbritannien je zu der Strategie oder der Führung hätte kommen sollen, die es zum Sieg über die Nazi-Eroberer Europas gebraucht hätte. Und so machten sich Amerikas Streitkräfte abermals bereit, den Naziarmeen in Südamerika entgegenzutreten, und die Kriege ums Überleben schienen kein Ende zu nehmen.

Gregor Strasser, seit 1921 in der NSDAP und lange Zeit neben Hitler ihr führender Mann, überwarf sich mit letzterem wegen seines antikapitalistischen Programms. Mit ihm, aber nicht mit Hitler hätte Reichskanzler Schleicher gern koaliert; im Streit um diese Frage legte Strasser im Dezember 1932 alle Parteiämter nieder, 1934 wurde er bei Gelegenheit des ›Röhmputsches‹ erschossen. Auch für die KPD unter Thälmann, die gemäß Komintern-Weisung in der ›sozialfaschistischen‹ SPD ihren Hauptfeind sah und zeitweise mit den Nazis gegen sie paktiert hatte, wäre Strasser ohne Hitler vermutlich ein akzeptabler Verbündeter gewesen.

Wenn Thälmann 1934 nicht Reichspräsident geworden wäre

von ERIK SIMON

Dieser Vortrag wurde am 3. 10. 1995 im Instituto Goethe von Buenos Aires in Anwesenheit des deutschen Attachés für Militär und Kultur gehalten

Verehrter Herr Doktor Peters, meine Damen und Herren:

Wir leben in einer Zeit des weltweit zunehmenden Partikularismus; in aller Welt flammen Religionszwist und Bruderkriege auf; Staaten und Nationen, die Jahrzehnte, wo nicht Jahrhunderte lang eins waren, spalten sich in immer kleinere Stücke oder werden mit nackter Gewalt zusammengehalten; selbst die Europäische Gemeinschaft, so lange ein Vorbild friedlicher Integration, ähnelt, je größer sie wird, immer mehr einem bloß noch fiktiven Gebilde, das allein in Lähmung und gesetzlich normiertem Laissez-faire zur Übereinkunft gelangt. Um so ermutigender ist es, zu sehen, wie gerade in Deutschland, das in seiner Geschichte so oft auseinanderstrebte oder von fremden Mächten zerrissen wurde, die völkische Idee abermals obsiegt hat.* Schon die deutschen Emigran-

* Wir drucken den Text der in deutscher Sprache gehaltenen Rede ohne stilistische Redaktionen. Unter Auslandsdeutschen hält sich veraltetes Wortgut wie z.B. ›obsiegt‹ oft länger, ohne daß damit besondere Bedeutungsnuancen verknüpft wären.

ten, die in drei großen Wellen 1934 bis 36, um 1941 und ab 1944 in unser Land kamen, haben uns vorgelebt, wie sie als Deutsche trotz ihren konträren politischen Ansichten in gemeinsamen Siedlungen zusammenarbeiten und mit Fleiß und Industrie blühenden Wohlstand erringen konnten. Ich selbst verdanke meiner Erziehung in der Communidad Grégor vieles, nicht zuletzt die Ehre, heute vor Ihnen sprechen zu dürfen. Wir Argentinier hingegen, denen die Vollendung der nationalen Einheit bisher versagt geblieben ist,* trösten uns mit dem Gedanken, daß im Wechselspiel der historischen Zufälle Krieg und Frieden, Elend und Wohlstand, Zwist und Einheit oft nahe beeinanderliegen und nur über lange Zeiten hinweg zusammenwächst, was zusammengehört.

Wie knapp die Entscheidung mitunter ausfällt, welch verwickelte Wege die Vorsehung geht, möchte ich Ihnen an einem Denkmodell aus der jüngeren deutschen Geschichte vor Augen führen. Für jene unter meinen Landsleuten, die trotz ihres lebhaften Interesses an Deutschland nicht alle Einzelheiten kennen, werde ich auch einige allgemein bekannte Tatsachen repetieren, wofür ich die übrigen Anwesenden um Nachsicht bitte.

Selbst wer sich nur wenig in deutscher Geschichte auskennt, weiß, daß sie in den frühen dreißiger Jahren einen Wendepunkt erreicht hatte. Die Weimarer Republik war schon bei ihrer Entstehung ein Konglomerat von fragilen Kompromissen und Halbheiten; eine verläßliche demokratische und republikanische Tradition

* Vermutlich spielt der Redner hier auf die britisch besetzen Falkland-Inseln an, wenn er nicht etwa gar die Ostprovinz des spanischen Vizekönigreichs vom Rio de la Plata meint, die sich Anfang des 19. Jahrhunderts vom späteren Argentinien abspaltete und nach vorübergehender brasilianischer Besetzung 1828 die Republik Uruguay bildete.

westeuropäischer Art war dem deutschen Denken und Fühlen fremd geblieben, der Versailler Vertrag hatte das deutsche Nationalgefühl empfindlich gekränkt und zudem Deutschland schwere wirtschaftliche Lasten auferlegt, die von der Weltwirtschaftskrise noch verstärkt wurden. Die Sozialdemokratische Partei, lange Zeit die stärkste Einzelpartei jener Jahre, stand im Bewußtsein der meisten für die Weimarer Republik und die Fortführung der bestehenden Verhältnisse, und wenn es etwas gab, was die Mehrheit der Deutschen damals einhellig nicht wollte, so ebendies. Dasselbe galt für die bürgerlichen Parteien, soweit sie nicht eine Rückkehr zu den Zuständen des Kaiserreichs anstrebten; in sich war die Gruppe der bürgerlichen Parteien uneins, sie konnten bestenfalls in Koalitionen Einfluß ausüben.

Die einzigen beiden großen politischen Kräfte, die grundlegende Erneuerung versprachen, waren die Kommunistische Partei unter Ernst Thälmann und die von Adolf Hitler geführte NSDAP. Beide gewannen von Wahl zu Wahl an Stimmen, standen jedoch in scharfer Konkurrenz gegeneinander, die bis zu Straßenschlachten ging, und waren sich nur in der Ablehnung der bestehenden Ordnung und im Kampf gegen die SPD einig. Da also keine dieser drei großen Parteien mit einer der anderen zusammengehen konnte und wollte und nur mit den bürgerlichen Parteien Mehrheiten denkbar waren, die nach immer kürzerer Zeit zerfielen, schien die politische Instabilität des Landes unabänderlich, bis früher oder später die Reichswehr dem Chaos ein Ende bereitet hätte.*

Die Pattsituation schien sich noch zu vertiefen, als

* Der Redner scheint die übliche südamerikanische Lösung für selbstverständlich zu halten, die in Mitteleuropa wohl doch nicht praktikabel gewesen wäre.

sich 1932 in der NSDAP Gregor Strasser gegen Hitler durchsetzen konnte, den von letzterem angestrebten Eintritt nationalsozialistischer Minister in ein Koalitionskabinett mit dem der Zentrumspartei nahestehenden Franz von Papen blockierte und seinerseits Verhandlungen mit dem parteilosen Reichswehrminister Kurt von Schleicher aufnahm, der im Dezember mit einer auf Notverordnungen, also letzten Endes auf den Reichspräsidenten von Hindenburg gestützten Minderheitsregierung von Papen ablöste und in den Strasser-Flügel der NSDAP Hoffnungen setzte, jede Beteiligung Hitlers an einer Regierung aber strikt ablehnte. In dem darüber ausbrechenden Machtkampf in der Führung der NSDAP drohte Gregor Strasser Anfang Dezember 1932, alle Parteiämter niederzulegen. Hitler, der angesichts der bevorstehenden Neuwahlen für den Reichstag unter Zeitdruck stand, versuchte daraufhin, im Handstreich die gesamte Macht in der Partei auch formal auf sich zu vereinigen, was jedoch zu einer unerwartet starken Unterstützung für Strasser führte. Auf Strassers Seite traten unter anderem Ernst Röhm, dessen SA die aktive Massenbasis der Partei bildete, und Strassers ehemaliger Sekretär Dr. Goebbels, der Mitte der zwanziger Jahre auf Hitlers Linie umgeschwenkt war und für ihn ›Berlin erobert‹ hatte, nun aber von Hitler bei der geplanten Vergabe von Ministerposten in einem Koalitionskabinett übergangen wurde. Strasser verblieb in der Parteiführung. Bis zur Reichstagswahl im Januar drang vom inneren Zwist in der Partei nur wenig an die Öffentlichkeit; sie verlor knapp fünf Prozent, erreichte aber noch rund ein Drittel der Mandate, wobei jedoch der überwiegende Teil der nationalsozialistischen Abgeordneten der Strasser-Fraktion angehörte oder zumindest nahestand. Sowohl die Kommunisten als auch von Schleicher versuchten nun, unter Ausschaltung der Hitler-Fraktion mit Strasserleuten und anderen Parteien eine Mehrheit zu bilden, was jedoch mißlang.

Die sichtbare Zäsur setzte schließlich der Reichtagsbrand im Februar 1933, den gelegt oder angestiftet zu haben Hitler einem angeblichen Komplott Strassers und der Kommunisten vorwarf. Hitler, der damit vermutlich sowohl die NSDAP-Wähler als auch die bürgerlichen Parteien, womöglich sogar die SPD auf seine Seite zu ziehen hoffte, erreichte lediglich, daß sich weitere PGs vom ihm abwandten und der Bruch in der Partei offensichtlich wurde.

In der Folgezeit bestanden de facto zwei Parteien nebeneinander, die beide den Namen NSDAP für sich beanspruchten und bei der Reichstagswahl im Juni 1933 als NSDAP (A) und NSDAP (B) firmierten, wobei die Buchstaben wohl einfach in der Reihenfolge der Wahlregistrierung zugeordnet wurden, nachträglich aber das A mit der vormaligen Ablehnung einer konservativ-nationalsozialistischen Koalition und das B mit deren Befürwortung erklärt wurde. Bei dieser Wahl konnte die KPD absolut und die SPD bei gesunkener Wahlbeteiligung zumindest relativ Stimmen gewinnen; die beiden nationalsozialistischen Parteien erreichten zusammen immerhin noch 21 Prozent, wovon paradoxerweise 13 Prozent auf die mitgliederschwächere Hitler-NSDAP entfielen und nur knapp 8 Prozent auf die NSDAP (A). Da die SPD eine Zusammenarbeit mit Strasser ablehnte und ihrerseits von der KPD nach wie vor vehement als ›sozialfaschistisch‹ bekämpft wurde, andere denkbare Koalitionen indes keine Mehrheit ergaben, kam es zur Bildung eines Koalitionskabinetts der SPD mit mehreren bürgerlichen Parteien, das von einer Krise in die andere taumelte, aber mit Unterstützung Hindenburgs in wechselnder personeller Besetzung bis 1934 standhielt, obwohl sich die wirtschaftliche Lage Deutschlands weiter verschlechterte.

Angesichts neuerlich zunehmenden Einflusses der Hitler-NSDAP näherte sich Strasser, der seine antikapitalistische Haltung ohnehin nie verhehlt hatte, an die KPD an; der gleichzeitige Übertritt Hermann Görings zu Strasser löste bei Hitler eine Panikreaktion aus – in einem völlig aussichtslosen Putschversuch versuchte er Ende Juni, Strasser, Röhm, Goebbels, Göring und andere Abtrünnige ermorden zu lassen, was nur im Falle Görings gelang und eine gemeinsame Reaktion der SA und des Rotfrontkämpferbundes auslöste, der etliche Mitglieder der Hitlerpartei zum Opfer fielen. Die Regierung sah sich in der undankbaren Lage, die NSDAP (B) verbieten, zugleich aber ihre Mitglieder vor Übergriffen schützen zu müssen, was sie rechtschaffen tat, obwohl die SPD und ihre Koalitionspartner dadurch bei Gegnern und Sympathisanten Hitlers gleichermaßen Ansehen einbüßten. Nachdem einen Monat später, am 2. August, Hindenburg starb, wurde Ernst Thälmann mit Unterstützung Strassers zum neuen Reichspräsidenten gewählt. Der von Thälmann zum Reichskanzler ernannte Gregor Strasser fand mit seinem überwiegend aus kommunistischen Ministern bestehenden Kabinett zunächst jedoch keine Mehrheit im Reichstag. Erst die Reichstagswahl vom November 1934 schuf eindeutige Verhältnisse: Nach weiteren Stimmengewinnen konnte die KPD nicht nur fünf, später sechs Minister, sondern mit Ernst Torgler auch den Reichskanzler stellen. Gregor Strasser wurde Reichsinnenminister, Ernst Röhm Reichswehrminister, der vierundachtzigjährige Georg Ledebour von der kleinen Sozialistischen Arbeiterpartei, einst ein Gegenspieler Thälmanns in der USPD, Postminister. Das Justizministerium erhielt der parteilose Radikaldemokrat Hellmut von Gerlach, dem nach seinem Tode am 1. 8. 1936 mit der jungen Kommunistin Hilde Lange die erste Frau in einer deutschen Reichsregierung folgte. Zum

Außenminister ließ Torgler klugerweise Ernst von Weizsäcker berufen, einen Berufsdiplomaten ohne parteipolitische Ambitionen, der bereits Staatssekretär im Auswärtigen Amt gewesen war. Dr. Goebbels wurde bei der Vergabe von Ministerien abermals übergangen und nur Pressechef der Regierung; erst nach den Hochverratsprozessen der Jahre 36/37 brachte er es zum Staatssekretär der Reichskanzlei. Doch ich eile voraus.

Ich hoffe, meine Damen und Herren, daß ich Ihre Geduld nicht über Gebühr beansprucht habe – ich widme diesen Ereignissen so viel Raum, weil sich dort die Punkte häufen, an denen die Geschichte leicht eine andere Richtung hätte einschlagen können. Ich werde zu jenen Monaten zurückkehren, zuvor aber will ich in größeren Schritten zusammenfassen, was sich später ereignete und besser bekannt ist, ja, was alles Vorangehende in den Schatten gestellt und aus dem Bewußtsein verdrängt haben mag.

Wie gesagt, war es eine kluge Entscheidung der deutschen Kommunisten, das Außenministerium dem Freiherrn von Weizsäcker anzutragen; auch ansonsten fanden praktisch kaum personelle Änderungen im Auswärtigen Dienst statt. Damit wurde dem Ausland eine in Wahrheit gar nicht beabsichtigte politische Kontinuität suggeriert, und in der Tat verhielt sich der Westen zunächst abwartend, allein die Kurse deutscher Aktien fielen anfangs im Ausland drastisch. Die Sowjetunion freilich versuchte ihre Verbindungen zur neuen deutschen Regierung sofort zu intensivieren und sich weiteren Einfluß zu sichern, was ihr auch gelang. So hatte die KPD schon zuvor, als sich die Chance eines Wahlsieges abzeichnete, auf Stalins Wunsch jene Punkte ihres Programms, die auf eine alsbaldige Enteignung des Großkapitals und des Großgrundbesitzes abzielten, entfernt oder verwässert; lediglich die Fürstenabfindung von 1926 wurde sofort per Gesetz rückgängig gemacht, Großgrundbesitz mit höheren Steuern belegt und seine weitere Vergrößerung durch Kauf oder Erbe verboten. Der darauf folgenden Revolte eines Teils der durch den Versailler Vertrag dezimierten Reichswehr wurde die Regierung mühelos Herr, doch nahm sie sie zum Vorwand für eine Ausnahmegesetzgebung, mit deren Hilfe zwar nicht die im Reichstag vertretenen Parteien, wohl aber selektiv einzelne Abgeordnete wegen angeblicher oder tatsächlicher Verwicklung in die Unruhen verfolgt oder ihnen zumindest die Mandate aberkannt wurden, was natürlich verfassungswidrig war. Als die davon besonders betroffene SPD mit Protesten nichts erreichte, boykottierten die meisten ihrer Abgeordneten die Sitzungen des Reichstages, worauf sie per Dekret auch von allen künftigen Sitzungen ausgeschlossen wurden, aber pro forma Abgeordnete blieben und beispielsweise ihre Immunität behielten. Einige Abgeordnete wechselten auch zu anderen Parteien, insbesondere zu der der KPD verpflichteten, scheinbar aber eigenständigen SAP. Ein Witz aus jenen Tagen lautete, die SPD habe im Reichstag drei Arten Abgeordnete sitzen: die einen seien keine Abgeordneten, die anderen säßen nicht im Reichstag, und die übrigen seien nicht in der SPD. Doch ich bemerke, daß ich mich wieder in Details verliere; bitte verzeihen Sie. Es hat aber auch eine eigene Ironie, daß die SPD sich in jener Situation ihrer revolutionären Traditionen besann und zum Generalstreik aufrief, was von den Gewerkschaften – wo sie noch erheblichen Einfluß besaß – sogar teilweise befolgt wurde, das Verhältnis zwischen der KPD-Regierung und der deutschen Unternehmerschaft aber schlagartig verbesserte. Den nur zu einem geringen Teil inhaftierten, in größerer Zahl aber des Landes verwiesenen Mitgliedern der Hitlerpartei begegneten an Bord der Auswandererschiffe bald einzelne SPD-Aktivisten.

Gegenüber der deutschen Großindustrie verfolgte die Regierung eine flexible Politik: Mit Gesetzen zu einer staatlichen Kontrolle der Unternehmensführung – ohne Änderung der Eigentumsverhältnisse – und vor allem zur zwangsweisen Entflechtung großer Konzerne hatte man Machtmittel geschaffen, die aber nur sehr zurückhaltend benutzt wurden, solange die Unternehmen sich kooperativ zeigten. Stalin war an einer Ausnutzung des deutschen Industriepotentials für den forcierten Aufbau der Sowjetwirtschaft mehr interessiert als an einer alsbaldigen Einführung sowjetischer Verhältnisse in Deutschland, die deutsche Wirtschaft profitierte ihrerseits von der Ausweitung überaus günstiger Wirtschaftsbeziehungen mit der UdSSR, die sich als zuverlässiger und krisenfester Handelspartner, günstiger Rohstofflieferant und fast unbegrenzt aufnahmefähiger Absatzmarkt erwies. Zur Stabilisierung der deutschen Regierung trug dies ebenso bei, wie die wirtschaftliche Erholung nach der Weltwirtschaftskrise und ein gemäßigter Sozial- und Wirtschaftsdirigismus. Staatlich finanzierte Großprojekte wie der Aufbau eines Hochgeschwindigkeits-Schienennetzes mit der breiteren sowjetischen Spurweite parallel zu den Hauptstrecken der Reichsbahn kurbelten die Wirtschaft zusätzlich an, wurden aber nach einiger Zeit nur noch schleppend weitergeführt.

Die mit wachsender innerer Stabilität wieder zunehmende Neigung der KPD, sich in der III. Internationale zu engagieren, das heißt, kommunistische Bewegungen im Ausland zu unterstützen, dazu die erstarkende deutsche Konkurrenz auf dem Weltmarkt und schließlich die Weigerung der deutschen Regierung, die Reparationsverpflichtungen aus dem Versailler Vertrag zu erfüllen und die der Wehrmacht auferlegten Beschränkungen einzuhalten, verschärften indes das Verhältnis zu den westeuropäischen Staaten, während die USA zunächst wohlwollende Neutralität übten. Auch fragte man sich nicht zu Unrecht, wozu Deutschland Eisenbahnstrecken mit der sonst nirgends in Europa üblichen sowjetischen Spurweite baue, da doch das Fehlen einer gemeinsamen Grenze die Verbindung der beiden Streckennetze eigentlich ausschlösse.

Die Entsendung sowjetischer und deutscher Freiwilligenkontingente in den spanischen Bürgerkrieg, ein flagranter Verstoß gegen den Blockadebeschluß des Völkerbundes (an den sich freilich auch sonst niemand hielt), diente als Anlaß für halbherzige Wirtschaftssanktionen gegen die beiden kommunistisch regierten Staaten. Sie zeitigten zunächst wenig Wirkung, da Polen die Blockade der Verkehrsverbindungen zwischen beiden Ländern, die es auf Geheiß des Völkerbundes begonnen hatte, schon nach vier Tagen wieder aufgab und die Tschechoslowakei sich von vornherein nicht beteiligte. Spätestens jetzt war aber auch dem letzten klar, daß die Existenz der Zwischenstaaten, die jederzeit den mittlerweile für das Deutsche Reich wie auch für die UdSSR lebensnotwendig gewordenen Wirtschaftsverkehr unterbrechen konnten, für letztere eine vitale Bedrohung darstellte und daß diese Staaten – Litauen, die Tschechoslowakei und vor allem Polen – ebendarum ihrerseits Bedrohung durch die großen Nachbarn zu gewärtigen hatten.

Versuche, bei Wahrung der staatlichen Souveränität der Zwischenstaaten dort die Etablierung befreundeter kommunistischer Regierungen zu fördern, zeitigten nur in Litauen Teilerfolge; in dem geographisch viel wichtigeren Polen war jede politische Kraft von vornherein chancenlos, die in den Verdacht geriet, mit Deutschland oder gar mit Sowjetrußland, gegen das man 1919 und 1920 im Krieg gestanden hatte, zu konspirieren. Auch die Minderheiten der Deutschen, Ukrainer und Weißrussen in Polen gaben keine starken Verbündeten ab, eigneten sich aber wenigstens für die Propaganda im eigenen Lande. Die KPD beispielsweise hatte schon in der zwanziger Jahren in Wahlaufrufen die Unterdrückung der deutschen Minderheit in Polen angeprangert.

Diese Wendung der kommunistischen Politik wäre von Thälmann vielleicht nicht gebilligt worden. Der jedoch war zu diesem Zeitpunkt schon nicht mehr Reichspräsident: Im September 1936 hatte ihn der erst Ende 1934 nach Deutschland zurückgekehrte Friederich Mielke, ein bis dahin völlig unbedeutender Komintern-Funktionär und seit der Regierungsumbildung vom Juli 1936 Staatssekretär der Reichskanzlei, auf Weisung Stalins als Haupt einer trotzkistisch-zionistischen Verschwörung gegen das Deutsche Reich entlarvt; Thälmann hatte seine Schuld öffentlich eingestanden und war zusammen mit anderen Mitgliedern der Parteispitze von einem Sondergericht zum Tode verurteilt, zunächst aber nur in ein Straflager verbracht worden. Noch während des Prozesses ließ Mielke vom gleichgeschalteten Reichstag und mit erzwungener Billigung Thälmanns den Ausnahmezustand ausrufen und sich selbst zum Reichskanzler mit Sondervollmachten ernennen. Bei uns in Argentinien trafen die ersten deutschen Kommunisten ein.

In diesem Zusammenhang muß ich auf das vielleicht dunkelste Kapitel der deutschen Geschichte dieses Jahrhunderts zu sprechen kommen: die von der Führung der KPD ab 1936 befohlene Ermordung zahlreicher deutscher Juden. Viele von ihnen waren mißliebig gewordene Intellektuelle, einige wenige widerspenstige Unternehmer und Bankiers, ein großer Teil Kommunisten, die den innerparteilichen Säuberungsaktionen zum Opfer fielen, andere wiederum x-beliebige Juden, die einzig und allein darum sterben mußten, weil man ihnen die Rolle eines Bindegliedes zwischen einer angeblichen monopolkapitalistisch-kosmopolitisch-zionistischen Weltverschwörung und irgendeinem nichtjüdischen Parteifunktionär andichtete, der das eigentliche Ziel der Verfolgung war. Unter einem nationalsozialistischen Regime, sagte Hitler* 1946 als Zeuge der Anklage in Nürnberg selbst aus, wäre so etwas schon allein darum undenkbar gewesen, weil Juden in die NSDAP nicht aufgenommen wurden. Überhaupt habe sich sein Antisemitismus weniger gegen den einzelnen Juden als vielmehr gegen die (von ihm postulierte) jüdische Rasse gerichtet, der durch die Ermordung Einzelner natürlich nicht beizukommen gewesen wäre. Von Hitler wäre also eher eine weitgehende Ausgrenzung, vielleicht sogar Ausweisung aller Juden zu erwarten gewesen. Die Führung der KPD, erklärtermaßen frei von jeder nationalistischen oder rassistischen Erwägung, hat dennoch Juden wegen ihres Judentums umbringen lassen, wie es übrigens wenig später auch in der UdSSR geschah. Leider fanden damals nur wenige Deutsche jüdischer Herkunft den Weg in unsere Communidad Grégor, nicht nur, weil die Flucht schwierig war, sondern weil die meisten jüdischen Kommunisten bis zuletzt auf die Vernunft ihrer deutschen Genossen bauten. In Deutschland wurden auf diese Weise binnen weniger Jahre über sechstausend Juden ermordet; kein anderes wie auch immer geartetes deutsches Regime kann man sich vorstellen, das zu solch einem Ausmaß an Ruchlosigkeit imstande gewesen wäre.

---

* Er hatte den Krieg zunächst im Gefängnis und anschließend in einem Arbeitslager bei Weimar überlebt, war dort aber fast erblindet und lebte in Stuttgart von einer Rente als Verfolgter des Kommunismus.

Dennoch – wenn nicht gerade darum – errangen die Kommunisten bei den Reichstagswahlen 1938 eine so überwältigende Mehrheit, daß sie mit einer Verfassungsänderung sämtliche Dekrete der Vergangenheit nachträglich legalisieren und ihren Machterhalt für die Zukunft sichern konnten. Sowohl die SAP als auch die NSDAP (A) hatten sich zu diesem Zeitpunkt bereits mit der KPD vereinigt; Ernst Röhm war Militärberater in der Mongolischen Volksrepublik geworden; Gregor Strasser und Joseph Goebbels waren anläßlich eines Freundschaftsbesuchs in der UdSSR zusammen mit ihrem Dolmetscher Mandelstam und mehreren sowjetischen Schriftstellern bei einem tragischen Badeunfall in der Wolga ums Leben gekommen.

Wie Sie wissen, folgten schließlich die Wehrmacht und die Rote Armee 1939 in Erfüllung ihrer internationalistischen Pflicht einem Hilferuf zweier Vertreter der in Stara Kornica gebildeten Provisorischen Regierung der Polnischen Sozialistischen Republik und befreiten die polnischen Werktätigen, wobei die Rote Armee im Eifer des Gefechts die baltischen Klassenbrüder gleich mitbefreite, nachdem Deutschland bereits 1938 auf das Massaker am – sozialdemokratisch orientierten! – Republikanischen Schutzbund in geeigneter Weise reagiert hatte, wenn auch mit vier Jahren Verspätung. Das europäische Bündnissystem zog binnen kurzem den größten Teil des Kontinents in den Krieg, in dessen Verlauf zunächst die Werktätigen zahlreicher weiterer Staaten befreit werden konnten.

An diesem Punkt halte ich inne, um ins Jahr 1933 zurückzukehren. So zwingend die Ereignisse auch aus heutiger Sicht scheinen mögen, so werden Sie mir doch zustimmen, daß die wahrscheinlichste Entwicklung wohl eine Fortschreibung des politischen Chaos auf unbestimmte Zeit gewesen wäre, das Deutschland entweder in eine pragmatisch orientierte Militärdiktatur geführt hätte, wie sie damals beispielsweise in Polen unter Marschall Piłsudski und in Ungarn unter Admiral Horthy bestand,* oder das Deutsche Reich wäre mit der wirtschaftlichen Erholung nach und nach eine bürgerliche Demokratie westeuropäischen Zuschnitts geworden. Das wäre wohl auch geschehen, wenn Gregor Strasser von Anfang an die Parteiführung beherrscht hätte: An der Spitze einer einigen, starken NSDAP hätte er weder mit der KPD noch mit bürgerlichen Parteien koaliert, sondern auf seine Chance gewartet, die vermutlich nie oder zu spät gekommen wäre.

Interessanter – und jedenfalls nicht viel unwahrscheinlicher als die tatsächlichen Ereignisse – ist eine andere Spekulation: daß sich Adolf Hitler durchgesetzt und mit konservativen Politikern um von Papen ein Koalitionskabinett gebildet hätte. Hindenburg hätte diese Lösung mißbilligt, sie aber vermutlich einer Regierung Thälmann vorgezogen. Hitler hätte einen Fuß in der Tür gehabt, seine NSDAP bei der nächsten Wahl zweifellos weitere Stimmen hinzugewonnen und mehr oder weniger rasch die bürgerlichen Koalitionspartner dominiert, wenn nicht absorbiert. Nehmen wir weiter an, die NSDAP hätte den allfälligen Machtkampf mit der KPD, der sich gewiß nicht auf den parlamentarischen Rahmen beschränkt hätte, für sich entschieden und die SPD irgendwie kaltgestellt, was wirklich nicht schwer vorzustellen ist; nehmen wir also an, Hitler hätte ein ebenso stabiles Regime errichten können, wie es in der realen Geschichte Mielke vermochte. Hitlers politische Ziele sind in seinem Buch ›Mein Kampf‹ deutlich umrissen. Es sind dies großdeutsche Expansion, Antisemitismus, Antikommunismus, ein ständisch und völkisch ver-

* Möglicherweise war die südamerikanische Lösung in Mitteleuropa also doch nicht so unpraktikabel …

faßtes Deutschland und die Revision des Versailler Vertrages. Die Prioritäten ergeben sich zwangsläufig aus der weltpolitischen und wirtschaftlichen Situation Deutschlands: Die innere Verfassung Deutschlands ist hier zweitrangig, sie hätte den äußeren Zielen zu dienen gehabt. Auch Hitlers überaus militanter Antisemitismus braucht hier als innerdeutsche Angelegenheit nicht zu interessieren, ich habe dazu schon etwas gesagt. Der Antikommunismus hingegen hatte außer der inneren auch eine äußere Zielrichtung, aus der Hitler nie ein Hehl gemacht hat: gegen die UdSSR. Im Osten sollte auch die Hauptrichtung der räumlichen Expansion liegen. Die Revision von Versailles dagegen stand beim gegebenen Kräfteverhältnis offensichtlich nicht auf der Tagesordnung, sie war nur schrittweise zu erreichen, eventuell in Übereinkunft mit den Westmächten, soweit sie nicht sowieso bloß der Demagogie diente: Auf Hitlers Prioritätenliste dürfte die Rückgewinnung von Deutsch-Samoa oder Togo ziemlich weit hinten gestanden haben.

Es liegt also auf der Hand, daß sich Hitler, sobald er sich dazu stark genug fühlte, gegen die UdSSR gewandt hätte. Polen wäre keine Barriere zwischen aufeinander angewiesenen Verbündeten gewesen, sondern höchstens ein Hindernis auf dem Vormarsch. Möglicherweise hätte Deutschland Polen ungeachtet historisch bedingter Ressentiments als Verbündeten gewinnen können – immerhin hatte die Rote Armee erst unlängst versucht, Polen zu erobern, und dieses Ziel wohl auch nie glaubhaft aufgegeben. Schlimmstenfalls hätte Polen die Verletzung seiner Souveränität durch die durchmarschierenden Truppen dulden müssen; es ist kein Grund ersichtlich, warum die Westmächte das nicht hätten hinnehmen sollen, und sei es unter Protest bis hin zu einer formalen Kriegserklärung ohne Aufnahme von Kampfhandlungen: daß sie den Kommunismus in der UdSSR auch als Bedrohung der eigenen Existenz erkannt hatten, zeigen ihre Interventionen der frühen zwanziger Jahre.

Es wäre also in jedem Falle zum Krieg gekommen, doch wäre es kein verheerender Weltkrieg geworden, sondern ein vom Westen offen oder heimlich gebilligter Kreuzzug gegen den Kommunismus, in dem die Wehrmacht zweifellos obsiegt hätte, wenn wir ein mit der wirklichen Geschichte auch nur annähernd vergleichbares Kräfteverhältnis annehmen. Eine vollständige Okkupation der Sowjetunion wäre natürlich nie in Frage gekommen; den europäischen Teil allein hätte das Deutsche Reich wohl militärisch erobern, aber nicht auf Dauer verwalten, geschweige denn sich einverleiben können, ohne selbst in seiner Verfassung allmählich zu verpampen.* Vermutlich hätte es in weiser Beschränkung auf solch einen Versuch verzichtet und sich mit der Annexion kleinerer, besser verdaulicher Territorien begnügt, vornehmlich der russischen Ostseeküste und ihres Hinterlandes. Denkbar wäre auch eine erzwungene, aber schließlich hingenommene Abtretung polnischen Gebiets im Norden und Westen bei gleichzeitiger großzügiger Entschädigung Polens im Osten und Südosten bis ans Schwarze Meer, zumal diese Landstriche früher einmal polnisch waren.

Jedenfalls wäre Deutschland mit der Verwaltung, Ausbeutung und wirtschaftlichen Durchdringung seiner neuen Ostprovinzen auf lange Zeit vollauf beschäftigt gewesen, die im Westen noch offenen Streitpunkte hätten sich erledigt oder wären schließlich einvernehmlich beigelegt worden. Die Verwaltung des riesigen Staatsgebiets mit seiner zahlreichen Bevölkerung hätte im Laufe der Zeit eine Anpassung der nationalsozialistischen Politik und Ideologie an die objektiven

* Gemeint ist wohl ›versteppen‹ oder ›verwildern‹.

Erfordernisse erzwungen, wie etwa die Verwaltung des Britischen Weltreichs eine Politik erzwungen hat, in der vielleicht für unterschwelligen Rassismus, nicht aber für dessen militante Formen Platz war. Der Menschheit wäre ein Weltkrieg erspart geblieben, dem deutschen Volk eine vernichtende Niederlage und die sich anschließende Teilung.

Denn die wirkliche Geschichte verlief ja anders. Nach der Eroberung und Teilung Polens überrannte die Wehrmacht, übrigens unter dem Kommando adeliger und bürgerlicher, größtenteils nichtkommunistischer Offiziere, fast ganz Europa, während sich Stalin auf die Annexion des Baltikums und eines kleinen Stücks von Rumänien beschränkte und weiterhin kriegswichtige Wirtschaftsgüter nach Deutschland schickte, nicht aber die versprochene Waffenhilfe für die Westfront, wo Mielke vor allem den Einsatz der sowjetischen Flotten gegen England, die letzte Bastion des Monopolkapitalismus in Europa, erhofft hatte. Führte allein das schon zu ersten Mißhelligkeiten zwischen der deutschen und der sowjetischen Führung, so verschärften sich diese noch, als Stalin mit der Forderung an Mielke herantrat, der UdSSR in den von deutschen Truppen befreiten oder aber mit Deutschland verbündeten Balkanstaaten eine Einflußzone einzuräumen, da Deutschland mit der Durchsetzung der Weltrevolution in ganz Europa sichtlich überfordert sei.

Friederich Mielke, seit Ende 1936 Vorsitzender der KPD und Reichskanzler, wurde 1938 – nachdem das Amt zwei Jahre lang unbesetzt war – auch Reichspräsident auf Lebenszeit. Er hatte nun die in Deutschland größtmögliche Machtfülle erreicht und nahm konspirative Kontakte zu Mitgliedern des Politbüros der KPdSU auf, vermutlich mit dem Ziel, die Entlarvung Stalins als Drahtzieher einer antikommunistisch-kosmopolitischen Verschwörung in die Wege zu leiten, was Stalin jedoch sofort hinterbracht wurde; Stalins Versuch, im Gegenzug den Sturz Mielkes zu veranlassen, wurde vom Volkskommissar für Reichssicherheit Heinrich Himmler unterbunden, der als ehemaliges Führungsmitglied der Hitler-NSDAP schwer belastet und von Mielke abhängig war, also ohnehin keine Chance hatte, die Führung der KPD an sich zu reißen.

Mittlerweile hatte die UdSSR ihre Truppen im Fernen Osten konzentriert, wo es 1938 am Chassansee zu einen ersten Zusammenstoß mit den Japanern gekommen war und im August 1939 sowjetische Einheiten Truppen der Kwantung-Armee am mongolischen Chalchyn gol eine empfindliche Niederlage zufügten, so daß die UdSSR sich eine Gelegenheit ausrechnete, die 1905 verlorenen russischen Gebiete zurückzugewinnen. In dieser günstigen Situation beschloß Mielke, den zu erwartenden weiteren hilfreichen Hinweisen von den sowjetischen Genossen zuvorzukommen. Er befahl den Einmarsch der Wehrmacht in die Sowjetunion am 21. 6. 1941. Sowohl in Deutschland wie in der UdSSR löste diese plötzliche Wende zunächst Befremden aus; in beiden Ländern wurden jedoch einleuchtende Erklärungen für den Verrat der jeweils anderen Seite an der Arbeiterklasse geboten. Einige deutsche Kommunisten, vor allem solche, die an der Westfront im Einsatz waren, fanden Gelegenheit, in der Communidad Grégor zusätzliche Erläuterungen einzuholen.

Nach der Ihnen allen bekannten Wende des Krieges und bei wachsender Kriegsverdrossenheit gelang in Deutschland, anscheinend mit Wissen und Billigung Himmlers, am 20. 6. 1944 ein Attentat national gesinnter Offiziere auf den Parteivorsitzenden und Reichspräsidenten, wobei der Anführer der Verschwörer, Oberleutnant Ulbricht, Mielkes Zahnbürste vergiftete, zu der er als dessen persönlicher Adjutant Zugang hatte. Ein unmittelbar danach gestellter Antrag des Deutschen

Reiches, als Deutsche Sozialistische Sowjetrepublik der UdSSR beizutreten, wurde von Stalin mit Rücksicht auf die westlichen Verbündeten abschlägig beschieden, und zwar mit der merkwürdigen Begründung, Deutschland werde nach der Wiedererrichtung des polnischen Staates keinen territorialen Zusammenhang mit der UdSSR haben. Deutschland wurde von den Siegermächten besetzt, Walter Ulbricht aber in der sowjetischen Zone zum tatsächlichen Statthalter Stalins bestellt, wenngleich man ihn anfangs im Hintergrund hielt. Die Nürnberger Kriegsverbrecherprozesse, in denen die USA immer wieder die kommunistische Weltverschwörung Deutschlands und der UdSSR hervorkehrten, zementierten den Bruch unter den Alliierten; die historische Forschung in der Sowjetunion hatte Mielke bereits als Agenten des faschistischen Franco-Regimes und der amerikanischen Hochfinanz entlarvt. Die Gründung zweier deutscher Staaten im Jahre 1949 besiegelte für lange Zeit die Teilung Deutschlands, doch, wie wir voller Befriedigung und Zuversicht konstatieren, nicht für immer. Bei einem anderen, gnädigeren Verlauf der Geschichte wäre unsere Befriedigung jetzt vielleicht geringer, unsere Unschuld jedoch größer.

Meine Damen und Herren, ich danke für Ihre Geduld.

Anhang:

Die 23. und 24. Regierung der Weimarer Republik, 3. 12. 1934 bis 14. 6. 1936 bzw. 14. 6. bis 18. 10. 1936

Reichskanzler:	Ernst Torgler, KPD; *ab 14. 6. 1936* Wilhelm Pieck, KPD
Auswärtiges:	Ernst Frhr. von Weizsäcker, parteilos

Inneres:	Gregor Strasser, NSDAP (A); *ab 14. 6. 1936* Richard Scheringer, KPD
Finanzen:	Willi Münzenberg, KPD
Wirtschaft:	Gottfried Feder, (von der NSDAP (A) übergetreten zur) KPD; *ab 14. 6. 1936* Hjalmar Schacht, parteilos, später KPD
Arbeit:	Wilhelm Koenen, KPD
Justiz:	Hellmut von Gerlach, parteilos; ab 12. 8. 1935 Hilde Lange, KPD
Wehr:	Ernst Röhm, NSDAP (A)
Verkehr:	Wilhelm Pieck, KPD; *ab 14. 6. 1936* Gregor Strasser, NSDAP (A)
Ernährung:	Edwin Hoernle, KPD
Post:	Georg Ledebour, SAP; *ab 14. 6. 1936* Franz Dahlem, KPD
Außenhandel:	*ab 14. 6. 1936* (neues Ministerium) Gottfried Feder, KPD
Volkswohlfahrt:	*ab 14. 6. 1936* (neues Ministerium) Käte Frankenthal, SAP
Forschung:	*ab 14. 6. 1936* (neues Ministerium) Ernst Torgler, KPD

Staatssekretär der Reichskanzlei:	Franz Dahlem, KPD; *ab 14. 6. 1936* Friederich Mielke, KPD
Pressechef:	Dr. Joseph Goebbels, NSDAP (A)

Die Regierungsumbildung vom 14. 6. 1936 war auf sowjetische Empfehlung von der engsten Führung der KPD beschlossen und mit den Koalitionspartnern abgesprochen worden, dabei verblieben fast alle Minister in der Regierung, wurden aber wie Strasser oder der bisherige Reichskanzler in relativ einflußlose, zum Teil eigens neu geschaffene Ministerien abgeschoben. Ledebour schied aus Altersgründen aus, doch die SAP erhielt dafür das neue Ministerium für Volkswohlfahrt. Aus heutiger Sicht stellt sich die von Thälmann durchgesetzte Regierungsumbildung als Vorbereitung auf den Parteiputsch vom September/Oktober 1936 dar, dem Thälmann selbst mitsamt anderen KP-Führern zum Opfer fiel, während ihn die Vertreter der Koalitionsparteien zunächst ohne Schaden an ihrer Person überstanden. Hilde Lange (später verehelichte Benjamin), die in dieser sogenannten »revolutionären Wende« eine bedeutende Rolle spielte, hatte das Justizministerium allerdings schon 1935 nach dem Tod von Gerlachs übernommen.

Stalin, Hitler und die Kernphysik

In seinem Roman Reservat für Gelehrte *geht Kir Bulytschow von der Annahme aus, sowjetische Wissenschaftler hätten vor Beginn des Zweiten Weltkriegs eine Atombombe entwickelt, bei deren Herstellung in einem arktischen Lager Tausende von Menschen umkommen. Hitler verlegt daraufhin den Angriff auf Polen vor, Stalin aber hat von Jeshow und einem ihn hassenden Wissenschaftler ein schönes Stück hochradioaktive Metallschmelze geschenkt bekommen, das er in Unkenntnis seiner Wirkung auf seinem Schreibtisch legt. Das eine wie das andere hat weitreichende Folgen für den Verlauf der Geschichte …*

Stalins Trumpf

von Kir Bulytschow

Daß Hitlers Angriff auf Polen Europa unvorbereitet getroffen hätte, wäre gelinde gesagt. Über Nacht hatte Hitler alle Pläne der Weststaaten für die Mobilmachung und Truppenentfaltung zerschlagen, die Anfang August in der Hoffnung, es würde alles noch gut gehen, ohne Hast anlaufen sollten. Die englische und französische Öffentlichkeit war zwar gegen ein neues Münchener Abkommen und hatte schon begriffen, daß man Hitler nur mit Gewalt Einhalt gebieten konnte, doch nun igelte sie sich ein und verstummte. Selbst die Meldungen über die Bombenangriffe auf Warschau und Krakau, von den Kämpfen auf der Westerplatte, wo die deutschen Landetruppen sich schwer taten, die polnische Marinegarnison zu überwinden, erschienen nur wie ein Alptraum aus einer anderen Welt, der mit meinem Haus, meiner Familie, meinem Leben nichts zu tun haben konnte.

Die Lähmung erfaßte alle Machtstrukturen – Churchill mit seiner antideutschen Haltung und seiner unerschütterlichen Kompromißlosigkeit Hitler gegenüber hätte sofort die Machtbefugnisse des Kriegszustands bekommen müssen, sogar Hitler ging davon aus, doch die Mitteilung von dem deutsch-sowjetischen Freundschafts- und Neutralitätsabkommen ließ das ganze Kartenhaus seiner Politik einstürzen. Man mußte sich noch an den Gedanken gewöhnen, daß man höchstwahrscheinlich gegen beide totalitären Regimes in Europa gleichzeitig würde kämpfen müssen und daß Amerika, mit seinen Querelen mit Japan und mit den

Präsidentschaftswahlen beschäftigt, sich aus den europäischen Angelegenheiten möglichst heraushalten würde.

Chamberlain trat zurück, Halifax nahm den Posten des Premierministers nicht an, Churchill wurde vom Unterhaus blockiert …

Churchill verkroch sich an jenem Tag in der Admiralität. Diesen Posten außerhalb des Kabinetts hatte das Parlament ihm als Kompromiß zukommen lassen, um die verwirrte Öffentlichkeit zu beruhigen, für die sich Churchills Name mit der Ehre des Landes verband, die zu retten nun in der Tat Churchill zufiel, ohne daß er dafür die Kräfte und Mittel besessen hätte.

»Wieso?« fragte Churchill den Admiral Mountbatten, der im Arbeitszimmer, das noch nach dem Tabak des Vorgängers roch, am Kamin saß. »Wieso hat Stalin die Information über die Geheimverhandlungen durchsickern lassen – damit wird schließlich Rußland kompromittiert?«

»Vielleicht bedeutet es, daß Stalin im Begriff ist, die Macht über das Land zu verlieren?«

»Nach dem, was er mit der Opposition gemacht hat? Seien Sie nicht naiv, Admiral.« Der dicke, untersetzte Churchill stand vor dem hochgewachsenen, gutaussehenden Mountbatten, der ein Verwandter des Königs und trotzdem ein fähiger Marineoffizier war, die Hände in die Seiten gestemmt, als wolle er seinem Gegenüber den Kopf unters Kinn stoßen.

»Dann wollen wir annehmen, daß da ein gewöhnliches Informationsleck war – das kommt auf allen Ebenen vor. Vergessen Sie nicht, Sir, daß bei den Russen große Veränderungen vor sich gehen: der bescheidene Nachruf auf Volkskommissar Jeshow und die Ernennung Berijas …«

»Berija war schon lange auf diesen Posten aus. Es ist ein Wunder, daß sich Jeshow so lange gehalten hat.«

»Ich glaube, hier stimmt gar nichts«, sagte Sir Ribley, der Chef der Marineaufklärung, der bisher wortlos in einem der weichen Sessel gesessen hatte. »Jeshow konnte eigentlich nur als Opfer eines politischen Prozesses zu Tode kommen. Und Stalin hat diesen Prozeß vorbereitet – meine Analytiker können das anhand der sowjetischen Presse nachweisen. Auf Jeshow hätten alle Greuel des stalinschen Terrors abgewälzt werden sollen. Er aber stirbt einfach so. Wenn man ihn umgebracht hat, hätten entweder wüste Beschimpfungen oder absolutes Schweigen folgen müssen. Wenn er Selbstmord begangen hat, wäre es ein Unfall oder Herzversagen gewesen. Aber haben Sie den Nachruf gelesen?«

»Nein«, gestand Churchill.

»Dort heißt es: ›nach langer, schwerer Krankheit‹, es wird also zugegeben, daß Jeshow eines natürlichen Todes gestorben ist. Zweitens: Wo ist Stalin? Warum ist das Abkommen mit Deutschland in seiner Abwesenheit unterzeichnet worden? Das ist nicht normal. Warum ist er seit dem Ersten Mai, wo er zum letztenmal auf dem Mausoleum seines Lehrers posierte, nicht mehr in der Öffentlichkeit gesehen worden? Was hat er vor?«

»Ich habe seine Unterschrift unter dem Abkommen mit Deutschland gesehen. Und dieses Abkommen kann den Untergang der europäischen Zivilisation bedeuten«, sagte Mountbatten.

»Ich würde einen derart pessimistischen Blick auf die Lage der Dinge nicht teilen«, sagte Churchill, »wenn die Roten nicht die Atombombe hätten. Es wäre gar zu schön, wenn das ein Bluff wäre, ein Irrtum der Wissenschaftler …« Churchill sprach nicht weiter.

»Das glauben Sie selber nicht.«

»Dann sagen Sie, wieviel Bomben haben die noch? Wieviel kann er in die Luft bringen? Und kann man eine Atombombe überhaupt mit einem Flugzeug durch die Luft in ein anderes Land bringen? Warum wissen Sie das alles nicht? Wofür zahlt Ihnen die Regierung Seiner Majestät das bescheidene Gehalt?«

Der letzte Satz hatte scherzhaft klingen sollen, tat es aber nicht. Und Ribley antwortete ganz offen: »Alle britischen Geheimdienste arbeiten jetzt daran. Aber im Polarinstitut haben wir keine Leute. Auch nicht im Ispytlag…«

»Was ist denn das wieder für ein Wort?«

»Man hat mir erklärt, das sei der Name des Konzentrationslagers, wo die Testversuche stattfinden.«

»Entschuldigen Sie und fahren Sie fort, Sir.«

»Aber wir wissen die Hauptsache«, sagte Sir Ribley. »Der deutsche Geheimdienst hat einen Film von der Erprobung einer Bombe, und sie haben es sogar geschafft, ein Flugzeug mit Spezialausrüstung in das betreffende Gebiet zu schicken, das Proben und sogar zwei Russen mitgebracht hat… Und diese Russen wissen etwas.«

»Unglaublich!« ereiferte sich Churchill. »Vom Intelligence Service wird bald nur noch in den berühmten Romanen über Lawrence und seinesgleichen etwas übrig sein. In dem Augenblick, da sich das Schicksal der Welt entscheidet, sind wir blind und taub.«

»Wir sind dabei, Maßnahmen zu ergreifen«, sagte Ribley.

»Aber welche?«

»Selbst hier und Ihnen gegenüber, Sir, kann ich mich darüber nicht äußern. Eins aber sollte Ihnen klar sein: Anders als in den Polarregionen des Urals haben wir in Deutschland unsere Agenten. Eher schaffen wir es, Hitler zu entführen, als einen gewöhnlichen Häftling aus dem arktischen Lager Stalins.«

»Aber die Deutschen haben es geschafft«, sagte Churchill finster. »Obwohl wir diese Leute um jeden

Preis brauchen, während Hitler wohl ohne sie auskommt.«

»Wie das?« wunderte sich Mountbatten.

»Weil ich annehme, daß man uns die Geheimabkommen zwischen der Sowjetunion und Deutschland eigens zugespielt hat, damit wir nichts von der Existenz noch geheimerer Abkommen ahnen: wann und wie Hitler die wertvollen Geschenke erwidern wird, die er von Stalin zu erhalten hofft.«

»Woran denken Sie?«

»Ich fürchte, daß es sich bei diesen Geschenken um Atombomben handelt. Wenn Stalin auch nur zwei oder drei davon hat, genügt das, um halb Paris und London auszuradieren – und schon hat Hitler den Krieg gewonnen. Der Schock wird so groß sein, daß das Volk, um sich und seine Kinder zu retten, Frieden um jeden Preis verlangen wird.«

Admiral Mountbatten riß den Kopf hoch, als habe er eine Ohrfeige erhalten, und sagte laut: »Sie unterschätzen die britische Nation, Sir!«

Mein Gott, was bist du jung, gesund und stattlich, dachte Churchill, was für eine glänzende Laufbahn liegt vor dir. Aber höchstwahrscheinlich wird es nicht dazu kommen, weil sich zwei elende Schurken verabredet haben, dich ins Jenseits zu befördern.

Es war die Nacht auf den achtzehnten Juli. Die deutschen Truppen näherten sich bereits Warschau und kämpften im Vorfeld der Stadt. Die polnischen Luftstreitkräfte waren größtenteils am Boden zerstört worden, da die Polen wie alle anderen nicht geglaubt hatten, ein Krieg könnte einfach so mir nichts, dir nichts beginnen, sogar für den eigenen Generalstab unerwartet.

Stalin fand keinen Schlaf. Er hatte Kopfschmerzen – wohl wieder der Blutdruck; ihm war übel wie all die letzten Wochen hindurch. Die Haut auf den Handrücken war geschwollen und schmerzhaft aufgeplatzt, die Geschwüre in den Achselhöhlen und in der Leistengegend machten ihm sehr zu schaffen. Ärzte ließ Stalin aber nicht zu sich, er konnte keine Ärzte zu sich lassen, die hernach herumerzählen würden, wie schrecklich krank er war und daß niemand sagen konnte, wann er genesen würde, obwohl er selber fest an seine Genesung glaubte – er hatte immer jede Krankheit überstanden, und er war noch nicht alt, für einen Mann waren sechzig kein Alter. Und wenn er sich untersuchen ließe, würde es losgehen mit Analysen, mit Krebsverdacht – vor Krebs aber hatte Stalin große Angst.

Stalin setzte sich vorsichtig auf und blieb lange sitzen, bewegte langsam die Füße hin und her, um die Pantoffeln zu finden. Er mußte es bis ins Arbeitszimmer schaffen. Jetzt, da er schlaflos dagelegen hatte, war ihm klar geworden, daß er gerade in dieser Nacht noch die Welt und sein eigenes Schicksal retten könnte – morgen würde es zu spät sein. Denn Hitler hatte ihn hinters Licht geführt, ihn getäuscht, wie er alle getäuscht hatte – die Engländer, die Franzosen. Um die war es nicht schade – aber wie nur hatte er sich täuschen lassen können! Er hatte ja der Aufklärung vertraut, den ausländischen Diplomaten, hatte der Aufrichtigkeit von Hitlers Telegrammen getraut und dem offen unterwürfigen Sklavenblick aus den Augen des Schönlings Ribbentrop, hatte sich auf diese Idioten, Mistkerle, Nullen verlassen, auf Molotow und Woroschilow. Natürlich hatte Hitler sie an der Nase herumgeführt …

Bei den Verhandlungen hatte Hitler zu erkennen gegeben, daß er wußte, Stalin verfügte über eine Atombombe. Woher er das wußte – egal, die Abwehr hatte wieder einmal geschlafen, überall Verräter und Versager. Doch die Rede war auch von weiteren Bomben. Als Hitler Stalin vorgeschlagen hatte, mit ihm ein supergeheimes Abkommen zu schließen, wonach sich Stalin verpflichten sollte, nach Kriegsbeginn, also Anfang September, je eine Bombe auf Paris und London abzuwerfen, wofür Hitler ein für allemal auf alle Ansprüche in der östlichen Hemisphäre verzichten und sie Stalin überlassen würde, hatte Stalin weder ja noch nein gesagt und Molotow angewiesen, das Angebot unbeantwortet zu lassen.

Und doch hatte er, Dummkopf, der er war, geglaubt, Hitler würde tatsächlich bis zum September warten, solange, bis Stalin drei Bomben besitzen würde. Dabei hätte er doch an Hitlers Stelle selber einen Präventivschlag geführt, hätte dem Abkommen nicht getraut. Niemandem durfte man trauen.

Jetzt hatte Stalin eine einzige Trumpfkarte.

Einen einzigen Trumpf. Doch durfte er ihn einsetzen? Und wenn er ihn aufsparte, wie lange dann? Und wo wäre der Schlag am empfindlichsten? Wie diesen lausigen Verräter vernichten, den Gefreiten, den Betrüger, diesen elenden Emporkömmling?

Der ganzen Welt verkünden, daß er sich mit England verbünden werde? Und mit Polen? Um Hitler zu bestrafen.

Und das einen Tag nach Unterzeichnung des Abkommens?

Kein Mensch in England würde ihm jetzt glauben. Genau das hatte Hitler bezweckt, als er ihm so freundlich angeboten hatte, das Fell des noch nicht erlegten Bären zu teilen – die Hälfte, Dreiviertel. Nimm nur, Stalin, vor dir hab ich jetzt keine Angst.

Stalin machte kein Licht, das die Aufmerksamkeit der Wache erregt hätte. Er ging zum Bücherschrank und griff nach dem vertrauten Band mit dem Porträt Piłsudskis, der einfach so gestorben war, so daß die

Kränkung, die er Stalin zugefügt hatte, ungesühnt blieb – die bitterste Kränkung, die man einem Mann der Berge zufügen kann. Ein Mann der Berge – so nannte er sich mitunter, doch niemals laut.

Stalin schlurfte zum Fenster – draußen brannte eine Laterne, und ihr Lichtschein fiel ins Zimmer. Er schlug das Buch auf, blätterte darin. Das Porträt war nicht da! Gestohlen ... Dann fiel ihm ein, daß er es selber, noch im Frühling, herausgerissen und zerknüllt hatte. Und jetzt war er krank geworden und hatte es vergessen.

Noch nie war Stalin in eine derart ausweglose Lage geraten: In zwei Wochen würde Hitler, nachdem er Polen zerschlagen hätte, in Rußland einfallen, und selbst wenn ihm Woroschilow seine Panzer entgegenwürfe, würden die unterwegs abgefangen und vernichtet. Denn die Armee befand sich in den Sommerlagern, und nicht einmal die vier Divisionen waren bereit, die im September ruhmreich in Polen und im Baltikum einmarschieren sollten, die Hitler ihm so freigiebig überlassen hatte. Und vom Westen war keine Hilfe zu erwarten.

Morgen würde Hitler in Warschau einziehen, jenes süße, unerreichbare Warschau, das Stalin nicht zu nehmen vermocht hatte, noch dazu aus eigener Schuld – er hatte nicht gewollt, daß der Emporkömmling Tuchatschewski den Ruhm erntete, und hatte Budjonny bei Lwów zurückgehalten.

Morgen würde Hitler in Warschau sein. Stalin aber nie mehr ...

So tauchte in seinem Hirn dieses Wörtchen auf: nie. Und so kam auch die Erkenntnis, daß seine Krankheit endgültig war. Er hatte sich ja nicht aus Angst vor den Ärzten etwas vorgemacht, sondern aus Angst vor dem Tode. Sicherlich hatte er im Unterbewußtsein schon lange erkannt, daß es keine Rettung gab ...

Warschau fiel am Morgen des achtzehnten Juli.

Guderians Panzerkorps hatte im Süden ein Umfassungsmanöver durchführen können, und in der Stadt war Panik ausgebrochen. Die polnische Armee wurde nach Osten zurückgerollt, doch die sowjetischen Truppen, die gemäß dem Abkommen mit Deutschland den Deutschen entgegenkommen und die Völker des westlichen Weißrußlands und der Ukraine mit der Heimat wiedervereinigen sollten, waren noch immer nicht an der Grenze zusammengezogen worden. Es war alles für September geplant gewesen. Jetzt zogen die Kolonnen nach Westen und führten auf den Straßen zu heillosen Staus. In den Grenzgebieten herrschten Verwirrung und Anarchie. Der Volkskommissar für Armee und Flotte Woroschilow hatte ohne Anweisungen von Stalin und nach tagelangen vergeblichen Versuchen, mit ihm zu telefonieren, nur halbherzige und unsichere Schritte eingeleitet, als wolle er jemandem drohen, sei aber zugleich bereit, wenn nötig zurückzuweichen. Im Kreml herrschte eine lautlose und für Außenstehende unmerkliche Panik …

Fünf Uhr nachmittags, ein paar Stunden nach der Kapitulation Warschaus, teilte Hitler seine Absicht mit, am nächsten Morgen in die Stadt zu fliegen. Sobald sie davon erfuhren, versuchten Göring und Himmler, den Führer von seinem Vorhaben abzubringen – Warschau sei noch nicht von verdächtigen Elementen gesäubert. Russische Truppen könnten versuchen, dorthin vorzustoßen.

Doch Hitler lachte sie alle aus. »Ich muß das morgen tun – morgen oder nie. Ich werde keine Stunde vergeuden! Noch vor einer Woche habt ihr mich angefleht und behauptet, der Polenfeldzug sei in dieser Lage ein Abenteuer und verhängnisvoll für das Reich. Und bitte – morgen werde ich dort die Parade abnehmen, und die ganze Welt wird erzittern. Und übermorgen werfe ich meine Armeen gegen Moskau. Ich muß die Hauptstadt der Russen einnehmen, ehe England und Frankreich begreifen, daß ihnen ohne Rußland nicht einmal Amerika helfen kann. Und fertig!«

Zwei Stunden später startete die in voller Kampfbereitschaft gehaltene SS-Luftlandedivision ›Horst Wessel‹. In einem der Flugzeuge befand sich der Reichsführer SS, der persönlich die am Abend begonnene und bis zum Beginn der Siegesparade zu beendende Säuberung der polnischen Hauptstadt von schädlichen Elementen leitete, die zeitweilige Einrichtung von Judengettos und weitere Sicherheitsmaßnahmen.

Das Flugzeug mit ›Iwan‹ an Bord stand schon seit zwei Wochen einsatzbereit in einem Hangar des Militärflughafens von Monino. Keine Menschenseele, auch nicht die Piloten und das Luftkommando, wußte, was für eine Fracht sich darin befand. Es wußte nur der Chef der Luftstreitkräfte, der Armeekommandeur zweiten Ranges Rytschagow – einer von insgesamt sechs Menschen im Lande. Etliche weitere Dutzend ahnten etwas.

Am Morgen des achtzehnten, als die Nachricht vom Fall Warschaus eintraf, führte Stalins Sekretär Poskrebyschew dessen Anweisung aus und schickte mit Sonderkurier den vorbereiteten, maschinegeschriebenen Befehl an Volkskommissar Woroschilow und den Chef der Luftstreitkräfte Rytschagow ab. Die Mitglieder des Politbüros wurden nicht in Kenntnis gesetzt – niemand war in Urlaub gefahren, alle saßen sie in Moskau, hörten die Neuigkeiten im Radio und vermieden es aus Angst vor Berija, miteinander zu reden.

Als er den Befehl erhalten hatte, rief Woroschilow Stalin an. Poskrebyschew antwortete, Genosse Stalin sei beschäftigt.

»Ich muß sofort zu ihm kommen.«

»Ich kann den Hörer dem Genossen Volkskommissar für Innere Angelegenheiten Berija übergeben«, sagte Poskrebyschew.

Woroschilow fluchte. In so einem Augenblick hätte Sosso offen reden können.

»Ich bestätige, daß der Befehl, den Sie erhalten haben, Kliment Jefremowitsch«, sagte Berija, »echt ist. Jossif Wissarionowitsch hat ihn in meinem Beisein persönlich abgesandt.«

»Ja weißt du denn, Lawrenti, was da drin steht?«

»Obwohl wir über die Codiermaschine reden, würde ich an deiner Stelle mir nicht erklären, was ich schon weiß«, antwortete Berija.

»Ich muß mit Sosso reden.«

»Wozu?«

»Weil das ein wahnsinniger Befehl ist! Weil ich ihn nicht verstehe.«

Stalin streckte die Hand aus. An diesem Morgen fühlte er sich besser – er hatte schon immer vermocht, in Augenblicken höchster Gefahr alle Kräfte zu ballen. Er lag auf dem Diwan, in Reithose und langer Jacke, aber barfuß – die Eiterherde an den Füßen erlaubten ihm nicht, die Stiefel anzuziehen. Das Telefon, über das Berija sprach, stand auf dem Schreibtisch, doch die Schnur war lang und reichte bis zum Diwan.

»Klim«, sagte Stalin mit der alten, Woroschilow vertrauten Stimme. »Es hat sich so ergeben, daß ich wegen einer Erkältung ein paar Tage liegen muß. Aber ich sage das niemandem außer dir und Lawrenti – du weißt selber, wie die internationale Lage ist und wie unsere Feinde eine gewöhnliche Erkältung beurteilen könnten.«

»Klar, Sosso, erhol dich, Sosso.« Woroschilow fühlte sich wie ein Hofhund, dem der Herr erlaubt, sich an seinem Stiefel zu reiben. »Wir erledigen alles ohne dich.«

»Alles ist gar nicht nötig, Klim«, sagte Stalin. »Du sollst weiter nichts als gute Arbeit tun und deine Funktionen erfüllen. Und wenn ich dir befohlen habe, ein Flugzeug in die notwendige Richtung zu schicken und das notwendige Ziel zu treffen, heißt das, daß ich weiß, was ich tue.«

»Entschuldige, Sosso«, sagte Klim. »Ich mache mir Sorgen. Du bist nicht zu sprechen, die Deutschen rücken vor, wir müssen schließlich die Demarkationslinie erreichen.«

»Erreich sie nur, laß dich von niemandem irritieren…«

»Sosso, du hast keine Ahnung, was auf den Bahnstrecken los ist, die Deutschen haben uns überrumpelt.«

»Also da irrst du dich, Klim«, sagte Stalin. »Die Deutschen konnten mich nicht überrumpeln. An mir beißen sie sich die Zähne aus. Also mach die Maschinen bereit…«

»Wieviel?«

»Wieviel TB-4 hat Rytschagow? Flugbereit, nicht auf dem Papier.«

Nach einer Pause, aus der man schließen konnte, daß sich Rytschagow im Zimmer des Volkskommissars befand, sagte Woroschilow: »Zwei Ketten. Nicht gerechnet die Maschine mit der Fracht.«

»Dann schickst du diese beiden Ketten los.«

»Wozu?«

»Alle Geleitschutzjäger, die ihr hoch kriegt, werden die TB-4 hinter Minsk decken. Die beiden Ketten könnt ihr opfern, sie sollen die ganze deutsche Luftwaffe auf sich ziehen, aber das Flugzeug mit der Fracht muß ans Ziel kommen.«

»Zu Befehl, Sosso«, sagte Woroschilow.

»Und ich bitte dich sehr, Klim« – Stalin versuchte seiner Stimme einen väterlichen Ton zu geben –, »behellige mich nicht weiter, ich plane eine sehr wichtige Operation und hoffe, daß du deine Pflicht tun wirst.«

»Das schwör ich dir, Sosso«, sagte Woroschilow.

Stalin legte den Hörer auf und fragte Berija: »Meinst du, er wird kneifen?«

»Ich fahr nach Moskau«, sagte Berija, »und seh zu, daß ich in seiner Nähe bleibe.«

»Richtig«, sagte Stalin. »Und paß auf, wie die Reaktion in der Welt ist.«

Berija ging aus dem Zimmer. Stalin hatte den Eindruck, es sei ihm gelungen, seine Kampfgefährten glauben zu machen, er verfolge ein besonderes geheimes Ziel, das sie noch nicht verstehen könnten, aber mit der Zeit begreifen und schätzen lernen würden.

In Wahrheit hatte Stalin endlich begriffen, daß er im Sterben lag, und beschlossen, zuvor alte Rechnungen zu begleichen.

Die sowjetisch-polnische Grenze, die westlich von Minsk verlief, erreichten die Bomber bei Tagesanbruch. Nun begann das Schwierigste. Solange sie über den polnischen Truppen flogen, nahm deren Luftwaffe kein Gefecht mit den sowjetischen schweren Bombern auf, die von einem Massenaufgebot an Jägern eskortiert wurden. Doch in der Gegend von Grodno erregten die sowjetischen Maschinen die Aufmerksamkeit eines deutschen Aufklärungsflugzeugs, das seitlich vom Kurs die Rückzugswege der Polen fotografierte.

Die Nachricht, daß von der sowjetischen Grenze her schwere Bomber im Anflug waren, erhielt Hitler, als er schon fertig angekleidet war und die Einheiten in den Ujazdowskie-Alleen zur Parade bereitstanden.

»Wieviel sind es?« fragte Hitler.

»Die Angaben werden sofort präzisiert«, erwiderte der Adjutant. »Anscheinend sechs.«

»Wie lange werden sie bis Berlin brauchen?« fragte Hitler.

»Ungefähr vier Stunden.«

»Lassen Sie sämtliche Jagdmaschinen des Reichs starten, aber diese Bomber müssen abgeschossen werden, ehe sie die Grenzen Deutschlands erreichen!«

Er ging auf den Platz hinaus. Die über Nacht errichtete Tribüne war mit Fahnen geschmückt. Auch von den Dächern der umliegenden Häuser hingen blutrote Stoffbahnen mit weißen Kreisen und dem Hakenkreuz herab. Irgendwo in der Nähe standen mit dröhnenden Motoren Panzer, bereit, auf den Platz zu fahren.

Die sorgfältig ausgesuchte Menge von Claqueuren, aus Danzig und sogar aus dem Reich herbeigeschafft, begrüßte jubelnd ihren Führer. Hitler hob die Hand, und es wurde still.

Als er schon auf der Tribüne stand, wurde Hitler mitgeteilt, zwei der Flugzeuge seien abgeschossen worden, obwohl sie von russischen Jägern gedeckt wurden. Zwei weitere seien nach Süden abgebogen – offensichtlich Richtung Breslau. Die beiden letzten schließlich flögen unbeirrbar weiter nach Westen. Die Geleitschutzjäger hätten aber nicht genug Treibstoff, und sie würden abdrehen. Die einzige Schwierigkeit bestehe darin, daß sich die russischen Bomber in den Wolken verbargen, vor Berlin ende die Wolkendecke allerdings, und dort wären sie leicht auszumachen.

Hitler nickte. Auf den Platz kam gerade die erste Einheit der siegreichen Truppen. Er hob die Hand und begeisterte sich an der erstaunlichen Verwandlung einer Menschenmenge in eine einheitliche, exakte, genau rechteckige Kolonne, in der jeder Teil im gleichen Schritt marschierte, die gleichen Armbewegungen ausführte und gleichzeitig den behelmten Kopf zur Seite drehte, um mit verliebten Augen den Cäsar anzublicken.

Drei Minuten vorher war die letzte Maschine, die doch noch Warschau erreicht hatte, in den Wolken von einer Messerschmitt entdeckt und getroffen worden. Die Maschine verlor an Höhe – der Pilot versuchte, das Flugzeug zu stabilisieren, obwohl das bei einer derart schweren Maschine kaum möglich war. Er strebte dem Zentrum von Warschau zu, so lautete sein Befehl: Bombenabwurf über dem Zentrum von Warschau. Und als das Flugzeug im Begriff war, zum Sturzflug überzugehen, bekam der ältere NKWD-Major, der für die Erfüllung des Parteiauftrages verantwortlich war, die Bombenluke auf, und ›Iwan‹ fiel hinaus.

Das Flugzeug stürzte weiter steil abwärts und zerschellte in der Altstadt, ganze dreihundert Meter von der Tribüne entfernt, auf der der Führer stand.

Hitler starb nicht an der Explosion, sondern unter den Trümmern einer auf ihn gestürzten Häuserwand. Als etliche Stunden später die Ordnung in der Stadt soweit wiederhergestellt war, daß mit den Rettungsarbeiten am Ort der Parade begonnen und Hitler aus den Trümmern befreit werden konnte, lebte er noch, doch er starb im Krankenhaus, ohne wieder zu Bewußtsein gekommen zu sein.

Stalin erfuhr am Abend von den Ereignissen und lachte lange.

Poskrebyschew befürchtete, Stalin könnte den Verstand verloren haben.

Stalin aber lachte über das Schicksal – er hatte es noch einmal betrogen. Er hatte sich nur ein Ziel gesetzt – sich an dem toten Piłsudski zu rächen, Warschau zu vernichten, den Ort seiner Schande und eine Ansammlung der ihm verhaßten Polen. Und dabei hatte er sich unversehens auch Hitler vom Halse geschafft.

»Auf einen Streich«, sagte er laut. »Das kommt einem Wunder gleich.«

In dieser seelischen Verfassung war er imstande, der Prawda per Telefon eine Mitteilung über einen von polnischen Patrioten verübten Anschlag auf Hitler zu diktieren. Einem erfolgreichen Anschlag – das Oberhaupt der Faschisten war tot.

Dann telefonierte er noch mit Woroschilow und befahl, um jeden Preis Truppen nach Polen einmarschieren zu lassen. Noch am selben Tage.

Und Woroschilow, der eine Stunde später an die Grenze flog, um persönlich den Vormarsch zu leiten, staunte über die geniale Weitsicht Sossos, der einen derart exakten Schlag mitten ins Herz des faschistischen Imperiums hatte kalkulieren können. Jetzt verstand Woroschilow, warum Sosso in den letzten Tagen niemanden empfangen hatte – er hatte den genialen Plan vorbereitet!

Später, am Abend, kam Berija zu Stalin.

Doch Stalin ging es schlechter – die Anspannung und die Euphorie des Sieges waren vorüber.

Stalin wurde mehrmals ohnmächtig und kam wieder zu sich. Er hatte Mühe, Berija zu erkennen, es gelang ihm nicht immer, und wenn er ihn erkannte, diktierte er ihm irgendwelche unverständlichen Befehle, dann begann er von einem politischen Testament zu reden …

Berija ging in Stalins Arbeitszimmer, nahm ein Blatt Papier und spannte es in die Schreibmaschine. Er tippte einen Text. Kurz, wie es Stalins Art war.

»Für den Fall meines Todes beauftrage ich bis zur Entscheidung eines Parteitages der Allunions-KP(B) Genossen Lawrenti Pawlowitsch Berija mit der Wahrnehmung der Pflichten des Generalsekretärs der Partei.« Darunter das Datum: 19. Juli 1939.

Poskrebyschew stand schweigend hinter Berijas Rücken in der Tür.

»Das muß unterschrieben werden«, befahl Berija Poskrebyschew.

Der las, überlegte. Berija wartete. Von Poskrebyschews Entscheidung hing viel ab – Berija war hier allein, abgesehen von seinem Leibwächter und dem Fahrer, die sicherlich mit der Ablösung von Stalins Leibwache Domino spielten. Poskrebyschew hatte hier Leute, und er brauchte nur mit einer Wimper zu zucken, um Berija festnehmen zu lassen. Berija wartete und fürchtete sich nicht – er fürchtete sich nie, wenn er glaubte, er würde gewinnen.

»Gut«, sagte Poskrebyschew. »Ich versuche es, Lawrenti Pawlowitsch.«

Berija betrat das Zimmer nicht mehr, in dem Stalin lag. Von dorther drang Stöhnen, Röcheln; Stalin ging es sehr schlecht. Dann glaubte er Poskrebyschews Stimme zu hören. Und Stalins deutliche Worte: »Wir werden noch viele Kämpfe bestehen, Freunde!«

Dann wurde es sehr still.

Ins Arbeitszimmer, wo Berija saß und mit einem Bleistift auf das grüne Tuch des Tisches klopfte, kam Poskrebyschew und legte das von Stalin unterschriebene Testament vor Berija hin. Die Unterschrift war echt, mit fester Hand geschrieben. Wie Poskrebyschew das fertiggebracht hatte, sollte Berija nie erfahren.

»Ist er tot?« fragte Berija, ohne vom Tisch aufzustehen.

»Jossif Wissarionowitsch ist verstorben«, sagte Poskrebyschew und begann bitterlich zu weinen.

Die Nachricht von der Vernichtung Warschaus erreichte die europäischen Hauptstädte erst nach einigen Stunden – die Verzögerung rührte daher, daß sich die meisten Journalisten bei der Parade befunden hatten und zusammen mit den Spitzen des Dritten Reiches umgekommen oder verwundet worden waren. Wer aber imstande war, eine Meldung zu schicken, fand sich mit dem totalen Zusammenbruch aller Kommunikationssysteme konfrontiert: Weder Telegraf noch Telefon funktionierten. Erst nach Mittag konnte ein Journalist, der Beziehungen zum amerikanischen Geheimdienst hatte, das Haus des Residenten ausfindig machen; der Resident selbst war spurlos verschollen, doch seine Frau, die zugleich seine Funkerin war, ließ sich trotz ihrem Schock bewegen, einen Funkspruch nach Washington abzusetzen. Der Funkspruch wurde zunächst in der Zentrale in Kopenhagen empfangen und dort für eine Ente gehalten. Daher erlaubte der Resident in Kopenhagen nicht, den Funkspruch weiterzuleiten, bis er überprüft wäre. Bis dahin waren aber Funkamateure auf Sendung gegangen, die die Feuersäule über Warschau gesehen hatten, und wenig später konnte der Sender in der halbzerstörten britischen Botschaft in Warschau wieder in Betrieb genommen werden. Um drei wußte Churchill schon von den Ereignissen in Polen, und trotz all seiner Intelligenz und politischen Erfahrung konnte er die Bedeutung des Geschehens nicht völlig erfassen. Denn die Telegramme und Funksprüche waren schwer zu überprüfen – in Warschau herrschte völliges Chaos: Stalins Atombombe hatte wie die Hand der Nemesis, wie ein Gottesgericht nicht nur die Elite der deutschen Armee vernichtet, die in Warschau ein- und vor dem Führer vorbeimarschiert war, sondern augenblicklich alle Verbindungen sowohl innerhalb Polens als auch im Reich selbst zerrissen, denn sie alle waren in diesem Moment wie die Fäden eines Spinnennetzes in Warschau zusammengelaufen.

Vielleicht konnte aus diesem Grund Churchill, als er schon glaubte, daß eine Atombombe auf Warschau abgeworfen worden war, noch immer nicht an den Tod von Hitler, Göring und Himmler glauben – es gibt Zufälle, die das menschliche Begriffsvermögen übersteigen, die nur in phantastischen oder in Abenteuerromanen möglich sind. Churchill aber war durch und durch Realist und zudem vorsichtig bei der Bewertung günstiger Umstände.

Doch schon gegen Abend wurde klar, daß Hitler umgekommen war. Er war schwerverletzt aus den Trümmern geborgen worden, doch die Ärzte hatten das glimmende Lebenslicht nicht wieder anfachen können. Ebenfalls umgekommen waren die Hitler begleitenden Bonzen des Dritten Reiches – Halder, Himmler, Göring und Goebbels, nicht gerechnet den Schwarm von Generälen und Funktionären niedrigerer Ränge.

An jenem Tag und den folgenden Tagen vermochte niemand die von Stalin ermordeten Einwohner Warschaus zu zählen; an sie dachten übrigens auch nur die Polen – der übrigen Welt war der Tod des Diktators wichtiger.

So sonderbar es ist, der Krieg in Polen ging noch ein paar Tage weiter, und sein Charakter veränderte sich nicht sofort, doch schon am dritten Tage wurde deutlich, daß es mit dem Tode der Reichsgrößen nichts mehr gab, worum zu kämpfen lohnte, und niemand Polen brauchte. Sobald die Nachricht vom Tode des Führers im Stab »Ost« und in Berlin selbst bestätigt wurde, ging das Oberkommando automatisch auf Generaloberst Keitel über, und die Führung der Partei übernahm Rudolf Hess.

Der Vormarsch der deutschen Armeen kam jedoch bald ins Stocken, als sei die Luft heraus, und die dreistündige Unterbrechung der Verbindungen mitsamt einer fast zehnstündigen Lücke bis zum Übergang der Kommandogewalt änderten den Charakter der Kampfhandlungen.

Die polnischen Armeen, die sich von Warschau zurückgezogen und sich um die Festung Modlin sowie im Süden bei Katowice gesammelt hatten, nutzten die

Pause im deutschen Angriff und gingen zur aktiven Verteidigung über, in einigen Richtungen versuchten sie sogar anzugreifen. Im Ergebnis eines erfolgreichen Angriffs des 2. Panzerregiments, unterstützt von Oberst Dybicz-Wołyńskis Krechowcer Ulanen, räumte die deutsche 37. Infanteriedivision die Stadt und zog sich planlos auf Łódź zurück. Das war noch nicht die Kriegswende, doch die Nachricht vom ersten Erfolg verbeitete sich zusammen mit der Meldung, daß die deutschen Landungstruppen noch immer nicht die Westerplatte hatten einnehmen können, in Polen auf ebenso blitzschnelle und geheimnisvolle Weise, wie einst die Kunde von einem Angriff der deutschen Ordensritter oder vom Auftauchen türkischer Heere an den Südgrenzen.

Churchill aber – im selben alten Arbeitszimmer in der Admiralität und in Anwesenheit derselben Personen wie ein paar Tage zuvor – ließ sich zu einem erregten Ausruf hinreißen: »Was ist nur geschehen? Es muß doch irgendeine Logik auf der Welt sein!«

»In der Politik gibt es keine Logik«, antwortete Sir Anthony Eden, der sich dem kleinen Kreis beim Ersten Lord der Admiralität hinzugesellt hatte. »Diesen Grundsatz vertrete ich mit ziemlich großem Erfolg.«

Stalin, Hitler und das Wetter

Am Vorabend des Zweiten Weltkriegs war man in Polen stolz, die beste Kavallerie Europas zu haben; die besaß Polen in der Tat, und noch in den zwanziger Jahren hatte sie zwei Invasionen der Roten Armee zurückgeschlagen. Gegen deutsche Flugzeuge und Panzer war sie freilich machtlos, und daß Polens Verbündete im Westen nach einer Pro-forma-Kriegserklärung nicht daran dachten, tatsächlich für Polen zu kämpfen, während Deutschlands Komplice im Osten herzhaft zulangte, tat ein übriges. Obwohl Hitler die Westflanke natürlich nicht völlig entblößt hatte, könnte doch ein Faktor, aus dieser Kausalkette herausgelöst, den nächsten verändern, den übernächsten umkehren …

Sturm

von Maciej Parowski

Entwurf zum Szenarium eines Dokumentarfilms

Toulon, 13. April 1940
Man hört die Mazurkas von Dąbrowski. Die Fahnen Frankreichs, Polens, Großbritanniens. Ein Kai, eine Menschenmenge, ein (französisches) Militärorchester beendet die polnische Hymne, spielt dann die französische und die britische. Ein Radioreporter ins Mikrophon: »Jeder Umstand, jedes Detail hat hier seine Bedeutung. Der Flugzeugträger ›Foch‹ fährt unter französischer Flagge. Das Geleit bilden die drei polnischen Zerstörer ›Grom‹, ›Błyskawica‹ und ›Burza‹. Der Zielhafen, die Insel St. Helena im südlichen Atlantik, ist britischer Besitz.«

Soldaten der drei Nationen präsentieren das Gewehr. Ein schmächtiger Mann mit Gummimantel und Filzhut (das Gesicht ist nicht zu sehen) geht in Begleitung eines Hauptmanns der Wehrmacht zum Kai hinab. Die mächtige Silhouette des Flugzeugträgers. Auf der Reede die polnischen Zerstörer. Die aufgepflanzten Bajonette der Soldaten. Neugierige, böse, lachende Gesichter der Zuschauer unterschiedlichen Alters. Kinder winken mit Fähnchen. Ein älterer Mann mit Schnurrbart schreit: »Mörder!«

Die beiden geheimnisvollen Männer gehen mit einer Eskorte die Gangway hinauf. Vorbei am Nacken des Mannes mit Hut ein Blick von der Höhe des Flugzeugträgers aufs Ufer. Ein Blitz zerschneidet den Himmel. Wolken, Dunkelheit, starker Regen. Die Zuschauer flüchten. Der Wind trägt Notenblätter weg. Das Orchester spielt unerschütterlich weiter die britische Hymne, ihm unterlaufen ein paar falsche Töne. Der Mann zieht den Kopf zwischen die Schultern und schlägt den Kragen des Gummimantels hoch. Es ertönen Kommandos der französischen Marine. Auf die Reeling gestützt, schaut der Mann zum Kai hinab; sein Gesicht ist nicht zu sehen, im Hintergrund Soldaten der drei Nationen mit aufgepflanzten Bajonetten.

Blick durch dieselbe Gruppe hindurch aufs offene Meer. Die drei Zerstörer, Regen, Wogen, Ringeltauben. Der Mann zeigt auf die Schiffe. Er fragt den Offizier: »Wie heißen die Schiffe?«

»›Donner‹, ›Blitz‹, ›Sturm‹, Herr Kanzler. Man hat an jede Einzelheit gedacht.«

»Verflucht! Und dann noch dieser Regen. Wieder wie auf Bestellung.«

Kamerafahrt auf die Bordwand des Zerstörers ›Burza‹ zu, so daß der Name des Schiffs mit einem Streifen Gischt am unteren Rande den Bildschirm füllt. Ein Blitz, Donnerhall. Die Buchstaben der Bordwand verwandeln sich in einen Titel in Frakturschrift:

Der Sturm

Darunter laufen andere Wörter vorbei, ebenfalls in Fraktur – der Filmvorspann.

Warschau, 24. April 1940

Der Józef-Piłsudski-Platz. Abend. Das Grabmal des Unbekannten Soldaten in voller Pracht. Wachposten. Autos, Frauen, die Veilchen verkaufen, die fröhliche Warschauer Menge im Frühling. Zwei Männer. Der eine mit dem Gesicht Witkacys, der andere mit dem des jungen Gombrowicz.*

---

* Zwei bekannte polnische Schriftsteller der Vorkriegszeit; vgl. die Fußnote am Ende des Textes. – *Anm. d. Übers.*

Witkacy: Sie, Herr Witold, haben sich in Buenos Aires die Zeit vertrieben, und hier haben sie inzwischen alles wiederaufgebaut. Die Säulen waren ein bißchen angeschossen. Und die ganze linke Seite war eingestürzt.

Gombrowicz: Die Polen lieben Symbole, denn die halten sie am Leben. Es ist höchste Zeit, daß ein frischer Wind in unsere nationale Rumpelkammer fährt.

Witkacy: Damit hätten Sie in Argentinien anfangen sollen. Heute finden Sie hier nicht das geeignete Klima für so eine intellektuelle Anstrengung.

W. und G. vor dem Gebäude der Zachęta. Große Plakate einer Ausstellung von Wojciech Kossak. SCHLACHTSZENEN – WEGE ZUM SIEG. Reproduktionen der Bilder ›Das Wunder an der Weichsel‹ und ›Die Schlacht an der Bzura‹. Viele Passanten betreten das Gebäude. Eine Warteschlange. W. und G. gehen vorüber.

W. und G. in der Menge vor einem Kino auf der Nowy Świat. Ein großes Plakat. Darauf Churchill, Chamberlain, de Gaulle, Stalin, Molotow, Ribbentrop, Hitler, Litwinow, Beck.* Der Titel »*Die Rettung Europas – die Chronik der Polnischen Telegraphenagentur* mit einer Zusammenstellung französischer, englischer, deutscher und sowjetischer Originaldokumente«.

G. schaut auf die Uhr. G. und W. gehen ins Kino.

Über die Leinwand laufen schwarz-weiße Wochenschauen, Standfotos, Landkarten, Dokumente. Eine

* Litwinow war der eine Kooperation mit den Westmächten befürwortende sowjetische Volkskommissar für Äußere Angelegenheiten, der kurz vor dem Hitler-Stalin-Pakt durch Molotow ersetzt wurde, Beck der polnische Außenminister. – *Anm. d. Übers.*

Montage in der Art, wie man sie etwa zu den Jahrestagen des Kriegsbeginns in Film und Fernsehen zu sehen bekam, aber mit einer ideologischen Ausrichtung, die der Wahrheit näherkommt. Es wird nicht nur Hitlers Aggressionspolitik gezeigt (die Besetzung des entmilitarisierten Rheinlands am 7. 2. 1936, Österreichs am 11. 3. 1938, das Münchener Abkommen vom 29. 10. 1938, der Anschluß des Memelgebiets am 23. 3. 1939), sondern auch der wesentliche Rückhalt, den Hitler in der Politik Stalins findet. Man sieht Beispiele für die polnischen Versuche, ein diplomatisches Gleichgewicht zwischen Deutschland und den Sowjets zu bewahren. Ersterem verweigert Polen den Eintritt in den Antikomintern-Pakt und die Übergabe des Korridors, usw. Letzteren kann es nicht die Erlaubnis zum Einmarsch in sein Territorium geben – theoretisch zur Verteidigung gegen Hitler –, denn es weiß, wie das womöglich endet. Es werden die Maßnahmen Englands und vor allem Frankreichs gezeigt – unentschlossene, kampfunwillige, problematische Garantie-Erklärungen für Polen, die eher Hitlers Aufmerksamkeit von ihnen selbst ablenken als wirklich dem östlichen Partner helfen sollen. Es wird Hitlers Zögern dargestellt – wo soll er beginnen?

Moskau, 10. 3. 1939. XVIII. Parteitag der Allunions-KP(B)

Stalin streut Gerüchte aus, die Deutschen wollten sich der Ukraine bemächtigen. Er erklärt, er werde nicht erlauben, daß die UdSSR von Kriegstreibern in Konflikte gezogen würde. Die UdSSR könne sich mit jedem Staat unabhängig von dessen System verständigen.

Berlin, 31. 3. 1939. Hitler im Gespräch mit General von Brauchitsch

»Wissen Sie, was mein nächster Schritt sein wird? Setzen Sie sich lieber hin, ehe ich es Ihnen sage: Ich werde einen Staatsbesuch in Moskau machen.«

London, 31. 3. 1939
Die britische Regierung verkündet eine einseitige Garantie für Polen.

Warschau, 6. 4. 1939
Umwandlung der Garantieerklärung in ein zweiseitiges Abkommen.

Berlin, 17. 4. 1939. Aus einer Notiz E. v. Weizsäckers, Staatssekretär im Reichsaußenministerium, über eine Unterredung mit dem sowjetischen Vertreter in Berlin, Merekalow
Der Botschafter erklärte hierauf etwa folgendes: [...] Sowjetrußland habe die jetzigen Reibereien zwischen Deutschland und den westlichen Demokratien nicht uns gegenüber ausgenützt und wünsche das auch nicht zu tun. Es bestehe für Rußland kein Grund, warum es nicht mit uns auf einem normalen Fuße leben sollte. Aus normalen Beziehungen könnten auch wachsend bessere werden.

Berlin, 28. 4. 1939. Aus der Rede Hitlers vor dem Reichstag
Ich habe nun der polnischen Regierung [...] ein konkretes Angebot unterbreiten lassen. Ich teile Ihnen, meine Abgeordneten, nunmehr dieses Angebot mit, und sie werden sich selbst ein Urteil bilden, ob es nicht im Dienste des europäischen Friedens das gewaltigste Entgegenkommen darstellt, das an sich denkbar war. Ich habe, wie schon betont, die Notwendigkeit eines Zuganges dieses Staates zum Meere stets eingesehen und damit auch in Rechnung gestellt. Ich bin ja kein demokratischer Staatsmann, sondern ein realistischer

Nationalsozialist. Ich hielt es aber auch für notwendig, der Warschauer Regierung klarzumachen, daß so, wie sie einen Zugang zum Meere wünscht, Deutschland einen Zugang braucht zu seiner Provinz im Osten. [...]

Ich habe nunmehr der polnischen Regierung folgenden Vorschlag unterbreiten lassen:

1. Danzig kehrt als Freistaat in den Rahmen des Deutschen Reiches zurück.

2. Deutschland erhält durch den Korridor eine Straße und eine Eisenbahnlinie zur eigenen Verfügung [...]

Dafür ist Deutschland bereit:

1. sämtliche wirtschaftlichen Rechte Polens in Danzig anzuerkennen,

2. Polen in Danzig einen Freihafen beliebiger Größe und bei vollständigem freiem Zugang sicherzustellen,

3. damit die Grenzen zwischen Deutschland und Polen endgültig als gegeben hinzunehmen und zu akzeptieren,

4. einen fünfundzwanzigjährigen Nichtangriffspakt mit Polen abzuschließen, also einen Pakt, der weit über mein eigenes Leben hinausreichen würde [...]

Meiner Überzeugung nach war Polen bei dieser Lösung aber überhaupt kein gebender Teil, sondern nur ein nehmender; denn daß Danzig niemals polnisch werden wird, dürfte wohl außer Zweifel stehen.

Die Deutschland nunmehr von der Weltpresse einfach angedichtete Angriffsabsicht führte in der Folge zu den Ihnen bekannten sogenannten Garantieangeboten und zu einer Verpflichtung der polnischen Regierung für einen gegenseitigen Beistand, der also Polen unter Umständen zwingen würde, im Falle eines Konfliktes Deutschlands mit irgendeiner anderen Macht, durch den wieder England auf den Plan gerufen würde, nun seinerseits gegen Deutschland militärisch Stellung zu nehmen.

Diese Verpflichtung widerspricht der Abmachung, die ich seinerzeit mit dem Marschall Piłsudski getroffen habe. [...] Ich sehe deshalb das von mir und Marschall Piłsudski seinerzeit geschlossene Abkommen als von Polen einseitig verletzt an und damit als nicht mehr bestehend!

Berlin, 2. 5. 1939. Dr. Peter Kleist, Büroleiter des Reichsministers für Auswärtige Angelegenheiten, im Gespräch mit einem deutschen Journalisten

[...] Hitler und Ribbentrop waren überzeugt, daß aus Gründen der Innen- und Außenpolitik die polnische Regierung den deutschen Forderungen nicht zustimmen kann. Nur darum wurde in das deutsche Angebot ohne jedes Zögern der Punkt über die undenkbaren Garantien für die Unverletzlichkeit der polnischen Grenzen auf 25 Jahre aufgenommen. [...] Im Ergebnis der Ablehnung konnten wir uns von dem deutsch-polnischen Nichtangriffspakt lösen, erhielten wir Polen gegenüber Handlungsfreiheit. [...]

Gegenwärtig wird Material für Propagandaangriffe gegen Polen ausgewählt. [...] Man muß die fatale Politik des Terrors verurteilen, die Polen in der Minderheitenfrage betreibt; unter der Losung »Polen – ein Staat der Dekadenz und der Reaktion« werden angeführt: die Armut der polnischen Bauern, die kulturelle Rückständigkeit des Landes, das zum Niedergang führende Feudalsystem in der Landwirtschaft, das Hungerdasein des polnischen Volkes; unter der Losung »Schmarotzer und Herrscher« werden gezeigt: den Niedergang der herrschenden Schicht Polens, die Käuflichkeit der polnischen Führung, ihre Dekadenz und klassenmäßige Entfremdung von den breiten Massen. [...] Man muß einen Bruch in der polnischen Gesellschaft anstreben, die Inszenierung eines politischen Aufstandes gegen die Führung, der sich auf die Klasseninhalte gründet. [...]

Wir sind der Ansicht, daß der Konflikt mit Polen begrenzt gehalten werden kann. England und Frankreich sind nach wie vor nicht bereit, um Polen zu kämpfen. Wenn wir in kürzester Zeit den Widerstand Polens brechen, wird England eine Demonstration seiner Kriegsflotte veranstalten, Frankreich hinter seiner Maginotlinie mit dem Säbel rasseln, und damit ist der Fall erledigt. [...]

Warschau, 5. 5. 1939. Aus der Rede des Ministers für Auswärtige Angelegenheiten der Republik Polen Józef Beck vor dem Sejm

Aber von dem Augenblick an, wo ich [...] vernehme, daß man den Anschluß Danzigs an das Reich fordert [...], bin ich wohl gezwungen, mich zu fragen, um was handelt es sich eigentlich.

Die Freiheiten der deutschen Bevölkerung Danzigs sind nicht bedroht. Geht es da um eine Prestigefrage, oder beabsichtigt man, Polen von der Ostsee abzudrängen? Aber Polen wird sich von der Ostsee nicht abdrängen lassen. [...]

Der Frieden ist eine kostbare und erwünschte Sache. Unsere durch den Krieg in Blut getauchte Generation verdient sicherlich eine Periode des Friedens. Doch der Frieden, wie fast alles in dieser Welt, hat einen hohen, aber doch abschätzbaren Preis.

Den Begriff des Friedens um jeden Preis kennen wir Polen nicht. Im Leben der Menschen, der Völker und der Staaten gibt es nur ein Gut, das keinen Preis hat: die Ehre!

Berlin, 26. 5. 39. Aus einem Instruktionstelegramm des Reichsaußenministers J. v. Ribbentrop an Botschafter F. von der Schulenburg in Moskau

7.) Unsere Differenzen mit Polen sind bekannt. [...] Sollte es aber gegen unseren Wunsch zu kriegerischen Verwicklungen mit Polen kommen, so braucht auch das nach unserer festen Überzeugung in keiner Weise zu einem Interessengegensatz mit Sowjetrußland zu führen. Wir können schon heute so viel sagen, daß wir bei einer Bereinigung der deutsch-polnischen Frage – mag sie in dieser oder jener Weise erfolgen – den russischen Interessen nach Möglichkeit Rechnung tragen würden.

Berlin, 7. 6. 39. Aufzeichnung des Vortragenden Legationsrats J. Schnurre, Wirtschaftspolitische Abteilung des Reichsaußenministeriums

[...] Andererseits liegt uns im gegenwärtigen Stadium der sowjetisch-englischen Verhandlungen besonders daran, die Möglichkeit einer Einschaltung in Moskau auszunutzen. Schon die Tatsache unmittelbarer deutsch-sowjetischer Besprechungen in Moskau würde geeignet sein, einen weiteren Keil in die sowjetisch-englischen Verhandlungen zu treiben. [...]

Berlin, 15. 6. 1939. Aufzeichnung des Leiters der Politischen Abteilung im Reichsaußenministerium Woermann über Äußerungen des sowjetischen Geschäftsträgers Astachow, die ihm inoffiziell durch Vermittlung des bulgarischen Gesandten mitgeteilt wurden

Der Bulgarische Gesandte suchte mich heute auf und teilte mir vertraulich folgendes mit: Der sowjetrussische Geschäftsträger [...] habe ihn gestern ohne sichtlichen Anlaß aufgesucht und sei zwei Stunden bei ihm geblieben. Das lange Gespräch [...] lasse sich etwa folgendermaßen zusammenfassen:

Die Sowjetunion [...] schwanke zwischen drei Möglichkeiten, nämlich dem Abschluß des Paktes mit England und Frankreich, einer weiteren verzögernden Behandlung der Paktverhandlungen und einer Annäherung an Deutschland. Gefühlsmäßig läge der Sowjetunion diese letztere Möglichkeit am nächsten [...]. Hindernd sei aber die Furcht vor einem deutschen Angriff, entweder durch die Baltischen Staaten oder durch Rumänien. [...] Wenn Deutschland die Erklärung abgeben würde, daß es die Sowjetunion nicht angreifen wolle und mit ihr einen Nichtangriffspakt abschließen würde, so würde die Sowjetunion wohl von dem Vertragsabschluß mit England absehen. [...]

Moskau, 16.–17. 8. 1939. Aus dem Protokoll einer Sitzung der Militärdelegationen der Sowjetunion, Großbritanniens und Frankreichs

Marschall K. E. Woroschilow: Vor zwei Tagen hat Admiral Drax mitgeteilt, die Deutschen hätten bereits zwei Millionen Soldaten einberufen und seien bereit, am 15. August, also gestern, gegen einen der friedlichen Staaten vorzugehen. Obwohl sich die Prognose von Admiral Drax zum Glück nicht bewahrheitet hat, haben doch die Spannungen in Europa sich nicht vermindert, sondern im Gegenteil zugenommen. Daraus folgt, daß die Verhandlungsrunde der Militärdelegationen Großbritanniens, Frankreichs und der Sowjetunion, wenn sie ernsthaft an die Regelung gemeinsamer Maßnahmen gegen eine Aggression herangehen wollen, keine Zeit auf nichtssagende Erklärungen verschwenden darf. Wir haben die Kernfrage für die sowjetische Seite nicht geklärt, nämlich die Frage des Durchmarschs von Streitkräften der Sowjetunion durch das Gebiet Polens und Rumäniens zum Zwecke gemeinsamer Aktionen der Streitkräfte der vertragschließenden Seiten gegen den gemeinsamen Gegner. Leider werden unsere Delegationen zu keiner Zusammenarbeit kommen, solange wir die Antwort auf die von der sowjetischen Militärdelegation aufgeworfene Frage nicht kennen – nicht hypothetisch, sondern wirklich. Bis wir diese Antwort erhalten haben, empfehle ich unseren verehrten Gästen, sich zu erholen, sich Moskau anzusehen, Ausstellungen zu besuchen und sich wie zu Hause zu fühlen.

Warschau, 19. 8. 1939. Minister Beck im Gespräch a) mit dem Botschafter Frankreichs Noël und b) mit dem britischen Botschafter Kennard

a) »Man verlangt von uns, daß wir eine neue Teilung unterschreiben. Nichts garantiert uns, daß die Russen, wenn sie sich im östlichen Teil des Landes festgesetzt haben, tatsächlich am Krieg teilnehmen.«

b) Er äußert die Ansicht, Marschall Woroschilow habe versucht, heute mit friedlichen Mitteln zu erreichen, was er 1920 mit Waffengewalt erreichen wollte.

Moskau, 19. 8. 1939. Äußerungen des Generalsekretärs des ZK der AKP(B) J. Stalin auf einer nächtlichen Sitzung des Politbüros

Die Frage von Krieg oder Frieden ist in ein kritisches Stadium getreten. Ihre Lösung hängt ausschließlich von uns ab. Wenn wir ein Abkommen mit England und Frankreich schließen, wird Deutschland gezwungen sein, von seinen Aggressionsplänen Abstand zu nehmen und gegenüber dem polnischen Standpunkt nachzugeben. Es wird auch bestrebt sein, seine Beziehungen zu den Westmächten zu regeln. Auf diese Weise könnten wir den Ausbruch eines Krieges vermeiden, doch der weitere Verlauf der Ereignisse würde eine für uns ungünstige Richtung nehmen. Wenn wir statt dessen den deutschen Vorschlag annehmen, mit ihnen einen Nichtangriffspakt abzuschließen, ermöglicht das Deutschland den Angriff auf Polen, und damit steht das Eingreifen Englands und Frankreichs fest. Wenn es dazu kommt, haben wir eine Chance, außerhalb des Kriegsgeschehens zu bleiben. Für uns ist die Entscheidung also klar: Wir müssen das deutsche Angebot annehmen und die Militärmissionen Englands und Frankreichs höflich nach Hause schicken. Es geht darum, daß Deutschland möglichst lange Krieg gegen den Westen führt. Daher ist es unsere Aufgabe, Deutschland wirtschaftlich zu unterstützen, ihnen Lebensmittel und Rohstoffe zu liefern. Gleichzeitig müssen wir eine verstärkte kommunistische Propaganda führen, die gegen die Kriegsanstrengungen der westlichen Staaten und insbesondere Frankreichs gerichtet ist. Die Hauptsache ist für uns, daß dieser Krieg möglichst lange dauert, bis er zur Erschöpfung beider Seiten führt.

Berlin, 20. 8. 1939. Telegramm des Reichskanzlers A. Hitler an den Generalsekretär der Allunions-KP(B) J. Stalin

Citissime!

Herrn Stalin Moskau.

1.) Ich begrüße die Unterzeichnung des neuen deutsch-sowjetischen Handelsabkommens als ersten Schritt zur Neugestaltung des deutsch-sowjetischen Verhältnisses aufrichtig.

2.) Der Abschluß eines Nichtangriffspaktes mit der Sowjetunion bedeutet für mich eine Festlegung der deutschen Politik auf lange Sicht. Deutschland nimmt damit wieder eine politische Linie auf, die in Jahrhunderten der Vergangenheit für beide Staaten nutzbringend war. [...]

4.) Das von der Regierung der Sowjetunion gewünschte Zusatz-Protokoll kann nach meiner Überzeugung in kürzester Zeit substantiell geklärt werden, wenn ein verantwortlicher deutscher Staatsmann in

Moskau hierüber selbst verhandeln kann. Sonst ist sich die Reichsregierung nicht darüber im klaren, wie das Zusatzprotokoll in kurzer Zeit geklärt und festgelegt werden könnte. [...]

6.) Es ist meine Auffassung, daß es bei der Absicht der beiden Reiche, in ein neues Verhältnis zu einander zu treten, zweckmäßig ist, keine Zeit zu verlieren. Ich schlage Ihnen daher noch einmal vor, meinen Außenminister am Dienstag, den 22. August, spätestens aber am Mittwoch, den 23. August, zu empfangen. [...] Eine längere Anwesenheit des Reichsaußenministers in Moskau als für ein bis höchstens zwei Tage ist mit Rücksicht auf die internationale Situation unmöglich. Ich würde mich freuen, Ihre baldige Antwort zu erhalten.
Adolf Hitler

Obersalzberg, 22. 8. 1939. Ansprache des Führers vor den Oberbefehlshabern der Wehrmacht

Es war mir klar, daß es früher oder später zu einer Auseinandersetzung mit Polen kommen mußte. Ich faßte den Entschluß bereits im Frühjahr, dachte aber, daß ich mich zunächst in einigen Jahren gegen den Westen wenden würde und dann erst gegen den Osten. [...] Es wurde mir klar, daß bei einer Auseinandersetzung mit dem Westen Polen uns angreifen würde. [...]

Der Gegner hatte noch die Hoffnung, daß nach der Eroberung Polens Rußland als Gegner auftreten würde. Die Gegner haben nicht mit meiner großen Entschlußkraft gerechnet. [...] Ich war überzeugt, daß Stalin nie auf das englische Angebot eingehen würde. Rußland hat kein Interesse an der Erhaltung Polens [...] Nun ist Polen in der Lage, in der ich es haben wollte.

Auch wenn im Westen Krieg ausbricht, bleibt die Vernichtung Polens im Vordergrund. Mit Rücksicht auf die Jahreszeit muß die Entscheidung schnell fallen.

Ich werde propagandistischen Anlaß zur Auslösung

des Krieges geben, es ist gleichgültig, ob er glaubhaft ist. Der Sieger wird später nicht danach gefragt, ob er die Wahrheit gesagt hat oder nicht. Bei Beginn und Führung des Krieges kommt es nicht auf das Recht an, sondern auf den Sieg. Wir müssen unser Herz verschließen gegen Mitleid und brutal vorgehen.

Moskau, 22. 8. 1939. Flughafen Scheremetjewo
Über dem Flughafengebäude wehen die sowjetische und die Hitlerflagge. Auf der Plattform Molotow mit Gefolge. Es landet eine deutsche Militärmaschine, aus der Ribbentrop aussteigt. Herzliche Begrüßung.

Szenen im Kreml. Fotos oder Filmmaterial. Im Bilde Ribbentrop, Stalin, Molotow, Woroschilow. Unterzeichnung des Nichtangriffspakts und des geheimen Zusatzprotokolls. Bankett. Trinksprüche. Es kommen Passagen des Zusatzprotokolls ins Bild:

1. Für den Fall einer territorial-politischen Umgestaltung in den zu den baltischen Staaten (Finnland, Estland, Lettland, Litauen) gehörenden Gebieten bildet die nördliche Grenze Litauens zugleich die Grenze der Interessensphäre Deutschlands und der UdSSR.

2. Für den Fall einer territorial-politischen Umgestaltung der zum polnischen Staate gehörenden Gebiete werden die Interessensphären Deutschlands und der UdSSR ungefähr durch die Linie der Flüsse Narew, Weichsel und San abgegrenzt.

Die Frage, ob die beiderseitigen Interessen die Erhaltung eines unabhängigen polnischen Staates wünschenswert erscheinen lassen, und wie dieser Staat abzugrenzen wäre, kann endgültig erst im Laufe der weiteren politischen Entwicklung geklärt werden.

In jedem Falle werden beide Regierungen diese Frage im Wege einer freundschaftlichen Verständigung lösen.

Ribbentrop: Der Antikominternpakt war im Grunde

nicht gegen die Sowjetunion, sondern gegen die westlichen Demokratien gerichtet. Die als witzig bekannten Berliner sagen schon seit einigen Monaten, »Stalin werde noch selbst dem Antikominternpakt beitreten«. Das Volk fühlt instinktiv, daß es zwischen Deutschland und der Sowjetunion keine natürlichen Gegensätze gibt und daß die Entwicklung guter Beziehungen bisher nur durch ausländische Machenschaften, insbesondere seitens Englands, gestört worden ist.

Stalin: Das glaube ich gern. Die Deutschen wünschen den Frieden und begrüßen daher freundschaftliche Beziehungen zwischen dem Reich und der Sowjetunion.

Ribbentrop: Bei aller Friedensliebe des deutschen Volkes ist andererseits die Empörung gegen Polen so groß, daß jeder einzelne zum Kampf bereit ist. Das deutsche Volk wird sich die polnischen Provokationen nicht länger gefallen lassen.

Stalin: Ich weiß, wie sehr das deutsche Volk seinen Führer liebt, ich möchte deshalb auf seine Gesundheit trinken.

Berlin, 23. 8. 1939

Hitler legt den Angriff auf Polen für den 26. August fest.

London und Rom, 25. 8. 1939

Unterzeichnung des polnisch-britischen Beistandspaktes. Italien erklärt sich außerstande, Deutschland militärisch beizustehen.

Berlin, 25. 8. 1939

Der Angriffstermin wird widerrufen.

Kriegstagebuch General Halders, Chef des Generalstabs des Heeres:

ObdH 19.30 Uhr:

a) Vertrag zwischen Polen und England ratifiziert.

b) Keine Eröffnung der Feindseligkeiten. Truppenbewegungen anhalten, wenn nicht anders möglich auch in Grenznähe.

c) Mobilmachung läuft weiter.

Oberst Hans Oster, Abwehroffizier im OKW:

Der Führer ist geliefert!

Admiral Canaris, Chef des Amtes Ausland/Abwehr im OKW:

Von diesem Schlag erholt er sich nie wieder. Der Frieden ist für zwanzig Jahre gesichert.

Moskau, 30. 8. 1939: Meldung der Nachrichtenagentur TASS

Im Zusammenhang mit der immer ernster werdenden Situation in Osteuropa und der Möglichkeit unerwarteter Ereignisse hat die sowjetische Führung beschlossen, die Streitkräfte an der Westgrenze der UdSSR nicht zu vermindern, sondern zu verstärken.

Westerplatte, 1. 9. 1939. Mitteilung des Kommandanten Major H. Sucharski an das Kommando der Kriegsmarine in Gdynia

Um 4.45 Uhr hat der Panzerkreuzer ›Schleswig-Holstein‹ das Feuer gegen die Westerplatte aus allen Geschützen eröffnet. Die Beschießung dauert an.

Bilder von dem Panzerkreuzer und den im Gebiet der Festung einschlagenden Geschossen.

Bilder von deutschen Einheiten, die an verschiedenen Stellen die Grenze Polens überschreiten, und von der deutschen Luftwaffe, die Städte, Eisenbahn-Knotenpunkte, Straßen, Brücken bombardiert. Bilder von den Zerstörungen. Aufnahmen, die die Straßen voller Flüchtlinge zeigen.

Eine Karte, die mittels beweglicher schwarzer Pfeile

den Vormarsch von Westen und Norden her sowie die Truppenbewegungen der polnischen Verteidiger zeigt.

Kommentar zum Vergleich der deutschen und polnischen Kräfte
Deutschland: 1,5 Millionen Soldaten, 2600 Panzer, 2000 Flugzeuge

Polen: 1 Million Soldaten, 150 Panzer, 400 Flugzeuge

Die deutsche Flotte übertrifft die polnische mindestens zwanzigfach an Feuerkraft. In ihrer Gesamtheit war die Wehrmacht noch nicht bereit, aber Hitler warf alle verfügbaren Kräfte gegen Polen und ließ die Westflanke fast ungedeckt.

Dies auf dem Hintergrund von Gefechtsaufnahmen, die die polnischen Verluste und die deutschen Gebietsgewinne bis zum 5., 6. September zeigen. Es werden auch polnische Erfolge gezeigt: Deutsche Maschinen, die über Warschau von den Piloten der Jägerbrigade abgeschossen wurden. Polnische Kavallerieeinheiten, die nach Ostpreußen vorstoßen. Die Schlacht bei Krojanty, wo am 1. 9. das 18. Ulanenregiment die Infanterie der 20. motorisierten Division schlug.

Die Maginotlinie, schläfrig
Französische Soldaten trinken Kaffee, rauchen Zigaretten, beobachten aus Feldstechern das leere Vorfeld, hören Radio.

Deutsche Flugzeuge über Warschau. Die polnische Verteidigung ist machtlos.

London, 1. 9. 1939. Rede des Gesandten Greenwood
Der Gesandte: An die Seite Polens zu treten, erfordern die Interessen Großbritanniens.

Widerspruch aus dem Saal: Die Ehre! Die Ehre!

Warschau, 3. 9. 1939
Großbritannien und Frankreich erklären Deutschland den Krieg. Freudenkundgebungen der Warschauer vor dem Konsulat Großbritanniens

Paris, 4. 9. 1939. Bericht des Botschafters der USA W. Bullit an den Staatssekretär nach einem Gespräch mit A. Léger im französischen Außenministerium
Léger nimmt an, daß die UdSSR Polen nicht angreifen wird, wenn Polen weiterhin imstande ist, Deutschland entschiedenen Widerstand zu leisten; wenn hingegen der polnische Widerstand gegen Deutschland gebrochen wird, wird die Sowjetunion seiner Meinung nach das östliche Polen bis zum Bug und die baltischen Staaten besetzen.

Wieder die Karte Europas
Die beweglichen schwarzen Pfeile dringen immer tiefer in polnisches Gebiet vor, zielen auf Warschau. Die Landkarte wird ersetzt durch eine Wetterkarte. Ein riesiges Tiefdruckgebiet, das von Skandinavien heranzieht, überdeckt alles.

Wolkenberge, Blitze.

Warschau, 7. 9. 1939. Abend
Warschau im Regen, durch die Windschutzscheibe eines Militär-LKW gesehen. Die Scheibenwischer, die das Wasser beiseiteschieben. Absitzende Soldaten, die die Besatzung einer Flak ablösen. Regenmäntel. Köpfe, zum dunklen Himmel erhoben.

Kommentar: Infolge von starken Niederschlägen und Nebel, die schon elf Stunden anhalten, hat heute kein deutsches Flugzeug den Luftraum über Warschau erreicht. Ein großes deutsches Bombergeschwader hat die Bomben blindlings im Gebiet der Kabacker Wälder abgeworfen, ohne Schaden anzurichten. Acht Bomber sind im Gebiet von Krotoszyn abgestürzt. Dabei sind fünf Zivilpersonen umgekommen.

Warschau, 8. 9. 1939
Die Soldaten der Arbeiterbrigaden zur Verteidigung Warschaus hören unter der triefenden Plane eines Feldgeschützes eine Radiomeldung:

Infolge des Wetterumschwungs ist eine sehr günstige Änderung der Gefechtslage eingetreten. Die deutsche 4. Panzerdivision, verstärkt durch das motorisierte Regiment »Adolf Hitler«, ist im Vorfeld Warschaus im Schlamm steckengeblieben. Einheiten der polnischen Kavallerie unternehmen im Schutze von Nebel und Regen auf dem ihnen wohlvertrauten Gelände heldenhafte Angriffe und dezimieren den Feind.

10. 9. 1939
Es tobt die Schlacht an der Bzura, die von der polnischen Seite als Versuch einer Gegenoffensive aufgenommen worden ist. Die Armee Poznań unter der Führung von General Kutrzeba, die Armee Pomorze und ein Teil der Armee Łódź erringen den Sieg, nehmen Tausende deutscher Soldaten gefangen und erobern große Mengen wertvollen Kriegsmaterials.

Dunkle, verschwommene Aufnahmen von der Schlacht. Die unbeweglichen deutschen Fahrzeuge und Stapel von Waffen. Kolonnen marschierender Gefangener.

Warschau, 11. 9. 1939. Verlautbarung des polnischen Oberbefehlshabers
Der deutsche Vormarsch ist auf der ganzen Linie zum Halten gebracht worden. Die lebenden Helden werden

jene rächen, die ruhmreich gefallen sind. Vorwärts zum Sieg.

Marschall Rydz-Śmigły, Oberster Heerführer

Berlin, 12. 9. 1939. Telegramm des Reichskanzlers A. Hitler an den Generalsekretär der Allunions-KP(B) J. Stalin

Citissime!

Herrn Stalin.

Ich bestehe auf dem Einmarsch der Sowjetarmee auf das Gebiet Polens und der Einnahme von Positionen an der am 23. September festgelegten Demarkationslinie den Fluß Pisa entlang bis zu der Stelle, wo er in den Narew mündet, weiter den Narew entlang bis zur Mündung in den Bug und weiter den Bug entlang bis zu dessen Mündung in die Weichsel. Die Stockung im deutschen Vormarsch ist nur zeitweilig, der Kern unserer Streitkräfte ist nicht in Mitleidenschaft gezogen, mein unbedingter Glaube an den deutschen Soldaten sagt mir, daß ein dauernder Umschwung ausgeschlossen ist. Wie ich es vorausgesehen habe, sehen England und Frankreich tatenlos zu. In dieser Situation wäre eine entschiedene Aktion der sowjetischen Seite äußerst wünschenswert. Mit einer raschen Antwort machen Sie mir eine Freude. Adolf Hitler

Warschau, 13. 9. 1939. Telegramm des Ministers J. Beck an die Premierminister Großbritanniens und Frankreichs

Seit dreizehn Tagen befinden wir uns im Kriegszustand mit Deutschland. Nach anfänglichen Verlusten wurde der deutsche Vormarsch auf der ganzen Linie zum Halten gebracht. Am 17. September ist der Termin für die Mobilmachung der Streitkräfte Englands und Frankreichs erreicht, nach dem ihrerseits die Aufnahme von Kampfhandlungen erfolgen sollte. Ich ersuche dringlich um eine Vorverlegung dieses Termins. Nach Schätzungen des polnischen Generalstabs sind bereits über 50% der motorisierten Kräfte des Gegners vernichtet oder kampfunfähig, die Luftwaffe kann infolge der Witterungsbedingungen nicht eingesetzt werden. Die polnische Seite hat erhebliche Schwierigkeiten bei der Versorgung von 300000 deutschen Kriegsgefangenen. Die günstigen Witterungsbedingungen können vorübergehen, unterdessen würde eine entschiedene Aktion der Verbündeten den Erfolg gewährleisten. Der Krieg kann binnen einer Woche gewonnen werden.

Berlin, 14. 9. 1939. Antwort des sowjetischen Geschäftsträgers G. Astachow an den Reichsaußenminister J. v. Ribbentrop

Im Verlauf zweier Wochen von Kampfhandlungen hat Polen seine Kampfkraft nicht eingebüßt, die wichtigsten Industriegebiete und Kulturzentren liegen weiterhin im Machtbereich der Regierung in Warschau. Damit behalten die zwischen der UdSSR und Polen geschlossenen Verträge ihre Gültigkeit. Angesichts dieser Tatsachen hat die sowjetische Regierung beschlossen, weiterhin Neutralität zu wahren. Im übrigen verlangt die sowjetische Regierung, daß bis zu einer Änderung der politischen Lage die Regierung des Deutschen Reiches sich über die üblichen diplomatischen Kanäle an sie wendet, ohne den Generalsekretär direkt in Anspruch zu nehmen.

Wien, 14. 9. 1939

Die Wiener entwaffnen deutsche Einheiten. Gegenmaßnahmen der örtlichen Garnison. Tausende von Opfern.

London, 15. 9. 1939
Drei Bombengeschwader der RAF zu je 15 Maschinen starten zu einem Kampfeinsatz gegen Berlin, das Saargebiet und Dresden.

Verlautbarung der Admiralität der britischen Flotte:
Die Flotte nimmt Kampfhandlungen im Gebiet der Nordsee und der Ostsee auf.

Aufnahmen der Schiffe aus einem Flugzeug, eine Seeschlacht.

Die Maginotlinie in der Nacht vom 14. zum 15. 9. 1939
Der komische Krieg ist vorbei. Die Panzerstreitkräfte der 5. Armee unter Führung von Oberst de Gaulle durchbrechen die Front und stoßen am ersten Tag praktisch ohne Widerstand 60 bis 200 km tief in deutsches Gebiet vor.

Aufnahmen von französischen Panzern.

Prag, 15. 9. 1939
Das Volk von Prag erhebt sich gegen die Deutschen. Blutige Kämpfe in der Innenstadt. Der Hradčin, im Handstreich genommen, befindet sich schon in der Gewalt der Aufständischen.

Bilder von Straßenkämpfen in Prag.

Paris, 16. 9. 1939. Meldung im Radio Française
Es sind große Mengen Kriegsmaterial und etwa 400 000 deutsche Gefangene in französische Hand gefallen. Die französischen Truppen beginnen im Vorfeld von Berlin mit der Belagerung der Reichshauptstadt.

Marschierende Gefangenenkolonnen.

Berlin, 17. 9. 1939. Reichskanzlei. Appell an die Regierungen und Völker Frankreichs, Polens und Großbritanniens

Am Abend des heutigen Tages ist das Ruder des deutschen Staatsschiffs den Händen von Verbrechern, Abenteurern und Wahnsinnigen entwunden worden. Adolf Hitler, Hermann Göring und Joseph Goebbels stehen unter starker Bewachung unter Hausarrest. Der Militärrat, der vorübergehend die Bürde der Verantwortung für das Schicksal Deutschlands übernommen hat, ersucht die Regierungen Frankreichs, Polens und Großbritanniens um Einstellung der Kampfhandlungen. Im Namen christlicher Barmherzigkeit, im Gefühl der Verantwortung für das Schicksal Europas und Deutschlands appellieren wir an die verbündeten Staaten, sie mögen ihr Einverständnis mit der Aufnahme von Verhandlungen erklären. Deutschland bietet seine bedingungslose Kapitulation an. Möge nicht länger das Blut junger Europäer in diesem sinnlosen Krieg fließen.

Admiral Wilhelm Canaris
Oberst Hans Oster
General Henning von Tresckow

18.–19. 9. 1939

Die deutschen Truppen ergeben sich an allen Fronten. Freude auf den Straßen von Warschau, Paris, London. Demonstrationen. Tanz. Feuerwerk.

Berlin, 23. 9. 1939. Reichskanzlei

Der deutsche Militärrat unterzeichnet im Namen Deutschlands die bedingungslose Kapitulation. Seitens der Verbündeten nehmen die Kapitulation entgegen: General Kutrzeba, General de Gaulle und Churchill, Minister für Krieg und Luftfahrt.

Aufnahmen.

Verlautbarung: Die Verbündeten erklären ihre Absicht, ein Internationales Tribunal in Nürnberg zusammenzurufen, das die Verbrechen der Naziführer gegen die Menschlichkeit verurteilen soll. Bis zum Beginn des Prozesses werden die Funktionäre des Dritten Reiches, darunter Adolf Hitler, in dem von den Deutschen gegründeten Konzentrationslager in Stutthof interniert. Das Deutsche Reich wird in drei Besatzungszonen aufgeteilt – eine französische, eine polnische und eine britische (Karte). Ostpreußen, Danzig und Westpommern gehen als Kriegsentschädigung für immer in den Besitz Polens über. Die Regierung Großbritanniens unterbreitet den Verbündeten den Vorschlag, auf dem Territorium Deutschlands einen unabhängigen jüdischen Staat mit Berlin als Hauptstadt zu errichten. Die Maßnahmen, die die Errichtung eines solchen Staates in jüdischen Stammländern auf dem Territorium Palästinas zum Ziele haben, werden davon nicht beeinträchtigt.

Nürnberg, 26. 11. 1939
Der Nürnberger Prozeß beginnt. Die Anklagebank. Darauf Hitler, Göring, Hess, Goebbels, Keitel, Ribbentrop, Bormann, Himmler usw., usf.

Nürnberg, 17. 1. 1940
Die Angeklagten in Nürnberg offenbaren sensationelle Fakten über ein sogenanntes geheimes Zusatzprotokoll zum Nichtangriffspakt von Ribbentrop und Molotow.

20. 1. 1940
Empörung in den Hauptstädten Litauens, Lettlands, Estlands und Finnlands. Aufnahmen.

Warschau: Außenminister Beck richtet eine scharfe Protestnote an die Machthaber im Kreml und fordert Erklärungen.

Moskau, 21. 1. 1940

Stalin und Molotow bezeichnen in einem Aufruf an die Völker der Welt die Enthüllungen von Nürnberg als weitere heimtückische, unglaubhafte und unverschämte polnisch-englisch-französische faschistische Intrige gegen den friedliebenden Sowjetstaat.

Unruhen in Moskau, Leningrad und der Ukraine.

Stalin veranlaßt neuerliche Verhaftungen und Prozesse im Armeekader der UdSSR.

Nürnberg, 20. 3. 1940

Verkündung des ersten Urteils. Adolf Hitler, Reichskanzler, zur lebenslangen Verbannung auf die Insel St. Helena verurteilt, erklärt in seinem Schlußwort mit der ihm eigenen bösartigen Logik:

»Es ist unwahr, daß ich oder irgend jemand anderer in Deutschland den Krieg im Jahre 1939 gewollt haben. Er wurde gewollt und angestiftet ausschließlich von jenen internationalen Staatsmännern, die entweder jüdischer Herkunft waren oder für jüdische Interessen arbeiteten. Ich habe zu viele Angebote zur Rüstungsbeschränkung gemacht, die die Nachwelt nicht auf alle Ewigkeiten wegzuleugnen vermag, als daß die Verantwortung für den Ausbruch dieses Krieges auf mir lasten könnte. Ich habe weiter nie gewollt, daß nach dem ersten unseligen Weltkrieg ein zweiter gegen England oder gar gegen Amerika entsteht. Es werden Jahrhunderte vergehen, aber aus den Ruinen unserer Städte und Kunstdenkmäler wird sich der Haß gegen das letzten Endes verantwortliche Volk immer wieder erneuern, dem wir alles zu verdanken haben: dem internationalen Judentum und seinen Helfern!«

Toulon, 13. 4. 1940

Bilder von den ersten Szenen des Films, diesmal in der Art einer schwarz-weißen Wochenschau. Ein anderer

Blickwinkel, andere Kameraeinstellungen; die Vorgänge sind dieselben. Die Hymnen, der Gang Hitlers und seines Adjutanten mit der Eskorte an Bord des Flugzeugträgers. Diesmal sieht man deutlich, daß der Mann im Mantel Hitler ist. Sturm kommt auf. Die hinterm Horizont versinkenden Silhouetten der vier Schiffe.

Kommentar: Polnische Tüchtigkeit und Glück sowie die britisch-französische Macht haben bewirkt, daß mit Gottes Hilfe der Krieg so rasch beendet wurde. Vor Europa liegen Jahre des Friedens und schöpferischen Aufbaus.

Ende

Witkacy und Gombrowicz stehen auf. Ein paar Reihen vor ihnen ein würdevoller sechzigjähriger General mit zwei bezaubernden Frauen. Neben ihm der junge, schon kahlköpfige Słonimski. Der General salutiert unseren beiden. Słonimski lüftet den Hut.

Witkacy: Bitte, Wieniawa ist auch hier. Und Słonimski.

Gombrowicz: In Paris haben sie Wieniawa nicht gewollt, also ist er nach Warschau zurückgekehrt.

Witkacy und Gombrowicz auf den Straßen des fröhlichen Warschau. Sie gehen die Nowy Świat entlang, die Mazowiecka, die Królewska. Dann durch die Jerozolimskie-Gärten.

Gombrowicz: Und wieder ist es noch mal gut gegangen. Ich sage Ihnen, für die Polen wäre es besser, wenn die Geschichte sie mit einer schwereren Zeit und einer größeren Teufelei konfrontiert hätte. Unsere ewige Unreife verlangt geradezu nach bitterer Arznei.

Witkacy: Arznei? Wäre dieser Regen nicht gewesen, hätten uns Hitlers Panzer und Flugzeuge binnen einer Woche erledigt. Von Osten her wäre Stalin einmarschiert, England und Frankreich hätten keinen Finger gerührt.

Gombrowicz: Und weiter? Hitler hätte schließlich Rußland überfallen.

Witkacy: Natürlich. Am Ende hätte Hitler gegen England, Frankreich, Amerika und Rußland verloren, klarer Fall. Nur daß im wesentlichen Stalin der Befreier Polens gewesen wäre. Und dann wäre hier in Warschau jeder an diesem Krieg schuld gewesen. Rydz, Beck oder meinetwegen auch … der Papst. Jeder, nur nicht Stalin. In der Stadtmitte, im von Hitler zertrümmerten Warschau, mitten an der Nowy Świat, vielleicht in den Jerozolimskie-Gärten stünde ein monströses Gebäude. Eine Kreuzung der Kremltürme mit einem New Yorker Wolkenkratzer und einer Krakauer Krippe, damit's niemand erkennt. Es würde Tempel der Vernunft heißen, Palast des Wissens oder etwas in der Art… Millionen polnischer Kinder würden jahrzehntelang lernen, wie Stalin im Jahre 1939 versuchte, den Krieg zu verhindern und es ihm nur nicht gelang.

Gombrowicz: Sie sind ein unverbesserlicher Schwarzseher, Herr Stanisław.

Zeitungsverkäufer mit den Abendblättern. Ihre Rufe:

Stalin gestürzt! Sensation!

Stalin, Molotow, Berija, Malenkow in einem Erholungsheim des NKWD in Katyn interniert!*

Außerordentliche Revision der Moskauer Prozesse!

Umsturz in der Sowjetunion!

Moskau legt die ganze Wahrheit über Hungersnot in der Ukraine offen!

---

* NKWD war die russische Abkürzung für das Volkskommissariat für Innere Angelegenheiten, dessen Kern die Geheimpolizei bildete. Im Wald von Katyn bei Smolensk ließ das NKWD über viertausend 1939 gefangengenommene polnische Offziere ermorden und in Massengräbern verscharren. Die Morde wurden später von der sowjetischen und der kommunistischen polnischen Propaganda den Deutschen angelastet. – *Anm. d. Übers.*

Marschall Tuchatschewski postum rehabilitiert!

Kehren Trotzki oder Kerenski in die Sowjetunion zurück?

Gombrowicz: Na bitte, was sagen Sie dazu?

Die beiden vor dem Warschauer Palast der Kultur und Wissenschaft.

Witkacy: Und was sagen Sie dazu?

Sie schauen empor, zeigen mit dem Finger. Die Kamera schwenkt bis zu der Aufschrift *Jossif-Stalin-Palast der Kultur und Wissenschaft*.

Die Kamera kehrt zu den beiden zurück. Ins Bild kommen zwei graue, unbekannte Warschauer. Der eine hat die *Trybuna Ludu* unterm Arm, der andere den *Express Wieczorny*. Sie sind leicht von oben her aufgenommen, wirken wie leicht betrunken und zeigen mit den Fingern in die Kamera, um den Mund ein Lächeln – schelmisch und zugleich das von Verlierern.*

Ende

* Der Schriftsteller Witold Gombrowicz (1904–1969) war im Sommer 1939 nach Argentinien gereist; er ist nie nach Polen zurückgekehrt, und sein Werk war in der Volksrepublik Polen mit kurzen Pausen bis in die achtziger Jahre verboten. Witkacy (Stanisław Ignacy Witkiewicz, 1885–1939), Schriftsteller und Theaterautor, meldete sich als Reserveoffizier bei Kriegsausbruch an die Front, konnte aber nicht zu seiner Einheit gelangen und beging am 18. 9. Selbstmord, vermutlich auf die Nachricht vom sowjetischen Einmarsch in Polen hin. Der ebenfalls erwähnte Schriftsteller Antoni Słonimski (1895–1976) war während des Kriegs im Exil in Paris und London, arrangierte sich danach zunächst mit den neuen Machthabern in Polen, wurde später aber einer der prominentesten Regimekritiker. – *Anm. d. Übers.*

Stalin, Hitler und die historische Notwendigkeit

Am 1. August 1944, reichlich einen Monat nach Oberst Stauffenbergs gescheitertem Hitler-Attentat, lösten die Partisanen der von der Londoner Exilregierung gelenkten Polnischen Landesarmee den Warschauer Aufstand aus; anfangs erfolgreich, wurde er Ende September, Anfang Oktober von Wehrmacht und SS niedergeschlagen. Die Rote Armee sah vom östlichen Weichselufer aus tatenlos zu, wie die Deutschen die Konkurrenz der kommunistischen polnischen Volksarmee erledigten; den Westalliierten wurde nicht gestattet, von sowjetischen Flugplätzen aus zu Hilfsflügen für die Aufständischen zu starten.

Historische Konstanten: Die Notwendigkeit der Wiedervereinigung 1990

von VICTOR ZYX

Vorbemerkung des Herausgebers

Victor Zyx, geboren als Viktor Zýkský in Mähren, aber seit Jahrzehnten im Ausland, veröffentlichte den hier auszugsweise wiedergegebenen geopolitischen Essay 1994 in seiner alten Heimat. Im Mittelpunkt steht die These, daß die politische Landkarte Europas um einen gewissen auf lange Sicht ziemlich konstanten Grundzustand oszilliert, wobei den Nachfolgestaaten und -nationen des römischen Kaisertums eine zentrale, aber zwiespältige Rolle zukommt. Ein Großteil der Darlegungen zielt in die fernere Vergangenheit zurück und wird hier nur im Überblick skizziert. Interessant ist für uns das Kapitel 9, das sich mit den Folgen des Zweiten Weltkriegs befaßt: Hier sieht der Autor eine Akkumulation gegenläufiger Tendenzen, die andere Geschichtsabläufe wahrscheinlicher erscheinen lassen, später aber um so schneller und heftiger in den Normalzustand zurückfallen.

Zusammenfassung der Kapitel 1 bis 8

Seit dem ausgehenden Mittelalter ist die Nation in zunehmendem Maße das bestimmende Element der europäischen Geschichte. Förderlich für den Zusammenhalt einer Nation ist *ein über Jahrhunderte hinweg annähernd unverändertes und auch geographisch abgegrenztes Staatsgebiet*. Von außen – durch fremde Mächte – oder von oben – durch Fürstendynastien und Diktaturen – *erzwungene Zusammenschlüsse und Spaltungen erweisen sich auf Dauer als instabil*. So wirken in *Staaten, die in der historischen Nachfolge mittelalterlicher Großreiche und Imperien stehen*, selbst nach Jahrhunderten noch mächtige zentrifugale Impulse. In Umbruchsituationen können sich vom bisher dominierenden Staatsvolk auch enger verwandte Volksgruppen abspalten, wenn sie in der Vergangenheit zeitweilig eigene Staaten besaßen. Beispiele dafür sind die Habsburger Monarchie, das Russische Reich und die Nachfolgestaaten des Heiligen Römischen Reiches.

Das mittelalterliche Heilige Römische Reich hat das Zusammenwachsen der Völkerschaften auf seinem Gebiet zu Nationen besonders nachhaltig behindert, bildete es doch ein Konglomerat aus vier Königreichen und dem Patrimonium Petri. Dabei war der deutsche König ursprünglich zugleich König von Italien und von Burgund sowie als Kaiser Princeps des römischen Kirchenstaats, und nur das später angeschlossene Böhmen wurde längere Zeit von eigenen Dynastien regiert. In einem derart großen und heterogenen Gebilde mußten zwangsläufig innere Sonderinteressen die der Zentralmacht überwiegen. So unterblieb das nationale Zusammenwachsen nicht nur im Gesamtreich, sondern auch in den wichtigsten Teilreichen Deutschland und Italien; Burgund verschwand für immer von der Landkarte. Die Auflösung des Römisch-Deutschen Kaiserreichs 1806 beendete im Grunde nur eine juristische Fiktion.

Selbst wenn man eine historische *Gesamtheit der deutschen Fürstentümer und Reichsstädte* postuliert, überwiegt in der deutschen Geschichte die Tendenz zur fortwährenden Abspaltung und Verselbständigung einzelner Staaten. So schieden aus dieser wie auch immer definierten Gemeinschaft aus:

1389 (endgültig 1648) die schweizerische Eidgenossenschaft,
1582 (endgültig 1648) die Niederlande,
1866 Österreich (abermals 1955), Luxemburg und Liechtenstein,
1946 die Volksrepublik Lausitz,
1949 die Rheinische Republik (endgültig 1952) und die Deutsche Demokratische Republik (endgültig 1956).

Italien wurde in der zweiten Hälfte des 19. Jahrhunderts, also fast gleichzeitig mit Deutschland, wie jenes von einer Hegemonialmacht (Preußen bzw. Sardinien-Piemont) zu einem Nationalstaat zusammengefaßt. Vor allem wohl der relativ scharfen geographischen Abgrenzung durch Meer und Alpen ist es zu danken, daß zentrifugale Kräfte in Italien vergleichsweise schwach sind. Doch ist der Gegensatz zwischen Norden und Süden noch immer virulent.

Das *Königreich Böhmen* mit der ihm frühzeitig angeschlossenen Markgrafschaft Mähren bildete im Rahmen des römisch-deutschen Kaiserreichs immer eine stabile historische Einheit, die nur während der Hussitenkriege kurze Zeit von innen her gestört war. Die Einwanderung von Deutschen vor allem in die Städte hat diese Einheit ebensowenig gefährdet, wie die Regierung ausländischer Dynastien; selbst im Habsburgerreich und während der Besetzung durch Nazideutschland wurden das Land bzw. sein Kerngebiet als politische Einheit verstanden. Die *Sonderentwicklung des slowakischen Volksteils* war dagegen eine Folge jahrhundertelanger Fremdbestimmung: durch die ungarische Herrschaft, die sich in der Habsburger Doppelmonarchie fortsetzte, und durch die unter Hitlers Diktat begonnene und unter Stalins Einfluß vertiefte Spaltung. Sie beruhte also auf äußeren Einwirkungen, die zwar in der Wirtschaftsstruktur gravierende Spuren hinterließen, doch weder in der Sprache noch im Nationalgefühl.

Kapitel 9. Historische Verwerfungen durch den Zweiten Weltkrieg

Die Krise des Ersten Weltkriegs hatte also in Europa langfristigen historisch-nationalen Trends zum Durchbruch verholfen; die Nachfolgestaaten des Heiligen Römischen Reiches büßten die Herrschaft über Völker ein, die historisch nicht zum Bestand des Reiches gezählt oder – wie Böhmen – darin eine Sonderstellung eingenommen hatten; gleichzeitig verlor Rußland jene Gebiete an seiner Westgrenze, die es erst im 18. und 19. Jahrhundert annektiert hatte. Ein Teil vom Gebiet des fränkischen Zwischenreiches Lotharingen, seit einem Jahrtausend wechselnde Beute seiner Nachbarn, kehrte zu Frankreich zurück, während die Siegermächte andererseits die Wiedervereinigung des deutschsprachigen Rest-Österreichs mit Deutschland verhinderten, also letzten Endes nur die immanente Konstante des Partikularismus in Deutschland zur Geltung brachten.

Dagegen führten die beispiellosen innenpolitischen Veränderungen in Deutschland und Sowjetrußland zunächst dazu, daß beide Staaten annähernd das jeweilige Territorium ihrer ehemaligen Imperien zurückgewannen und Deutschland sogar weit darüber hinausgreifen konnte. Um so schneller zeigte sich aber gerade im Falle Deutschlands, daß es dazu einer Kraftanstrengung bedurfte, die das Reich unmöglich über längere Zeit aufbringen konnte. Schon 1943 wurde die Wende des Kräfteverhältnisses deutlich, und daß die Ermordung Hitlers am 20. 6. 1944 den Zusammenbruch beschleunigt habe, ist oft behauptet, doch nie schlüssig bewiesen worden: Die für die Heeresgruppe Mitte katastrophale sowjetische Großoffensive lief zu diesem Zeitpunkt schon, nur einen Monat später folgten der amerikanische Durchbruch bei Avranches und der Warschauer Aufstand. Möglicherweise hätte ein vollständiges Gelingen des Umsturzes sogar zu einer zeitweiligen Stärkung der deutschen Position geführt, da Hitler als Oberbefehlshaber immer häufiger Fehlentscheidungen getroffen hatte. Der innere Machtkampf, in dem weder die Verschwörer noch die SS* einen raschen und klaren Sieg zu erringen vermochten und der Anfang Juli, eine Woche nach der Ermordung Graf Stauffenbergs, in die Bildung der Notregierung Goerdeler unter Einschluß kompromißbereiter Spitzen des NS-Regimes mündete, führte allerdings in Bevölkerung, Staatsorganen und Wehrmacht zu einer tiefgreifenden Desorientierung, die das Kriegsende möglicherweise beschleunigt hat. Ein Übriges taten dazu die wiederholten Angebote eines separaten Waffenstillstands an die Westalliierten, die allesamt unerwidert blieben. Im September war der slowakische Volksaufstand losgebrochen, Roosevelt und Churchill paraphierten den Morgenthau-Plan, Stoßkeile der Westalliierten standen kurz vor dem Rhein, die Rote Armee in Ostpreußen, und die Wehrmacht zog sich aus Warschau zurück: nicht nur die deutsche Niederlage war absehbar, sondern auch das künftige Schicksal des Deutschen Reiches vorgezeichnet.

---

* Himmler war über die Verschwörung im Bilde gewesen und hatte gehofft, sie für eigene Putschpläne nutzen zu können.

Wie schon in den vorangehenden Kapiteln gezeigt wurde, entscheidet sich das Geschick von Imperien oft an ihrem Rande, und scheinbar marginale Kräfte und Konstellationen können den Ausschlag geben. Für Deutschland, aber auch für die Tschechoslowakei und Österreich erwies sich die Entwicklung in Polen als entscheidend: Im Oktober verlagerte die UdSSR, während sie auf dem Balkan die Aquisition künftiger Einflußsphären fortsetzte, die Armeen der Karpatenfront größtenteils nach Norden und Nordwesten. Dort war nicht nur der deutsche Widerstand am stärksten, sondern es zeichnete sich auch eine kritische Entwicklung ab: Trotz ausbleibender sowjetischer Unterstützung und der Weigerung Stalins, Versorgungsflugzeuge der Westalliierten auf sowjetischen Flugplätzen landen zu lassen, hatte die polnische Landesarmee Warschau befreit, was die Position des von der UdSSR als polnische Regierung favorisierten Lubliner Komitees und seiner kommunistisch dominierten Volksarmee schwächte; am 19. 11. kehrten Mitglieder der Londoner Exilregierung ins zerstörte Warschau zurück. Unterdessen stagnierte in der Slowakei der Volksaufstand und mutierte zum Partisanenkrieg; die deutschen Verbände wurden hier erst Anfang 1945 von der Roten Armee zur Kapitulation gezwungen. Um den künftigen Einfluß der rasch vorrückenden Amerikaner und Briten zu begrenzen und die Erwerbungen von 1939 zu sichern, erwirkte Stalin am 6. 12. 1944 mit de Gaulles Unterstützung Churchills Zustimmung zur Oder-Neiße-Linie als künftiger Westgrenze Polens.

Als am 16. 12. 1944 die Regierung Goerdeler den Westalliierten eine separate Kapitulation aller deutschen Verbände westlich der Elbe-Saale-Linie anbot und daraufhin gestürzt wurde, trat der Krieg in seine letzte Phase. Die neue Regierung Rosenberg widerrief zwar das Kapitulationsangebot, gab die Westfront aber dennoch de facto preis. Die letzten kampffähigen und -willigen Wehrmachtsverbände wurden der Roten Armee entgegengeworfen, die Anfang Januar bei Stettin die Oder überschritt, während die wenig später über die Lausitzer Neiße vordringenden sowjetischen Truppen kaum noch Widerstand fanden und am 26.1. bei Guben auf britisch-amerikanische trafen, die Berlin von Süden her umfaßt hatten. In Prag und vor Wien standen US-Einheiten, in Budapest und Bratislava sowjetische.

Als jedoch am 13. Februar 1945 Deutschland bedingungslos kapitulierte, schwiegen die Waffen in Mitteleuropa noch nicht. Das Lubliner Komitee war von der UdSSR als polnische Regierung anerkannt, Warschau von der Roten Armee besetzt, ein Teil der Warschauer Regierung verhaftet worden. Die zwischen der Armia Krajowa und der Armia Ludowa ausbrechenden Kämpfe entschieden sowjetische Einheiten zugunsten der Volksarmee, die Landesarmee wurde nach Schlesien abgedrängt.

Trotz dem durch die polnischen Ereignisse schwer belasteten Verhältnis zwischen der UdSSR und den Westalliierten, insbesondere dem Vereinigten Königreich, begann am 9. Mai 1945 in Potsdam die Konferenz der wichtigsten Siegermächte USA, UdSSR und Großbritannien, zu der bald auch Frankreich und Polen hinzugezogen wurden, letzteres vertreten durch eine gemischte Delegation der beiden rivalisierenden Regierungen, die kaum Einfluß auf die Verhandlungen zu nehmen vermochte. In Anlehnung an den Morgenthau-Plan wurde die Umwandlung Deutschlands in eine Konföderation der Staaten Preußen (reduziert auf seine Gebiete zwischen Elbe und Oder unter Anschluß Mecklenburgs), Hannover, Österreich, Bayern, Hessen, Sachsen, Niederschlesien und Ostpreußen beschlossen, die beiden ersteren unter britischer, die beiden letzteren unter sowjetischer, Österreich unter gemeinsamer und die übrigen drei unter amerikanischer Besatzung. Außerhalb dieser Staaten blieben die linksrheinischen Gebiete südlich des Ahrgebirges, das nördliche Drittel Ostpreußens mit Königsberg sowie die restlichen vormals preußischen Territorien östlich der Oder-Neiße-Linie, die integrale Bestandteile von Frankreich, der UdSSR bzw. Polen wurden, sowie zwei internationale Zonen, im Westen die Rhein-Ruhr-Zone unter britisch-amerikanisch-französischer und im Osten die wesentlich kleinere Lausitz unter sowjetisch-polnisch-tschechoslowakischer Verwaltung. Dänemark, Belgien und die Niederlande, zu deren Gunsten ebenfalls Grenzkorrekturen ins Auge gefaßt worden waren, lehnten diese ab, und die fraglichen Territorien wurden der Rhein-Ruhr-Zone bzw. Preußen zugeschlagen, ausgenommen das Emsland, das zeitweise unter polnische Verwaltung kam. Von dort und aus Polen selbst wurden Deutsche ausgesiedelt, in Frankreich und der ČSR wurde ihr Verbleib davon abhängig gemacht, ob sie schon vor 1933 in den betreffenden Gebieten gelebt hatten und die französische Staatsbürgerschaft beantragten bzw. die tschechoslowakische besessen hatten.

Diese Ordnung war von einer Vielzahl provisorischer Kompromisse geprägt, die unmöglich lange Bestand haben konnten, und folgte bei der Einteilung der Besatzungszonen weitgehend dem Status quo. Weitergehenden sowjetischen Forderungen war man mit der Bildung von Niederschlesien entgegengekommen; nur Frankreich unterstützte die polnische Ansicht, seine Grenze solle statt an der Glatzer an der Lausitzer Neiße verlaufen. So wurde Niederschlesien, wo die polnische Landesarmee ihren letzten Rückhalt hatte, kein Teil Polens, sondern sowjetische Besatzungszone, und die bürgerliche polnische Regierung, von der Appeasement-Politik ihrer Verbündeten enttäuscht, trat notgedrungen einer kommunistisch beherrschten »Regierung der nationalen Einheit« bei. Beim Einmarsch sowjetischer Truppen ins bisher unbesetzte südliche Niederschlesien wich ein Teil der polnischen Landesarmee über die Tschechischen Länder nach Westen aus und übergab die Waffen den Amerikanern, die ihrerseits den Transport der Polen ins Emsland organisierten. Dort hatten gemeinsam mit den Briten an der Westfront kämpfende Verbände der Landesarmee und polnische Kriegsgefangene aus dem Bourtanger Moor, die nicht ins kommunistische Polen zurückkehren wollten, die Freie Polnische Republik gegründet. Dieses von den Westmächten geduldete, aber nie offiziell anerkannte Staatswesen bestand unter britischer Oberhoheit bis 1952; dann wurde es mit begrenzter Autonomie der Rheinischen Republik zugeschlagen, seine Hauptstadt Maczków wieder in Haren zurückbenannt, und die vertriebene deutsche Bevölkerung durfte heimkehren.

Die Beteiligung Polens und der Tschechoslowakei an der Verwaltung der Lausitz war eine eher symbolische Geste, da keiner der beiden Juniorpartner handlungsfähig war: Die polnische Regierung hing von Moskau ab, die de jure wiederhergestellte und souveräne Tschechoslowakische Republik blieb zunächst von sowjetischen und amerikanischen Truppen besetzt, und die schändlichen Ereignisse der Jahre 46 bis 48* führten schließlich 1949 zur Abspaltung der Slowakischen

---

* Der Autor bezieht sich auf die von der Prager Regierung, die sich als Regierung der gesamten ČSR verstand, nicht akzeptierte Abtretung Transkarpatiens an die UdSSR durch die Regierung der Slowakei, die ihrerseits die Wahlergebnisse von 1946 nicht anerkannt hatte. – *Anm. d. Hrsg.*

Sozialistischen Republik. So ging die Gründung der Volksrepublik Lausitz im Jahre 1946 ausschließlich auf sowjetische Initiative zurück, ebenso wie 1949 der Zusammenschluß der räumlich getrennten Länder Niederschlesien und Ostpreußen zur Deutschen Demokratischen Republik.

Während indes die beiden Bestandteile der DDR zunächst wenigstens formal Mitglieder des von den Besatzungsmächten kontrollierten Deutschen Bundes blieben – ihr Zusammenschluß war von den Westalliierten übrigens nicht anerkannt worden –, erlangte die ebenfalls 1949 in der Rhein-Ruhr-Zone gegründete Rheinische Republik unter K. Adenauer schon im Staatsvertrag von 1952 ihre Souveränität, übrigens auch auf Betreiben der überwiegend katholischen Polen im Emsland; der Westen wurde bei dieser Gelegenheit en passant das leidige Emsland-Problem los. 1955 folgte dem Vorbild der Rheinischen Republik Österreich, das dabei abermals aus dem Bund ausschied. (Die Lausitz und die Rhein-Ruhr-Zone hatten ihm nach dem Willen der Siegermächte von vornherein nicht angehört.)

Beide Staaten blieben auch von der im Morgenthau-Plan vorgesehenen Deindustrialisierung ausgenommen, ebenso wie die von der Sowjetunion als sorbischer National- und sozialistischer Musterstaat konzipierte Lausitz (wo die Sorben jedoch nur eine Minderheit des Staatsvolkes stellten); letztere sollte wohl weniger auf ihre politisch unbedeutenden deutschen Nachbarländer als vielmehr auf die bürgerlich regierte Kern-ČSR propagandistisch ausstrahlen. Dagegen war vor allem die niederschlesische Industrie zunächst gravierenden Demontagen ausgesetzt – für die UdSSR die einzige Möglichkeit, Reparationen zur Sanierung ihrer verwüsteten Westgebiete einzutreiben. Auch die britische Besatzungsmacht forcierte anfangs in ihren beiden Ländern den Übergang zu einer Agrarwirtschaft, schon allein, weil das selbst unter Lebensmittelknappheit leidende Vereinigte Königreich die Deutschen nicht durch Importe ernähren wollte und konnte.

Der Deutsche Bund, ursprünglich als Instrument für die gemeinsame Kontrolle der Besatzungsmächte über die deutschen Staaten konzipiert, entwickelte sich bald zu einem Podium für Versuche der UdSSR einer- und der Westalliierten andererseits, auf den Besatzungsbereich der jeweils anderen Seite Einfluß zu nehmen; bei Abstimmungen in den Bundesgremien regelmäßig unterlegen, erklärten die beiden zur DDR vereinigten Staaten 1956 ihren Austritt aus dem Bund. Die Befugnisse des restlichen Bundes wurden auch in der Folgezeit teilweise von den Besatzungsmächten wahrgenommen, die einzelnen Staaten ansonsten nachdrücklich als selbständige Einheiten behandelt. Das Projekt, Hannover in eine parlamentarische Monarchie in Personalunion mit der britischen Krone umzuwandeln, fand im Vereinigten Königreich selbst keinen ausreichenden Rückhalt; Hannover wurde jedoch eine Zeitlang bei der einsetzenden – hauptsächlich amerikanischen – Wirtschaftshilfe deutlich bevorzugt.

Später verlagerte sich die Begünstigung auf Sachsen und Preußen, die an der Nahtstelle zum kommunistischen Block lagen, und auf das zentral gelegene Hessen, während Bayern zunächst das Nachsehen hatte und viele Bayern als Gastarbeiter nach Frankreich, Italien, Slowenien oder in die Rheinrepublik gingen. Die – meistens in Koalition mit der CSU regierende – Bayernpartei strebte eine neutrale Sonderstellung wie die Rheinrepublik und Österreich an, auch die Stimmung im Volke war am ausgeprägtesten gegen den Deutschen Bund gerichtet, und der auf amerikanische Initiative zurückgehende massive Einsatz sächsischer

Leihbeamter zum Aufbau der rückständigen bayerischen Wirtschaft in den späten sechziger Jahren verstärkte diese Stimmung eher noch; dagegen wurden die tschechischen Wirtschaftshelfer eher akzeptiert, orientierte man sich ökonomisch doch ohnehin auf die prosperierende ČSR und auf Österreich. Tschechischem Einfluß ist es wohl auch zu danken, daß sich Bayern – wenngleich als letzter Staat des Deutschen Bundes und lange nach der ČSR – der NATO anschloß, als die DDR längst Mitglied des Warschauer Vertrages war.

Die Rheinische Republik trat getreu der im Staatsvertrag von 1952 garantierten Neutralität keinem Militärbündnis bei, war jedoch wirtschaftlich aufs engste (und vorteilhafteste) mit dem Westen verbunden und politisch vor allem an Frankreich orientiert. Um so merkwürdiger mutet es an, daß gerade hier die in Hannover und Preußen mit der SPD zur Deutschen Partei der Arbeit zwangsvereinigte, in den anderen Staaten des Bundes (natürlich nicht in der ausgeschiedenen DDR) sogar verbotene Kommunistische Partei unter ihrem neuen Namen Partei des Deutschen Sozialismus beachtlichen Einfluß und zeitweise fast zwanzig Prozent der Wählerstimmen erringen konnte, vor allem wohl, weil sie als einzige rheinische Partei deutsch-nationalistische Sentiments bediente und die Rückkehr der Rheinrepublik in den Deutschen Bund forderte. Erst in den sechziger Jahren sank sie zur Bedeutungslosigkeit herab, als sich mit steigendem Wohlstand auch ein eigenständiges rheinisches Nationalbewußtsein herausbildete und man wie in Österreich Wert darauf legte, mit den Anstiftern und Verlierern des Zweiten Weltkriegs eigentlich nie auch nur das geringste gemein gehabt zu haben.

Es ist denkbar, daß sich bei einem zeitlich anderen Verlauf des Zweiten Weltkriegs zunächst andere Grenzziehungen in Deutschland ergeben hätten. Unumstößliche Tatsache bleibt jedoch, daß Deutschland den Krieg nicht gewinnen konnte und daß seine Aufteilung ein übereinstimmendes Kriegsziel der Siegermächte war, von der UdSSR im Mai 1942 gefordert, von den USA im März 1943 konzipiert, auf der Konferenz von Teheran von allen Beteiligten gebilligt und schließlich im Morgenthau-Plan konkretisiert. Den einzigen Versuch, wieder einen deutschen Einheitsstaat zu bilden, sehen wir in der sowjetisch inspirierten Gründung der DDR. Bei einem noch weiteren Vordringen der Briten und Amerikaner hätte dieser Versuch mangels Masse unterbleiben müssen; der Westen hätte noch weniger Anlaß gehabt, auf deutsche Befindlichkeiten Rücksicht zu nehmen, und die UdSSR ein noch wesentlich kleineres von ihr besetztes deutsches Gebiet, beispielsweise Ostpreußen allein, wohl direkt der UdSSR einverleibt, möglicherweise mit Autonomiestatus innerhalb der RSFSR. Wäre hingegen die Rote Armee wesentlich weiter, etwa bis zur Elbe, vorgedrungen, so wäre wohl im Osten eine viel größere DDR entstanden und die Lausitz von ihr absorbiert, der Gegensatz zu den übrigen deutschen Staaten aber erst recht zementiert worden; jene hätten sich dann noch enger und früher zusammen- und dem Westen angeschlossen. Der seit Kriegsende populäre, in einigen deutschen Staaten gerade neuerdings wieder an Einfluß gewinnende Mythos, die Ermordung Hitlers im Jahre 1944 sei der alleinige Grund für die deutsche Niederlage und die deutschen Teilungen, entbehrt natürlich jeder Grundlage.

Daß eine hypothetische größere DDR nicht die Keimzelle für ein Gesamtdeutschland sein konnte, zeigt das Schicksal der real existierenden aufs anschaulichste: Als die Krise des kommunistischen Blocks Ende 1989 akut wurde und nicht nur Polen, sondern auch die Slowakei ihn verließen, spaltete sich die DDR in ihre beiden räumlich getrennten Bestandteile auf, deren kleinerer, Ostpreußen, allerdings bis heute russisch besetzt ist. Der einzige Fall eines staatlichen Zusammenschlusses ist der Anschluß der Lausitz an Sachsen, das bei der Gelegenheit jedoch in einen gravierenden Gegensatz zu Preußen geriet. Dieser Konflikt, der noch immer nicht vollends beigelegt ist, gab möglicherweise den letzten Anstoß zur Auflösung des Deutschen Bundes am 3. Oktober 1990, der durch die Mitgliedschaft seiner Teilstaaten in verschiedenen Wirtschaftsgemeinschaften längst obsolet geworden war und nun auch seine Funktion als politisches Gegengewicht zur DDR eingebüßt hatte.

Daß dieser Prozeß keiner wie auch immer gearteten Zeittendenz zum Separatismus geschuldet ist, sondern einfach nur den normalen Zustand eines sprachlich und kulturell zusammenhängenden, politisch aber geteilten deutschen Großraumes wiederhergestellt hat, zeigt der nahezu gleichzeitig erfolgte Zusammenschluß Sloweniens mit dem vormals kommunistischen Jugoslawien, noch deutlicher aber die Wiedervereinigung des tschechischen und slowakischen Volksteils zur großmährischen Nation. Schon die neue Namensgebung verdeutlicht, daß es sich hierbei nicht schlechthin um einen politischen Anschluß handelt, sondern um das Zusammenwachsen *eines* Volkes: Die ČSR hatte ja, obwohl de facto auf die tschechischen Landesteile beschränkt, ihre Staatsbezeichnung ›Tschechoslowakische Republik‹ nie aufgegeben. Und so, wie seinerzeit – noch unter ungarischer Fremdherrschaft – der östliche Zweig des tschechoslowakischen Volkes seine Schriftsprache am Dialekt der kleinsten, dafür aber zentralen Gruppe orientierte, wird die neue und endgültige Einheit unseres Volkes dadurch dokumentiert, daß wir den Namens unseres Staates, ›Großmährische Republik‹, an den der relativ kleinen Markgrafschaft Mähren, die schon immer Bindeglied zwischen Böhmen und der Slowakei war, angelehnt und Brno (Brünn) zur Hauptstadt gemacht haben. Daß damit auch an das Großmährische Reich des 9. Jahrhunderts angeknüpft wird, ist selbstverständlich, symbolisiert es doch die historische Konstante der westslawischen Einheit.

Die vorerst letzte Wendung, glorreich

Von allen fiktiven Ursachen für einen Fortbestand der DDR, die ich kenne, ist Karsten Kruschels Mansfeld-Hypothese die plausibelste; ein Wunder unter den Füßen ist allemal einleuchtender als eins in den Köpfen.

(Ich nutze die Gelegenheit zu der Mitteilung, daß der für Oktober 1999 aus Anlaß des 50. Jahrestages der DDR in Leipzig geplante Science-fiction Worldcon nach Karl-Marx-Stadt verlegt werden mußte, da es zur Überwindung kürzlich aufgetretener Engpässe notwendig sein wird, die unter Leipzig liegenden Braunkohleflöze abzubauen.)

Herrliche Zeiten

von KARSTEN KRUSCHEL

Rede auf dem EUROCON '96 in Bitterfeld
Unautorisierter Mitschnitt,
nach Liechtenstein geschmuggelt

Bevor ich zum Thema dieses Vortrages komme, lassen Sie mich zuerst denen danken, ohne die die Durchführung des 1996er Eurocons hier in Bitterfeld nicht möglich gewesen wäre. Da wäre zunächst die Parteiführung des Bezirkes Halle, die uns rasch und unbürokratisch geholfen hat, als der ursprünglich vorgesehene Tagungsort, die Stadthalle Magdeburg, wegen des Grand prix d'eurovision nicht mehr zur Verfügung stand, und natürlich der Arbeitskreis Utopische Literatur beim Schriftstellerverband der DDR, dessen Mitglieder sich erfolgreich dafür eingesetzt haben, diese bedeutende europäische Veranstaltung nach Bitterfeld zu holen.

(Beifall)

Bevor wir zur Hauptsache schreiten, der Verleihung der diesjährigen Ludwig Turek-Preise, lassen Sie mich kurz auf ein Thema zu sprechen kommen, das allen am Herzen liegt, die sich mit utopisch-phantastischer Literatur oder eben auch Science-fiction beschäftigen, sei es aus Beruf oder Liebhaberei. Wir leben in herrlichen Zeiten, und genau betrachtet, kann man sich schon vorkommen wie in einem alten Buch, dessen Umschlag oben und unten einen gelben Streifen trug. Ich spreche von den Büchern, die man damals Zukunftsroman nannte und in denen stromlinienförmige Luftschiffe über himmelstürmenden Städten kreuzten. Unsere Gegenwart sieht etwas anders aus, wie alle bestätigen können, die auf dem erst vor ein paar Monaten eröffneten achtspurigen Berliner Ring hierhergefahren sind, oder die auf der sechsspurigen Autobahn von Rostock herunterkamen – ich grüße Klaus Frühauf –, ganz zu schweigen von den Teilnehmern aus unserer Bundesrepublik, die auf den alten Autobahnen dort sicherlich wieder stundenlang im Stau stehen mußten. Leider macht ja der Stau dort alle gleich, auch wenn man im neuen 3er Wartburg aus München oder in einer Sachsenring S-Klasse sitzt.

(Gelächter)

Die Saalaufsicht hat mich gebeten, bekanntzugeben, daß die an der Garderobe bereitgehaltenen Atemgeräte mit Nummern zwischen E 203 und E 451 bei der Zwischenkontrolle beschädigt wurden, die Besitzer werden nach der Veranstaltung beim Hallenmeister Ersatz erhalten.

(Unruhe)

Zurück zum Text. Die herrlichen Zeiten, von denen ich spreche, spiegeln sich leider nur unvollkommen in den Büchern, die wir letztes Jahr zu lesen bekamen und von denen einige wirkten, als würden sie sogar denen in Liechtenstein gefallen können. Merkwürdigerweise war es ein Jahr, in dem es schick wurde, über eine andere als die wirkliche Geschichte nachzudenken – müßigen Fragen nachzugehen wie etwa der, was geschehen wäre, wenn der Lutherfeind Georg der Bärtige damals nicht seiner Frau und seinen acht Kindern hinterhergestorben wäre. Alle hier im Saal haben von dem voluminösen Wälzer ›Kaiser Georg in Worms‹ gehört, der beinahe die ›Schwarze Kugel‹ als schlechtestes Buch des Jahres gewonnen hätte. Gehört, sage ich, gelesen hat dieses Buch ja wohl keiner.

(erheiterte Bewegung im Saal)

Zumal die Vorstellung eines zehnmillionenfachen Völkermordes an allen deutschen Protestanten Ende des sechzehnten Jahrhunderts wenig erhebend ist. Nein, das Buch, von dem ich nun sprechen möchte, gibt uns eine wenn auch nicht minder gruselige Variante der jüngsten Geschichte. Dieser nicht ganz so umfängliche Roman mit dem Titel ›Die Wende‹ spart – so jedenfalls die dem Text zugrundeliegende Legende – nur ein einziges Ereignis aus der Geschichte aus und denkt darüber nach, was passiert wäre, wenn.

Das Erschreckende, soviel sei vorab gesagt, ist zum einen die Tatsache, daß Babelsberg-Bavaria ernsthaft mit dem Gedanken spielte, den Roman zu verfilmen. Zwar haben wir den vereinigten Studios eine ganze Reihe hervorragender utopischer Filme zu verdanken, die unter dem altbekannten Etikett des SF-Films auch in Übersee große Erfolge feiern konnten, aber das wäre denn wohl doch etwas zuviel des Guten gewesen. Zum zweiten war erschreckend, daß die Autoren des Buches – ein uns allen bestens bekanntes Schriftstellerehepaar, das diesmal hinter einem Pseudonym verborgen bleiben soll – durchsickern ließen, an einer Fortsetzung zu arbeiten. Darauf hat wohl keiner der Anwesenden Lust, ich meine, das zu lesen.

(Gemurmel)

Zum dritten erschreckend – und das vor allem für alle, die sich mit Verantwortung dem stellen, was in diesem unseren Lande geschrieben und vor allem gelesen wird –, zum dritten also erschreckend ist es, festzustellen, daß es Leute gibt, die ›Die Wende‹ gelungen finden. Gelungen! Gar von ›faszinierend‹ ist die Rede und davon, es würde in diesem Buch ein erhellendes Licht auf die jüngere Geschichte geworfen. Zwar ist es unüblich, über den Verlierer des Jahres viele Worte zu verlieren – ha! –, aber es sei in diesem Ausnahmefall dennoch gestattet.

Der Roman geht von der Annahme aus, das uns heute allen bestens bekannte, damals aber zunächst geheimgehaltene Bergbauprojekt ›Mansfelder Gold‹ hätte nie zum Erfolg geführt. Ja, mehr noch, es wäre nie in Angriff genommen worden, das Geld wäre vielmehr in den Plan investiert worden, einen NVA-Offizier – ausgerechnet einen aus dem Vogtland – in den Weltraum zu schicken.

(große Heiterkeit)

Tatsächlich. Was nun, fragen die Autoren, wäre geschehen ohne die auch heute noch ergiebige Goldader im Mansfelder Land? Nun ja, mag man sagen, was schon. Vielleicht wäre anno 1979 das Leben für einige Leute etwas ruhiger gewesen. Und 1980 hätte das DDR-Außenhandelsministerium nicht die Aktienmehrheiten der wichtigsten deutschen Konzerne aufkaufen können. Na und? Gehört die Dresdner Bank eben jemand anders. Aber in ›Die Wende‹ wird diese Ausgangsposition weitergesponnen, und da wird es endgültig schaurig, denn da wird an Grundfesten gerüttelt, an die zu rühren einfach nicht statthaft ist, denke ich. ›Die Wende‹ rührt nicht nur an die Grundfesten, sie legt kräftig die Axt an.

Die Einführung der DDR-Goldmark 1982 fällt aus, statt dessen degeneriert die Währung zum zunehmend wertlosen Aluchip, behaupten die Autoren, und die westdeutsche Mark entwickelt sich schleichend zur geheimen zweiten Währung, in der alles abgewickelt wird, was wirklich zählt …

(Gelächter)

Die Geschichte der letzten beiden Jahrzehnte wird aufs Verrückteste verdreht und verzerrt. Alles wird negiert, worauf wir stolz sind – daß die DDR-Goldmark dann auf Goldbasis frei konvertierbar wurde und nach dem katastrophalen Zusammenbruch des Dollars die heutige Leitwährung der Weltwirtschaft. Der Kooperationsvertrag zwischen der damaligen Bundesregierung in Helmstedt und der unsrigen in Berlin. Der erbitterte Widerstand der ehemaligen Siegermächte dagegen, daß der eine deutsche Staat den anderen angeblich praktisch aufkauft. Der Eintritt von CSU, SPD und FDP in die Nationale Front, während gewisse Kräfte aus der West-CDU und den Öko-Fundis sich lieber nach Liechtenstein verkriechen. Das Komplott der grünen Terroristen gegen den Fünfjahresplan ›Jeder deutschen Stadt ihren Autobahnanschluß‹ und die Niederschlagung der angeblich so ökologischen Widerständler in Ludwigshafen-Oggersheim 1986, die in Wirklichkeit nur eine Zusammenrottung der Ewiggestrigen waren. Die erfolgreiche Umwandlung der alten unbeweglichen und kalten Hertie- und Karstadt-Kaufburgen in helle und freundliche Magnet- und CENTRUM-Einkaufsstätten, die Ablösung der schmuddligen Aldi- und Norma-Läden durch nette Konsumgeschäfte. Die Reinigung der deutschen Szene durch die Etablierung – wenn man das so nennen kann – der Exilantengruppe in Liechtenstein (die, soweit wir wissen, immer noch von gewissen Kreisen aus Übersee finanziell gestützt wird).

Und all das findet in ›Die Wende‹ nicht statt, weil das Mansfelder Gold sozusagen unentdeckt bleibt. In der Phantasie der Autoren rettet der von einigen Leuten heute nahezu seliggesprochene Franz Strauß mit einem Großkredit die wirtschaftliche Existenz des östlichen Deutschlands, ehe ein paar Jahre später die Leute anfangen, in Massen die Grenzen zu überschreiten.

In der Phantasie der ›Wende‹ brach unser Land kurz nach der Neununddreißigjahrfeier zusammen; dabei wissen wir nur allzu gut, daß im Oktober 1989 statt dessen Bonn gesprengt wurde, wir haben es alle im TV-DDR3 gesehen. Natürlich ist auch bei uns nicht alles in schönster Ordnung, denkt man nur an den Schürmann-Bau, der an der Elbe in Magdeburg schon wieder abgesoffen ist. Das Gekläff der Exilanten in Liechtenstein, mögen sie nun Waigel, Bohley oder Gysi heißen, kann uns in unserer Überzeugung nicht beirren.

(kurzer Beifall)

Zur Verteidigung ihres Textes führen die Autoren allerlei Dinge an, die sie als Fakten auszugeben nicht müde werden. Darunter findet sich die Behauptung, von den vielen seit fünfzehn Jahren geförderten Tonnen Mansfelder Goldes befänden sich mittlerweile drei Viertel längst außer Landes; der Reichtum also sei verschwendet, die Lage kaum besser als damals. Auf derselben Strecke fahren noch ein paar andere, ebenso kurze Züge: Die hohe Arbeitslosigkeit im Westen etwa sei durch Projekte wie die Aufforstung des Ruhrgebietes oder den Schutzwall an den Grenze zu Liechtenstein und Frankreich nur verschleiert, die Dauerkrise mit Dänemark und Holland habe die Reputation des Landes zerstört, der Kaufpreis für Westberlin sei viel zu hoch gewesen, und der Weggang vieler kreativer Köpfe habe die geistige Potenz des Landes verwüstet. Ganz so, als vermisse irgend jemand all die Leute, die heute in Liechtenstein sitzen und Schmähschriften verfassen, Platten mit Protestsongs pressen und so tun, als seien sie die Creme Deutschlands. Kleinere Probleme wie etwa die unbedeutenden Zwischenfälle in Greifswald und Kalkar werden zu umweltbedrohenden Unfällen aufgebauscht, und die kostenlose Ausgabe von Atemgeräten an Schulkinder in Halle, Hamburg und Hanau wird umgemünzt in einen Beweis für die angeblich unzulängliche Industriepolitik.

Völlig übersehen wird dabei die Tatsache, daß es – zugegebenermaßen mit der Hilfe eingekaufter europäischer Bauleute – gelungen ist, die Hauptaufgabe voriges Jahr fast planmäßig zu erfüllen. Jeder Bürger hat heute eine Wohnung. Natürlich sitzen unsere Ex-Freunde in Liechtenstein in ihren Chalets und mokieren sich über die hellen Neubaugebiete auf der zugeschütteten Außenalster, wenn sie nicht Phantasiezahlen über Selbstmordraten verbreiten. Und wenn dann doch einmal etwas schiefgeht – ich brauche hier niemanden an die siebzehn Abstürze bei VEB Airbus in diesem Frühjahr zu erinnern –, ja dann hört man unverhohlene Häme hinter den vorgeschobenen Beileidsbekundungen.

(empörtes Gemurmel)

Doch zurück zu dem Buch, das in Liechtenstein wenn nicht alle, so doch ein Gutteil seiner geistigen Wurzeln hat. Es schildert den Zusammenbruch unseres Landes außerordentlich drastisch und sagt zum Beispiel für diesen blühenden Wirtschaftsraum hier im magischen Dreieck Bitterfeld-Leuna-Böhlen den totalen Untergang voraus, das Ende aller chemischen Industrie, abgesehen von einem Alibiunternehmen, das nicht viel mehr ist als ein millionenschweres Steuergrab. Besonders empörend ist, was einzelnen Personen des politischen Lebens in diesem unseren Lande angedichtet wird. Dem Ersten Sekretär der Bezirksleitung Hannover, Jürgen Möllemann, wird Gschaftlhuberei in einer Minipartei nachgesagt, und aus der ›Junge Welt‹-Chefredakteurin Margarete Schreinemakers wird eine nervtötende Fernsehschwätzerin. Ich weiß aus sicherer Quelle, daß hier bereits Verleumdungsklagen vorbereitet werden.

Da wir die Veröffentlichung solcher Texte der Abwesenheit einer regulativ eingreifenden Behörde zu verdanken haben, sei die Frage an Hermann Kant gestattet, ob die auf sein Betreiben hin abgeschaffte Hauptverwaltung vielleicht doch reaktiviert werden sollte.

Noch eine abschließende Bemerkung zur ›Wende‹:

Letzten Endes vertreten die Urheber dieses Textes die eigentlich unvertretbare Meinung, das eine System sei dem anderen nicht prinzipiell überlegen gewesen, sondern habe nur eine etwas längere Halbwertszeit; die eine Art von Gesellschaft sei der anderen nicht in der Sache überlegen, sondern einfach nur etwas später dem Zusammenbruch geweiht. Das nenne ich Nihilismus der übelsten Sorte. So wird die Zahl der Ausreiseanträge in die Höhe getrieben.

(Gemurmel)

Abschließend zu diesem Thema kann ich nur feststellen: ›Die Wende‹ hat uns nichts Gutes gebracht. Und die ›Schwarze Kugel‹ als schlechtesten Roman des Jahres hat sich das Buch redlich verdient. Aber lassen Sie mich nun zu den ›Goldenen Kugeln‹ kommen. Den Sonderpreis erhalten in diesem Jahr Karl-Heinz Tuschel und Alexander Kröger für ihre Verdienste in der Chefredaktion der Heftserie Perry Rhodan, die sie in den letzten Jahren zu neuen Ufern geführt haben …

(Blende)

Die vorerst letzte Wendung, lehrreich

Bei der Lektüre des folgenden Beitrags brauchen Sie sich keine Sorgen zu machen, es hätte womöglich schon wieder eine Rechtschreibreform gegeben. Orthographische und grammatische Standards können eben auch dazu dienen, nationale Identität zu stiften, wo es besonders nötig erscheint. Das ist ein alter Hut, zum Beispiel sollen kurz nach dem Zweiten Weltkrieg in Österreich deutsche Spielfilme österreichisch synchronisiert worden sein …

Die BayernKrise

von IRIS MONKE

KontrollFragen zur vorbereitung auf die muendliche abiturPruefung im fach buergerInnenKunde von die Vereinigte BergRepublik

ThemenKreis: zeitGeschichte 3: Der zerfall von die BundesRepublik DeutschLand

Thema: die BayernKrise

1. GrundLagen: Wo lag Bayern? Was ist bzw. war 1 freiStaat? Was ist der unterschied zwischen Bayern und Baiern? Warum sind die Baiern katholischer als wie alle anderen deutschen voelkerschaften? Was haben sie nun davon? (Die richtige beantwortung von diese fragen ist bedingung fürs bestehen von die muendliche abiturPruefung. Lesen Sie trotzdem auch die anderen fragen!)

2. Charakterisieren (kennZeichnen) Sie die politische situation (lage) von die ehemalige BundesRepublik DeutschLand im jahr 1994 vor die bundesTagsWahl. Nennen Sie damals schon bestehende ethnische (voelkerschaftliche), kulturelle, sprachliche und religioese differenzen (unterschiede) innerhalb von die ehemalige BundesRepublik. Vergleichen Sie die wahlErgebnisse in die einzelnen bundesLaender mit die regional (gebietsweise) unterschiedliche wirtschaftsEntwicklung und interessenLage in bezug auf die damals geplante Europaeische integration (zusammenSchluss). Welche inhomogenitaeten (innere uneinheitlichkeiten) waren fuer die spaetere spaltung massgeblich? Welche rolle spielte der solidarZuschlag?

3. Warum loesten die unabhaengigkeitsErklaerungen von NiederSachsen 1erSeits und MecklenBurgVorpommern sowie Sachsen andererSeits keine oder nur kurzFristige militaerische axionen von restDeutschLand aus, und warum rief die annexion (eroberung) vom SaarLand durch die RheinRepublik kaum interNationale (auslaendische, weltweite) proteste hervor, waehrend der ausTritt von Hessen zu 1 mehrJaehrigen buergerKrieg fuehrte und badenWuerttemBergische truppen im namen von restDeutschLand – trotz erfolgreiche hessischFraenkische rueckEroberungen letztes jahr – immer noch das gebiet um Frankfurt besetzt halten?

4. Haette nach dem austritt vom FreiStaat Bayern aus die BundesRepublik die von Bayern abgespaltene Schwaebische Republik ohne politische, wirtschaftliche und militaerische unterstuetzung durch BadenWuerttemBerg bestehen und 1 erheblichen teil von Bayern erobern koennen? Warum betonen die regierung in Stuttgart und das regime in Ulm immer wieder die nationale (volksmaessige) einheit und besonderheit von die Schwaben, waehrend gleichzeitig die fixion (erdichtung) von 1 gesamtDeutsche BundesRepublik aufrecht erhalten wird?

5. Warum war Bayern innerhalb vom vielVoelkerStaat DeutschLand besonders instabil (wackelig)? Wie beurteilen Sie die schanxen von die gegenwaertige BairischFraenkische foederation (zusammenSchluss) im FreiStaat Bayern nach abzug von die UNO kontingente (einheiten)? Worauf beruht die historische sonderStellung und isolation (abkapselung) von die Baiern und ihrem ehemaligen freiStaat?

6. Wie ist die BayernKrise im interNationalen (weltWeiten) zusammenHang zu bewerten? Welche rolle spielte beim ausbruch von die BayernKrise die rasche diplomatische anerkennung von Bayern durch die Foederative Republik Jugoslawien? Handelte es sich dabei, wie gelegentlich behauptet, um 1 alleinGang von dem Jugoslawischen aussenMinister, oder koennen Sie andere interessen nennen? Halten Sie die angebote von die Polnisch Litauische Union (zusammenSchluß) Beider Voelker, von die Slowakei und von die IRA, katholische freiWillige zur unterStuetzung von die Baiern zu entsenden, fuer ernsthafte versuche von 1 einmischung oder eher fuer propaganda (angeberei)?

7. Warum mussten die friedensMissionen von die isLaendische ministerPraesidentIn, vom KPdSU generalSekretaer und vom praesidenten von die Foederative Republik Jugoslawien scheitern? (ZusatzFrage: Kennen Sie den namen von irgend1 von diese 3 staatsOberHäupterInnen?)

8. Koennen sprachBesonderheiten nationale (volksmaessige) identitaet (eigenheit) begruenden? Oder sprechen Baiern, Schwaben und Franken nur dialekte (mundArten) von 1 und dieselbe sprache?

9. Wie ist die unterSchiedliche behandlung von buergerKriegsFluechtlinge aus Bayern im vergleich mit andere asylBewerber in die Vereinigte BergRepublik zu begruenden? Nennen Sie mindestens 3 gruende, die die rueckKehr von die Baiern in ihre heimat erschweren, obwohl unter kontrolle von die UNO truppen die kaempfe in die Bairisch Fraenkische foederation (zusammenSchluss) praktisch eingestellt sind!

10. Bewerten Sie vorm hinterGrund von die gescheiterte Deutsche wiederVereinigung (anSchluss) 1990 und die zunehmende zerSplitterung von die Deutschen staaten 1erSeits und von die Hessisch Fraenkischen wie auch die BadenWuerttemBergischen hegemonialBestrebungen (vorMachtsGelüste) andererSeits den freiWilligen (coolen), gleichBerechtigten (coolen) und demokratischen (coolen) zusammenSchluss von KreuzBerg mit LichtenBerg und Prenzlauer Berg zu die Vereinigte BergRepublik!

Churchill am letzten

Abgesehen von der zeitlich weit gefächerten ›Russischen Uchronie‹, ist dieser Beitrag als einziger in der Anthologie nicht chronologisch eingeordnet. Ein alternativhistorischer Essay, der alternativhistorische Essays als Humbug und Verschwendung von Talent entlarvt, gehört naturgemäß ans Ende des Bandes – als Selbstreferenz, Resümee und, gewiß doch, alternative Vision.

Churchill im Fernsehen. Wider die Vermengung von Fakten, Fiktionen und Fraktalen

von KARLHEINZ STEINMÜLLER

Leserbrief an die ›Neue Weltbühne‹

›Churchill-Kongreß‹, ›Churchill-Gedenken‹, Artikel in Fachzeitschriften, seitengroße Bilder in der Presse – manches wird uns zugemutet in den letzten Wochen. Fernsehkanal Bavaria-Pathé setzt nun dem ganzen mit der Dokumentation ›Winston Churchill – ein Leben für die Geschichte‹ die Krone auf. Schon der Titel trügt, denn ein Leben für die Geschichte war es eben nicht, sondern eine verstaubte Gelehrtenexistenz für ein papiernes Gespenst von Geschichte namens Konjekturalhistorie … Nicht der Erkenntnis, dem Bau von Luftschlössern hatte Churchill sein Leben gewidmet. Und just dafür wird er heuer, im dreißigsten Jahr seines Todes, geehrt, als sei er der Albert Einstein der Historiographie.

Die Churchill-Manie wirft ein grelles Licht auf die geistigen Verwirrungen in der europäischen Intellektuellenschaft kurz vor der Jahrtausendwende, auf jene ›malaise européenne‹, die sich – quasi als Pendant zu unserer Epoche gesicherten Wohlstands und Friedens – im Ausmalen immer neuer Schreck- und Zerrbilder, weltlicher Apokalypsen gefällt. Es ist Mode geworden, lieber zu klagen und Träumereien über andere, bessere oder schlechtere, jedenfalls farbenprächtigere Welten nachzuhängen, statt die Ärmel hochzukrempeln und auf die Vervollkommnung jener einen Welt, die wir haben, hinzuarbeiten. Von einem Geschlecht der Ingenieure, Unternehmer und Staatsmänner sind wir auf dem Wege zu einer Hammelherde von Tagträumern, Abenteurern im Virtuellen, Lebensverschläfern.

Funk und Fernsehen unterstützen diese schändliche Tendenz noch, indem sie Fakt und Fiktion mutwillig verquicken, die Abwege der Vernunft als ihre Königswege lobpreisen und zugleich die monarchische Ordnung in Europa in Frage stellen. Selbst im publizistischen Flaggschiff der europäischen Sozialliberalen, der Wochenschrift *Tempus,* fand die verwerfliche Tendenz kürzlich ihren Niederschlag – in einer Artikelserie ›Die Welt, wie sie gewesen sein könnte‹ aus der Feder des biederen Pfälzer Lokalhistorikers Dr. H. Kohl, der die angeblichen Leistungen der sogenannten ›London school of history‹ und ihres Begründers Churchill als einen ›epochalen Durchbruch in der Geschichtswissenschaft‹ feiert, als ob diese nicht lediglich einige beiläufig dahingestreute Gedankensplitter ernsthafter Historiker von Titus Livius bis George Macauley Trevelyan zu einem unerträglich bombastischen und inhaltsleeren System aufgebläht hätten. Churchill und seine geistigen Ziehkinder haben durch ihre allem Faktischen abholden Spekulationen nicht wenig dazu beigetragen, daß es Steckenpferd-Feuilletonisten wie Dr. Kohl heute so leicht fällt, über ›ein anderes Europa‹ zu fabulieren und die Monarchie als natürliche Ausdrucks- und Bindungsform vaterländischer Regungen abzulehnen.

Kehren wir zur Dokumentation zurück. Diese beginnt mit einer schon propagandistisch zu nennenden Heldenverehrung Churchills. Der Knabe Winston im Matrosenanzug und als geschniegelter Absolvent von Harrow, der junge Churchill als Kavallerieleutnant in Indien und als (gescheiterter) Kandidat für das Unterhaus. Dann die dramatische Wende: Silvesterfeuerwerk, Anbruch des neuen Jahrhunderts – und Ausbruch der Südafrika-Krise. Die militanten und rassistischen Buren-Republiken rebellieren gegen die Integration in die Englisch Sprechende Assoziation, die damals bereits das Britische Empire und Nordamerika vereint. Churchill, nunmehr Korrespondent, wird in Pretoria von den Buren verhaftet. Über die Hintergründe des Konflikts erfährt der Zuschauer nichts, ebensowenig über den von Kaiser Wilhelm II., dem Urgroßvater unseres heutigen Monarchen, vermittelten Abschluß des Kapvertrags, der den Krieg verhindert, desto mehr von Churchills abenteuerlicher Flucht aus dem Lager, sechzig Stunden auf einem Güterwagen, verborgen unter Säcken, Buren, die den Zug durchsuchen… Und wieder Churchill in Pose: fünfundzwanzigjährig, als konservatives Unterhausmitglied, dreißigjährig, als liberales Unterhausmitglied, dann als Innenminister, den Federhalter in der Hand, ein Reformer bei der Arbeit. Und wieder auf Wahlkampf: Parolen gegen die Macht des Adels und der großen Landlords, und schon unterhält er sich mit Premierminister Lloyd George darüber, daß das United Kingdom in eine föderative Republik verwandelt werden müsse! Hier bricht sie deutlich durch, die monarchiefeindliche Grundtendenz der ›Dokumentation‹. – Natürlich sparen die Fernsehautoren auch jene Szene auf Blenheim Palace, 1912, nicht aus, wo Churchill mit Lady Astor aneinandergerät: »Wenn Sie mein Gemahl wären, würde ich Ihnen Gift in den Kaffee schütten.« – »Wenn Sie meine Gemahlin wären, würde ich ihn trinken.«

Wie nicht anders zu erwarten, schildern die Autoren den Abgesang des Politikers Churchill wesentlich knapper als dessen Aufstieg: Der Börsenkrach von 1920 und die nachfolgenden ›trübsinnigen Zwanziger‹, streikende Arbeiter, gewalttätige Aufmärsche in den Straßen. Churchill am Telefon ordert mit harscher

Stimme den Einsatz von Truppen – ganz in seinem Element, mag es scheinen. Hinter den Kulissen verhandelt er um eine gütliche Einigung. Doch 1928 katapultiert ihn der Sieg der Labour Party aus der Politik. Da sitzt er nun, der frustrierte Winston, im ›Savoy‹, löffelt sein Lieblingseis, beobachtet von fern die kontinentaleuropäische Einigung durch ›Geld, Schweiß und Dämme‹, grummelt vor sich hin und bescheidet jedem Zeitungsschreiber, daß er allein der ›ereignislosen‹ Zeitläufe wegen seine wahren organisatorischen und strategischen Talente nicht habe entfalten können! Nein, in den kleinkarierten Machtpoker von Downing Street wolle er nicht zurückkehren. Größeres und Freieres schwebe ihm vor ... Und dies in einer Epoche, wo Millionen ehemals Arbeitsloser den Atlantropa-Plan Hermann Sörgels so erfolgreich in die Tat umsetzen und den Gibraltardamm schaffen, der ganz Europa buchstäblich Licht und Kraft gibt!

Ein paar Bilder nur bringt die Fernsehdokumentation über die Schlüsselepisode im Jahr 1930, als Churchill zurückgezogen auf sein Anwesen in Chartwell jene Schrift verfaßte, die ihn zum Stammvater dessen machte, was zunächst ›Spekulativgeschichte‹ hieß: »Wenn Lee die Schlacht von Gettysburg nicht gewonnen hätte«, und deren allseits bekannten Inhalt wir an dieser Stelle nicht referieren müssen. Einmal eingeführt, wurde das »If it had happened otherwise« zum Bock im Holze der Geschichtsschreibung, die in zunehmendem Maße als eine Art Belletristik (Fiktion) mißverstanden wurde.

Quasi als Scharnier zwischen Realbiographie und anschließender Geschichtsfiktion läßt das Fernsehen nun einen der jüngeren Anhänger Churchills, den Berater der Produktion, Herrn Pierre Meunier aus Leyden, in einem Interview zu Worte kommen. Jegliche Historie, tönt dieser, sei Alternativgeschichtsschreibung, weil sie nimmermehr die facta und gesta treffen könne, notwendigerweise fehl gehe, zumindest umdeute, wenn nicht interpoliere, gar hinzu erfinde. Geschichte sei stets Konstrukt. Auffälligstes Beispiel: die ›geschönten Vergangenheitsbeschwörungen‹ aus den Federn der ›Haus- und Hofhistoriker‹ der europäischen Herrscherhäuser! So werden mit einem Satz aus dem Munde eines selbsternannten Experten jahrhundertelange seriöse Forschungsanstrengungen, ohne die es überhaupt keine Geschichtswissenschaft gäbe, der Lächerlichkeit überantwortet!

Wenn schon der Historiker konstruiere, so Meunier weiter, solle er doch durch systematische Variation der Konstruktion Einblicke in das Räderwerk der Realgeschichte gewinnen. Geschichte, reduziert auf ein Geflecht von Wenn-Dann-Beziehungen. Zupft man an den Voraussetzungen, hüpfen die Resultate, getreu dem alten Kinderreim »For the want of a nail a shoe was lost« – und letztlich die Schlacht. Die blanke Spekulation, hochstilisiert zum Einsteinschen Gedankenexperiment, als Zugang zur historischen Kausalität!

Meunier versteigt sich sogar dazu, in Anlehnung an gerade modische naturwissenschaftliche Konzepte bombastisch von ›fraktaler Geschichte‹ zu sprechen, historische Entwicklungen in Kontinua zu gruppieren und mit Wahrscheinlichkeiten zu bewerten. Ist es schon abenteuerlich genug, überhaupt die Wahrscheinlichkeit oder Unwahrscheinlichkeit einer geschichtlichen Tatsache zu behaupten, letztlich neben unserer Realität eine unüberschaubare Vielzahl mehr oder weniger möglicher Wirklichkeiten, Weltgeschichten zu postulieren, so führt sich das Verfahren selbst ad absurdum, wenn es konkret wird. Nicht einmal die alte Faustformel: je größer die Abweichung vom sog. ›Standardlauf‹ der Geschichte (d.h. je willkürlicher und absurder die Spekulation), desto geringer die Wahrscheinlichkeit des Alternativverlaufes, soll heute mehr gelten. Denn gemäß der Chaostheorie könnten beliebig kleine Änderungen in der historischen Ausgangssituation beliebig große Änderungen in der historischen Endsituation hervorrufen. Wenn Lee Schnupfen gehabt hätte, wenn Grant später losmarschiert wäre, wenn Lees Urgroßvater Lees Urgroßmutter mangels Mitgift nicht geheiratet hätte, wenn der Unionshauptmann Dahlgren nicht vom Pferd gefallen wäre, wenn die Umfassung des Gettysburger Friedhofs höher gewesen wäre ... Und so fort ins Hundertste, Tausendste, Millionste. – Dann würden wir heute nicht unsere elektronische Post über die Kaiserlich & Königlich Europäische Dateneisenbahn von Dahlem nach Cambridge, von St. Petersburg nach Sevilla schicken, dann träfen sich die gekrönten Häupter Europas nicht alljährlich zur Tigerjagd im Sonderwirtschaftsgebiet Transbaikal. Ersatzweise stünden vielleicht die Amerikaner mit ihren widerlichen Schnellrestaurants am Rhein oder die Russen samt Soljanka und Kasatschok an der Donau.

Ein etwas tieferer Blick in die Eingeweide dieser angeblichen Wissenschaft enthüllt, auf welchem Schwachsinn sie gründet. Schlagen Sie nur die jüngste Nummer der Zeitschrift ›Past Times‹ (begründet von Churchill und Maurois, fortgeführt von Toynbee, gegenwärtig herausgegeben von Demandt und Salewski) auf:

– F. J. Strauß: »Wessen kleiner Schritt: Die deutsche Mondlandung 1965, die amerikanische Mondlandung 1970, die russische Mondlandung 1974 – Konstruktion dreier historischer Kontinua in technikgeschichtlicher Absicht«

– L. Iacocca: »If the Internal Combustion Engine Did Not Work: The Effects of Automobilism on Economic and Environmental History«

– F. Mitterand: »Si l'Amérique n'étais pas colonisée par Louis XV …«

– G. Meir: »Unwahrscheinliches Altneuland. Das Theodor-Herzl-Kontinuum: p > 0,002?«

– Chou E.: »The Other Heavenly Empire. Chinese Colonization of the Black Continent and Its Impact on the Balance of World Religions«

In den Kabinetten unserer Fraktalhistoriker liegen sie in unübersehbaren Reihen, diese Hufnägel der Geschichte. Da verwundert es nicht, wenn witzige Köpfe den Zeitschriftentitel persiflieren: »Past Times and Pastimes«. Tatsächlich predigen Churchill und die ihm nachfolgenden Meuniers und Kohls gerade das, was sie vorgeblich so entschieden ablehnen: Fatalismus, blindes Hineinschicken ins Geschick. Vordergründig lehnen sie jeden historischen Determinismus ab: es hätte auch anders kommen können. Hätte Zar Nikolaus II. in der Krise von 1921 nicht den Mehrheitsführer der Duma, Uljanow, zum Regierungschef berufen, dann … Scheinbar öffnet sich hier Spielraum für gestaltendes Handeln. Scheinbar. Denn im Grunde herrscht Beliebigkeit, im Geflecht der Myriaden Ursachen wird jede Aktion durch tausenderlei Kontra-Aktionen neutralisiert oder verstärkt oder ins Gegenteil verkehrt oder … Alles ist möglich. Wir wissen nicht, was wir bewirken. Der Mensch macht einen Plan …, doch gehn tun sie beide nicht, wie der Augsburger Puppenspieler B. Brecht dichtete. Am besten dran ist noch immer der Buddhist, der die Beine im Lotossitz kreuzt und die leeren Handflächen zum Himmel kehrt.

Wozu solcherart Umgang mit Geschichte gut ist, zeigt Kanal Bavaria-Pathé leider nur allzu deutlich. »Es hätte auch anders kommen können,« behauptet Meunier und leitet damit eine abgeschmackte und entsetzliche Szenenfolge ein, Schreckensbilder, oberflächlich als ›wissenschaftliche‹ Alternativgeschichte drapiert:

da wühlen sich motorisierte Heerwürmer durch zerschossene Dörfer, grünliches Giftgas sackt in die Schützengräben, durch den Feuerhagel der Geschütze ziehen Luftschiffgeschwader, Bomben regnen in endlosen Schnüren auf brennende Städte hernieder. – Churchills abscheuliche Visionen in Bilder umgesetzt. Gesetzt, Lee hätte nicht gewonnen. Gesetzt, die englischsprechenden Länder hätten sich nicht um die vergangene Jahrhundertwende assoziiert. Gesetzt, Europa wäre durch die Sarajewo-Krise von 1914 in einen Krieg geschlittert. Gesetzt, die europäische Friedensbewegung, Förster, Jaurès, dazu die Zweite Internationale, die Suffragetten, der Haager Friedenspalast usw. hätten in der Stunde der Gefahr versagt, die europäische Gelehrtenschaft sich nicht gegen den waffenrasselnden Widersinn aufgebäumt. Gesetzt, gesetzt, gesetzt. Er mußte in seinen Altersschriften viel hinwegpostulieren, unser Sir Winston, um zu seinem Wunsch-Schreckbild zu gelangen: zu auflodernden Chauvinismus, Rassismus, Fanatismus, der für ein halbes Jahrhundert Europa und die Welt mit immer neuen Feuersbrünsten überzieht.

Die Schuld an diesem erfundenen Wahnsinn jedoch schieben Churchill wie die Autoren der Fernsehdokumentation niemand anderem als den gekrönten Häuptern Europas zu: Statt ihre verwandschaftlichen Beziehungen quer über den Kanal und auch quer über Osteuropa spielen zu lassen und die Sarajewo-Krise friedlich zu bereinigen, hätten sie, ehrgeizig, verstockt und halsstarrig, die Katastrophe heraufbeschworen. Da sehen wir Kaiser Wilhelm II. – just den eigentlichen Architekten der Vereinigten Europäischen Monarchien! –, wie er in einem Anfall von Selbstüberhebung Zeppelin-Flottillen ›gen Engelland‹ schickt! Da sehen wir seinen ›geschätzten Cousin Nicki‹, wie er an der Spitze endloser Muschikheere in Wien einmarschiert. –

Und dazu fragt der Kommentator einfältig, ob Churchill wohl zuviel von seinem Landsmann, dem Möchtegernpolitiker und Zukunftskriegsautoren H. G. Wells gelesen habe, oder schlicht der pubertäre Zug im Historiker zum Durchbruch komme, das Spiel mit Fähnchen und Zinnsoldaten, das genußvolle Schraffieren von Landkarten und andere martialische Tagträumereien?

Es ist ja zu verstehen, wenn unsere Herren Konjekturalhistoriker mit der Monarchie unzufrieden sind, wer ist das nicht? Aber was haben sie als Ersatz anzubieten? Schale und glanzlose Staatswesen, in denen wie in der Französischen Republik die Stimmung des Pöbels über Wohl und Wehe entscheidet und insgeheim die Fernsehbarone das Szepter führen. Und hat nicht der greise Churchill selbst zigarrenpaffend geäußert: »Von allen schlechten Regierungsformen, die ich kenne, ist die Monarchie immer noch die beste«?

Doch davon schweigen die Fernsehautoren. Statt dessen sitzt Churchill schwer und behäbig vor seiner Staffelei in der südfranzösischen Idylle von Roquebrune – und sein Pinsel trieft förmlich von Blut. ›Welt‹-Kriege, von 1 bis 3 durchnumeriert! Verkohlte Landschaften, vom Himmel stürzende Raketen, die Flutwelle des gesprengten Gibraltardammes, Berge ausgemergelter Leichen – und das alles in Farbe, bald als Churchillsches Original, bald genüßlich mit Spielszenen unterlegt, verängstigte Kreaturen, dicht gedrängt in Kellern, Sirenenklang, das Jaulen fallender Bomben, daß sich einem zivilisierten Menschen der Magen umdreht... Bis hin zur Wahnsinnsidee einer atomaren Konfrontation des eurasischen Kontinents mit der Englisch Sprechenden Assoziation.

Solcherart Schrecken sind in einem kultivierten Jahrhundert schlechterdings unvorstellbar, wo gesteigertes Wissen, eine ausgefeilte Technik und wachsender

Wohlstand auch zu milderen Sitten geführt haben. In der Realität wäre kein europäisches Volk je zu dergleichen Schandtaten fähig gewesen. Allzu offensichtlich ist, daß hier Kanal Bavaria-Pathé wie seine amerikanischen Vorbilder mit der Leichtgläubigkeit des Publikums Schindluder treibt und Sensationsgier als Dokumentation verbrämt. Allzu offensichtlich lugen hinter den Bildern des Grauens jene unsäglichen Hollywood-Machwerke von Jack Arnold bis Steven Spielberg hervor, die neuerdings in unseren Lichtspielhäusern aufgeführt werden, sogenannte »science« fictions mit Invasionen blutdürstiger Marsianer, explodierenden Atommeilern und dergleichen horrors mehr.

Es ist mehr als bedenklich, daß Presse, Funk und Fernsehen neuerdings in alternativgeschichtlicher Gewaltverherrlichung schwelgen und selbst Historiker wie Meunier den Telos in der Geschichte, die sinnhafte Gesamtbewegung hin zu höherer Vollkommenheit so gänzlich verleugnen und damit eine durch den naturwissenschaftlich, ahumanistisch ausgerichteten Gymnasialunterricht desorientierte Öffentlichkeit auf den Leim modisch-postmoderner Philosophasterei locken. Der bewährte Zugang der deutsch-französischen Tradition in der Geschichtsschreibung, der Annalen-Schule und der Gestalt-Historiker, wird so verschüttet, Fakten und Fiktionen vermengt; es geht nicht mehr darum, ›wie es wirklich gewesen‹, sondern um Effekthascherei im Meer der Unmöglichkeiten. Doch was war, das war, und was nicht war, das war nicht. Punktum. Für eine wissenschaftliche Historiographie auf positiver Grundlage ist kein anderer Schlachtruf möglich, als jener: Ad fontes, ad facta! Empirie statt Spekulation!

Die schlagendste Widerlegung der Konjekturalhistorie ist Churchills ›counterfactual approach‹, angewandt auf Sir Winston himself. Was wäre aus dem Kopf der

›London school of history‹ geworden, wenn wir in eines von diesen fürchterlichen ›Churchill-Kontinua‹ – gesetzt, gesetzt, gesetzt – hineingerasselt wären? Bei so turbulenten Zeitumständen hätte Churchill seiner britisch-bulldoggenhaften Neigung zu scharfem Biß in der Politik nachgeben können. Nimmermehr hätte er mit jener Schrift von 1930 über Lee und Gettysburg seinen Ruf als Erfinder der Konjekturalhistorie begründet, nimmermehr seine einigermaßen verläßlichen Werke über den Herzog von Marlborough und über die Englisch sprechenden Völker verfaßt, die ihm 1953 den Literaturnobelpreis einbrachten. Liest man seine so monströse wie fiktive zwölfbändige ›Geschichte des Zweiten Weltkriegs‹, so möchte man glauben, ihn in jenem mit kaum verhaltener Sympathie geschilderten ›war time prime minister‹ wiederzuentdecken, der so erfolgreich den Diktatoren in ›Großdeutschland‹ und ›Großrußland‹ Paroli bietet, beinahe eigenhändig die Seeschlacht um Britannien gewinnt und die deutschen Atomwaffen durch rechtzeitige Bombardierung von ›Mount Brocken‹ ausschaltet. Der Traum eines meschuggen Historikers! Und dennoch kann man Dr. Kohl nicht zustimmen, wenn er behauptet: »Es steht dem Historiker nicht an, in eine andere Geschichte einzugehen als in die seiner Disziplin.« In der Geschichtswissenschaft haben die Churchills mit ihrem Übermaß an Phantasie und Gestaltungswillen nichts zu suchen!

In jenem anderen historischen Kontinuum hätte weder ein zigarrenpaffender Mr. Churchill, M. P., noch sonst jemand die Konjekturalhistorie erfunden. – Was allein Beweises genug ist, daß es sich bei der Konjekturalhistorie – im Gegensatz zur Projektgeschichte – nicht um einen legitimen, weil notwendigen, Trieb am Baume der Geschichtswissenschaft handelt, sondern um ein mutwillig erzeugtes, wucherndes Kunstprodukt, das mit der Zeit umso sicherer verdorren muß, vor der Hand aber die existierenden Tendenzen zu Realitätsverlust, Irrationalität und Gewalt stärkt und dazu führt, daß sich in Zeiten wachsender Vaterländerei ein jegliches Volk eine eigene Geschichte erfindet. – Zum Glück gibt es in Europa noch ein sicheres Wertesystem und gefestigte Monarchien, jenes Bollwerk gegen umstürzlerische Ideen und Zerfall.

Was hätte ein Mann mit den intellektuellen Fähigkeiten eines Winston S. Churchill nicht in der seriösen Geschichtswissenschaft – etwa durch seine intimen Kenntnisse des Kabinetts Asquith – leisten können! Selbst als Politiker hätte er Sinnvolles gestalten können, wäre er nicht bei den ersten Schwierigkeiten desertiert. Wo er hätte Staaten reformieren und, sagen wir, der Englisch Sprechenden Assoziation die dringend benötigte Konstitution geben können, hat er mit seiner Ersatzgeschichte sich auch eine Ersatzpolitik geschaffen und irgendwo in Alices Wunderland ersponnene Kriege geführt.

Vielleicht sollten sich die Kultusministerien endlich dazu durchringen, all die ›konjekturalhistorischen‹ Lehrstühle und Institute einfach zu streichen. Zur wirklichen Geschichtsforschung tragen sie nichts bei, dafür wird in ihnen so manches Talent wie Churchill vergeudet und verschlissen, das anderswo – in der Politik oder der Wirtschaft – ein fruchtbares Tätigkeitsfeld finden könnte. Was hätten nicht so phantasievolle Köpfe wie Dr. Adolf Haidler aus Braunau, Prof. Jossif Dschugaschwili aus Russisch-Georgien oder Freiherr Arno von Schmidt beispielsweise am Kabinettstisch leisten können! Wenn Leute wie sie sich nur anderen Raum für Entfaltung gesucht und ihr Hirnschmalz nicht an erdachte Geschichte verschwendet hätten – wir hätten ein anderes, glücklicheres und großartigeres Jahrhundert bekommen!

Das heißt nicht, daß der Fernsehdokumentation in

Gänze jeglicher Wert abginge. Meuniers Interview an sich ist – abgesehen von jenem einen unverschämten Satz über die ›Haus- und Hofhistoriker‹ – schon fast komisch, verstanden wird es ohnehin von keinem Zuschauer, wahrscheinlich stellt es sogar unwillentlich die gesamte Geistesverwirrung der Alternativhistoriker bloß. Und wenigstens einmal bedienen sich die Autoren einer wundervollen leisen Ironie: 1964, kurz vor Churchills Tod, verzeiht Queen Elisabeth II. dem greisen Historiker seine antiroyalistischen Jugendsünden und erhebt ihn in den Adelsstand. Im Hintergrund besingt ein seinerzeit gut bekanntes Liverpooler Quartett den frischgebackenen Sir Winston: »He's a real nowhere man, sitting in his nowhere land, making all his nowhere plans for nobody.«

Wirklicher und Geheimer Rat
Dr. E. W. K. Steinmüller
Stv. Direktor
Rheinpreußisches Sekretariat für
Monarchische Studien zu Gelsenkirchen

Es kommt ja immer anders

von Erik Simon

Ein Nachwort des Herausgebers

Für die meisten Historiker gilt noch immer das Tabu, das Kontrafaktisches a priori aus der Betrachtung ausschließt: Was nicht war, war nicht und geht die Wissenschaft nichts an, basta. Die Geschichtswissenschaft möchte gern ebenso exakt wie die modernen Naturwissenschaften sein, aber sie war es natürlich nie. Nicht nur die Deutung und Wichtung der Ereignisse ändert sich mit der Politik, der Ideologie und den intellektuellen Moden, auch das Bild von den Tatsachen selbst unterliegt stetigem Wandel – gerade in der Geschichtswissenschaft fördert die Forschung ab und zu neue Fakten zutage (meist buchstäblich – aus dem Erdboden oder aus alten Archiven), gerade der Historiker ist gezwungen, von seinen Vorgängern auch deren Irrtümer abzuschreiben, und viel öfter als der Naturwissenschaftler hat er es mit vorsätzlich gefälschten Quellen zu tun. Ein erheblicher Teil von angeblich spätantiken und frühmittelalterlichen Urkunden ist später von Mönchen und Kirchenfürsten erfunden worden, um Besitz und Privilegien zu ergaunern (so gut die Hälfte aller Königsdokumente der fränkischen Merowinger).

Als mehr Leute lesen und schreiben konnten und der Buchdruck aufkam, wurde das Fälschen etwas schwerer, die Verbreitung der Fälschungen indes einfacher. Gewisse Artikel in der Großen Sowjetenzyklopädie änderten sich von Auflage zu Auflage, deutsche Geschichtsbücher haben im Laufe dieses Jahrhunderts eine durchaus vergleichbare Vielfalt von Lesarten hervorgebracht, und es hat kein Ende: So manchen Ostdeutschen wird heute erklärt, daß Dinge, derer sie sich aus eigener Erfahrung zu erinnern glauben, sich in Wahrheit überhaupt nicht oder ganz anders zugetragen haben. Den überlegenen Durchblick entwickeln dabei übrigens nicht nur Westdeutsche – in *Webster's New Encyclopedic Dictionary* (New York 1995) liest man beispielsweise auf S. 1476, daß 1989 und 1990 Manfred Gerlach und Sabine Bergman-Pohl (sic) die beiden letzten kommunistischen (sic!) Staatsoberhäupter der DDR waren, was im Hinblick auf Frau Bergmann-Pohl und ihre Leute freilich einiges erklären würde.

Kurzum, die Geschichtsschreibung war immer ein Fächer von alternativen Versionen, nur hat sie es hartnäckig geleugnet. Erst in neuerer Zeit beginnt sich der Gedanke auszubreiten, daß nur ein Vergleich möglicher Verzweigungen es erlaubt, die Wendepunkte, also die historisch wirklich bedeutsamen Ereignisse zu bestimmen. In Deutschland sind vor allem Alexander Demandt und Peter Salewski mit einschlägigen Arbeiten hervorgetreten.* Salewski betrachtet aus der Sicht des Historikers die Science Fiction, doch auch Demandt greift in seinem Buch immer wieder auf Beispiele aus Squires Anthologie und auf SF zurück – ein Indiz für die Seltenheit des Ansatzes in rein wissenschaftlichen Arbeiten.

Die Science Fiction nämlich hat sich des Motivs alternativer Geschichtsabläufe gründlich bemächtigt; in Romanen und Erzählungen hat sie zahlreiche Varianten durchgespielt und zahllose andere, zum Teil interessantere ausgelassen. SF-typisch ist die Kopplung mit

* Alexander Demandt: *Ungeschehene Geschichte.* Göttingen: Vandenhoeck & Ruprecht 1984. Peter Salewski: *Zeitgeist und Zeitmaschine.* München: Deutscher Taschenbuch Verlag 1986.

dem Zeitreise-Motiv: Durch einen Eingriff in die Vergangenheit wird unsere Geschichte in die alternative überführt, oder umgekehrt; ein charakteristisches Beispiel ist der *Zeitpatrouille*-Zyklus von Poul Anderson. Manchmal siedelt der Autor die andere Historie auch in einer Parallelwelt an, die in einer anderen Dimension quasi neben der unseren existiert. Noch seltener findet man SF, die die historische Alternative souverän als gegeben voraussetzt. Einen guten Einblick bietet etwa Karl Michael Armers Anthologie *Hiroshima soll leben*.

Zu den berühmten Romanen dieser Art gehören *Die Verwandlung* von Kingsley Amis (wo die Reformation ausfällt), *Pavane* von Keith Roberts (deutsch auch *Die folgenschwere Ermordung Ihrer Majestät Königin Elisabeth I.*, womit die Abweichung genannt ist) und John Brunners thematisch verwandte *Zeiten ohne Zahl*, Ward Moores *Der große Süden* (mit einem Sieg der Konföderierten Staaten von Amerika) und – hier mit Auszügen vorgestellt – Carl Amerys *An den Feuern der Leyermark*. Fast ebenso zahlreich wie alle anderen Alternativgeschichts-Romane zusammen ist die Plejade der Werke, in denen Nazideutschland den Krieg gewonnen hat, darunter Sarbans *The Sound of His Horn* (Der Klang seines Horns), Philip K. Dicks *Das Orakel vom Berge*, Len Deightons *SS-GB* und Robert Harris' *Vaterland*. (Die beiden letzteren Bücher, die vor allem Großbritannien unter deutscher Besatzung zeigen, stehen auch in der Tradition von Sakis älterem Invasionsroman *Als Wilhelm kam*.) In einigen anderen Werken bleibt die historische Spekulation eher im Hintergrund, obwohl sie wie Thomas M. Dischs *Angoulême* in einer alternativen Historie spielen oder wie Wolfgang Jeschkes *Der letzte Tag der Schöpfung* beiläufig einen ganzen Fächer solcher Alternativen entfalten.

Die alternativgeschichtliche SF tut also mit der Historie und erst recht mit der daraus erwachsenen Gegenwart das, was überhaupt anspruchsvolle SF ausmacht: sie relativiert oder hebt im Gegenteil hervor, was wir für selbstverständlich zu halten gewohnt sind. Ebendies taten Ende der zwanziger, Anfang der dreißiger Jahre die Autoren von Sir John Squires Anthologie *If It had Happened Otherwise,* obwohl kaum einer von ihnen seinen Beitrag dem Science Fiction-Genre zugerechnet haben dürfte. Sie schrieben ja auch keine Geschichten, sondern Essays, allerdings Essays der alten Schule, kenntnis- und geistreich, mit interessanten Abschweifungen und ironischen Seitenhieben, auf anschauliche Effekte und Paradoxa bedacht, eine Kunst, die damals nicht nur Schriftsteller beherrschten, sondern auch Historiker und sogar Politiker wie Churchill; keiner von ihnen hatte zu befürchten, er sei es seiner Reputation schuldig, in furztrockenem Fachchinesisch mit möglichst ausuferndem Literaturverzeichnis zu schreiben, was heute als Ausweis von Wissenschaftlichkeit gilt. Der ›erzählende Stil‹ ist sogar Kennzeichen einer ganzen Historikerschule englischer Zunge.

Daß die englischsprachigen Autoren in Squires Sammlung dominierten, ergab sich zunächst ganz automatisch aus dem Gesichtskreis des Herausgebers (darin sich immerhin noch ein Franzose und ein Deutscher befanden); doch auch im vorliegenden Band lehnen sich der Brite und die beiden Amerikaner besonders eng an das Vorbild bei Squire an: James Thurber, indem er Churchills Essay über den Sieg der Südstaaten parodiert (abgesehen von dem Auszug aus Titus Livius, ist dies der älteste Beitrag im vorliegenden Band, praktisch noch zeitgleich mit Squires Anthologie erschienen); Arnold Toynbee und Williamson Murray vertreten die Historikerzunft und belegen ein weiteres Mal, daß gerade im englischsprachigen Raum die Trennung von Wissenschaft und Spekulation nicht gar so starr gehandhabt wird. (Selbst Politiker aus jenen Regionen scheuen sich nach wie vor nicht vor kontrafaktischer Spekulation: Zusammen mit William R. Forstchen hat Newt Gingrich, seinerzeit der Gegenspieler Präsident Clintons im Kongress, einen alternativgeschichtlichen SF-Roman *1945* geschrieben, und wenigstens darunter wird sein Ansehen kaum gelitten haben.)

Arnold Toynbee zumal, einer der namhaftesten Historiker unseres Jahrhunderts, hat in seinem wissenschaftlichen Hauptwerk den Gang der gesamten geschriebenen Geschichte als Neben- und Nacheinander von 21 großen Kulturen gefaßt, eine Geschichtsphilosophie, deren Ansatz sowieso ein spekulatives Element enthält; auch bei einzelnen Ereignissen hat er unbefangener als wohl jeder andere Historiker das ›Was wäre, wenn …?‹ verfolgt, z. B. wenn er die verpaßten Entstehungschancen einer großen skandinavischen oder einer fernöstlichen christlichen Zivilisation betrachtet. Die im vorliegenden Band enthaltene Spekulation um einen von Alexander dem Großen und seinen Nachfolgern aufgebauten Weltstaat steht im Anhang eines sonst strikt fachwissenschaftlichen Buches über Probleme der griechischen Geschichte. Allerdings findet sich dort noch eine zweite Version, auf die die Schlußsätze im Alexander-Essay verweisen: Da ist der junge Alexander rechtzeitig als Drahtzieher des Mordkomplotts gegen seinen Vater Philip entlarvt worden (daß er auf diese Weise auf den makedonischen Thron gekommen sei, wird ihm seit der Antike nachgesagt), und Philip sowie dessen Zeitgenosse, der Perserkönig Artaxerxes Ochos, legen den Grundstein für einen Weltstaat, der im Gegensatz zum Alexanderreich nicht zentralistisch, sondern föderativ ist.

Der Beitrag von Williamson Murray stand zusammen mit 36 weiteren solchen Skizzen in der Frühjahrsnummer 1998 des *Quarterly Journal of Military History.* Da wird ein breites Spektrum von historischen, vor allem militärischen Wendepunkten vorgeführt – mehrfach geht es um Schlachten im amerikanischen Befreiungs- und im Bürgerkrieg sowie im Zweiten Weltkrieg, es fehlt weder der obligatorische Sieg Napoleons bei Waterloo noch der römische in der Varusschlacht, Alexander hingegen stirbt noch *vor* seinen großen Eroberungen. Die meisten dieser Artikel sind aber zu lapidar (mitunter nur wenige Sätze lang), um mehr zu konstatieren als bloß die Alternative an sich. Interessant wird die Sache ja erst durch das Ausmalen von Details, das Auf- oder Erfinden kurioser Parallelen.

So nimmt es nicht wunder, daß sich unter denjenigen, die Squires Ansatz nun wieder aufgegriffen haben und im vorliegenden Band versammelt sind, ein gut Teil Science Fiction-Autoren befindet und die Grenze zwischen Essay und Erzählung fließend bleibt. Auch Schriftsteller wie Egon Friedell oder Carl Amery, außerhalb der SF wohlbekannt und angesehen, haben sich der Mittel der Science Fiction bedient, letzterer sogar öfters; von Friedell gibt es z. B. einen an Wells anknüpfenden Kurzroman *Die Reise mit der Zeitmaschine.*

Insbesondere die Beiträge aus den vormals sozialistischen Ländern sind entweder neueren Datums oder aber der Form nach typische SF-Geschichten (oder beides); waren spielerisch-spekulative Artikel nach dem Krieg im Westen selten, fehlten sie im Osten ganz. Dafür sind zwei einander ergänzende Gründe auszumachen: In der Form des Essays oder Artikels lief die Spekulation immer Gefahr, nach ›streng wissenschaftlichen‹ Kriterien gemessen zu werden, und das hieß: nach dem Maß ihrer Übereinstimmung mit der gerade gültigen Auslegung des historischen Materialismus, für den jede Entwicklung ja sozialökonomisch bedingt und vorgezeichnet war, Abweichungen also höchstens vorübergehende Fluktuationen des von Marx, Engels und Lenin umrissenen allgemeinen Geschichtsverlaufs sein konnten. (In seinem Leyermark-Roman hat Carl Amery en passant dem Marxismus selbst ein Alter ego verpaßt; die Passage darf in dieser Auswahl natürlich nicht fehlen.) Zum anderen hatte die Science Fiction in der UdSSR, der DDR und anderswo mit einiger Mühe ihren Anspruch durchgesetzt, belletristische Literatur zu sein und kein Zweig der populärwissenschaftlichen; so hatte sie wohl eine besondere Scheu vor der essayistischen Form.

Auch in der sonst so vielfältigen sowjetischen SF war das Motiv von Alternativ- und Parallelwelten eher selten. Eine Erzählung wie die von Wjatscheslaw Rybakow konnte natürlich erst unter den Bedingungen der Glasnost erscheinen, obwohl darin ja die kommunistische Utopie als heil und siegreich in unsere Tage fortgeschrieben wird, dazu in einem romantisierenden Ton, wie man ihn aus sowjetischer SF der Chruschtschowschen Tauwetter-Ära kennt (etwa in Frühwerken der Strugazkis) – was den Gegensatz zur Realität erst recht hervorhebt. Derselbe Autor hat 1994 den umfangreichen Alternativweltroman *Graviplan ›Zarewitsch‹* vorgelegt (und damit mehrere russische Science Fiction-Preise gewonnen), wo die beiden russischen Revolutionen von 1917 nicht stattgefunden haben, Rußland von modernen, aufgeklärten Zaren regiert wird und der Kommunismus sich als anerkannte *Religion* etabliert hat, eine Art ethisches Christentum für Atheisten.

Auf eine ältere Parallelwelt-Geschichte des hier mit einem neueren Romanauszug vertretenen Kir Bulytschow und auf eine weitere sowjetische Erzählung komme ich später noch zu sprechen. Episoden mit historischen Spekulationen findet man in Wladimir Tendrjakows *Anschlag auf Visionen* (1987/88); das wichtigste russische alternativgeschichtliche Werk aber ist wohl immer noch Axjonows 1981 im US-amerikanischen Exil veröffentlichter Roman *Die Insel Krim,* wo sich neben der realen UdSSR auf der Krim eine kleine, doch prosperierende bürgerliche russische Demokratie gehalten hat, die sich erst unter Breshnew aus nationalem Sentiment annektieren läßt.

Mit den slawischen und den deutschen Autoren kommt eine spezifisch kontinentaleuropäische Sicht zustande, die die angelsächsische bei Squire ergänzt. Daß zudem nur neuere Arbeiten Alternativen zur Geschichte nach den dreißiger Jahren entwerfen konnten, versteht sich von selbst; doch auch die von Squires Autoren vernachlässigte Antike kommt ins Bild. Das Früh- und Hoch-Mittelalter bleibt allerdings nach wie vor unerforscht. Vielleicht spiegelt sich darin die Neigung, Parallelen zwischen der Historie und neueren Erfahrungen zu ziehen; wenn Toynbee vom antiken Weltstaat spricht, meint man immerzu den Fabianer H. G. Wells zu hören, wie er in der ersten Hälfte unseres Jahrhunderts vom künftigen Weltstaat sprach. – Womöglich liegt es aber auch nur daran, daß der Verfasser solcher spielerischen Essays beim Leser ja ein Minimum an Wissen um den tatsächlichen Geschichtsablauf voraussetzen muß, und da sieht es gerade für das Mittelalter wirklich finster aus: Das Bild vom Mittelalter, das der Geschichtsunterricht in den Schulen gibt, ist derart grob schematisiert, daß es kaum wirklicher ist als das von Ritterschinken gezeichnete. Dabei ist die Moderne mittelalterlicher und das Mittelalter moderner, als mancher glaubt; leider ist von Umberto Eco keine Alternativgeschichte bekannt.

Daß jede einzelne Anspielung von jedem Leser verstanden wird, ist übrigens nicht nötig; manche Autoren setzen ihren Ehrgeiz darein, Realität und Fiktion so zu verweben, daß man sie kaum noch trennen kann. Wenn etwa bei Victor Zyx Truppen der polnischen Exilregierung die Stadt Haren im Emsland besetzen, sie in Maczków umbenennen und die deutsche Bevölkerung vertreiben, wirkt das wie eine Erfindung, aber just das ist historische Tatsache!

So, wie es blinde Flecken gibt, ziehen andere Epochen die Spekulation magisch an. Bei Squire dominierten drei westeuropäisch-amerikanische Standardthemen – die französische Revolution und das anschließende Napoleonische Zeitalter, der amerikanische Bürgerkrieg und – schon weniger prominent – der Vorabend des Ersten Weltkriegs. Im vorliegenden Band gesellen sich zwei neuere Schwerpunkte hinzu: der Zweite Weltkrieg und der Zusammenbruch des sozialistisch-kommunistischen Staatenblocks (beide mitunter in ein und demselben Text).

Geschichte erscheint – mitsamt ihren Alternativen – noch immer in Krieg, Revolutionen und dem Leben großer Männer fokussiert. Paradoxerweise bedürfen sogar jene Autoren der herausragenden Persönlichkeit als eines anschaulichen Kristallisationspunktes, die just die Rolle von großen Einzelpersönlichkeiten in Frage stellen. In der gut marxistischen (unübersetzten) Erzählung ›Der Dämon der Geschichte‹ des sowjetischen Schriftstellers Sewer Gansowski von 1968 wird ein monströser Massenmörder aus der Geschichte entfernt – und an seinen Platz tritt Hitler; im Roman *Geschichte machen* des marxistischer Indoktrination wohl ganz unverdächtigen britischen Erfolgsautors Stephen Fry geht es zunächst umgekehrt, und dann holen sie sich den Hitler als das kleinere Übel zurück. Da ist mir Hitler als miserabler Fantasy-Autor (in Norman Spinrads *Der stählerne Traum*) oder als prosperierender Kitschmaler (wie hier im Beitrag von Sabine Wedemeyer-Schwiersch) schon lieber; die Häberles haben wir ja sowieso. An der Größe der ›großen Männer‹ kann man sich um so besser erbauen, je weniger sie einen selber klein macht oder ins Elend stürzt: als Dr. Adolf Sckerl vor dem Indochinakrieg in Kambodscha Deutsch unterrichtete, wurde er wiederholt gefragt, wieviel Hitler-Denkmäler es wohl in Deutschland gebe. Heutzutage könnte er mit der Gegenfrage nach Pol-Pot-Statuen antworten, und bei russischen Demonstrationen sieht man ja von Jahr zu Jahr mehr Stalinbilder …

Soviel zu den großen Schurken und der von ihnen ausgehenden Faszination. Ab und zu findet man noch Spekulationen über eine Welt, in der eine wichtige Religion oder Ideologie fehlt oder anders ausgeformt wurde: Bei Tendrjakow wird Christus gesteinigt, und Paulus entwickelt eine Art Christentum ohne die Kernpunkte der Bergpredigt; in Kingsley Amis' Roman *Die Verwandlung* fällt Luthers Reformation aus, und auch Rybakows idealer Kommunismus (in seiner Erzählung mitsamt idealem Stalin, im Roman ohne) gehört dazu. Bei einer Schlacht ist freilich besonders augenfällig, daß sie leicht hätte anders ausgehen können; mindestens ebenso gravierende Wendepunkte sind aber auch mit Erfindungen und Entdeckungen verknüpft – in der Science Fiction (und leider auch in unseren beiden Anthologien) kommen sie eher zu kurz. Eine rühmliche Ausnahme ist *Die Differenz-Maschine* von William Gibson und Bruce Sterling, der 1990 (1992 auch deutsch) erschienene umfangreiche Roman, wo Charles Babbages Erfindungen, die in Wirklichkeit wegen Geldmangels ins Stocken kamen, das Computer-Zeitalter hundert Jahre früher beginnen lassen. Schlägt in der älteren SF (wie auch in Toynbees Alexander-Essay) ein beschleunigter technischer Fortschritt der Menschheit meistens zum Wohle aus, finden neuere Autoren oft das reale Entwicklungstempo schon bedenklich genug und ein durch verfrühte Erfindungen noch höheres katastrophal. Zum erstenmal tauchte diese Ansicht im Zusammenhang mit Kernwaffen gehäuft auf; mittlerweile stehen eher die ökologischen Folgeschäden der Technik im Vordergrund, so auch in Wolfgang Jeschkes Roman *Ein Hühnchen für Cusanus,* der hier mit einem Vorabdruck vorgestellt wird.

Wie bei Jeschke setzt die in bezug auf mittelalterliche Ereignisse weitgehend abstinente alternativhistorische Spekulation mit dem Spätmittelalter und der Renaissance wieder ein, doch sie läßt auch dort noch riesige Bereiche aus. Von den Ereignissen, die am Ende des Mittelalters stehen – die Entdeckung Amerikas, die Reformation, der Fall von Konstantinopel –, war ersteres bei weitem das folgenreichste, doch selbst amerikanische Autoren knüpfen daran selten Gedankenspiele. (In den USA findet man ein breites Themenspektrum der Alternativhistorie, inzwischen sind dort mehrere solche Anthologien erschienen, doch für die meisten Amerikaner beginnt Geschichte nach der Fahrt des Kolumbus, wenn nicht überhaupt erst mit der Gründung der USA, und in der Prähistorie kämpfte Robin Hood mit seinen Gladiatoren gegen die Dinosaurier). Dabei ist Amerika vor Kolumbus schon mindestens viermal entdeckt worden: zweimal (im Abstand von etlichen tausend Jahren) von den Vorfahren der Indianer, dann von den Eskimos und schließlich um das Jahr 1000 von den Wikingern. Ohne die Klimaverschlechterung, den Wegfall des skandinavischen Überbevölkerungsdrucks infolge von Pestepidemien und die Umorientierung der nordischen Handelsbeziehungen, die zu Isolation und Niedergang der skandinavischen Kolonie auf Grönland führten, wäre wohl mit ständigen transatlantischen Kontakten und amerikanischen Wikingersiedlungen zu rechnen gewesen, und die nachfolgende Geschichte sähe sehr anders aus. Leicht vorstellbar sind auch frühe transpazifische Kontakte von China aus (sporadisch hat es sie vielleicht wirklich gegeben); den Bericht Marco Polos über einen Kontinent im äußersten Osten hätte die Wissenschaft ins Reich der Fabel verwiesen, und Kolumbus, nach seiner Ankunft dem chinesischen Militärberater eines Indianerhäuptlings vorgestellt, wäre erst recht überzeugt gewesen, den Seeweg nach Indien und China gefunden zu haben.

Wenn ich immer wieder auf Squires Anthologie zu sprechen komme, so nicht nur, weil die vorliegende sich als deren Fortführung und Ergänzung versteht, sondern auch, weil die summarische Betrachtung beider Bände zusätzliche Dimensionen eröffnet, kuriose Parallelen zutage fördert. Bei Squire waren die Beiträge ursprünglich nach dem historischen Datum des Schlüsselereignisses geordnet, die drei 1972 hinzugefügten Essays von Petrie, Trevelyan und Taylor wurden aber nicht eingefügt, sondern angehängt. Nicht nur der Respekt vor Sir John, sondern auch rechtliche Gründe und schlicht der Umfang haben es verboten, meine neuerlichen Ergänzungen thematisch oder chronologisch zwischenzuschalten. Am Ende dieses Nachwortes findet sich jedoch eine Übersicht, in der alle Texte aus beiden Bänden wieder nach ihrem Inhalt chronologisch sortiert und thematisch gruppiert sind, wobei die angegebene Jahreszahl für den Wendepunkt mitunter nur näherungsweise gilt, zumal in manchen Spekulationen die welthistorisch sichtbare Wende durch unscheinbare frühere Ereignisse vorbereitet wird.

Einer der Brennpunkte bei Squire war, wie gesagt, die Französische Revolution von 1789 und das ihr nachfolgende Kaiserreich Napoleons – um 1930 empfand man das noch immer als *das* Großereignis der europäischen Geschichte. (Der Erste Weltkrieg hingegen wohl noch in gar zu frischer und unseliger Erinnerung, um einen guten Stoff für Gedankenspiele abzugeben; er wurde oft als widersinniger Betriebsunfall der Neuzeit betrachtet, und folgerichtig fällt er in der alternativen Historie meistens aus.) Es überwiegt die Ansicht, mit einem fortschrittlichen, reformfreudigen und gemäßigten Monarchen – sei es nun der sechzehnte Ludwig oder der erste Napoleon oder später im Deutschen Reich Kaiser Friedrich III. – wäre Europa manches an Krieg und Umsturz erspart geblieben. Im vorliegenden Bande billigt W. Inomerski in der Person von Zar Alexander I. Rußland solch eine Chance zu, als eigentlich treibende Kraft sieht aber auch er Napoleon (wie der es für Reformen anderswo in Europa, so in Deutschland, ja tatsächlich war).

Squires Thema des amerikanischen Bürgerkriegs wird nicht nur von James Thurber parodiert, sondern hat bei Carl Amery auch seine europäische Entsprechung; die Parallelität der Ereignisse – der deutsche Bundeskrieg zwischen Österreich und Preußen fand ein Jahr nach dem Ende des amerikanischen Bürgerkriegs statt – nutzt Amery übrigens ausgiebig für seine Handlung; sonst ist sich kaum jemand ihrer bewußt. (Der deutsche Geschichtsunterricht zumal stellt die Geschichte gern linear dar und behandelt zeitgleiche Ereignisse abseits des gerade betrachteten Fadens auf eine Weise, daß sie ebensogut auf dem Mars hätten geschehen können. Karl den Großen und Harun ar-Raschid etwa kennt man, wenn nicht aus der Schule, so doch aus der Literatur; erfährt man aber, daß sie Zeitgenossen waren und Gesandtschaften ausgetauscht haben, rückt der Kalif – womöglich auch der Kaiser – unversehens aus dem Märchenland in die Historie, und es fügen sich einem zwei Teile des Geschichtsmosaiks zusammen.) Ich bedaure, daß ich keine Spekulation über das dritte parallele Ereignis jener Zeit gefunden habe, nämlich über das italienische Risorgimento – den dritten Konflikt, in dem der Norden den Süden besiegte und die Einigung (in den USA die Wiedervereinigung) einer Nation erzwang.

Das zentrale Ereignis unseres Jahrhunderts – soweit man es aus der kurzen Perspektive beurteilen kann – war der Zweite Weltkrieg, Brennpunkt der Entwicklung, die mit dem Ersten Weltkrieg begann und mit dem Zusammenbruch des kommunistischen Staatensystems vorläufig ihren Abschluß fand. Daß er – und mit ihm die Personen Stalins und Hitlers – auch im Science Fiction-Roman das Thema der parallelen Geschichte beherrscht, habe ich schon erwähnt, ebenso, daß die anglo-amerikanische SF am liebsten Schreckensbilder von deutsch-nazistischer Weltherrschaft entwirft. Diese Variante ist gewiß nicht erschöpft, aber doch erschlossen, auch in unserem Band ist sie mit einem amerikanischen Beitrag vertreten. Aus russischer, polnischer, tschechischer (pardon: großmährischer) und deutscher Perspektive wird hingegen spekuliert, wie die Welt wohl bei einem glimpflicheren oder einem nur in ein paar entscheidenden Details anderen Verlauf jener Epoche heute aussähe; auffällig ist die Schlüsselstellung, die dabei von mehreren Autoren (und unter recht unterschiedlichen Vorzeichen) Polen zugeschrieben wird – für die real existierende Geschichtsschreibung steht ja Polen nur beim Kriegsausbruch im Mittelpunkt des Interesses.

Daß dabei oft ein anderes Schicksal oder ein anderer Charakter Hitlers oder Stalins zum Ausgangspunkt genommen werden, liegt nahe; bemerkenswert ist aber, mit welcher Regelmäßigkeit in der Alternativhistorie ein Zeitgenosse von Stalin und Hitler auftaucht, an den man wohl doch nicht in erster Linie denkt, nämlich Sir Winston S. Churchill. Als er für Squires Anthologie seinen Essay über den Sieg der Südstaaten schrieb, hat er gewiß nicht geahnt, daß er selbst nicht nur in der realen, sondern ebenso in der alternativen Geschichte eine Hauptrolle spielen würde. Für Murray steht und fällt mit ihm der britische Widerstandswille, bei Bulytschow sehen wir ihn symptomatisch in die Rolle des Kommentators gedrängt, Parowski erwähnt ihn, Steinmüller schließlich macht ihn zum Titelhelden seines Essays …

Ähnliches wiederfuhr übrigens in Squires Anthologie schon dem Schriftsteller G. K. Chesterton, der in Deutschland vor allem als Verfasser der Detektivgeschichten um Father Brown bekannt ist:* Als Autor schrieb er dort über eine Ehe zwischen Maria Stuart und Don Juan de Austria, als handelnde Person taucht er in der von Sir John selbst beigesteuerten Tour de force auf, wo zunächst Francis Bacon als wahrer Verfasser der Shakespeareschen Werke identifiziert und das daraus erwachsende Dilemma schließlich eben von Chesterton auf geniale Weise gelöst wird.

Denn siehe, die prominentesten Helden von Alternativhistorien sind nach Königen, Heerführern, Ministern und Diktatoren die Schriftsteller und Dichter selber. Außer Shakespeare, Bacon (der englische Lordkanzler war ja nicht nur fiktiv, sondern tatsächlich auch Schriftsteller) und Chesterton tritt in Squires Anthologie in einer Episode Swinburne als Unruhestifter im Serail von Granada auf (bzw. ab), Lord Byron wird, statt 1824 sechsunddreißigjährig am Fieber zu sterben, sogar König von Griechenland mitsamt romantisch-revolutionärer Legende.

Die jung gestorbenen Dichtergenies des 19. Jahrhunderts sind überhaupt beliebte Protagonisten von Alter-

* Es gibt von ihm übrigens auch vier phantastische bzw. SF-Romane, die 1993 bei Heyne als *Der G. K. Chesterton Omnibus* erschienen sind, herausgegeben von Carl Amery – die Welt, die literarische zumal, ist ein Dorf.

nativgeschichte(n), so gönnt im vorliegenden Band Gundula Sell dem ebenfalls jung verstorbenen Büchner ein längeres Leben, und in Kir Bulytschows bisher nicht übersetzter Erzählung ›Die andere Lichtung‹ erhascht der Held einen Blick in eine Parallelwelt, wo der Dichter Lermontow nicht 1841 im Alter von 26 Jahren im Duell erschossen wurde und wo er Puschkin an Bedeutung übertrifft – doch er geht der Sache nicht nach, weil ihn als Puschkin-Spezialisten nur jener interessiert, und so erfährt leider auch der Leser nicht mehr (also handelt die Erzählung weniger von Lermontow als vom Fachidiotentum des Puschkinisten). Egon Friedell schließlich läßt zwar nicht Schiller (der ja auch nur gut halb so alt wie Goethe geworden ist) länger leben, wohl aber dessen Landvogt Geßler – von allen Mißhelligkeiten der Alternativgeschichte gewiß die harmloseste.

Abgesehen von faszinierenden Dichterschicksalen, scheint es im Deutschen Bund zwischen dem Wiener Kongreß und dem Bundeskrieg 1866 wenig Stoff für historische Spekulation gegeben zu haben; kaum ein Autor erhofft sich etwa interessante Wendungen von einem Gelingen der achtundvierziger Revolution. Mit den Schocks der großen Kriege ist jene Zeit in der Tat nicht zu vergleichen, und darin ähnelt sie aufs anheimelndste der jüngsten deutschen Geschichte. In der Tschechoslowakei hat es 1989 tatsächlich eine friedliche (›samtene‹) Revolution gegeben, in Rumänien eine blutige, in der DDR aber war das ein annähernd ebenso revolutionärer Vorgang wie das Ablaufen des Wassers aus einer Badewanne, nachdem jemand (nämlich Gyula Horn) den Stöpsel gezogen hat. Die vielen kleinen Wirbel dabei haben wenig sichtbare Spuren hinterlassen, auch weiß man noch nicht recht, wo das Wasser nun hinläuft, und so sind die meisten Gedankenspiele zu diesem Gegenstand entweder krude Remakes alter SF-Geschichten wie jener Film über den nach Gorbatschows vorzeitigem Scheitern ausbrechenden Dritten Weltkrieg, oder sie dienen einer sehr punktuellen Satire.

Überhaupt ist ja der ganze Untergang der DDR als Thema noch nicht recht aus dem Bereich des Journalismus in den der Literatur getreten. In Reinhold Anderts 1994 erschienenem Buch *Rote Wende* etwa ist einfach alles andersrum gekommen – Montagsdemos in Köln, eine Übergangsregierung unter Blüm, die BRD der DDR angeschlossen. Der real existierende Sozialismus erscheint durch Perpetuierung noch peinlicher, die Absurdität des Anschlusses (unter Großkonzernen nennt man das ›unfreundliche Übernahme‹) durch Spiegelung noch absurder, doch Plausibilität der Annahmen ist wohl gar nicht bezweckt. Wo Geschichte sich als ganz willkürliche und beliebige Abfolge von Zufällen darstellt, fehlt dem Gedankenspiel der archimedische Punkt, wie ihm im streng deterministischen Geschichtsbild der Spielraum fehlt. Da war und ist Hans Magnus Enzensbergers ›Böhmen am Meer‹ viel glaubhafter. Als er 1987 den Zustand der Mauer im Jahre 2006 als von Denkmalschützern, Kunsthistorikern (wegen der Graffiti) und Artenschützern (wegen der innerstädtischen Mauerbiotope) umkämpftes Relikt in einem grenzoffenen, aber weiterhin geteilten und eher zu noch mehr Kleinstaaterei neigenden Deutschland schilderte, war das eine bemerkenswert scharfsichtige Zukunftsvision; allmählich wird es zu einer Alternativgeschichte, durchaus verwandt denen von Victor Zyx oder Iris Monke, nur weniger umwegig.

Was bei einem Blick auf die meisten hier versammelten Erzählungen und Essays besonders ins Auge fällt und auch von der SF-Literatur bestätigt wird, ist die weitverbreitete Überzeugung, andere Geschichtsabläufe hätten zu geradlinigerem und weniger leidvollem Fortschritt geführt, in stabilere politische Verhältnisse, zu mehr Kontinuität, in Gott sei Dank weniger interessante Zeiten; ebenso auffällig die einzige große Ausnahme von dieser Regel: Ein Sieg Nazideutschlands wird allgemein als größtmögliche denkbare Katastrophe für die Zivilisation empfunden. Ich fürchte, das liegt einfach daran, daß das Trauma immer noch frisch und bisher unübertroffen ist; falls es aber noch lange genug Menschen und Literatur geben sollte, werden sie womöglich irgendwann Geschichten aus einer vermeintlich gemütlichen Zeit lesen, da man noch mannhaft mit Panzern und Flugzeugen statt mit Viren – biologischen wie elektronischen – kämpfte und Menschen nur millionen- statt milliardenfach umgebracht wurden, oder sie werden darüber spekulieren, ob nicht ein Sieg der Nazis den Fortschritt in ihre triste Schöne Neue Welt (oder, wie in einer Zeitreisegeschichte des Niederländers Tais Teng, in die ökologische Katastrophe) verzögert hätte. Diese Aussicht läßt auch beim Blick auf die mittlerweile schon in sicherer Distanz liegende Geschichte Skepsis geboten scheinen: Vermutlich leben wir doch nicht in der schlechtesten aller möglichen Welten.

Zeittafel der Wendepunkte

Diese Übersicht, thematisch und annähernd chronologisch nach den Wendepunkten sortiert, an denen die alternative Geschichte von unserer abzweigt, faßt die Texte im ersten Band (*Wenn Napoleon bei Waterloo gewonnen hätte,* Heyne Nr. 06/6310) und im vorliegenden zweiten zusammen. Die Beiträge im ersten Band sind mit einem Sternchen gekennzeichnet.

Der antike Weltstaat

323 v.u.Z.	Titus Livius: Wenn Alexander der Große sich gegen Rom gewandt hätte
323 v.u.Z.	A. Toynbee: Wenn Alexander der Große weitergelebt hätte
9	F. Cornelius: Ein Manuskript aus dem Jahr 634

Andere Wege in die Neuzeit

1240	G. W. Inomerski: Ögädäi-Chan stirbt zwei Jahre früher
um 1452	W. Jeschke: Die Cusanische Acceleratio
1460	G. W. Inomerski: Nowgorod vereinigt die russischen Länder
1491	* P. Guedalla: Wenn die Mauren in Spanien gesiegt hätten
um 1570	* G. K. Chesterton: Wenn Don Juan d'Austria Maria Stuart geheiratet hätte
1612	G. W. Inomerski: Gustav Adolf vertreibt die Polen aus Moskau
1745	* C. Petrie: Eine jakobitische Phantasie

Louis XVI., Napoleon I.

1774	* A. Maurois: Wenn Ludwig XVI. eine Spur von Festigkeit gezeigt hätte
1791	* H. Belloc: Wenn Drouets Karren steckengeblieben wäre
1812	G. W. Inomerski: Napoleon überwintert in Moskau
1815	* G. M. Trevelyan: Wenn Napoleon die Schlacht von Waterloo gewonnen hätte
1815	* H. A. L. Fisher: Wenn Napoleon nach Amerika entkommen wäre

Dichter im 19. Jahrhundert: Nur Tote sind unsterblich

1824	* H. Nicolson: Wenn Byron König von Griechenland geworden wäre
1827	E. Friedell: Angsttraum des Germanisten
1837	G. Sell: Georg Büchner. Die zweite Lebenshälfte

Nord gegen Süd: Bürger- und Bundeskriege

1863	* W. S. Churchill: Wenn Lee die Schlacht von Gettysburg nicht gewonnen hätte
1865	J. Thurber: Wenn Grant bei Appomattox getrunken hätte
1865	* M. Waldman: Wenn Booth Präsident Lincoln verfehlt hätte
1866	C. Amery: Leyermärkische Documente

Ins 20. Jahrhundert: Der wohltemperierte Fortschritt

1867	G. W. Inomerski: Rußland behält Alaska
1888	* E. Ludwig: Wenn Kaiser Friedrich III. nicht Krebs gehabt hätte
1900	K. Steinmüller: Churchill im Fernsehen.

Wider die Vermengung von Fakten, Fiktionen und Fraktalen

1914 * A. J. P. Taylor: Wenn Erzherzog Ferdinand seine Frau nicht geliebt hätte

1926 * F. R. Knox: Wenn der Generalstreik erfolgreich gewesen wäre

Noch mehr tote Dichter

1930 * J. Squire: Wenn 1930 entdeckt worden wäre, daß Shakespeares Werke in Wirklichkeit von Bacon stammen

Stalin & Hitler

1909 S. Wedemeyer-Schwiersch: Requiem für einen Stümper

um 1925 W. Rybakow: Vor langer Zeit verloren

1931 W. Murray: Eines Taxichauffeurs Werk

1932 E. Simon: Wenn Thälmann 1934 nicht Reichspräsident geworden wäre

vor 1939 K. Bulytschow: Stalins Trumpf

1939 M. Parowski: Der Sturm

1944 V. Zyx: Historische Konstanten: Die Notwendigkeit der Wiedervereinigung 1990

Die vorerst letzte Wendung

1979 K. Kruschel: Herrliche Zeiten

1995 I. Monke: Die BayernKrise

Quellen, Rechtsvermerke und Übersetzer

Titus Livius: Wenn Alexander der Große sich gegen Rom gewandt hätte.
Aus: Titus Livius: Ab urbe condita. Liber IX, 16–19.
Die vom Herausgeber leicht modernisierte Übersetzung von Prof. Dr. Gerlach entstammt der Ausgabe *Titus Livius' Römische Geschichte.* Berlin-Schöneberg: Langenscheidtsche Verlagsbuchhandlung 1885–89. Zweiter Band: 6. bis 21. Buch, S. 240–246.

Arnold Toynbee: Wenn Alexander der Große weitergelebt hätte.
If Alexander the Great had Lived on.
Aus dem Band Arnold Toynbee: *Some Problems of Greek History.* London/New York/Toronto 1969.
Copyright © Oxford University Press 1969.
Deutsch von Erik Simon.
Copyright © der Übersetzung 1999 by Wilhelm Heyne Verlag GmbH & Co. KG, München.

Felix Cornelius: Ein Manuskript aus dem Jahr 634.
Erstveröffentlichung.
Copyright © 1999 by Rolf Krohn.

Wolfgang Jeschke: Die Cusanische Acceleratio.
Erstveröffentlichung, Vorabdruck aus dem Roman *Ein Hühnchen für Cusanus oder Abendländisches Kaleidoskop* (Arbeitstitel).
Copyright © 1999 by Wolfgang Jeschke.

G. W. Inomerski: Alte russische Uchronik.
Русская зимопись.
Aus der Zeitung *Гуслярское знамя* (22./23. 7. 95, 29./30. 7. 95, 5./6. 8. 95, 26./27. 8. 95) und dem Manuskript
Copyright © 1995, 1999 by Gorst Walterowitsch Inomerski.
Deutsch von Erik Simon.

Egon Friedell: Angsttraum des Germanisten.
Aus dem Band Egon Friedell: *Selbstanzeige.* Essays ab 1918. Hrsg. von Heribert Illig. Wien, München: Löcker 1983.

Gundula Sell: Georg Büchner. Die zweite Lebenshälfte.
Erstveröffentlichung einer älteren Version in der Anthologie F. Wahren (Hrsg.): *Isaac Asimov's Science Fiction Magazin. 44. Folge.* München: Heyne 1994.
Copyright © 1994, 1999 by Gundula Sell.

James Thurber: Wenn Grant bei Appomattox betrunken gewesen wäre.
If Grant Had Been Drinking at Appomattox.
Erstveröffentlichung in der Zeitung *The New Yorker,* 6. 12. 1930.
Aus dem Band James Thurber: *The Thurber Carnival.*
Copyright © 1945, 1983 by Hamish Hamilton, London.
Deutsch von Erik Simon.
Copyright © der Übersetzung 1999 by Wilhelm Heyne Verlag GmbH & Co. KG, München.

Carl Amery: Leyermärkische Documente.
Auszüge aus dem Roman: Carl Amery: *An den Feuern der Leyermark.* München: Nymphenburger 1979. (Dass. München: Heyne 1981.)
Copyright © 1979 by Nymphenburger Verlagsbuchhandlung GmbH, München. Mit freundlicher Genehmigung des Autors.

Sabine Wedemeyer-Schwiersch: Requiem für einen Stümper.
Erstveröffentlichung.
Copyright © 1999 by Sabine Wedemeyer-Schwiersch.

Wjatscheslaw Rybakow: Vor langer Zeit verloren.
Давние потери.
Leicht gekürzt aus der Anthologie Вс. Ревич (Hrsg.): *Цех фантастов.* Moskau: Московский рабочий 1990.
Copyright © 1990 by Wjatscheslaw Rybakow.
Deutsch von Erik Simon.
Copyright © der Übersetzung 1999 by Wilhelm Heyne Verlag GmbH & Co. KG, München.

Williamson Murray: Eines Taxichauffeurs Werk.
What a Taxidriver Wrought.
Aus der Zeitschrift *MHQ: The Quarterly Journal of Military History,* Spring 1998, Leesburg, VA.

Deutsch von Erik Simon.

Erik Simon: Wenn Thälmann 1934 nicht Reichspräsident geworden wäre.
Erstveröffentlichung.

Kir Bulytschow: Stalins Trumpf.
Gekürzter Auszug aus dem Roman **Кир Булычев**: *Заповедник для академиков.* Moskau: «Текст» 1994.

Deutsch von Erik Simon.

Maciej Parowski: Der Sturm.
Burza.
Aus der Zeitschrift *Fantastyka* 86 (November 1989), Warschau.

Deutsch von Erik Simon.

Victor Zyx: Historische Konstanten: Die Notwendigkeit der Wiedervereinigung 1990.
Historické stálé: Nutnost opětného zjednocení 1990 roku.
Aus der Zeitschrift *Velikomoravské geopolitické sešity* Nr. 2/1994, Slavkov.

Deutsch von Erik Simon.

Karsten Kruschel: Herrliche Zeiten.
Erstveröffentlichung.

Iris Monke: Die BayernKrise
Erstveröffentlichung.

Karlheinz Steinmüller: Churchill im Fernsehen.
Erstveröffentlichung.

Erik Simon: Es kommt ja immer anders. Ein Nachwort des Herausgebers.
Erstveröffentlichung.

Notiz des Übersetzers zu den Zitaten in Maciej Parowskis Sturm

Zu den Ereignissen bis zum Kriegsausbruch verwendet der Autor vorhandene Dokumente. Soweit deutsche Vorlagen ausfindig gemacht werden konnten, wurden diese zitiert, und zwar nach folgenden Quellen:

Dokumente der Deutschen Politik. Bd. 7, Teil 1. Berlin 1940, S. 195–161.

Akten zur Deutschen Auswärtigen Politik 1818–1945, Serie D (1937–1945), Bd. 6, Baden-Baden 1956, Dokumente 215, 441, 491, 529, und Bd. 7, Baden-Baden 1956, Dokumente 142, 192, 193, 213, 229.

Generaloberst [Franz] Halder: *Kriegstagebuch. Tägliche Aufzeichnungen des Chefs des Generalstabes des Heeres 1939–1942.* Bd. 1: Stuttgart: W. Kohlhammer Verlag 1962, S. 31.

Heinz Höhne: *Canaris: Patriot im Zwielicht.* Bindlach 1993, S. 334.

Die Ansprache Hitlers vor den Oberbefehlshabern vom 22. 8. 1939 ist nicht amtlich stenographiert worden und nur in den Notizen erhalten, die sich mehrere anwesende Generale (gegen ausdrückliche Weisung Hitlers) gemacht haben. Die von Parowski benutzte Fassung beruht auf zwei Beweisdokumenten der Nürnberger Prozesse (Sign. 798-PS und 1014-PS), die wahrscheinlich die Mitschrift von Admiral Canaris sind. Inhaltlich stimmen sie mit anderen Notizen überein, die schärferen Formulierungen hat möglicherweise Canaris gewählt, um Offiziere zur Abkehr von Hitler zu bewegen. Gegen Ende des Zitats wurden einige Stichworte in ganze Sätze umgeformt.

Die Dr. Peter Kleist gegenüber einem deutschen Journalisten und die Hitler gegenüber von Brauchitsch zugeschriebenen Äußerungen entstammen eher obskuren Quellen (einem russischen Band *Die UdSSR im Friedenskampf* bzw. einer keinerlei Quellenangaben enthaltenden Sammlung von Sendungen im polnischen Programm von Radio Freies Europa); sie wurden aus dem Polnischen rückübersetzt.

Die von Parowski als Hitlers Schlußwort in Nürnberg angeführten Passagen sind dem sogenannten Politischen Testament Hitlers vom April 1945 entnommen. Sie wurden zitiert nach Alan Bullock: *Hitler. Eine Studie über Tyrannei.* Düsseldorf 1967, S. 784. Die Vorlage war das Nürnberger Beweisdokument mit der Signatur 3569-PS.

Die Auszüge aus der Rede von Außenminister Beck vor dem Sejm und die Meldung Major Sucharskis wurden zitiert nach der amtlichen Übersetzung im *Weißbuch der Polnischen Regierung über die deutsch-polnischen und polnisch-sowjetrussischen Beziehungen im Zeitraum von 1933 bis 1939*, Basel 1940, Dokumente 77 und 118.